苦雨齋

文叢

周作人　卷

北京鲁迅博物馆　编

黄乔生　选

辽宁人民出版社

图书在版编目（CIP）数据

苦雨斋文丛．周作人卷／北京鲁迅博物馆编；黄乔生选．
—沈阳：辽宁人民出版社，2009.1（2017.1 重印）

ISBN 978-7-205-06501-0

Ⅰ．苦…　Ⅱ．①北…②黄…　Ⅲ．①文学–作品综合集–
中国–现代②文学–作品综合集–中国–当代　Ⅳ．①I216.1

中国版本图书馆 CIP 数据核字（2008）第 191212 号

出版发行：辽宁人民出版社
　　　　地址：沈阳市和平区十一纬路 25 号　邮编：110003
　　　　电话：024-23284321（邮　购）　024-23284324（发行部）
　　　　传真：024-23284191（发行部）　024-23284304（办公室）
　　　　http://www.lnpph.com.cn
印　　刷：永清县晔盛亚胶印有限公司
幅面尺寸：165mm×225mm
印　　张：25
字　　数：370 千字
印刷时间：2017 年 1 月第 2 次印刷
责任编辑：田　杨　张　洪
装帧设计：张志伟
责任校对：金艳荣等
书　　号：ISBN 978-7-205-06501-0
定　　价：50.00 元

周作人

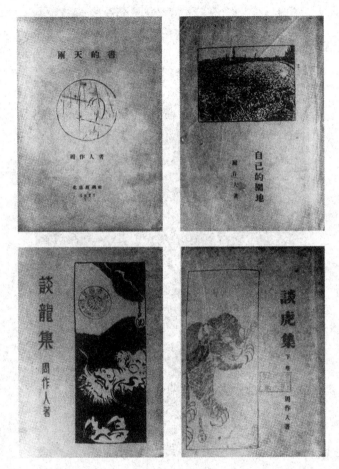

《雨天的出》《自己的园地》书影

《谈龙集》《谈虎集》书影

序

孙　郁

　　鲁迅住在八道湾的时候,其寓所就常有友人光顾,是北大学人的沙龙。自从他与周作人分手、离开那里后,八道湾沙龙的意味不仅未断,反而更浓了。周氏身边就渐渐形成了一个文人圈子。他的友人、弟子常常往来于此,一时间诸多佳话从那里传来,颇有些故事在里。钱玄同、钱稻孙、徐祖正、张凤举等是朋友辈,彼此相知甚深。而俞平伯、江绍原、废名、沈启无是周氏的学生,感情也非同寻常。这引起了诸多人的兴趣,连胡适、郁达夫、沈从文也来凑过热闹。这些人大多远离激进风潮,喜欢清谈,厌恶政治,象牙塔里的特点过浓,与“左”倾文化是多少隔膜的。鲁迅南下后,与左翼队伍连为一起,对苦雨斋不无微词。而周作人那个沙龙里的人渐渐也成了讥讽左翼文化的一个营垒。京派文化的出现,实在说来和苦雨斋的关系是深而又深的。

　　周作人给自己的书房命名为“苦雨斋”,其实有点玩笑的意思。北京少雨,一年的雨季不过几个月,只是有点士大夫雅兴而已。许多人喜欢周氏的文章,在社会间的影响渐多,可与鲁迅相比肩。不过承传其思想与文风的，大多是他的学生。就现代散文而言，鲁迅之外，周作人的辐射力可能也是最大的吧。

苦雨斋的主人与弟子间形成了一个传统。他们都非激进的文人，和胡适、陈独秀那样的思想者亦差异很大。周作人自称自己是"学匪"，意思乃非正宗的儒生，有点离经叛道的意味。不过这离经叛道，不是鲁迅那样喷血的忧患和低语，没有紧张感和惨烈的气息。他和自己的学生们在思想上喜欢新的学理和个性意识，古希腊哲学、日本艺术，现代心理学与民俗学都被深切地关注着。还注重对明清文人小品的打捞，志怪与述异流露其间。加之有点欧美散文与六朝小品的余味，遂在文坛上造成了势力，对后人引力一直是时起时落的。

周作人那一群人，不愿意张扬自己，感情多是内敛的，写文举重若轻，学识与趣味相间，没有迂腐气和时尚气，但精神的力度亦不可小视。周氏的短文在知识的庞杂上无人过之，审美的含蓄与诗意的淡雅，不失锐气，有时甚至撼人心魄。废名的作品隐曲青涩，如禅机暗伏，妙音缕缕。他其实深谙西洋文学，但行文偏没有洋人气，反而倒十分中国。又和士大夫者流距离遥遥，使周作人那样书斋的博大变为乡野古店的清风，有了似人间又非人间的况味，将现代小品推向高妙的境界。俞平伯暗仿苦雨斋笔记，在旧时文章间骎骎而行。他在才气上不及废名，而学问是自成一格。那些关于《红楼梦》与宋词的研究文字，得前人之余绪，深浸于古曲与旧学之间，温和里散出爱意。江绍原是民俗学的先驱，其文字多有鲜活之色，谈民间文化与初民信仰，能从现代科学理念里为之，思想是紧迫胡适、鲁迅、周作人的。至于沈启无，其文深染苦雨斋笔意，连句法也亦步亦趋。他关于明清小品、古代文学史的研究，也一时被读书界关注。钱钟书就曾著文专门谈论沈启无编的那本《近代散文抄》，偶尔的谈吐里也多涉猎周作人的思想，在文坛都是可久久打量的事情。

和周作人关系深的人，都不是喜欢热闹的舞台。他们远离革命，拒绝左翼思潮，思想盘旋在古老的希腊和十八、十九世纪西洋的经典文献里。在他们看来，中国的新旧文化，在特征上过于功利化和道学气，要救这病症，就必须有超功利的心境，将内心沉浸在纯粹的精神静观里。所以，在他们那里，没有印象派的灵动与象征主义的晦涩，没有流血的痉挛和绝望的哭诉。他们几乎不亲近尼采、凡·高、塞尚的艺术，而是在永井荷风、左拉、弗洛伊德式的文本里瞭望世界。废名就承认自己对文学的理解，有许多从洋人的小说那里来的，加上有点六朝的遗风。他从周作人那里懂得了阅读西洋原典的意义，因为不了解古希腊与希伯来的文明，对外国的思想的理解总有些问题。至于对中国的历史，倘不去找远离八股的心性之文，那是无所谓进化与革新的。江绍原先生研究古老的遗存，就有一种期待，他从洋人的学说里找到科学与逻辑的东西为己所用，境界是不俗的。而他研究中国问题时，文风却是中国气味，没有食洋不化的毛病的。他们都受到了周作人文化观的启发，以平和之心追根溯源，要寻找的是人类精神的某种原型。这其间的快慰，我们从他们的文章里都多少可以感受到吧。

先前的文人讥讽苦雨斋是逃逸社会的群落，那是不确的。他们也臧否人物，偶发牢骚，只是隐语过多，在审美的层面缭绕，鲜被注意而已。周作人和他的学生们在文章里不都是自娱自乐，对文化的批评随处可见。他们嘲弄旧式学问，亲近个性主义的艺术，精神常常放逐在荒漠的空间，在岑寂与清冷里重审艺术，根底还是人生哲学的顿悟。废名就在文章里说：

中国的文章里简直没有厌世派的文章，这是很可惜的事。我这话虽然说得有点游戏，却也是认真的话。我说厌世，并不是叫人去学三闾大夫葬于江鱼之腹中，那倒容易有热中的危险，至少要发狂，我们岂可轻易喝彩。我读了外国人的文章，好比徐志摩所佩服的英国哈代的小说，总觉得那文章里写风景真是写得美丽，也格外有乡土色彩，因此我尝戏言，大凡厌世诗人一定很安乐，至少他是冷静的，真的，他描写一番景物给我们看了。我从前写了一首诗，题目为《梦》，诗云：

我在女子的梦里写一个善字，
我在男子的梦里写一个美字，

厌世诗人我画一幅好看的山水，
小孩子我替他画一个世界。

我喜读莎士比亚戏剧，喜读哈代的小说，喜读俄国梭罗古勃的小说，他们的文章里都有中国文章所没有的美丽，简单一句，中国文章里没有外国人的厌世观。中国人生在世，确乎是重实际，少理想，更不喜欢思索那"死"，因此不但生活上就在文艺里也多是凝滞的空气，好像大家缺少一个公共的花园似的。延陵季子挂剑空垄的故事，我以为不如伯牙钟子期的故事美。嵇康就命顾日影弹琴，同李斯临刑叹不得复牵黄犬出上蔡东门，未免都哀而伤。朝云暮雨尚不失为一篇故事，若后世才子动不动"楚襄王，赴高堂"，毋乃太鄙乎。李商隐诗，"微生尽恋人间乐，只有襄王忆梦中"，这个意思很难得。中国人的思想大约都是"此间乐，不思蜀"，或者就因为这个缘故在文章里乃失却一份美丽了。我尝想，中国后来如果不是受了一点佛教的影响，文艺里的空气恐怕更陈腐，文章里恐怕更要损失些好看的字面。我读中国文章是读外国文章之后再回头来读的，我读庾信是因为读了杜甫，那时我正是读了哈代小说之后，读庾信文章，觉得中国文字真可以写好些美丽的东西，"草无忘忧之意，花无常乐之心"，"霜随柳白，月逐坟园"，都令我喜悦。"月逐坟园"这一句，我直觉的中国难得有第二人这么写。杜甫咏明妃诗对得一句："独留青冢向黄昏"，大约是从庾信学来的，却没有庾信写得自然了。中国诗人善写景物，关于"坟"没有什么好的诗句，求之六朝岂易得，去矣千秋不足论矣。

我觉得这一篇文章像似苦雨斋师生间在文章美学里的纲领，他们的诗意的精神不免傲视群雄，自以为独得了天下文章的要义。废名此文写于1936年，正是左翼文化浓烈的时期。他觉得艺术太靠近时尚思潮，大概是个问题，不可被实用的语境所俘虏，否则不过时文与滥调。和废名一样，俞平伯对伪道学与民族主义亦多警惕之语，注重的是经典的艺术。偶涉现实也是出语不凡，锐气暗藏其间。当世人主张抵制日货时，他却不以为然，以为自强才是真的，造出了比日货更好的产品比空喊爱国更重要。否则不过义和团的再演，徒受折腾。他和废名从周作人的思想里受到启发，实用主义不能救国人的灵魂，只有远离喧闹，静回己身才能超越轮回。所以，苦雨斋在对当时文人的批评，都有些超时空的冷观，他们对狂热之际的青年的警告，其实是纯粹诗人之梦的一个演绎。当战士，他们不行；做隐士，也是笑话。就这样不温不火，不东不西，既拒绝旧的士大夫气，又反对血色的革命，除了在文字里发点牢骚，实在也看不到别的什么。

新文学不久就被苦难与政治所遮掩，这是历史的必然。逃逸那种必然，在左翼青年看来就不免有些落伍。可是文化生态告诉世人，在激烈的内乱里，总有些保持内心安宁的人，这些也多不合时宜。日本军队入侵北平时，周作人在黑暗里欲保持安宁而不得，俞平伯则避世不出，废名逃到湖北黄梅去了。沈启无随着老师欲振兴文学，却不能免俗，不料被周作人逐出师门，落得凄苦之境。但他在日伪时期也为抗战人士偷偷做了些事情。在那样的乱世，要浩身自好，是大难之事。他们的矛盾和困苦，以及不能一以贯之自己梦想的个性，在今天看来，都是时代的奚落。比如废名就曾不喜欢鲁迅，对周作人推崇有加。五十年代后却写了一本关于鲁迅的书，态度大变。江绍原早年相信老北大知识阶层的意义，以为胡适、周作人是不可多得的人物。可是在政治运动里又不得不批判自己，渐渐远离这苦雨斋的情境。俞平伯在五十年代就遭受批判，其力之强是他所未料的。竟没有留下几篇关于苦雨斋回忆的文字，真是可哀可叹的。

现在看俞平伯当年的日记，他和废名、江绍原、沈启无往来八道湾的记载，梦一样的飘忽美丽。那时他们之间的交流，有着温馨的爱意在，谈天、喝茶、讥世，有点竹林七贤之味，又仿佛流杯亭间的吟诗作赋，宇宙万物、人间烟云，都在笑谈间成诗成画。这些读书人在混乱的年代营造了自己的园地。虽然知道这样的园地并不长久，大家都在无奈的时空，可是梦没有断，思想也就慢慢地延伸在书与文字间。他们对抗不了时代，却对抗了无智与无趣的精神暗区。这些脆弱的存在，在残暴的压榨里却显示了文字书写的另一种魅力。他们似乎也证明，在道学之外的世界，天空与大地是极为宽广的。大家不过是耕耘了一点小小的园地而已。

我们早就想编一套苦雨斋丛书，把这一脉的风致系统昭示出来。苦雨斋散文不仅是文学史层面的精神闪光，实在说来，也是思想史不能不注意的群落。研究现代文学史，这个群落给人的暗示，不亚于左翼队伍。在审美的层面上，呐喊与高呼口号容易，而有悠远的情思与深幽的学养则非下一些功夫不可。中国后来的激进主义文学成就不俗，但除鲁迅外，能与古今自由对话的思想者则少而又少。但苦雨斋这个群体却保持了一种精神的冲淡与宁静。他们的高低不一的文本抵制了精神的粗糙，使我们知道超功利的挣扎与现实的挣扎同样不易。前者在中国的今天几乎成为稀有之物，而后者则不呼即来，土壤丰厚，至今亦流音不绝。我们讲文化要有一个生态，就是对稀有的存在的关注，使之还能在枯萎的园地里看到曾有的绿意。出现一个鲁迅很难，出现苦雨斋在今天也是梦中之事。有梦，是个不安于固定的冲动，总比无所事事要好。我们深知这样的神游也非海市蜃楼般的徒劳。

2008 年 12 月 14 日

目　录

人的文学

我们现在应该提倡的新文学，简单的说一句，是"人的文学"。应该排斥的，便是反对的非人的文学。

新旧这名称，本来很不妥当，其实"太阳底下何尝有新的东西"？思想道理，只有是非，并无新旧。要说是新，也单是新发见的新，不是新发明的新。新大陆是在十五世纪中，被哥仑布发见，但这地面是古来早已存在。电是在十八世纪中，被弗阑克林发见，但这物事也是古来早已存在。无非以前的人，不能知道，遇见哥仑布与弗阑克林才把他看出罢了。真理的发见，也是如此。真理永远存在，并无时间的限制，只因我们自己愚昧，闻道太迟，离发见的时候尚近，所以称他新。其实他原是极古的东西，正如新大陆同电一般，早在这宇宙之内，倘若将他当作新鲜果子，时式衣裳一样看待，那便大错了。譬如现在说"人的文学"，这一句话，岂不电像时髦。却不知世上生了人，便同时生了人道。无奈世人无知，偏不肯体人类的意志，走这正路，却迷人兽道鬼道里去，彷徨了多年，才得出来。正如人在白昼时候，闭着眼乱闯，末后睁开眼睛，才晓得世上有这样好阳光；其实太阳照临，早已如此，已有了许多年代了。

欧洲关于这"人"的真理的发见，第一次是在十五世纪，于是出了宗教改革与文艺复兴两个结果。第二次成了法国大革命，第三次大约便是欧战以后将来的未知事件了。女人与小儿的发见，却迟至十九世纪，才有萌芽。古来女人的位置，不过是男子的器具与奴隶。中古时代，教会里还曾讨论女子有无灵魂，算不算得一个人呢。小儿也只是父母的所有品，又不认他是一个未长成的人，却当他作具体而微的成人，因此又不知演了多少家庭的与教育的悲剧。自从莆罗培尔 (Froebel) 与戈特文 (Godwin) 夫人以后，才有光明出现。到了现在，造成儿童学与女子问题这两个大研究，可望长出极好的结果来。中国讲到这类问题，却须从头做起，人的问题，从来未经解决，女人小儿更不必说了。如今第一步先从人说起，生了四千余年，现在却还讲人的意义，从新要发见"人"，去"辟人荒"，也是可笑的事。但老了再学，总比不学该胜一筹罢。我们希望从文学上起首，提倡一点人道主义思想，便是这个意思。

我们要说人的文学，须得先将这个人字，略加说明。我们所说的人，不是世间所谓"天地之性最贵"，或"圆颅方趾"的人。乃是说，"从动物进化的人类"。其中有两个要点，（一）"从动物"进化的，（二）从动物"进化"的。

我们承认人是一种生物。他的生活现象，与别的动物并无不同。所以我们相信人的一切生活本能，都是美的善的，应得完全满足。凡有违反人性不自然的习惯制度，都应该排斥改正。

但我们又承认人是一种从动物进化的生物。他的内面生活，比别的动物更为复杂高深，而且逐渐向上，有能够改造生活的力量。所以我们相信人类以动物的生活为生存的基础，而其内面生活，却渐与动物相远，终能达到高上和平的境地。凡兽性的余留，与古代礼法可以阻碍人性向上的发展者，也都应该排斥改正。

这两个要点，换一句话说，便是人的灵肉二重的生活。古人的思想，以为人性有灵肉二元，同时并存，永相冲突。肉的一面，是兽性的遗传；灵的一面，是神性的发端。人生的目的，便偏重在发展这神性；其手段，便在灭了体质以救灵魂。所以古来宗教，大都厉行禁欲主义，有种种苦行，抵制人类的本能。一方面却别有不顾灵魂的快乐派，只愿"死便埋我"。其实两者都是趋于极端，不能说是人的正当生活。到了近世，才有人看出这灵肉本是一物的两面，并非对抗的二元。兽性与神性，合起来便只是人性。英国十八世纪诗人勃莱克(Blake)在《天国与地狱的结婚》一篇中，说得最好：

（一）人并无与灵魂分离的身体。因这所谓身体者，原止是五官所能见的一部分的灵魂。

（二）力是唯一的生命，是从身体发生的。理就是力的外面的界。

（三）力是永久的悦乐。

他这话虽然略含神秘的气味，但很能说出灵肉一致的要义。我们所信的人类正当生活，便是这灵肉一致的生活。所谓从动物进化的人，也便是指这灵肉一致的人，无非用别一说法罢了。

这样"人"的理想生活，应该怎样呢？首先便是改良人类的关系。彼此都是人类，却又各是人类的一个。所以须营一种利己而又利他，利他即是利己的生活。第一，关于物质的生活，应该各尽人力所及，取人事所需。换一句话，便是各人以心力的劳作，换得适当的衣食住与医药，能保持健康的生存。第二，关于道德的生活，应该以爱智信勇四事为基本道德，革除一切人道以下或人力以上的因袭的礼法，使人人能享自由真实的幸福生活。这种"人的"理想生活，实行起来，实于世上的人无一不利。富贵的人虽然觉得不免失了他的所谓尊严，但他们因此得从非人的生活里救出，成为完全的人，岂不是绝大的幸福么？这真可说是二十世纪的新福音了。只可惜知道的人还少，不能立地实行。所以我们要在文学上略略提倡，也稍尽我们爱人类的意思。

但现在还须说明，我所说的人道主义，并非世间所谓"悲天悯人"或"博施济众"的慈善主义，乃是一种个人主义的人间本位主义。这理由是，第一，人在人类中，正如森林中的一株树木。森林盛了，各树也都茂盛。但要森林盛，却仍非靠各树各自茂盛不可。第二，个人爱人类，就只为人类中有了我，与我相关的缘故。墨子说，"爱人不外己，己在所爱之中"，便是最透澈的活。上文所谓利己而又利他，利他即是利己，正是这个意思。所以我说的人道主义，是从个人做起。要讲人道，爱人类，便须先使自己有人的资格，占得人的位置。耶稣说，"爱邻如己"。如不先知自爱，怎能"如己"的爱别人呢？至于无我的爱，纯粹的利他，我以为是不可能的。人为了所爱的人，或所信的主义，能够有献身的行为。若是割肉饲鹰，投身给饿虎吃，那是超人间的道德，不是人所能为的了。

用这人道主义为本，对于人生诸问题，加以记录研究的文字，便谓之人的文学。其中又可以分作两项，(一)是正面的，写这理想生活，或人间上达的可能性；(二)是侧面的，写人的平常生活，或非人的生活，都很可以供研究之用。这类著作，分量最多，也最重要。因为我们可以因此明白人生实在的情状，与理想生活比较出差异与改善的方法。这一类中写非人的生活的文学，世间每每误会，与非人的文学相溷，其实却大有分别。譬如法国莫泊三 (Maupassant) 的小说《一生》(Une Vie)，是写人间兽欲的人的文学；中国的《肉蒲团》却是非人的文学。俄国库普林 (Kuprin) 的小说《坑》(Yama)，是写娼妓生活的人的文学；中国的《九尾龟》却是非人的文学。这区别就只在著作的态度不同。一个严肃，一个游戏。一个希望人的生活，所以对于非人的生活，怀着悲哀或愤怒；一个安于非人的生活，所以对于非人的生活，感着满足，又多带些玩弄与挑拨的形迹。简明说一句，人的文学与非人的文学的区别，便在著作的态度，是以人的生活为是呢，非人的生活为是呢这一点上。材料方法，别无关系。即如提倡女人殉葬——即殉节——的文章，表面上岂不说是"维持风教"；但强迫人自杀，正是非人的道德，所以也是非人的文学。中国文学中，人的文学本来极少。从儒教道教出来的文章，几乎都不合格。现在我们单从纯文学上举例如：

（一）色情狂的淫书类

（二）迷信的鬼神书类　　　《封神传》《西游记》等

（三）神仙书类　　　《绿野仙踪》等

（四）妖怪书类　　　《聊斋志异》《子不语》等

（五）奴隶书类　　　甲种主题是皇帝状元宰　乙种主题是神圣的父与夫

（六）强盗书类　　　《水浒》《七侠五义》《施公案》等

（七）才子佳人书类　　　《三笑姻缘》等

（八）下等谐谑书类　　　《笑林广记》等

（九）黑幕类

（十）以上各种思想和合结晶的旧戏

这几类全是妨碍人性的生长，破坏人类的平和的东西，统应该排斥。这宗著作，在民族心理研究上，原都极有价值。在文艺批评上，也有几种可以容许。但在主义上，一切都该排斥。倘若懂得道理，识力已定的人，自然不妨去看。如能研究批评，便于世间更为有益，我们也极欢迎。

　　人的文学，当以人的道德为本，这道德问题方面很广，一时不能细说。现在只就文学关系上，略举几项。譬如两性的爱，我们对于这事，有两个主张。(一) 是男女两本位的平等，(二) 是恋爱的结婚。世间著作，有发挥这意思的，便是绝好的人的文学。如诺威伊孛然 (Ibsen) 的戏剧《娜拉》(Et Dukkehjem)《海女》(Fruen fra Havet)，俄国托尔斯泰 (Tolstoj) 的小说 Anna Karenina，英国哈兑 (Hardy) 的小说《台斯》(Tess) 等就是。恋爱起原，据芬阑学者威思德马克 (Westermarck) 说，由于"人的对于与我快乐者的爱好"。却又如奥国卢闿 (Lucke) 说，因多年心的进化，渐变了高上的感情。所以真实的爱与两性的生活，也须有灵肉二重的一致。但因为现世社会境势所迫，以致偏于一面的，不免极多。这便须根据人道主义的思想，加以记录研究。却又不可将这样生活，当作幸福或神圣，赞美提倡。中国的色情狂的淫书，不必说了。旧基督教的禁欲主义的思想，我也不能承认他为是。又如俄国陀思妥也夫斯奇 (Dostojevskij) 是伟大的人道主义的作家。但他在一部小说中，说一男人爱一女子，后来女子爱了别人，他却竭力斡旋，使他们能够配合。陀思妥也夫斯奇自己，虽然言行竟是一致，但我们总不能承认这种种行为，是在人情以内，人力以内，所以不愿提倡。又如印度诗人泰戈尔 (Tagore) 做的小说，时时颂扬东方思想。有一篇记一寡妇的生活，描写他的"心的撒提 (Suttee)"，撒提是印度古语，指寡妇与他丈夫的尸体一同焚化的习俗。又一篇说一男人弃了他的妻子，在英国别娶，他的妻子，还典卖了金珠宝玉，永远的接济他。一个人如有身心的自由，以自由别择，与人结了爱，遇着生死的别离，发生自己牺牲的行为，这原是可以称道的事。但须全然出于自由意志，与被专制的因袭礼法逼成的动作，不能并为一谈。印度人身的撒提，世间都知道是一种非人道的习俗，近来已被英国禁止。至于人心的撒提，便只是一种变相。一是死刑，一是终身监禁。照中国说，一是殉节，一是守节，原来撒提这字，据说在梵文，便正是节妇的意思。印度女子被"撒提"了几千年，便养成了这一种畸形的贞顺之德。讲东方化的，以为是国粹，其实只是不自然的制度习惯的恶果。譬如中国人磕头惯了，见了人便无端的要请安拱手作揖，大有非跪不可之意，这能说是他的谦和美德么？我们见了这种畸形的所谓道德，正如见了塞在坛子里养大的、身子像萝卜形状的人，只感着恐怖嫌恶悲哀愤怒种种感情，决不该将他提倡，拿他赏赞。

其次如亲子的爱。古人说，父母子女的爱情，是"本于天性"，这话说得最好。因他本来是天性的爱，所以用不着那些人为的束缚，妨害他的生长。假如有人说，父母生子，全由私欲，世间或要说他不道。今将他改作由于天性，便极适当。照生物现象看来，父母生子，正是自然的意志。有了性的生活，自然有生命的延续，与哺乳的努力，这是动物无不如此。到了人类，对于恋爱的融合，自我的延长，更有意识，所以亲子的关系，尤为深厚。近时识者所说儿童的权利，与父母的义务，便即据这天然的道理推演而出，并非时新的东西。至于世间无知的父母，将子女当作所有品，牛马一般养育，以为养大以后，可以随便吃他骑他，那便是退化的谬误思想。英国教育家戈思德 (Gorst) 称他们为"猿类之不肖子"，正不为过。日本津田左右吉著《文学上国民思想的研究》卷一说，"不以亲子的爱情为本的孝行观念，又与祖先为子孙而生存的生物学的普遍事实，人为将来而努力的人间社会的实际状态，俱相违反，却认作子孙为祖先而生存，如此道德中，显然含有不自然的分子。"祖先为子孙而生存，所以父母理应爱重子女，子女也就应该爱敬父母。这是自然的事实，也便是天性。文学上说这亲子的爱的，希腊诃美罗斯 (Homeros) 史诗《伊理亚斯》(Ilias) 与欧里毕兑斯 (Euripides) 悲剧《德罗夜兑斯》(Trōades) 中，说赫克多尔 (Hektor) 夫妇与儿子的死别两节，在古文学中，最为美妙。近来诺威伊孛然的《群鬼》(Gengangere)，德国士兑曼 (Sudermann) 的戏剧《故乡》(Heimat)，俄国都介涅夫 (Turgenjev) 的小说《父子》(Ottsyi djeti) 等，都很可以供我们的研究。至于郭巨埋儿，丁兰刻木那一类残忍迷信的行为，当然不应再行赞扬提倡。割股一事，尚是魔术与食人风俗的遗留，自然算不得道德，不必再叫他溷入文学里，更不消说了。

照上文所说，我们应该提倡与排斥的文学，大致可以明白了。但关于古今中外这一件事上，还须追加一句说明，才可免了误会。我们对于主义相反的文学，并非如胡致堂或乾隆做史论，单依自己的成见，将古今人物排头骂倒。我们立论，应抱定"时代"这一个观念，又将批评与主张，分作两事。批评古人的著作，便认定他们的时代，给他一个正直的评价，相应的位置。至于宣传我们的主张，也认定我们的时代，不能与相反的意见通融让步，唯有排斥的一条方法。譬如原始时代，本来只有原始思想，行魔术食人肉，原是分所当然。所以关于这宗风俗的歌谣故事，我们还要拿来研究，增点见识。但如近代社会中，竟还有想实行魔术食人的人，那便只得将他捉住，送进精神病院去了。其次，对于中外这个问题，我们也只须抱定时代这一个观念，不必再划出什么别的界限。地理上历史上，原有种种不同，但世界交通便了，空气流通也快了，人类可望逐渐接近，同一时代的人，便可相并存在。单位是个我，总数是个人。不必自以为与众不同，道德第一，划出许多畛域。因为人总与人类相关，彼此一样，所以张三李四受苦，与彼得约翰受苦，要说与我无关，便一样无关；说与我相关，也一样相关。仔细说，便只为我与张三李四或彼得约翰虽姓名不同，籍贯不同，但同是人类之一，同具感觉性情。他以为苦的，在我也必以为苦。这苦会降在他身上，也未必不能降在我的身上。因为人类的运命是同一的，所以我要顾虑我的运命，便同时须顾虑人类共同的运命。所以我们只能说时代，不能分中外。我们偶有创作，自然偏于见闻较确的中国一方面，其余大多数都还须绍介译述外国的著作，扩大读者的精神，眼里看见了世界的人类，养成人的道德，实现人的生活。

一九一八年十二月七日

（载一九一八年十二月《新青年》第五卷第六号，署名周作人。收《艺术与生活》。）

思想革命

　　近年来文学革命的运动渐见功效，除了几个讲"纲常名教"的经学家，同做"鸳鸯瓦冷"的诗余家以外，颇有人认为正当，在杂志及报章上面，常常看见用白话做的文章，白话在社会上的势力，日见盛大，这是很可乐观的事。

　　但我想文学这事物本合文字与思想两者而成，表现思想的文字不良，固然足以阻碍文学的发达，若思想本质不良，徒有文字，也有什么用处呢？我们反对古文，大半原为他晦涩难解，养成国民笼统的心思，使得表现力与理解力都不发达，但别一方面，实又因为他内中的思想荒谬，于人有害的缘故。这宗儒道合成的不自然的思想，寄寓在古文中间，几千年来，根深蒂固，没有经过廓清，所以这荒谬的思想与晦涩的古文，几乎已融合为一，不能分离。我们随手翻开古文一看，大抵总有一种荒谬思想出现。便是现代的人做一篇古文，既然免不了用几个古典熟语，那种荒谬思想已经渗进了文字里面去了，自然也随处出现。譬如署年月，因为民国的名称不古，写作"春王正月"固然有宗社党气味，写作"己未孟春"，又像遗老。如今废去古文，将这表现荒谬思想的专用器具撤去，也是一种有效的办法。但他们心里的思想，恐怕终于不能一时变过，将来老瘾发时，仍旧胡说乱道的写了出来，不过从前是用古文，此刻用了白话罢了。话虽容易懂了，思想却仍然荒谬，仍然有害。好比"君师主义"的人，穿上洋服，挂上维新的招牌，难道就能说实行民主政治？这单变文字不变思想的改革，也怎能算是文学革命的完全胜利呢？

　　中国怀着荒谬思想的人，虽然平时发表他的荒谬思想，必用所谓古文，不用白话，但他们嘴里原是无一不说白话的。所以如白话通行，而荒谬思想不去，仍然未可乐观，因为他们用从前做过《圣谕广训直解》的办法，也可以用了支离的白话来讲古怪的纲常名教。他们还讲三纲，却叫做"三条索子"，说"老子是儿子的索子，丈夫是妻子的索子"，又或仍讲复辟，却叫做"皇帝回任"。我们岂能因他们所说是白话，比那四六调或桐城派的古文更加看重呢？譬如有一篇提倡"皇帝回任"的白话文，和一篇"非复辟"的古文并放在一处，我们说那边好呢？我见中国许多淫书都用白话，因此想到白话前途的危险。中国人如不真是"洗心革面"的改悔，将旧有的荒谬思想弃去，无论用古文或白话文，都说不出好东西来。就是改学了德文或世界语，也未尝不可以拿来做"黑幕"，讲忠孝节烈，发表他们的荒谬思想。倘若换汤不换药，单将白话换出古文，那便如上海书店的译《白话论语》，还不如不做的好。因为从前的荒谬思想，尚是寄寓在晦涩的古文中间，看了中毒的人，还是少数，若变成白话，便通行更广，流毒无穷了。所以我说，文学革命上，文字改革是第一步，思想改革是第二步，却比第一步更为重要。我们不可对于文字一方面过于乐观了，闲却了这一面的重大问题。

八年三月

（载一九一九年三月二日《每周评论》第十一期，又发表一九一九年四月十五日《新青年》第六卷第四号，均署名仲密。收《谈虎集》上册。）

荣光之手

"荣光之手"(Hand of Glory)，这是一个多么好看的名字。望文生义地想来，这如不是医生的，那一定是剿灭乱党的官军的贵手了罢。——然而不然。我们要知道这个手，在文艺上须得去请教《印戈耳支比家传故事集》(The Ingoldsby Legends)。这是多马印戈耳支比所作，但他实在是叫巴楞木 (R. H. Barham 1788—1845)，是个规矩的教士，却做的上好的滑稽诗，圣支伯利 (G. Saintsbury) 教授很赏识他，虽然在别家的文学史上都少说及。圣支伯利的《英文学小史》还在注里揄扬这位无比的滑稽诗家，但在《十九世纪英文学史》说的更为详细一点，其中有几句评语：

"《印戈耳支比家传故事》在著者晚年八年中所发表，编印成集，世上比这更为流行的书几乎没有了。到了近时才有一点儿贬词，不过那是自然而且实是不可免的结果，因为第一是言语与风俗有点改变了，第二是已经流传的那样广远而长久。没有人硬要主张，以为这是文学的大作。但是为了那既不平板也非喧噪的无尽的谐趣，几乎奇迹似地声调韵脚之巧妙与自然，凡是能判断与享受的人如去读巴楞木总是不会失望的。"

集里第一篇便是荣光之手的故事，现在且抄引它几段，不过只是大意，原文的好处自然是百不存一了。

"在那冷静阴寒的野上，
在那半夜的时光，
在那绞架的底下，
手搀手地站着凶手们，
一个，二个，三个！"

"谁愿的走上去，
快靠着那手脖子，

给我切下那死人的拳头！
谁敢的爬上去，
在他凌空挂着的地方，
给我拔五绺死人的头发！"
　　据说在达平顿的原野上住着一个八十多岁的老太婆，钩鼻，驼背，烂眼，头戴尖锥帽，一看就明白这是一个巫婆！现在那三个凶手们到她的草舍里来了。——
　　"听了也可怕，
那些恐怖的言语！
祷告是倒说的，
说着还带冷笑。
(马太霍布金告诉我们，
巫婆说祷告的时候，
她从'亚们'起头。)
看了也可怕，
在那老太婆的膝上，
放着干瘪的死手，
她笑嘻嘻地捏着，
她又小心地拿那五绺头发，
拖在挂着的那绅士的脑袋上的，
和上黑雄猫的脂膏，
赶快搓成几支灯芯，
装在五个手指的顶上。"
　　"死人来敲门，
锁开，门闩落！
死人手作法，
筋肉都别动！
睡的睡，醒的醒，
都同死人一样死！"

荣光之手

把这咒语抄了之后，荣光之手已经制造成功了，后来的事情是强盗杀人，末了在达平顿原野的黑绞架上挂上了"一个两个三个"的凶手们，老太婆的胸前挂了一只死人手与一匹死雄猫，正要被抛下河去的时候却给那魔鬼带往地狱去了。

我们如嫌上文说得还欠明白，那么可以到科学书上去找找看。茀来则博士的《金枝》(Dr. J. G. Frazer, The Golden Bough) 节本上略有说明，即第三章讲感应法术的地方：

"拟似法术中很繁盛的一支派是借了死人来作法的。……各时代各地方的盗贼多行这门法术，在他们的职业上是极有用的。如南斯拉夫的贼起手用一根死人的骨抛在屋上，嘲讽地说道，'骨头会醒时，人们也就醒，'以后这屋里的人就再也睁不开眼来了。同样在爪哇贼从坟上拿一点土，撒在他要偷的人家的周围，使家中人沉睡。印度人把火葬的灰撒在门口，秘鲁的印第安人则撒人骨的灰土，哥萨克人将死人胫骨除去骨髓，灌入牛脂，点起火来，在屋外周行三遍，也能叫人熟睡如死。哥萨克又用腿骨做箫，吹时使闻者疲倦不能兴。墨西哥的印第安人用初次做产而死的女人的左臂骨，但是这骨又须得是偷来的。在进人家去以前他们以骨敲地，使家中人不能言动，僵卧如死，能见闻一切，但全然无力，有些简直就睡着而且打鼾了。在欧洲则云荣光之手有同样的能力，这是绞死者的手，风干，制过的。倘若再用一支死在绞架上的恶人的油所制的蜡烛，点着放在荣光之手上像烛台一样，能使人完全不能动，有如死人，连一个小指也动不来。有时候死人的手就当作蜡烛，不，一串蜡烛，所有干枯的指头都点了火，但如家中有一个人醒着，也就有一个指头点不着火。这种妖火只有牛乳能够熄灭。法术上又有时规定盗贼的蜡烛须得用初生的，更好是未生的幼儿之手指所制，有时又说必须照了家中的人数点烛，因为他如只有太小的一支烛，有人会得醒过来捉住他。这些蜡烛点着以后，除了牛乳没有东西能够灭它。十七世纪时强盗时常谋害孕妇，去从她们的胎内取出蜡烛来。……"

威克勒 (Ernest Weekley) 教授著《文字的故事》(The Romance of words) 的第九章是讲语原俗说 (Folk-etymology) 的，中间说及荣光之手：

"语原俗说的一个奇妙的例可以从荣光之手的旧迷信里找出来。这说是从绞架上取来的一只死人手，能够指出宝藏来的。

'谁愿的走上去，

快靠着那手脖子，

给我切下那死人的拳头！'

（印戈耳支比，《荣光之手》。）

这只是法文 Main de gloire 的译语。但那法文本是 Mandragore 之传讹，拉丁文曰 Mandragora，即曼陀罗，它的双叉的根据说有同样的能力，特别是这植物从绞架旁采来的。"

中国也有曼陀罗华，不过那是别的植物，佛经中所说天雨曼陀罗华那是一种莲花之类，《本草纲目》所载的又是风茄儿，虽然也是毒草，但其毒在果而无肥大的块根。这种人形的曼陀罗在匈加利小说《黄蔷薇》中曾有说及，第二章的末尾云：

"女忽忆往事，尝有吉迫希妇人为之占运，酬以敝衣，妇又相告曰，倘尔欢子心渐冷落，尔欲撩之复炽者，事甚易易：可以橙汁和酒饮之，并纳此草根少许，是名胖侏儒，男子饮此，爱当复炽，将不辞毁垣越壁而从汝矣。女因念今日正可试药，以诃禁之。草根黝然，卧箱匲中，圆顶肿足，状若傀儡。古昔相传，是乃灵草，掘时能作大噭，闻其声者猝死，人乃缚诸犬尾，牵而拔之。神人吉尔开 (Kirkē =Circe) 尝以此草蛊惑阿迭修斯 (Odysseus) 暨其伴侣，药学者采之则别有他用，名之曰 Atropa Mandragora，至其草为毒药，则女所未见者也。"

安特路阑著《习俗与神话》(Andrew Lang，Custom and Myth) 中有一篇论文曰《摩吕与曼陀罗》 (Moly and Mandragora)，说曼陀罗的情形与上文相似：

"其根似人形。据说如有世袭的盗贼而不失童贞者被绞死，则有曼陀罗，阔叶黄花，形如其人，生于处刑的绞架下。曼陀罗与阿迭修斯的灵药摩吕相似，是凡人所不易掘取的。欲得曼陀罗的人须先用蜡塞住两耳，使不能听见那草被拔出土时的致命的叫声。在礼拜五的日出前，牵一匹全黑的狗，在曼陀罗周围画三个十字，掘松根旁的泥土，将革根缚住在狗尾巴上，拿一块面包给狗吃。狗跑上前来取那面包，把曼陀罗根拔起，但听了那可怕的喊声立即倒地死了。随后将草根取起，用蒲陶酒洗净，用绸片包裹，放在箱子里，每礼拜五给洗浴一次，每逢新月换一次新的白小衣。曼陀罗如好好地待遇，能够如家神一样地显神通。如将一枚金钱放在它的上面，第二天早晨便能发见有两枚在那里。"

中国没有胖侏儒，但关于人参，何首乌，茯苓等也有同样的俗说，如宋刘敬叔著《异苑》云：

"人参，一名土精，生上党者佳，人形皆具，能作儿啼。昔有人掘之，始下锸便闻土中呻吟声，寻音而取，果得人参。"

匈加利的曼陀罗用作媚药，西欧则可以招财，与威克勒所说相近，但它似乎没有使人昏迷的法力，虽然本是有强烈的麻醉性的。荣光之手的起原恐怕还是如茀来则所说，由于借了死人来作法，未必是言语的传讹。言语学的神话解释已经不能存在，在土俗学的方面大约也是相同，《文字的故事》是一卷讲语原的通俗而又学术的好书，但他偶然讲到迷信的解说，虽是新奇而有趣味，却也总是不大的确了。

附记

希腊史诗《阿迭舍亚》(Odysseia)第十卷中阿迭修斯自述与其伴侣漂流抵神女吉尔开之岛，伴侣们受神女宴飨，吃了干酪，麦食，蜜，酒，中和毒药，悉化为猪，未言用曼陀罗。阿迭修斯得天使之助，用了摩吕破神女的法术，救出友伴。诗中云，"此草黑根，花色如乳，神人名之曰摩吕，唯凡人所不易掘取，而在神人无所不可。"不知是何草，但其性质与曼陀罗相似，注解家云拔摩吕者必死。民国十七年九月二日，于北平市。

（载一九二八年十月一日《未名》第一卷第七期，署名岂明。收《永日集》《知堂文集》。）

三礼赞

一　娼女礼赞

这个题目，无论如何总想不好，原拟用古典文字写作 Apologia proPornês，或以国际语写之，则为 Apologia por Prostituistino，但都觉得不很妥当，总得用汉文才好，因此只能采用这四个字，虽然礼赞应当是 Enkomion 而不是 Apologia，但也没有法子了。

民国十八年四月吉日，于北平

贯华堂古本《水浒传》第五十回叙述白秀英在郓城县勾栏里说唱笑乐院本，参拜了四方，拍下一声界方，念出四句定场诗来：

> 新鸟啾啾旧鸟归，
> 老羊羸瘦小羊肥，
> 人生衣食真难事，
> 不及鸳鸯处处飞。

雷横听了喝声采。金圣叹批注很称赞道好，其实我们看了也的确觉得不坏。或有句云，世事无如吃饭难，此事从来远矣。试观天下之人，固有吃饱得不能再做事者，而多做事却仍缺饭吃的朋友，盖亦比比然也。尝读民国十年十月廿一日《觉悟》上所引德国人柯祖基(Kautzky)的话：
"资本家不但利用她们(女工)的无经验，给她们少得不够自己开销的工钱，而且对她们暗示，或者甚至明说，只有卖淫是补充收入的一个法子。在资本制度之下，卖淫成了社会的台柱子。"我想，资本家的意思是不错的。在资本制度之下，多给工资以致减少剩余价值，那是断乎不可，而她们之需要开销亦是实情：那么还有什么办法呢，除了设法补充？圣人有言，饮食男女，人之大欲存焉。世之人往往厄于贫贱，不能两全，自手至口，仅得活命，若有人为"煮粥"，则吃粥亦即有两张嘴，此穷汉之所以兴叹也。若夫卖淫，乃寓饮食于男女之中，犹有鱼而复得兼熊掌，岂非天地间仅有的良法美意，吾人欲不喝采叫好又安可得耶？

美国现代批评家里有一个姓们肯 (Mencken) 的人，他也以为卖淫是很好玩的。《妇人辩议论》第四十三节是讲花姑娘的，他说卖淫是这些女人所可做的最有意思的职业之一，普通娼妇大抵喜欢她的工作，决不肯去和女店员或女堂官调换位置。先生女士们觉得她是堕落了，其实这种生活要比工场好，来访的客也多比她的本身阶级为高。我们读西班牙伊巴涅支 (Ibanez) 的小说《侈华》，觉得这不是乱说的话。们肯又道：

"牺牲了贞操的女人，别的都是一样，比保持贞洁的女人却更有好的机会，可以得到确实的结婚。这在经济的下等阶级的妇女特别是如此。她们一同高等阶级的男子接近，——这在平时是不容易，有时几乎是不可能的，——便能以女性的希奇的能力逐渐收容那些阶级的风致趣味与意见。外宅的女子这样养成姿媚，有些最初是姿色之恶俗的交易，末了成了正式的结婚。这样的结婚数目在实际比表面上所发现者要大几倍，因为两造都常努力想隐藏他们的事实。"那么，这岂不是"终南捷径"，犹之绿林会党出身者就可以晋升将官，比较陆军大学生更是阔气百倍乎。

哈耳波伦 (Heilborn) 是德国的医学博士，著有一部《异性论》，第三篇是论女子的社会的位置之发达。在许多许多年的黑暗之后，到了希腊的雅典时代，才发现了一点光明，这乃是希腊名妓的兴起。这种女子在希腊称作赫泰拉 (Hetaira)，意思是说女友，大约是中国的鱼玄机薛涛一流的人物，有几个后来成了执政者的夫人。"因了她们的精炼优雅的举止，她们的颜色与姿媚，她们不但超越普通的那些外宅，而且还压倒希腊的主妇，因为主妇们缺少那优美的仪态，高等教育，与艺术的理解，而女友则有此优长，所以在短时期中使她们在公私生活上占有极大的势力。"哈耳波伦结论道：

"这样，欧洲妇女之精神的与艺术的教育因卖淫制度而始建立。赫泰拉的地位可以算是所谓妇女运动的起始。"这样说来，柯祖基的资本家真配得高兴，他们所提示的卖淫原来在文化史上有这样的意义。虽然这上边所说的光荣的营业乃是属于"非必要"的，独立的游女部类，与那徒弟制包工制的有点不同。们肯的话注解得好，"凡非必要的东西在世上常得尊重，有如宗教，时式服装，以及拉丁文法，"故非为糊口而是营业的卖淫自当有其尊严也。

总而言之，卖淫足以满足大欲，获得良缘，启发文化，实在是不可厚非的事业，若从别一方面看，她们似乎是给资本主义背了十字架，也可以说是为道受难，法国小说家路易菲立 (Louis Philippe) 称她们为可怜的小圣女，虔敬得也有道理。老实说，资本主义是神人共祐，万打不倒的，而有些诗人空想家又以为非打倒资本主义则妇女问题不能根本解决。夫资本主义既有万年有道之长，所有的办法自然只有讴歌过去，拥护现在，然则卖淫之可得而礼赞也盖彰彰然矣。无论雷横的老母怎样骂为"千人骑万人压乱人入的贼母狗"，但在这个世界上，白玉乔所说的"歌舞吹弹普天下伏侍看官"总不失为最有效力最有价值的生活法。我想到书上有一句话道，"夫人，内掌柜，姨太太，校书等长短期的性的买卖，真是滔滔者天下皆是。"恐怕女同志们虽不赞成我的提示，也难提出抗议。我又记起友人传述劝卖男色的古歌，词虽粗鄙，亦有至理存焉，在现今什么都是买卖的世界，我们对于卖什么东西的能加以非难乎？日本歌人石川啄木不云乎：

"我所感到不便的，不仅是将一首歌写作一行这一件事情。但是我在现今能够如意的改革，可以如意的改革的，不过是这桌上的摆钟砚台墨水瓶的位置，以及歌的行款之类罢了。说起来，原是无可无不可的那些事情罢了。此外真是使我感到不便，感到苦痛的种种的东西，我岂不是连一个指头都不能触他一下么？不但如此，除却对了它们忍从屈服，继续的过那悲惨的二重生活以外，岂不是更没有别的生于此世的方法么？我自己也用了种种的话对于自己试为辩解，但是我的生活总是现在的家族制度，阶级制度，资本制度，知识买卖制度的牺牲。"（见《陀螺》二二〇页。）

二　哑吧礼赞

俗语云，"哑吧吃黄连"，谓有苦说不出也。但又云，"黄连树下弹琴"，则苦中作乐，亦是常有的事，哑吧虽苦于说不出话，盖亦自有其乐，或者且在吾辈有嘴巴人之上，未可知也。

三礼赞

普通把哑吧当作残废之一，与一足或无目等视，这是很不公平的事。哑吧的嘴既没有残，也没有废，他只是不说话罢了。《说文》云，"瘖，不能言病也。"就是照许君所说，不能言是一种病，但这并不是一种要紧的病，于嘴的大体用处没有多大损伤。查嘴的用处大约是这几种，（一）吃饭，（二）接吻，（三）说话。哑吧的嘴原是好好的，既不是缺少舌尖，也并不是上下唇连成一片，那么他如要吃喝，无论番菜或是"华餐"，都可以尽量受用，决没有半点不便，所以哑吧于个人的荣卫上毫无障碍，这是可以断言的。至于接吻呢？既如上述可以自由饮啖的嘴，在这件工作当然也无问题，因为如荷兰威耳德(Van de Velde)医生在《圆满的结婚》第八章所说，接吻的种种大都以香味触三者为限，于声别无关系，可见哑吧不说话之绝不妨事了。归根结蒂，哑吧的所谓病还只是在"不能言"这一点上。据我看来，这实在也不关紧要。人类能言本来是多此一举，试看两间林林总总，一切有情，莫不自遂其生，各尽其性，何曾说一句话。古人云"猩猩能言，不离禽兽，鹦鹉能言，不离飞鸟"。可怜这些畜生，辛辛苦苦，学了几句人家的口头语，结果还是本来的鸟兽，多被圣人奚落一番，真是何苦来。从前四只眼睛的仓颉先生无中生有地造文字，害得好心的鬼哭了一夜，我怕最初类猿人里那一匹直着喉咙学说话的时候，说不定还着实引起了原始天尊的长叹了呢。人生营营所为何事，"饮食男女，人之大欲存焉"，既于大欲无亏，别的事岂不是就可以随便了么？中国处世哲学里很重要的一条是，多一事不如少一事，如哑吧者，可以说是能够少一事的了。

语云，"病从口入，祸从口出。"说话不但于人无益，反而有害，即此可见。一说话，话中即含有臧否，即是危险，这个年头儿。人不能老说"我爱你"等甜美的话，——况且仔细检查，我爱你即含有我不爱他或不许他爱你等意思，也可以成为祸根，哲人见客寒暄，但云"今天天气……哈哈哈！"不再加说明，良有以也，盖天气虽无知，唯说其好坏终不甚妥，故以一笑了之。往读杨恽报孙会宗书，但记其"种一顷豆，落而为萁"等语，心窃好之，却不知杨公竟因此而腰斩，犹如湖南十五六岁的女学生们以读《落叶》(系郭沫若的，非徐志摩的《落叶》)

而被枪决，同样地不可思议。然而这个世界就是这样不可思议的世界，其奈之何哉。几千年来受过这种经验的先民留下遗训曰，"明哲保身"。几十年来看惯这种情形的茶馆贴上标语曰，"莫谈国事"。吾家金人三缄其口，二千五百年来为世楷模。声闻弗替。若哑吧者岂非今之金人欤！

常人以能言为能，但亦有因装哑吧而得名者，并且上下古今这样的人并不很多，即此可知哑吧之难能可贵了。第一个就是那鼎鼎大名的息夫人。她以倾国倾城的容貌，做了两任王后，她替楚王生了两个儿子，可是没有对楚王说一句话。喜欢和死了的古代美人吊膀子的中国文人于是大做特做其诗，有的说她好，有的说她坏，各自发挥他们的臭美，然而息夫人的名声也就因此大起来了。老实说，这实是妇女生活的一场悲剧，不但是一时一地一人的事情，差不多就可以说是妇女全体的运命的象征。易卜生所作《玩物之家》一剧中女主人公娜拉说，她想不到自己竟替膜不相识的男子生了两个子女，这正是息夫人的运命，其实也何尝不就是资本主义下的一切妇女的运命呢。还有一位不说话的，是汉末隐士姓焦名先的便是。吾乡金古良作《无双谱》，把这位隐士收在里面，还有一首赞题得好：

"孝然独处，绝口不语，默隐以终，笑杀狐鼠。"

并且据说"以此终身，至百余岁"，则是装了哑吧，既成高士之名，又享长寿之福，哑吧之可赞美盖彰彰然明矣。

世道衰微，人心不古，现今哑吧也居然装手势说起话来了。不过这在黑暗中还是不能用，不能说话。孔子曰，"邦无道，危行言逊。"哑吧其犹行古之道也欤。

十八年十一月十三日，北平

三　麻醉礼赞

麻醉，这是人类所独有的文明。书上虽然说，斑鸠食桑葚则醉，或云，猫食薄荷则醉，但这都是偶然的事，好像是人错吃了笑菌，笑得个一塌胡涂，并不是成心去吃了好玩的。成心去找麻醉，是我们万物之灵的一种特色，假如没有这个，人之所以异于禽兽者几希了。

麻醉有种种的方法。在中国最普通的一种是抽大烟。西洋听说也有文人爱好这件东西，一位散文家的杰作便是烟盘旁边的回忆，另一诗人的一篇《忽不烈汗》的诗也是从芙蓉城的醉梦中得来的。中国人的抽大烟则是平民化的，并不为某一阶级所专享，大家一样地吱吱的抽吸，共享麻醉的洪福，是一件值得称扬的事。鸦片的趣味何在，我因为没有入过黑籍，不能知道，但总是麻苏苏地很有趣罢。我曾见一位烟户，穷得可以，真不愧为鹑衣百结，但头戴一顶瓜皮帽，前面顶边烧成一个大窟窿，乃是沉醉时把头屈下去在灯上烧去的，于此即可想见其陶然之状态了。近代传闻孙馨帅有一队烟兵，在烟瘾抽足的时候冲锋最为得力，则已失了麻醉的意义，至少在我以为总是不足为训的了。

中国古已有之的国粹的麻醉法，大约可以说是饮酒。刘伶的"死便埋我"，可以算是最彻底了，陶渊明的诗也总是三句不离酒，如云"拨置且莫念，一觞聊可挥"，又云，"天运苟如此，且进杯中物"，又云，"中觞纵遥情，忘彼千载忧，且极今朝乐，明日非所求"，都是很好的例。酒，我是颇喜欢的，不过曾经声明过，殊不甚了解陶然之趣，只是乱喝一番罢了。但是在别人的确有麻醉的力量，它能引人着胜地，就是所谓童话之国土。我有两个族叔，尤是这样幸福的国土里的住民。有一回冬夜，他们沉醉回来，走过一乘吾乡所很多的石桥，哥哥刚一抬脚，棉鞋掉了，兄弟给他在地上乱摸，说道，"哥哥棉鞋有了。"用脚一蹚，却又没有，哥哥道，"兄弟，棉鞋汪的一声又不见了！"原来这乃是一只黑小狗，被兄弟当作棉鞋捧了来了。我们听了或者要笑，但他们那时神圣的乐趣我辈外人那里能知道呢？的确，黑狗当棉鞋的世界于我们真是太远了，我们将棉鞋当棉鞋，自己说是清醒，其实却是极大的不幸，何为可惜十二文钱，不买一提黄汤，灌得倒醉以入此乐土乎。

信仰与梦，恋爱与死，也都是上好的麻醉。能够相信宗教或主义，能够做梦，乃是不可多得的幸福的性质，不是人人所能获得。恋爱要算是最好了。无论何人都有此可能，而且犹如采补求道，一举两得，尤为可喜，不过此事至难，第一须有对手，不比别的只要一灯一盏即可过瘾，所以即使不说是奢侈，至少也总是一种费事的麻醉罢。至于失恋以至反目，事属寻常，正如酒徒呕吐，烟客脾泄，不足为病，所当从头承认者也。末后说到死。死这东西，有些人以为还好，有些人以为很坏，但如当作麻醉品去看时，这似乎倒也不坏。依壁鸠鲁说过，死不足怕，因为死与我辈没有关系，我们在时尚未有死，死来时我们已没有了。快乐派是相信原子说的，这种唯物的说法可以消除死的恐怖，但由我们看来，死又何尝不是一种快乐，麻醉得使我们没有，这样乐趣恐非醇酒妇人所可比拟的罢？所难者是怎样才能如此麻醉，快乐？这个我想是另一问题，不是我们现在所要淡论的了。

醉生梦死，这大约是人生最上的生活法罢？然而也有人不愿意这样。普通外科手术总用全身或局部的麻醉，唯偶有英雄独破此例，如关云长刮骨疗毒，为世人所佩服，固其宜也。盖世间所有唯辱与苦，茹苦忍辱，斯乃得度。画廊派哲人 (Stoics) 之勇于自杀，自成宗派，若彼得洛纽思 (Petronius) 听歌饮酒，切脉以死，虽稍贵族的，故自可喜。达拉思布耳巴 (Taras Bulba) 长子为敌所获，毒刑致死，临死曰，父亲，你都看见么？达拉思匿观众中大呼曰，"儿子，我都看见！"此则哥萨克之勇士，北方之强也。此等人对于人生细细尝味，如啜苦酒，一点都不含胡，其坚苦卓绝盖不可及，但是我们凡人也就无从追踪了。话又说了回来，我们的生活恐怕还是醉生梦死最好罢。——所苦者我只会喝几口酒，而又不能麻醉，还是清醒地都看见听见，又无力高声大喊，此乃是凡人之悲哀，实为无可如何者耳。

十八年十一月三十日

（《娼女礼赞》载一九二四年三月二十五日《未名》半月刊第二卷第六期；《哑吧礼赞》载一九二九年十一月十八日《益世报》副刊第十期；《麻醉礼赞》载一九二九年十二月五日《益世报》副刊第二十期。收《看云集》。）

伟大的捕风

我最喜欢渎《旧约》里的《传道书》。传道者劈头就说，"虚空的虚空"，接着又说道，"已有的事后必再有，已行的事后必再行。日光之下并无新事。"这都是使我很喜欢读的地方。

中国人平常有两种口号，一种是说人心不古，一种是无论什么东西都说古已有之。我偶读拉瓦尔(Lawall)的《药学四千年史》，其中说及世界现存的埃及古文书，有一卷是基督前二千二百五十年的写本，(照中国算来大约是舜王爷登基的初年!)里边大发牢骚，说人心变坏，不及古时候的好云云，可见此乃是古今中外共通的意见，恐怕那天雨粟时夜哭的鬼的意思也是如此罢。不过这在我无从判断，所以只好不赞一词，而对于古已有之说则颇有同感，虽然如说潜艇即古之螺舟，轮船即隋炀帝之龙舟等类，也实在不敢恭维。我想，今有的事古必已有，说的未必对，若云已行的事后必再行，这似乎是无可疑的了。

世上的人都相信鬼，这就证明我所说的不错。普通鬼有两类。一是死鬼，即有人所谓幽灵也，人死之后所化，又可投生为人，轮回不息。二是活鬼，实在应称僵尸，从坟墓里再走到人间，《聊斋》里有好些他的故事。此二者以前都已知道，新近又有人发见一种，即梭罗古勃(Sologub)所说的"小鬼"，俗称当云遗传神君，比别的更是可怕了。易卜生在《群鬼》这本剧中，曾借了阿尔文夫人的口说道，"我觉得我们都是鬼。不但父母传下来的东西在我们身体里活着，并且各种陈旧的思想信仰这一类的东西也都存留在里头。虽然不是真正的活着，但是埋伏在内也是一样。我们永远不要想脱身。

有时候我拿起张报纸来看，我眼里好像看见有许多鬼在两行字的夹缝中间爬着。世界上一定到处都有鬼。他们的数目就像沙粒一样的数不清楚。"（引用潘家洵先生译文）我们参照法国吕溙（Le Bon）的《民族发展之心理》，觉得这小鬼的存在是万无可疑，古人有什么守护天使，三尸神等话头，如照古已有之学说，这岂不就是一则很有趣味的笔记材料么？

无缘无故疑心同行的人是活鬼，或相信自己心里有小鬼，这不但是迷信之尤，简直是很有发疯的意思了。然而没有法子。只要稍能反省的朋友，对于世事略加省察，便会明白，现代中国上下的言行，都一行行地写在二十四史的鬼账簿上面。画符，念咒，这岂不是上古的巫师，蛮荒的"药师"的勾当？但是他的生命实在是天壤无穷，在无论那一时代，还不是一样地在青年老年，公子女公子，诸色人等的口上指上乎？即如我胡乱写这篇东西，也何尝不是一种鬼画符之变相？只此一例足矣！

已有的事后必再有，已行的事后必再行，此人生之所以为虚空的虚空也欤？传道者之厌世盖无足怪。他说，"我又专心察明智慧狂妄和愚昧，乃知这也是捕风，因为多有智慧就多有愁烦，加增智识就加增忧伤"。话虽如此，对于虚空的唯一的办法其实还只有虚空之追迹，而对于狂妄与愚昧之察明乃是这虚无的世间第一有趣味的事，在这里我不得不和传道者的意见分歧了。勃阑特思（Brandes）批评弗罗倍尔（Flaubert）说他的性格是用两种分子合成，"对于愚蠢的火烈的憎恶，和对于艺术的无限的爱。这个憎爱，与凡有的憎恶一例，对于所憎恶者感到一种不可抗的牵引。各种形式的愚蠢，如愚行迷信自大不宽容都磁力似的吸引他，感发他。他不得不一件件的把他们描写出来。"我听说从前张献忠举行殿试，试得一位状元，十分宠爱，不到三天忽然又把他"收拾"了，说是因为实在"太心爱这小子"的缘故，就是平常人看见可爱的小孩或女人，也恨不得一口水吞下肚去，那么倒过来说，憎恶之极反而喜欢，原是可以，殆正如金圣叹说，留得三四癞疮，时呼热汤关门澡之，亦是不亦快哉之一也。

察明同类之狂妄和愚昧，与思索个人的老死病苦，一样是伟大的事业，积极的人可以当一种重大的工作，在消极的也不失为一种有趣的消遣。虚空尽由他虚空，知道他是虚空，而又偏去追迹，去察明，那么这是很有意义的，这实在可以当得起说是伟大的捕风。法儒巴思加耳(Pascal)在他的《感想录》上曾经说过：

"人只是一根芦苇，世上最脆弱的东西，但他是一根会思想的芦苇。这不必要世间武装起来，才能毁坏他。只须一阵风，一滴水，便足以弄死他了。但即使宇宙害了他，人总比他的加害者还要高贵，因为他知道他是将要死了，知道宇宙的优胜，宇宙却一点不知道这些。"

十八年五月十三日写于北平

（收《看云集》。）

论八股文

我查考中国许多大学的国文学系的课程，看出一个同样的极大的缺陷，便是没有正式的八股文的讲义。我曾经对好几个朋友提议过，大学里——至少是北京大学应该正式地"读经"，把儒教的重要的经典，例如《易》，《诗》，《书》，一部部地来讲读，照在现代科学知识的日光里，用言语历史学来解释它的意义，用"社会人类学"来阐明它的本相，看它到底是什么东西，此其一。在现今大家高呼伦理化的时代，固然也未必会有人胆敢出来提倡打倒圣经，即使当日真有"废孔子庙罢其祀"的呼声，他们如没有先去好好地读一番经，那么也还是白呼的。我的第二个提议即是应该大讲其八股，因为八股是中国文学史上承先启后的一个大关键，假如想要研究或了解本国文学而不先明白八股文这东西，结果将一无所得，既不能通旧的传统之极致，亦遂不能知新的反动之起源。所以，除在文学史大纲上公平地讲过之外，在本科二三年应礼聘专家讲授八股文，每周至少二小时，定为必修科，凡此课考试不及格者不得毕业。这在我是十二分地诚实的提议，但是，呜呼哀哉，朋友们似乎也以为我是以讽刺为业，都认作一种玩笑的话，没有一个肯接受这个条陈。固然，人选困难的确也是一个重要的原因，精通八股的人现在已经不大多了，这些人又未必都适于或肯教，只有夏曾佑先生听说曾有此意，然而可惜这位先觉早已归了道山了。

八股文的价值却决不因这些事情而跌落。它永久是中国文学——不，简直可以大胆一点说中国文化的结晶，无论现在有没有人承认这个事实，这总是不可遮掩的明白的事实。八股算是已经死了，不过，它正如童话里的妖怪，被英雄剁做几块，它老人家整个是不活了，那一块一块的却都活着，从那妖形妖势上面看来，可以证明老妖的不死。我们先从汉字看起。汉字这东西与天下的一切文字不同，连日本朝鲜在内：它有所谓六书，所以有象形会意，有偏旁；有所谓四声，所以有平仄。从这里，必然地生出好些文章上的把戏。有如对联，"云中雁"对"鸟枪打"这种对法，西洋人大抵还能了解，至于红可以对绿而不可以对黄，则非黄帝子孙恐怕难以懂得了。有如灯谜，诗钟。再上去，有如律诗，骈文，已由文字的游戏而进于正宗的文学。自韩退之文起八代之衰，化骈为散之后，骈文似乎已交末运，然而不然：八股文生于宋，至明而少长，至清而大成，实行散文的骈文化，结果造成一种比六朝的骈文还要圆熟的散文诗，真令人有观止之叹。而且破题的作法差不多就是灯谜，至于有些"无情搭"显然须应用诗钟的手法才能奏效，所以八股不但是集合古今骈散的菁华，凡是从汉字的特别性质演出的一切微妙的游艺也都包括在内，所以我们说它是中国文学的结晶，实在是没有一丝一毫的虚价。民国初年的文学革命，据我的解释，也原是对于八股文化的一个反动，世上许多褒贬都不免有点误解，假如想了解这个运动的意义而不先明了八股是什么东西，那犹如不知道清朝历史的人想懂辛亥革命的意义，完全是不可能的了。

其次，我们来看一看八股里的音乐的分子。不幸我于音乐是绝对的门外汉，就是顶好的音乐我听了也只是不讨厌罢了，全然不懂它的好处在那里，但是我知道，中国国民酷好音乐，八股文里含有重量的音乐分子，知道了这两点，在现今的淡论里也就勉强可以对付了。我常想中国人是音乐的国民，虽然这些音乐在我个人偏偏是不甚喜欢的。中国人的戏迷是实在的事，他们不但在戏园子里迷，就是平常一个人走夜路，觉得有点害怕，或是闲着无事的时候，便不知不觉高声朗诵出来，是《空城计》的一节呢，还是《四郎探母》，因为是外行我不知道，但总之是唱着什么就是。昆曲的句子已经不大高明，皮簧更是不行，几乎是"八部书外"的东西，然而中国的士大夫也乐此不疲，虽然他们如默读脚本，也一定要大叫不通不止，等到在台上一发声，把这些不通的话拉长了，加上丝弦家伙，他们便觉得滋滋有味，颠头摇腿，至于忘形：我想，这未必是中国的歌唱特别微妙，实在只是中国人特别嗜好节调罢。从这里我就联想到中国人的读诗，读古文，尤其是读八股的上面去。他们读这些文章时的那副情形大家想必还记得，摇头摆脑，简直和听梅畹华先生唱戏时差不多，有人见了要诧异地问，哼一篇烂如泥的烂时文，何至于如此快乐呢？我知道，他是麻醉于音乐里哩。他读到这一出股："天地乃宇宙之乾坤，吾心实中怀之在抱，久矣夫千百年来已非一日矣，溯往事以追维，曷勿考记载而诵诗书之典要，"耳朵里只听得自己的琅琅的音调，便有如置身戏馆，完全忘记了这些狗屁不通的文句，只是在抑扬顿挫的歌声中间三魂渺渺七魄茫茫地陶醉着了。(说到陶醉，我很怀疑这与抽大烟的快乐有点相近，只可惜现在还没有充分的材料可以证明。) 再从反面说来，做八股文的方法也纯粹是音乐的。它的第一步自然是认题，用做灯谜诗钟以及喜庆对联等法，检点应用的材料，随后是选谱，即选定合宜的套数，按谱填词，这是极重要的一点。从前有一个族叔，文理清通，而屡试不售，遂发愤用功，每晚坐高楼上朗读文章(《小题正鹄》?)，半年后应府县考皆列前茅，次年春间即进了秀才。这个很好的例可以证明八股是文义轻而声调重，做文的秘诀是熟记好些名家旧谱，临时照填，且填且歌，跟了上句的气势，下句的调子自然出来，把适宜的平仄字填上去，便可成为上好时文了。中国人无论写什么都要一面吟哦着，也是这个缘故，虽然所做的不是八股，读书时也是如此，甚至读家信或报章也非朗诵不可，于此更可以想见这种情形之普遍了。

其次，我们再来一谈中国的奴隶性罢。几千年来的专制养成很顽固的服从与模仿根性，结果是弄得自己没有思想，没有话说，非等候上头的吩咐不能有所行动，这是一般的现象，而八股文就是这个现象的代表。前清末年有过一个笑话，有洋人到总理衙门去，出来了七八个红顶花翎的大官，大家没有话可讲，洋人开言道"今天天气好"。首席的大声答道"好"。其余的红顶花翎接连地大声答道好好好……，其声如狗叫云。这个把戏，是中国做官以及处世的妙诀，在文章上叫作"代圣贤立言"，又可以称作"赋得"，换句话就是奉命说话。做"制艺"的人奉到题目，遵守"功令"，在应该说什么与怎样说的范围之内，尽力地显出本领来，显得好时便是"中式"，就是新贵人的举人进士了。我们不能轻易地笑前清的老腐败的文物制度，它的精神在科举废止后在不曾见过八股的人们的心里还是活着。吴稚晖公说过，中国有土八股，有洋八股，有党八股，我们在这里觉得未可以人废言。在这些八股做着的时候，大家还只是旧日的士大夫，虽然身上穿着洋服，嘴里咬着雪茄。要想打破一点这样的空气，反省是最有用的方法，赶紧去查考祖先的窗稿，拿来与自己的大作比较一下，看看土八股究竟死绝了没有，是不是死了之后还是夺舍投胎地复活在我们自己的心里。这种事情恐怕是不大愉快的，有些人或者要感到苦痛，有如洗刮身上的一个大疔疮。这个，我想也可以各人随便，反正我并不相信统一思想的理论，假如有人怕感到幻灭之悲哀，那么让他仍旧把膏药贴上也并没有什么不可罢。

总之我是想来提倡八股文之研究，纲领只此一句，其余的说明可以算是多余的废话，其次，我的提议也并不完全是反话或讽刺，虽然说得那么地不规矩相。

十九年五月

（载一九三〇年五月十九日《骆驼草》第二期，署名岂明。收《看云集》，又收（《中国新文学的源流》，列为"附录一"。）

中　年

　　虽然四川开县有二百五十岁的胡老人，普通还只是说人生百年。其实这也还是最大的整数，若是人民平均有四五十岁的寿，那已经可以登入祥瑞志，说什么寿星见了。我们乡间称三十六岁为本寿，这时候死了，虽不能说寿考，也就不是夭折。这种说法我觉得颇有意思。日本兼好法师曾说，"即使长命，在四十以内死了最为得体。"虽然未免性急一点，却也有几分道理。

　　孔子曰，"四十而不惑。"吾友某君则云，人到了四十岁便可以枪毙。两样相反的话，实在原是盾的两面。合而言之，若曰，四十可以不惑，但也可以不不惑，那么，那时就是枪毙了也不足惜云尔。平常中年以后的人大抵胡涂荒谬的多，正如兼好法师所说，过了这个年纪，便将忘记自己的老丑。想在人群中胡混，执著人生，私欲益深，人情物理都不复了解，"至可叹息"是也。不过因为怕献老丑，便想得体地死掉，那也似乎可以不必。为什么呢？假如能够知道这些事情，就很有不惑的希望，让他多活几年也不碍事。所以在原则上我虽赞成兼好法师的话，但觉得实际上还可稍加斟酌，这倒未必全是为自己，想大家都可见谅的罢。

　　我决不敢相信自己是不惑，虽然岁月是过了不惑之年好久了，但是我总想努力不至于不不惑，不要人情物理都不了解。本来人生是一贯的，其中却分几个段落，如童年，少年，中年，老年，各有意义，都不容空过。譬如少年时代是浪漫的，中年是理智的时代，到了老年差不多可以说是待死堂的生活罢。然而中国凡事是颠倒错乱的，往往少年老成，摆出道学家超人志士的模样；中年以来重新来秋冬行春令，大讲其恋爱等等，这样地跟着青年跑，或者可以免于落伍之讥，实在犹如将昼作夜，"拽直照原"，只落得不见日光而见月亮，未始没有好些危险。我想最好还是顺其自然，六十过后虽不必急做寿衣，惟一只脚确已踏在坟里，亦毋庸再去请斯坦那赫博士结扎生殖腺了。至于恋爱则在中年以前应该毕业，以后便可应用经验与理性去观察人情与物理，即使在市街战斗或示威运动的队伍里少了一个人，实在也有益无损，因为后起的青年自然会去补充，（这是说假如少年不是都老成化了，不在那里做各种八股，）而别一队伍里也就多了一个人，有如退伍兵去研究动物学，反正于参谋本部的作战计划并无什么妨害的。

　　话虽如此，在这个当儿要使它不发生乱调，实在是不大容易的事，世间称四十左右曰危险时期，对于名利，特别是色，时常露出好些丑态，这是人类的弱点，原也有可以容忍的地方。但是可容忍与可佩服是绝不相同的事情，尤其是无惭愧地、得意似地那样做，还仿佛是我们的模范似地那样做，那么容忍也还是我们从数十年的世故中来的最大的应许，若鼓吹护持似乎可以无须了罢。我们少年时浪漫地崇拜好许多英雄，到了中年再一回顾，那些旧日的英雄，无论是道学家或超人志士，此时也都是老年中年了，差不多尽数地不是显出泥脸便即露出羊脚，给我们一个不客气的幻灭。这有什么办法呢？自然太太的计划谁也难违拗它。风水与流年也好，遗传与环境也好，总之是说明这个的可怕。这样说来，得体地活着这件事，或者比得体地死要难得多，假如我们过了四十却还能平凡地生活，虽不见得怎么得体，也不至于怎样出丑，这实在要算是侥天之幸，不能不知所感谢了。

　　人是动物，这一句老实话，自人类发生以至地球毁灭，永久是实实在在的，但在我们人类则须经过相当年龄才能明白承认。所谓动物，可以含有科学家一视同仁的"生物"与儒教徒骂人的"禽兽"这两种意思，所以对于这一句话人们也可以有两样态度。其一，以为既同禽兽，便异圣贤，因感不满，以至悲观。其二，呼铲曰铲，本无不当，听之可也。我可以说就是这样地想，但是附加一点，有时要去综核名实言行，加以批评。本来棘皮动物不会肤如凝脂，怒毛上指栋的猫不打着呼噜，原是一定的理，毋庸怎么考核，无如人这动物是会说话的，可以自称什么家或主唱某主义等，这都是别的众生所没有的。我们如有闲一点儿，免不得要注意及此。譬如普通男女私情我们可以不管，但如见一个社会栋梁高谈女权或社会改革，却照例纳妾等等，那有如无产首领浸在高贵的温泉里命令大众冲锋，未免可笑，觉得这动物有点变质了。我想文明社会上道德的管束应该很宽，但应该要求诚实，言行不一致是一种大欺诈，大家应该留心不要上当。我想，我们与其伪善还不如真恶，真恶还是要负责任，冒危险。

我这些意思恐怕都很有老朽的气味，这也是没有法的事情。年纪一年年的增多，有如走路一站站的过去，所见既多，对于从前的意见自然多少要加以修改。这是得呢失呢，我不能说。不过，走着路专为贪看人物风景，不复去访求奇遇，所以或者比较地看得平静仔细一点也未可知。然而这又怎么能够自信呢？

（载一九三〇年三月十八日《益世报》第八十八期，署名岂明。收《看云集》。）

关于活埋

　　从前有一个时候偶然翻阅外国文人的传记，常看见说起他特别有一种恐怖，便是怕被活埋。中国的事情不大清楚，即使不成为心理的威胁，大抵也未必喜欢，虽然那《识小录》的著者自称活埋庵道人徐树丕，即在余澹心的《东山谈苑》上有好些附识自署同学弟徐晟的父亲，不过这只是遗民的一种表示，自然是另外一件事了。

　　小时候读英文，读过美国亚伦坡的短篇小说《西班牙酒桶》，诱人到洞窟里去喝酒，把他锁在石壁上，砌好了墙出来，觉得很有点可怕。但是这罗马的幻想白昼会出现么，岂不是还只往来于醉诗人的脑中而已？俄国陀思妥益夫思奇著有小说曰《死人之家》，英译亦有口"活埋"者，是记西伯利亚监狱生活的实录，陀氏亲身经历过，是小说亦是事实，确实不会错的了。然而这到底还只是个譬喻，与徐武子多少有点相同，终不能为活埋故实的典据。我们虽从文人讲起头，可是这里不得不离开文学到别处找材料去了。

　　讲到活埋，第一想到的当然是古代的殉葬。但说也惭愧，我们实在还不十分明白那葬是怎么殉法的。听说近年在殷墟发掘，找到殷人的坟墓，主人行踪不可考，却获得十个殉葬的奴隶或俘虏的骨殖，这可以说是最古的物证了，据说——不幸得很——这十个却都是身首异处的，那么这还是先杀后埋，与一般想像不相合。古希腊人攻忒罗亚时在巴多克勒思墓上杀俘虏十人，又取幼公主波吕克色那杀之，使从阿吉娄思于地下，办法颇有点相像。忒罗亚十年之役正在帝乙受辛时代，那么与殷人东西相对，不无香火因缘，或当为西来说学者所乐闻乎。《诗经·秦风》有《黄鸟》一篇。小序云哀三良也，我们记起"临其穴，惴惴其栗"，觉得仿佛有点意思了，似乎三良一个一个地将要牵进去，不，他们都是大丈夫，自然是从容地自己走下去吧。然而不然。孔颖达疏引服虔云，"杀人以葬，旋环其左右曰殉"。结果还是一样，完全不能有用处。第二想到的是坑儒，从秦穆公一跳到了始皇，这其间已经隔了十七八代了。孔安国《尚书》序云：

"及秦始皇，灭先代典籍，焚书坑儒。"孔颖达疏依《史记·秦始皇本纪》说明云：

"三十五年始皇以方士卢生求仙药不得，以为诽谤，诸生连相告引，四百六十余人，皆坑之咸阳，是坑儒也。"但是如李卓吾在《雅笑》卷三所说，"人皆知秦坑儒，而不知何以坑之。"这的确是一大疑问。孔疏又引卫宏《古文奇字序》云：

"秦改古文以为篆隶，国人多诽谤。秦患天下不从而召诸生，至者皆拜为郎，凡七百人。又密令冬月种瓜于骊山型谷之中温处，瓜实，乃使人上书曰瓜冬有实。有诏天下博士诸生说之，人人各异，则皆使往视之，而为伏机，诸生方相论难，因发机从上填之以土，皆终命也。"这坑法写得"活龙活现"，似乎确是活埋无疑了，但是理由说的那么支离，所用种瓜伏机的手段又很拙笨，我们只当传说看了觉得好玩，要信为事实就有点不大可能。《史记·项羽本纪》云：

"楚军夜击坑秦卒二十余万人新安城南。"计时即坑儒后六年。《白起列传》记起临死时语云：

"长平之战，赵卒降者数十万人，我诈而尽坑之。"据《列传》中说凡四十万人，武安君虑其反复，"乃挟诈而尽坑杀之"。仿佛是坑与秦总很有关系似的，可是详细还不能知道。掘了很大很大的坑，把二十万以至四十万人都推下去，再盖上土，这也不大像吧。正如《镜花缘》的林之洋常说的"坑死俺也"，我们对于这坑字似乎有点不好如字解释，只得暂且搁起再说。

英国贝林戈耳特老牧师生于一八三四年，到今年整整一百零一岁了，但他实在已于一九二四年去世，寿九十。所著《民俗志》小书系民国初年出版，其第五章《论牺牲》中讲到古时埋人于屋基下的事，是欧洲的实例。在一八九二年出版的《奇异的遗俗》中有《论基础》一章专说此事，更为详尽，今录一二于后：

"一八八五年诃耳思华西教区修理礼拜堂，西南角的墙拆下重造。

在墙内，发现一副枯骨，夹在灰石中间。这一部分的墙有点坏了，稍为倾侧。据发见这骨殖的泥水匠说，那里并无一点坟墓的痕迹，却显见得那人是被活埋的，而且很急忙地。一块石灰糊在那嘴上，好些砖石乱堆在那死体的周围，好像是急速地倒下去，随后慢慢地把墙壁砌好似的。"

"亨纳堡旧城是一派强有力的伯爵家的住所，在城壁间有一处穿门，据传说云造堡时有一匠人受了一笔款答应把他的小孩砌到墙壁里去。给了小孩一块饼吃，那父亲站在梯子上监督砌墙。末后的那块砖头砌上之后，小孩在墙里边哭了起来，那人悔恨交并，失手掉下梯子来，摔断了他的项颈。关于利本思坦的城堡也有相似的传说。一个母亲同样地卖了她的孩子。在那小东西的周围墙渐渐地高起来的时候，小孩大呼道，妈妈，我还看见你！过了一会儿，又道，妈妈，我不大看得见你了！末了道，妈妈，我看你不见了！"

日本民俗学者中山太郎翁今年六十矣，好学不倦，每年有著作出版，前年所刊行的《日本民俗学论考》共有论文十八篇，其第十七曰《埴轮的原始形态与民俗》，说到上古活埋半身以殉葬的风俗。埴轮即明器中之土偶，大抵为人或马，不封入墓穴中，但植立于四围。土偶有象两股者，有下体但作圆筒形者，中山翁则以为圆筒形乃是原始形态，即表示殉葬之状，象两股者则后起而昧其原意者也。这种考古与民俗的难问题我们外行无从加以判断，但其所引古文献很有意思，至少我们现在很是有用。据《日本书纪·垂仁纪》云：

"二十八年冬十月丙寅朔庚午，天皇母弟倭彦命薨。十一月丙申朔丁酉，葬倭彦命于身狭桃花鸟坂。于是集近习者，悉生立之于陵域。数日不死，昼夜泣吟。遂死而烂臭，犬鸟聚啖。天皇闻此泣吟声，心有悲伤，诏群卿曰，夫以生时所爱使殉于亡者，是甚可伤也。斯虽古风而不良，何从为。其议止殉葬。"垂仁天皇二十八年正当基督降生前二年，即汉哀帝元寿元年也。至三十二年皇后崩，野见宿祢令人取土为人马进之，天皇大喜，诏见宿祢曰，尔之嘉谋实洽朕心。遂以土物立于皇后墓前，号曰埴轮。此以土偶代生人的传说本是普通，可注意的是那种特别的埋法。《孝德纪》载大化二年（六四六）的命令云：

"人死亡时若自经以殉，或绞人以殉，及强以亡人之马为殉等旧俗，皆悉禁断。"可见那时殉葬已是杀了再埋，在先却并不然，据《类聚三代格》中所收延历十六年（七九七）四月太政官符云：

"上古淳朴，葬礼无节，属山陵有事，每以生人殉埋，鸟吟鱼烂，不忍见闻。"与《垂仁纪》所说正同，鸟吟鱼烂也正是用汉文炼字法总括那数日不死云云十七字。以上原本悉用一种特别的汉文，今略加修改以便阅读，但仍保留原来用字与句调，不全改译为白话。至于埋半身的理由，中山翁谓是古风之遗留，上古人死则野葬，露其头面，亲族日往视之，至腐烂乃止，琉球津坚岛尚有此俗，近始禁止，见伊波普猷著文《南岛古代之葬仪》中，伊波氏原系琉球人也。

医学博士高田义一郎著有一篇《本国的死刑之变迁》，登在《国家医学杂志》上，昭和三年（一九二八）出版《世相表里之医学的研究》共文十八篇，上文亦在其内。第四节论德川幕府时代的死刑，约自十七世纪初至十九世纪中间，内容分为五类，其四曰锯拉及坑杀。锯拉者将犯人连囚笼埋土中，仅露出头颅，傍置竹锯，令过路人各拉其颈。这使人想起《封神传》的殷郊来。至于坑杀，那与锯拉相像，只把犯人身体埋在土中，自然不连囚笼，不用锯拉，任其自死。在《明良洪范》卷十九有一节云《记稻叶淡路守残忍事》，是很好的实例：

"稻叶淡路守纪通为丹州福知山之城主，生来残忍无道，恶行众多。代官中有获罪者，逮捕下狱，不详加审问，遽将其妻儿及服内亲族悉捕至，于院中掘穴，一一埋之，露出其首，上覆小木桶，朝夕启视以消遣。余人逐渐死去，唯代官苟延至七日未绝。淡路守每朝巡视，见其尚活，嘲弄之曰，妻子亲族皆死，一人独存，真罪业深重哉。代官张目曰，余命尚存，思报此恨，今妻子皆死亡，无可奈何矣。身为武士，处置亦应有方，如此相待，诚自昔所未闻之刑罚也。会当有以相报！忿恨嚼舌而死。自此淡路守遂迷乱发狂，终乃装弹鸟枪中，自点火穿胸而死。"案稻叶纪通为德川幕府创业之功臣，位为诸侯，死于庆安元年，即西历一六四八，清顺治五年也。

外国的故事虽然说了好些，中国究竟怎样呢？殉葬与镇厌之外以活埋为刑罚，这有没有前例？官刑大约是不曾有吧，虽然自袁氏军政执法处以来往往有此风说，这自然不能找出证据，只有义威上将军张宗昌在北京时活埋其汽车夫与教书先生于丰台的传说至今脍炙人口，传为美谈。若盗贼群中本无一定规律，那就难说了，不过似乎也不尽然，如《水浒传》中便未说起，明末张李流寇十分残暴，以杀烧剥皮为乐，（这其实也与明初的永乐皇帝清初的大兵有同好而已，还不算怎么特别，）而活埋似未列入。较载太平天国时事的有李圭著《思痛记》二卷，光绪六年（一八八〇）出版，卷下纪咸丰十年（一八六〇）七月间在金坛时事有云：

“十九日汪典铁来约陆畴楷杀人，陆欣然握刀，促余同行。至文庙前殿，东西两偏室院内各有男妇大小六七十人避匿于此，已数日不食，面无人色。汪提刀趋右院，陆在左院。陆令余杀，余不应，以余已司文札不再逼而令余视其杀。刀落人死，顷刻毕数十命，地为之赤，有一二岁小儿，先置其母腹上腰截之，然后杀其母。复拉余至右院视汪杀，至则汪正在一一剖人腹焉。”光绪戊戌之冬我买得此书，民国十九年八月曾题卷首云：

“中国民族似有嗜杀性，近三百年中张李洪杨以至义和拳诸事即其明征，书册所说录百不及一二，至今读之犹令人悚然。今日重翻此记，益深此感。呜呼，后之视今亦犹今之视昔乎。”然而此记中亦不见有活埋的纪事焉。民国二十四年九月十九日《大公报》乃载唐山通信云：

“玉田讯：本县鸦鸿桥北大定府庄村西野地内于本月十二日发现男尸一具，倒埋土中，地面露出两脚，经人起出，尸身上部已腐烂，由衣服体态能辨出系定府庄村人王某，闻系因仇被人谋杀，该村乡长副报官检验后，于十五日由尸亲将尸抬回家中备棺掩埋。又同日城东吴各庄东北里新地内亦发现倒埋无名男尸一具，嗣由乡人起出，年约三十许，衣蓝布裤褂，全身无伤，系生前活埋，于十三日报官检验，至今尚无人认领云。”这真是——

　　　踏破铁鞋无觅处　　得来全不费工夫

想不到在现代中华民国河北省的治下找着了那样难得的活埋的实例。上边中外东西地乱找一阵，乱说一番，现在都可以不算，无论什么奇事在百年以前千里之外，也就罢了，若是本月在唐山出现的事，意义略有不同，如不是可怕也总觉得值得加以注意思索吧。

死只一个，而死法有好些，同一死法又有许多的方式。譬如窒息是一法，即设法将呼吸止住了，凡缢死，扼死，烟煤等气熏死，土囊压死，烧酒毛头纸糊脸，武大郎那样的棉被包裹上面坐人，印度黑洞的闷死，淹死，以及活埋而死，都属于这一类。本来死总不是好事，而大家对于活埋却更有凶惨之感，这是为什么呢？本来死无不是由活以至不活，活的投入水中与活的埋入土内论理原是一样，都因在缺乏空气的地方而窒息，以云苦乐殆未易分，然而人终觉得活埋更为凶惨，此本只是感情作用，却亦正是人情之自然也。又活埋由于以土塞口鼻而死，顺埋倒埋并无分别，但人又特别觉得倒埋更为凶惨者，亦同样地出于人情也。世界大同无论来否，战争刑罚一时似未必能废，斗殴谋杀之事亦殆难免，但野蛮的事纵或仍有，而野蛮之意或可减少。船火儿待客只预备馄饨与板刀面，殆可谓古者盗亦有道欤。人情恶活埋尤其是倒埋而中国有人喜为之，此盖不得谓中国民族的好事情也。

廿四年九月

（载一九三五年十月七日《国闻周报》第十二卷第三十九期，署名知堂。收《苦竹杂记》。）

本　色

　　阅郝兰皋《晒书堂集》，见其《笔录》六卷，文字意思均多佳胜，卷六有《本色》一则，其第三节云：

　　"西京一僧院后有竹园甚盛，士大夫多游集其间，文潞公亦访焉，大爱之。僧因具榜乞命名，公欣然许之，数月无耗，僧屡往请，则曰，吾为尔思一佳名未得，姑少待。逾半载，方送榜还，题曰竹轩。妙哉题名，只合如此，使他人为之，则绿筠潇碧，为此君上尊号者多矣。(《艮斋续说》八) 余谓当公思佳名未得，度其胸中亦不过绿筠潇碧等字，思量半载，方得真诠，千古文章事业同作是观。"郝君常引王渔洋尤西堂二家之说，而《艮斋杂说》为多，亦多有妙解。近来读清初笔记，觉有不少佳作，王渔洋与宋牧仲，尤西堂与冯钝吟，刘继庄与傅青主，皆是，我因《笔录》而看《艮斋杂说》，其佳处却已多被郝君引用了，所以这里还是抄的《笔录》，而且他的案语也有意思，很可以供写文章的人的参考。

　　写文章没有别的诀窍，只有一字曰简单。这在普通的英文作文教本中都已说过，叫学生造句分章第一要简单，这才能得要领。不过这件事大不容易。所谓三岁孩童说得，八十老翁行不得者也。《钝吟杂录》卷八有云：

　　"平常说话，其中亦有文字。欧阳公云，见人题壁，可以知人文字。则知文字好处正不在华绮，儒者不晓得，是一病。"其实平常说话原也不容易，盖因其中即有文字，大抵说话如华绮便可以稍容易，这只要用点脂粉工夫就行了，正与文字一样道理，若本色反是难。为什么呢？本色可以拿得出去，必须本来的质地形色站得住脚，其次是人情总缺少自信，想依赖修饰，必须洗去前此所涂脂粉，才会露出本色来，此所以为难也。想了半年这才丢开绿筠潇碧等语，找到一个平凡老实的竹轩，此正是文人的极大的经验，亦即后人的极好的教训也。

好几年前偶读宋唐子西的《文录》，见有这样一条，觉得非常喜欢。文云：

"关子东一日寓辟雍，朔风大作，因得句云，夜长何时旦，苦寒不成寐。以问先生云，夜长对苦寒，诗律虽有剗对，亦似不稳。先生云，正要如此，一似药中要存性也。"这里的剗对或蹉对或句中对的问题究竟如何，现在不去管他，我所觉得有意思的是药中存性的这譬喻，那时还起了"煨药庐"这个别号。当初想老实地叫存性庐，嫌其有道学气，又有点像药酒店，叫做药性庐呢，难免被人认为国医，所以改做那个样子。煨药的方法我实在不大了然，大约与煮酒焙茶相似，这个火候很是重要，才能使药材除去不要的分子而仍不失其本性，此手法如学得，真可通用于文章事业矣。存性与存本色未必是一件事，我却觉得都是很好的活，很有益于我们想写文章的人，所以就把他抄在一起了。

《钝吟杂录》卷八《遗言》之末有三则，都是批评谢叠山所选的《文章轨范》的，其第一则说得最好。文云：

"大凡学文初要小心，后来学问博，识见高，笔端老，则可放胆。能细而后能粗，能简而后能繁，能纯粹而后能豪放。叠山句句说倒了。至于俗气，文字中一毫着不得，乃云由俗入雅，真戏论也。东坡先生云，尝读《孔子世家》，观其言语文章循循然莫不有规矩，不敢放言高沦。然则放言高论，夫子不为也，东坡所不取也。谢枋得叙放胆文，开口便言初学读之必能放言高论，何可如此，岂不教坏了初学。"钝吟的意见我未能全赞同，但其非议宋儒宋文处大抵是不错的，这里说要小心，反对放言高论，我也觉得很有道理。卷一《家戒上》云：

　　"士人读书学古，不免要作文字，切忌勿作论。"这说得极妙，他便是怕大家做汉高祖论，胡说霸道，学上了坏习气，无法救药也。卷四《读古浅说》中云：

　　"余生仅六十年，上自朝廷，下至闾里，其间风习是非，少时所见与今日已迥然不同，况古人之事远者数千年，近者犹百年，一以今日所见定其是非，非愚则诬也。宋人作论多俗，只坐此病。"作论之弊素无人知，祸延文坛，至于今日，冯君的话真是大师子吼，惜少有人能倾听耳。小心之说很值得中小学国文教师的注意，与存性之为文人说法不同，应用自然更广，利益也就更大了，不佞作论三十余年，近来始知小心，他无进益，放言高论庶几可以免矣，若夫本色则犹望道而未之见也。

廿四年十二月廿五日

　　（载一九三五年十二月三十日《北平晨报》，署名知堂。收《风雨谈》。）

希腊人的好学

看英国瑞德的《希腊晚世文学史》，第二章讲到欧几里得 (Euclid) 云："在普多勒迈一世时有一人住在亚力山大城，他的名字是人人皆知，他的著作至少其一是举世皆读，只有圣书比他流传得广。现在数学的教法有点变更了，但著者还记得一个时代那时欧几里得与几何差不多就是同意语，学校里的几何功课也就只是写出欧几里得的两三个设题而已。欧几里得，或者写出他希腊式的原名欧克莱德思 (Eukleides)，约当基督二百九十年前生活于亚力山大城，在那里设立一个学堂，下一代的贝耳伽之亚波罗纽思即他弟子之一人。关于他的生平与性格我们几于一无所知，虽然有他的两件轶事流传下来，颇能表示出真的科学精神。其一是说普多勒迈问他，可否把他的那学问弄得更容易些，他回答道，大王，往几何学去是并没有御道的。又云，有一弟子习过设题后问他道，我学了这些有什么利益呢？他就叫一个奴隶来说道，去拿两角钱来给这厮，因为他是一定要用他所学的东西去赚钱的。后来他的名声愈大，人家提起来时不叫他的名字，只说原本氏 (Stoikheiotes) 就行，亚剌伯人又从他们的言语里造出一个语源解说来，说欧几里得是从乌克里 (阿剌伯语云钥) 与地思 (度量) 二字出来的。"后边讲到亚奇默得 (Archimedes)，又有一节云：

"亚奇默得于基督二八七年前生于须拉库色，至二一二年前他的故乡被罗马所攻取，他叫一个罗马兵站开点，不要踹坏地上所画的图，遂被杀。起重时用的滑车，抽水时用的螺旋，还有在须拉库色被围的时候所发明的种种机械，都足证明他的实用的才能，而且这也是他说的话：给我一块立足的地方，我将去转动这大地。但他的真的兴趣是在纯粹数学上，自己觉得那圆柱对于圆球是三与二之比的发明乃是他最大的成功。他的全集似乎到四世纪还都存在，但是我们现在只有论平面平衡等八九篇罢了。"苏俄类佐夫等编的《新物理学》中云：

"距今二千二百年前，力学有了一个伟大的进步。古代最大的力学者兼数学者亚奇默得在那时候发明了约四十种的力学的器具。这些器具中，有如起重机，在建筑家屋或城堡时都是必要，又如抽水机，于汲井水泉水也是必要的，但其大多数却还是供给军事上必要的各种的器具。

"须拉库色与其强敌罗马抗战的时候，兵数比罗马的要少得多，但因为有各色的石炮，所以能够抵抗得很久。在当时已经很考究与海军争斗的各手段了。如敌船冒了落下来的石弹向着城墙下前进，忽然墙上会出现杠杆，把上头用铁索系着的铁钩对了敌船抛去，在帆和帆索上钩住。于是因了墙后的杠杆的力将敌船拉上至相当高度，一刹那间晃荡一下便把它摔出去。船或沉没到海里去，或是碰在岩石上粉碎了。"这些玩艺儿自然也是他老先生所造的了，但是据说他自己颇不满意，以为学问讲实用便是不纯净，所以走去仍自画他的图式，结果把老命送在里头（享年七十五），这真不愧为古今的书呆子了。

后世各部门的科学几乎无不发源于希腊，而希腊科学精神的发达却实在要靠这些书呆子们。柏拉图曾说过，好学 (To philomathes) 是希腊人的特性，正如好货是斐尼基人与埃及人的特性一样。他们对于学，即知识，很有明其道不计其功的态度。英国部丘教授在《希腊的好学》这篇讲义里说道：

"自从有史以来，知这件事在希腊人看来似乎它本身就是一件好物事，不问它的所有的结果。他们有一种眼光锐利的，超越利益的好奇心，要知道大自然的事实，人的行为与工作，希腊人与外邦人的事情，别国的法律与制度。他们有那旅人的心，永远注意着观察记录一切人类的发明与发见。"又云：

"希腊人敢于发为什么的疑问。那事实还是不够，他们要找寻出事实 (To hoti) 后而的原因 (To dioti)。对于为什么的他们的答案常是错误，但没有忧虑踌躇，没有牧师的威权去阻止他们冒险深入原因的隐密区域里去。在抽象的数学类中，他们是第一个问为什么的，大抵常能想到正确的答案。有一件事是古代的中国印度埃及的建筑家都已知道的，即假如有一个三角，其各边如以数字表之为三与四与五，则其三与四的两边当互为垂直。几个世纪都过去了，未见有人发这问题：为什么如此？在基督约千一百年前中国一个皇帝周公所写的一篇对话里，（案这是什么文章一时记不得，也不及查考，敬候明教。）他自己也出来说话，那对谈人曾举示他这有名的三角的特性。皇帝说，真的，奇哉！但他并不想到去追问其理由。这惊奇是哲学所从生，有时却止住了哲学。直到希腊人在历史上出现，才问这理由，给这答案。总之，希腊的几何学是人类思想史上的一件新东西。据海罗陀多思说，几何学发生于埃及，但那是当作应用科学的几何学，目的在于实用，正如在建筑及量地术上所需要的。理论的几何学是希腊人自己创造出来的，它的进步很快，在基督前五世纪中，欧几里得的《原本》里所收的大部分似乎都已具备明确的论理的形式。希腊人所发现的那种几何学很可表示那理想家气质，这在希腊美术文艺上都极明显易见的。有长无广的线，绝对的直或是曲的线，这就指示出来，我们是在纯粹思想的界内了。经验的现实状况是被搁置了，心只寻求着理想的形式。听说比达戈拉思因为得到一个数学上的发见而大喜，曾设祭谢神。在古代文明里，还有什么地方是用了这样超越利害的热诚去追求数学的呢？"

我这里抄了许多别人的文章，实在因为我喜欢，礼赞希腊人的好学。好学亦不甚难，难在那样的超越利害，纯粹求知而非为实用。——其实，实用也何尝不是即在其中。中国人专讲实用，结果却是无知亦无得，不能如欧几里得的弟子赚得两角钱而又学了几何。中国向来无动植物学，恐怕直至传教师给我们翻译洋书的时候。只在《诗经》《离骚》《尔雅》的笺注，地志，农家医家的书里，有关于草木虫鱼的记述，但终于没有成为独立的部门，这原因便在对于这些东西缺乏兴趣，不真想知道。本来草木虫鱼是天地万物中最好玩的东西，尚且如此，更不必说抽象的了。还有一件奇怪的事，中国格物往往等于淡玄，有些在前代弄清楚了的事情，后人反而又胡涂起来，如螟蛉负子梁朝陶弘景已不相信，清朝邵晋涵却一定说是祝诵而化。又有许多伦理化的鸟兽生活传说，至今还是大家津津乐道，如乌反哺，羔羊跪乳，枭食母等。亚里士多德比孟子还大十岁，已著有《生物史研究》，据英国胜家博士在《希腊的生物学与医学》上所说，他记述好些动物生态与解剖等，证以现代学问都无差谬，又讲到头足类动物的生殖，这在欧洲学界也到了十九世纪中叶才明白的。我们不必薄今人而爱古人，但古希腊人之可钦佩却是的确的事，中国人如能多注意他们，能略学他们好学求知，明其道不计其功的学风，未始不是好事，对于国家教育大政方针未必能有补救，在个人正不妨当作寂寞的路试去走走耳。

廿五年八月

（载一九三六年八月十六日《新苗》第六期。收《瓜豆集》。）

家之上下四旁

　　《论语》这一次所出的课题是"家"，我也是考生之一，见了不禁着急，不怨自己的肚子空虚得很，只恨考官促狭，出这样难题目来难人。的确这比前回的"鬼"要难做得多了，因为鬼是与我们没有关系的，虽然普通总说人死为鬼，我却不相信自己会得变鬼，将来有朝一日即使死了也总不想到鬼门关里去，所以随意谈论谈论也还无妨。若是家，那是人人都有的，除非是不打诳话的出家人，这种人现在大约也是绝无仅有了，现代的和尚热心于国大选举，比我们还要积极，如我所认识的绍兴阿毛师父自述，他们的家也比我们为多，即有父家妻家与寺家三者是也。总而言之，无论在家出家，总离不开家，那么家之与我们可以说是关系深极了，因为关系如此之深，所以要谈就不大容易。赋得家是个难题，我在这里就无妨坚决地把他宣布了。

　　话虽如此，既然接了这个题目，总不能交白卷了事，无论如何须得做他一做才行。忽然记起张宗子的一篇《岱志》来，第一节中有云：

　　"故余之志岱，非志岱也。木华作《海赋》，曰，胡不于海之上下四旁言之。余不能言岱，亦言岱之上下四旁已耳。"但是抄了之后，又想道，且住，家之上下四旁有可说的么？我一时也回答不来。忽然又拿起刚从地摊买来的一本《醒闺编》来看，这是二十篇训女的韵文，每行分三三七共三句十三字，题曰西园廖免骄编。首篇第三叶上有这几行云：

　　　　犯小事，由你说，倘犯忤逆推不脱。
　　　　有碑文，你未见，湖北有个汉川县。
　　　　邓汉真，是秀才，配妻黄氏恶如豺。
　　　　打婆婆，报了官，事出乾隆五十三。
　　　　将夫妇，问剐罪，拖累左邻与右舍。
　　　　那邻里，最惨伤，先打后充黑龙江。

> 那族长，伯叔兄，有问绞来有问充。
> 后家娘，留省城，当面刺字充四门。
> 那学官，革了职，流徙三千杖六十。
> 坐的土，掘三尺，永不准人再筑室。
> 将夫妇，解回城，凌迟碎剐晓谕人。
> 命总督，刻碑文，后有不孝照样行。

我再翻看前后，果然在卷首看见"遵录湖北碑文"，文云：

"乾隆五十三年正月奉上谕：朕以孝治天下，海澨山陬无不一道同风。据湖北总督疏称汉川县生员邓汉祯之妻黄氏以辱母殴姑一案，朕思不孝之罪别无可加，唯有剥皮示众。左右邻舍隐匿不报，律杖八十，乌龙江充军。族长伯叔兄等不教训子侄，亦议绞罪。教官并不训诲，杖六十，流徙三千里。知县知府不知究治，罢职为民，子孙永不许入仕。黄氏之母当面刺字，留省四门充军。汉祯之家掘土三尺，永不许居住。汉祯之母仰湖北布政使司每月给米银二两，仍将汉祯夫妇发回汉川县对母剥皮示众。仰湖北总督严刻碑文，晓谕天下，后有不孝之徒，照汉祯夫妇治罪。"我看了这篇碑文，立刻发生好几个感想。第一是看见"朕以孝治天下"这一句，心想这不是家之上下四旁么，找到了可谈的材料了。第二是不知道这碑在那里，还存在么，可惜弄不到拓本来一看。第三是发生"一丁点儿"的怀疑。这碑文是真的么？我没有工夫去查官书，证实这汉川县的忤逆案，只就文字上说，就有许多破绽。十全老人的汉文的确有欠亨的地方，但这种谕旨既已写了五十多年，也总不至于还写得不合格式。我们难保皇帝不要剥人家的皮，在清初也确实有过，但乾隆时有这事么，有点将信将疑。看文章很有点像是老学究的手笔，虽然老学究不见得敢于假造上谕，——这种事情直到光绪末革命党才会做出来，而且文句也仍旧造得不妥帖。但是无论如何，或乾隆五十三年真有此事，或是出于士大夫的捏造，都是同样的有价值，总之足以证明社会上有此种意思，即不孝应剥皮是也。从前翻阅阮云台的《广陵诗事》，在卷九有谈逆妇变猪的一则云：

　　"宝应成安若康保《皖游集》载，太平寺中一豕现妇人足，弓样宛然，（案，此实乃妇人现豕足耳。）同游诧为异，余笑而解之曰，此必妒妇后身也，人彘之冤今得平反矣，因成一律，以《遇见》命题云。忆元幼时闻林庚泉云，曾见某处一妇不孝其姑遭雷击，身变为彘，唯头为人，后脚犹弓样焉，越年余复为雷殛死。始意为不经之谈，今见安若此诗，觉天地之大事变之奇，真难于恒情度也。惜安若不向寺僧究其故而书之。"阮君本非俗物，于考据词章之学也有成就，今记录此等恶滥故事，未免可笑，我抄了下来，当作确实材料，用以证此种思想之普遍，无雅俗之分也。翻个转面就是劝孝，最重要的是大家都知道的《二十四孝图说》。这里边固然也有比较容易办的，如扇枕席之类，不过大抵都很难，例如喂蚊子，有些又难得有机会，一定要凑巧冬天生病，才可以去找寻鱼或笋，否则终是徒然。最成问题的是郭巨埋儿掘得黄金一釜，这件事古今有人怀疑。偶看尺牍，见朱荫培著《芸香阁尺一书》（道光年刊）卷二有致顾仲懿书云：

　　"所论岳武穆何不直捣黄龙，再请违旨之罪，知非正论，姑作快论，得足下引《春秋》大义辨之，所谓天王明圣臣罪当诛，纯臣之心惟知有君也。前春原嵇丈评弟郭巨埋儿辨云，惟其愚之至，是以孝之至，事异论同，皆可补芸香一时妄论之失。"以我看来，顾嵇二公同是妄论，纯是道学家不讲情理的门面话，但在社会上却极有势力，所以这就不妨说是中国的舆论，其主张与朕以孝治天下盖全是一致。从这劝与戒两方面看来，孝为百行先的教条那是确实无疑的了。

　　现在的问题是，这在近代的家庭中如何实行？老实说，仿造的二十四孝早已不见得有，近来是资本主义的时代，神道不再管事，奇迹难得出现，没有纸票休想得到笋和鱼，世上一切都已平凡现实化了。太史公曰，伤哉贫也，生无以为养，死无以为葬也。这就明白的说明尽孝的难处。对于孝这个字想要说点闲话，实在很不容易。中国平常通称忠孝节义，四者之中只有义还可以商量，其他三德分属三纲，都是既得权利，不容妄言有所侵犯。昔者，施存统著《非孝》，而陈仲甫顶了缸，至今读经尊孔的朋友犹津津乐道，谓其曾发表万恶孝为首的格言，而林琴南孝廉又拉了孔北海的话来胡缠，其实《独秀文存》具在，中间原无此言也。我写到这里殊不能无戒心，但展侧一想，余行年五十有几矣，如依照中国早婚的习惯，已可以有曾孙矣，余不敏今仅以父亲的资格论孝，虽固不及曾祖之阔气，但资格则已有了矣。以余观之，现代的儿子对于我们殊可不必再尽孝，何也，盖生活艰难，儿子们第一要维持其生活于出学校之后，上有对于国家的义务，下有对于子女的责任，如要衣食饱暖，成为一个贤父良夫好公民，已大须努力，或已力有不及，若更欲采衣弄雏，鼎烹进食，势非贻误公务亏空公款不可，一朝捉将官里去，岂非饮鸩止渴，为之老太爷老太太者亦有何快乐耶。鄙意父母养育子女实止是还自然之债。此意与英语中所有者不同，须引《笑林》疏通证明之。有人见友急忙奔走，问何事匆忙，答云，二十年前欠下一笔债，即日须偿。再问何债，曰，实是小女明日出嫁。此是笑话，却非戏语。男子生而愿为之有室，女子生而愿为之有家，即此意也。自然无言，生物的行为乃其代言也，人虽灵长亦自不能出此民法外耳。债务既了而情谊长存，此在生物亦有之，而于人为特显著，斯其所以为灵长也欤。我想五伦中以朋友之义为最高，母子男女的关系所以由本能而进于伦理者，岂不以此故乎。有富人父子不和。子甚倔强，父乃语之曰，他事即不论，尔我共处二十余年，亦是老朋友了，何必再闹意气。此事虽然滑稽，此语却很有意思。我便希望儿子们对于父母以最老的老朋友相处耳，不必再长跪请老太太加餐或受训诫，但相见怡怡，不至于疾言厉色，便已大佳。这本不是石破天惊的什么新发明，世上有些国土也就是这样做着。不过中国不承认，因为他是喜唱高调的。凡唱高调的亦并不能行低调，那是一定的道理。吾乡民间有目连戏，本是宗教剧而富于滑稽的插活，遂成为真正的老百姓的喜剧，其中有《张蛮打爹》一段，蛮爹对众说白有云：

"现在真不成世界了，从前我打爹的时候爹逃就算了，现在我逃了他还要追着打哩。"这就是老百姓的"犯话"，所谓犯话者盖即经验之谈，从事实中"犯"出来的格言，其精锐而讨人嫌处不下于李耳与伊索，因为他往往不留情面的把政教道德的西洋镜戳穿也。在士大夫家中，案头放着《二十四孝》和《太上感应篇》，父亲乃由暴君降级欲求为老朋友而不可得，此等事数见不鲜，亦不复讳，亦无可讳，恰似理论与事实原是二重真理可以并存也者，不佞非渎经尊孔人却也闻之骇然，但亦不无所得，现代的父子关系以老朋友为极则，此项发明实即在那时候所得到者也。

上边所说的一番话，看似平常，实在我也是很替老年人打算的。父母少壮时能够自己照顾，而且他们那时还要照顾子女呢，所以不成什么问题。成问题的是在老年，这不但是衣食等事，重要的还是老年的孤独。儿子阔了有名了，往往在书桌上留下一部《百孝图说》，给老人家消遣，自己率领宠妾到洋场官场里为国民谋幸福去了。假如那老头子是个希有的明达人，那么这倒也还没有什么。如曹庭栋在《老老恒言》卷二中所说：

"世情世态，阅历久看应烂熟，心衰面改，老更奚求。谚曰，求人不如求己。呼牛呼马，亦可由人，毋少介意。少介意便生忿，忿便伤肝，于人何损，徒损乎己耳。

"少年热闹之场非其类则弗亲，苟不见几知退。取憎而已。至于二三老友相对闲谈，偶闻世事，不必论是非，不必较长短，慎尔出话，亦所以定心气。"又沈赤然著《寒夜丛谈》卷一有一则云：

"膝前林立，可喜也，虽不能必其皆贤，必其皆寿也。金钱山积，可喜也，然营田宅劳我心，筹婚嫁劳我心，防盗贼水火又劳我心矣。黄发台背，可喜也，然心则健忘，耳则重听，举动则须扶持，有不为子孙厌之，奴婢欺之，外人侮之者乎。故曰，多男子则多惧，富则多事，寿则多辱。"如能像二君的达观，那么一切事都好办，可惜千百人中不能得一，所以这就成为问题。社会上既然尚无国立养老院，本各尽所能各取所需的原则，对于已替社会做过相当工作的老年加以收养，衣食住药以至娱乐都充分供给，则自不能不托付于老朋友矣，——这里不说子孙而必戏称老朋友者，非戏也，以言子孙似专重义务，朋友则重在情感，而养老又以销除其老年的孤独为要，唯用老朋友法可以做到，即古之养志也。虽然，不佞不续编《二十四孝》，而实际上这老朋友的孝亦大不容易，恐怕终亦不免为一种理想，不违反人情物理，不压迫青年，亦不委屈老年，颇合于中庸之道，比皇帝与道学家的意见要好得多了，而实现之难或与二十四孝不相上下，亦未可知。何也？盖中国家族关系唯以名分，以利害，而不以情义相维系也，亦已久矣。闻昔有龚橙自号半伦，以其只有一妾也，中国家庭之情形何如固然一言难尽，但其不为龚君所笑者殆几希矣。家之上下四旁如只有半伦，欲求朋友于父子之间又岂可得了。

附记

关于汉川县一案，我觉得乾隆皇帝（假如是他，）处分得最妙的是那邓老太太。当着她老人家的面把儿子媳妇都剥了皮，剩下她一个孤老，虽是每月领到了藩台衙门的二两银子，也没有家可住，因为这掘成一个茅厕坑了，走上街去，难免遇见黄宅亲家母面上刺着两行金印，在那里看守城门，彼此都很难为情。教官族长都因为不能训诲问了重罪，那么邓老太太似乎也是同一罪名，或者那样处分也就是这意思吧。甚矣皇帝与道学家之不测也，吾辈以常情推测，殊不能知其万一也。

廿五年十月十八日记

（载一九三六年十一月十六日《论语》第一〇〇期，署名知堂。收《瓜豆集》。）

明珠抄六首(选三首)

谈儒家

　　中国儒教徒把佛老并称曰二氏，排斥为异端，这是很可笑的。据我看来，道儒法三家原只是一气化三清，是一个人的可能的三样态度，略有消极积极之分，却不是绝对对立的门户，至少在中间的儒家对于左右两家总不能那么歧视。我们且不拉扯书本子上的证据，说什么孔子问礼于老聃，或是荀卿出于孔门等等，现在只用我们自己来做譬喻，就可以明白。假如我们不负治国的责任，对于国事也非全不关心，那么这时的态度容易是儒家的，发些合理的半高调，虽然大抵不违背物理人情，却是难以实行，至多也是律己有余而治人不足，我看一部《论语》便是如此，他是哲人的语录，可以做我们个人持己待人的指针，但决不是什么政治哲学。略为消极一点，觉得国事无可为，人生多忧患，便退一步愿以不才终天年，入于道家，如《论语》所记的隐逸是也。又或积极起来，挺身出来办事，那么那一套书房里的高尚的中庸理论也须得放下，要求有实效一定非严格的法治不可，那就入于法家了。《论语·为政第二》云：
　　"子曰，道之以政，齐之以刑，民免而无耻。道之以德，齐之以礼，有耻且格。"后者是儒家的理想，前者是法家的办法，孔子说得显有高下，但是到得实行起来还只有前面这一个法子，如历史上所见，就只差没有法家的那么真正严格的精神，所以成绩也就很差了。据《史记》四十九《孔子世家》云：
　　"定公十四年，孔子年五十六，由大司寇行摄相事。于是诛鲁大夫乱政者少正卯。"那么他老人家自己也要行使法家手段了，本来管理行政司法与教书时候不相同，手段自然亦不能相同也。还有好玩的是他别一方面与那些隐逸们的关系。我曾说过，中国的隐逸大都是政治的，与外国的是宗教的迥异。他们有一肚子理想，但看得社会浑浊无可施为，便只安分去做个农工，不再来多管，见了那知其不可而为之的人，却是所谓惺惺惜惺惺，好汉惜好汉，想了方法要留住他，看晨门接舆等六人的言动虽然冷热不同，全都是好意，毫没有歧视的意味，孔子的应付也是如此，都是颇有意思的事。如接舆歌云，往者不可谏，来者犹可追，正是朋友极有情意的劝告之词，孔子下，欲与之言，与对于桓魋的蔑视，对于阳货的敷衍，态度全不相同，正是好例。因此我想儒法道三家本是一起的，那么妄分门户实在是不必要，从前儒教徒那样的说无非想要统制思想，定于一尊，到了现在我想大家应该都不再相信了罢。至于佛教那是宗教，与上述中国思想稍有距离，若论方向则其积极实尚在法家之上，盖宗教与社会主义同样的对于生活有一绝大的要求，不过理想的乐国一个是在天上，一个即在地上，略为不同而已。宗教与主义的信徒的勇猛精进是大可佩服的事，岂普通儒教徒所能及其万一，儒本非宗教，其此思想者正当应称儒家，今呼为儒教徒者，乃谓未必有儒家思想而挂此招牌之吃教者流也。

谈韩文

借阅《赌棋山庄笔记》，第二种为《藤阴客赘》，有一节云：

"洪容斋曰，韩文公《送孟东野序》曰，物不得其平则鸣。然其文云，在唐虞时咎陶禹其善鸣者也，而假之以鸣，夔假于韶以鸣，伊尹鸣殷，周公鸣周。又云，天将和其声而鸣国家之盛。然则非所谓不得其平也。(《容斋随笔》四)余谓不止此也。篇中又云，以鸟鸣春，以虫鸣秋。夫虫鸟应时发声，未必中有不平，诚如所言，则彼反舌无声，飞蝴不语，可谓得其平耶。究之此文微涉纤巧附会，本非上乘文字，世因出韩公不敢议耳。"

世间称韩退之文起八代之衰，人云亦云的不知说了多少年，很少有人怀疑，这是绝可怪的事。谢枚如是林琴南之师，却能跳出八家的圈子，这里批评韩文的纰谬尤有识力，殊不易得。八代之衰的问题我也不大清楚，但只觉得韩退之留赠后人有两种恶影响，流泽孔长，至今未艾。简单的说，可以云一是道，一是文。本来道即是一条路，如殊途而同归，不妨各道其道，则道之为物原无什么不好。韩退之的道乃是有统的，他自己辟佛却中了衣钵的迷，以为吾家周公三吐哺的那只铁碗在周朝转了两个手之后一下子就掉落在他的手里，他就成了正宗的教长，努力于统制思想，其为后世在朝以及在野的法西斯派所喜欢者正以此故，我们翻过来看就可以知道这是如何有害于思想的自由发展的了。但是现在我们所要谈的还是在文这一方面。韩退之的文算是八家中的顶呱呱叫的，但是他到底如何好法呢？文中的思想属于道这问题里，今且不管，只谈他的文章，即以上述《送孟东野序》为例。这并不是一篇没有名的古文，大约《古文观止》等书里一定是有的，只可惜我这里一时无可查考。可是，如洪谢二君所说，头一句脍炙人口的"大凡物不得其平则鸣"，与下文对照便说不通，前后意思都相冲突，殊欠妥帖。金圣叹批《才子必读书》在卷十一也收此文，批曰，只用一鸣字，跳跃到底，如龙之变化，屈伸于天。圣叹的批是好意，我却在同一地方看出其极不行处，盖即此是文字的游戏．如说急口令似的，如唱戏似的，只图声调好听，全不管意思说的如何，古文与八股这里正相通，因此为世人所喜爱，亦即其最不堪的地方也。《赌棋山庄笔记》之三《稗贩杂录》卷一有云：

"作文喜学通套言语。相传有塾师某教其徒作试帖，以剃头为题，自拟数联，有剃则由他剃，头还是我头，有头皆可剃，无剃不成头等句，且谓此是通套妙调，虽八股亦不过此法，所以油腔滑笔相习成风，彼此摹仿，十有五六，可慨也。"以愚观之，剃头赋与《送孟东野序》实亦五十步与百步之比，其为通套妙调则一也。如有人愿学滥调古文，韩文自是上选，《东莱博议》更可普及，剃头诗亦不失为可读之课外读物。但是我们假如不赞成统制思想，不赞成青年写新八股，则韩退之暂时不能不挨骂，盖窃以为韩公实系陔项运动的祖师，其势力至今尚弥漫于全国上下也。

谈方姚文

谢枚如笔记《稗贩杂录》卷一有《望溪遗诗》一条，略云：

"望溪曾以诗质渔洋，为其所讥诮，终身以为恨，此诗则在集外，未刻本也。所作似有一二可取，而咏古之篇则去风雅远矣。其《咏明妃》云：茑萝随蔓引，性本异贞松。若使太孙见，安知非女戎。夫明妃为汉和亲，当时边臣重臣皆当为之减色，今乃贬其非贞松，又料其为祸水，深文锻炼，不亦厚诬古人乎。经生学人之诗，不足于采藻，而析理每得其精，兹何其持论之偏欤。侧闻先生性卞急，好责人，宜其与温柔敦厚不近。幸而不言诗，否则谿刻之说此唱彼和，又添一魔障矣。享高名者

其慎之哉。"今查《望溪集外文》卷九有诗十五首，《咏明妃》即在其
内，盖其徒以为有合于载道之义，故存之欤。黢刻之说原是道学家本色，
骂王昭君的话也即是若辈传统的女人观，不足深怪。唯孔子说女子与小
人难养，因为近之则不逊，远之则怨，具体的只说不好对付罢了，后来
道学家更激烈却认定女人是浪而坏的东西，方云非贞松，是祸水，是也。
这是一种变质者的心理，郭鼎堂写孟子舆的故事，曾经这样的加以调笑，
我觉得孟君当不至于此，古人的精神应该还健全些，若方望溪之为此种
人物则可无疑，有诗为证也。中国人士什九多妻，据德国学者记录云占
男子全数的六十余，（我们要知道这全数里包含老头子与小孩在内，）可
谓盛矣，而其思想大都不能出方君的窠臼，此不单是一矛盾，亦实中国
民族之危机也。

　　道学家对人黢刻，却也并不限于女子。查《望溪文集》卷六有《与
李刚主书》，系唁其母丧者，中间说及刚主子长人之夭，有云：

　　"窃疑吾兄承习斋颜氏之学，著书多訾謷朱子。记曰，人者天地之
心。孔孟以后，心与天地相似而足称斯言者舍程朱而谁与，若毁其道，
是谓戕天地之心，其为天所不祐决矣。故自阳明以来，凡极诋朱氏者多
绝世不祀，仆所见闻具可指数，若习斋西河，又吾兄所目击也。"刚主
系望溪的朋友，又是他儿子的老师，却对他说活该绝嗣。因为骂了朱晦
庵，真可谓刻薄无人心，又以为天上听见人家骂程朱便要降灾处罚，识
见何其鄙陋，品性又何其卑劣耶。不过我们切勿怪方君一个人，说这样
话的名人也还有哩。查《惜抱轩文集》卷六《再复简斋书》有云：

　　"且其人生平不能为程朱之行，乃欲与程朱争名，安得不为天之所
恶，故毛大可李刚主程绵庄戴东原率皆身灭嗣绝，殆未可以为偶然也。"
夫姚惜抱何人也，即与方望溪并称方姚为桐城派之始祖者也，其一鼻孔
出气本不足异，唯以一代文宗而思想乃与《玉历钞传》相同，殊非可以
乐观的事。方姚之文继韩愈而起，风靡海内，直至今日，此种刻薄鄙陋
的思想难免随之广播，深入人心，贻害匪浅，不佞乃教员而非文士，文
章艺术之事不敢妄谈，所关心者只是及于青年思想之坏影响耳。

　　（均载一九三六年十二月《世界日报·明珠》，署名知堂。收《秉烛谈》。）

明珠抄六首（选三首）

赋得猫

——猫与巫术

我很早就想写一篇讲猫的文章。在我的《书信》里"与俞平伯君书"中有好几处说起，如廿一年十一月十三日云：

"昨下午北院叶公过访，谈及索稿，词连足下，未知有劳山的文章可以给予者欤。不佞只送去一条穷裤而已，虽然也想多送一点，无奈材料缺乏，别无可做，久想写一小文以猫为主题，亦终于未着笔也。"叶公即公超，其时正在编辑《新月》。十二月一日又云：

"病中又还了一件文债，即新印《越谚》跋文，此后拟专事翻译，虽胸中尚有一猫，盖非至一九三三年未必下笔矣。"但二十二年二月二十五日又云：

"近来亦颇有志于写小文，仍有暇而无闲，终未能就，即一年前所说的猫亦尚任其屋上乱叫，不克捉到纸上来也。"如今已是一九三七，这四五年中信里虽然不曾再说，心里却还是记着，但是终于没有写成。这其实倒也罢了，到现在又来写，却为什么缘故呢？

当初我想写猫的时候，曾经用过一番工夫。先调查猫的典故，并觅得黄汉的《猫苑》二卷，仔细检读，次又读外国小品文，如林特 (R. Lynd)，密伦 (A. A. Milne)，却贝克 (K. Capek) 等，公超又以路加思 (E. V. Lucas) 文集一册见赠，使我得见所著谈动物诸文，尤为可感。可是愈读愈胡涂，简直不知道怎样写好，因为看过人家的好文章，珠玉在地，不必再去摆上一块砖头，此其一。材料太多，贪吃便嚼不烂，过于踌躇，不敢下笔，此其二。大约那时的意思是想写《草木虫鱼》一类的文章，所以还要有点内容，讲点形式，却是不大容易写，近来觉得这也可以不必如此，随便说说话就得了，于是又拿起那个旧题目来，想写几句话交卷。这是先有题目而作文章的，故曰赋得，不过我写文章是以不切题为宗旨的，假如有人想拿去当作赋得体的范本，那是上当非浅，所以请大家不要十分认真才好。

现在我的写法是让我自己来乱说，不再多管人家的鸟事。以前所查过的典故看过的文章幸而都已忘却了，《猫苑》也不翻阅，想到什么可写的就拿来用。这里我第一记得清楚的是一件老姨与猫的故事，出在霁园主人著的《夜谈随录》里。此书还是前世纪末读过，早已散失，乃从友人处借得一部检之，在第六卷中，是《夜星子》二则中之一。其文云：

"京师某宦家，其祖留一妾，年九十余，甚老耄，居后房，上下呼为老姨。日坐炕头，不言不笑，不能动履，形似饥鹰而健饭，无疾病。尝畜一猫，与相守不离，寝食共之。宦一幼子尚在襁褓，夜夜啼号，至晓方辍，匝月不愈，患之。俗传小儿夜啼谓之夜星子，即有能捉之者。于是延捉者至家，礼待甚厚，捉者一半老妇人耳。是夕就小儿旁设桑弧桃矢，长大不过五寸，矢上系素丝数丈，理其端于无名之指而拈之。至夜半月色上窗，儿啼渐作，顷之隐隐见窗纸有影倏进倏却，仿佛一妇人，长六七寸，操戈骑马而行。捉者摆手低语曰，夜星子来矣来矣！亟弯弓射之，中肩，唧唧有声，弃戈返驰，捉者起，急引丝率众逐之。拾其戈观之，一搓线小竹签也。迹至后房，其丝竟入门隙，群呼老姨，不应，因共排闼燃烛入室，遍觅无所见。搜索久之，忽一小婢惊指曰，老姨中箭矣！众视之，果见小矢钉老姨肩上，呻吟不已，而所畜猫犹在跨下也，咸大错愕，亟为拔矢，血流不止。捉者命扑杀其猫，小儿因不复夜啼，老姨亦由此得病，数日亦死。"后有兰岩评语云：

"怪出于老姨，诚不知其何为，想系猫之所为，老姨龙钟为其所使耳。卒乃中箭而亡，不亦冤乎。"同卷中又有《猫怪》三则，今悉不取，此处评者说是猫之所为亦非，盖这篇《夜星子》的价值重在是一件巫蛊案，猫并不是主，乃是使也。我很想知道西汉的巫蛊详情，可是没有工夫去查考，所以现在所说的大抵是以西欧为标准，巫蛊当作 witch-craft 的译语，所谓使即是 familiars 也。英国蔼堪斯泰因女士(Lina Eckenstein)曾著《儿歌之研究》，二十年前所爱读，其遗稿《文字的咒力》(A Spell of Words，1932)中第一篇云《猫及其同帮》，于我颇有用处。第一章《猫或狗》中云：

"在北欧古代猫也算是神圣不可犯的，又用作牺牲。木桶里的猫那

赋得猫

种残酷的游戏在不列颠一直举行，直至近代。这最好是用一只猫，在得不到的时候，那就用烟煤，加入桶中。"

"在法兰西比利时直至近代，都曾举行公开的用猫的仪式。圣约翰祭即仲夏夜，在巴黎及各处均将活猫关在笼里，抛到火堆里去。在默兹地方，这个习俗至一七六五年方才废除。比利时的伊不勒思及其他城市，在圣灰日即四旬斋的第一日举行所谓猫祭，将活猫从礼拜堂塔顶掷下，意在表示异端外道就此都废弃了。猫是与古代女神莳赖耶有系属的，据说女神常跟着军队，坐了用许多猫拉着的车子。书上说现在伊不勒思尚留有遗址，原是献给一个女神的庙宇。"第二章《猫与巫》中又云：

"猫在欧洲当作家畜，其事当直在母权社会的时代，猫是巫的部属，其关系极密切，所以巫能化猫，而猫有时亦能幻作巫形。兔子也有同样的情形，这曾被叫作草猫的。德国有俗谚云，猫活到二十岁便变成巫，巫活到一百岁时又变成一只猫。

"一五八四年出版的巴耳温的《留心猫儿》中有这样的话，巫是被许可九次把她自己化为猫身。《罗米欧与朱丽叶》中谛巴耳特说，你要我什么呢？麦邱细阿答说，美猫王，我只要你九条性命之一而已。据英法人说，女人同猫一样也有九条性命，但在格伦绥则云那老太太有七条性命正如一只黑猫。

"又有俗谚云，猫有九条性命，而女人有九只猫的性命。(案此即八十一条性命矣。)

"巫可以变化为猫或兔，十七世纪的知识阶级还都相信这是可能的事。"

烧猫的习俗，莳来则博士(J. G. Frazer)自然知道得最多，可惜我只有一册节本的《金枝》(The Golden Bough)，只可简单的抄几句。在六十四章《火里烧人》中云：

"在法国阿耳登思省，四旬斋的第一星期日，猫被扔到火堆里去，有时候残酷稍为醇化了，便将猫用长竿挂在火上，活活的烤死。他们说，猫是魔鬼的代表，无论怎么受苦都不冤枉。"他又解释烧诸动物的理由云：

"我们可以推想，这些动物大约都被算作受了魔法的咒力的，或者实在就是男女巫，他们把自己变成兽形，想去进行他们的鬼计，损害人类的福利。这个推测可以证实，只看在近代火堆里常被烧死的牺牲是猫，而这猫正是据说巫所最喜变的东西，或者除了兔以外。"

这样大抵可以说明老姨与猫的关系。总之老姨是巫无疑了，猫是她的不可分的系属物。理论应该是老姨她自己变了猫去作怪，被一箭射中猫肩，后来却发见这箭是在她的身上。如散茂斯 (M. Summers) 在所著《僵尸》(The Vampire，1928) 第三章《僵尸的特性及其习惯》中云：

"这是在各国妖巫审问案件中常见的事，有巫变形为猫或兔或别的动物，在兽形时遇着危险或是受了损伤，则回复原形之后在他的人身上也有着同样的伤或别的损害。"这位散茂斯先生著作颇多，此外我还有他的名著《变狼人》，《巫术的历史》与《巫术的地理》，就只可惜他是相信世上有巫术的，这又是非圣无法故该死的，因此我有点不大敢请教，虽然这些题目都颇珍奇，也是我所想知道的事。吉忒勒其教授 (G. L. Kittredge) 的《旧新英伦之巫术》(The Witch-craft in Old and New England，1929) 第十章《变形》中亦云：

"关于猫巫在兽形时受害，在其原形受有同样的伤，有无数的近代的例证。"在小注中列举书名出处甚多。吉忒勒其曾编订英国古民谣为我所记忆，今此书亦是我爱读的，其小序中有一节云：

"有见于近时所出讲巫术的诸书，似应慎重一点在此声明，我并不相信黑术 (案即害他的巫术)，或有魔鬼干预活人的日常生活。"南是可知他的态度是与《僵尸》的著者相反的，我很有同感，可是文献上的考据还是一样，盖档案与大众信心固是如此，所谓泰山可移而此案难翻者也。

话又说了回来，老姨却并不曾变猫，所以不是属于这一部类的。这头猫在老姨只是一种使，或者可称为鬼使 (familiar spirit)。茂来女士 (M. A. Murray) 于一九二一年著《西欧的巫教》(The Witch-craft in Western Europe)，辨明所谓巫术实是古代的原始宗教之余留，也是我所尊重的一部书，其第八章，《论使与变形》是最有价值的论断。据她在这里说：

"苏格兰法律家福布斯说过，魔鬼对于他们给与些小鬼，以通信息，或供使令，都称作古怪名字，叫着时它们就答应。这些小鬼放在瓦罐或是别的器具里。"大抵使有两种，一云占卜使，即以通信息，犹中国的樟柳神，一云畜养使，即以供使令，犹如蛊也。书中又云：

"畜养使平常总是一种小动物．特别用面包牛乳和人血喂养，又如福布斯所云，放在木匣或瓦罐里，底垫羊毛。这可以用了去对于别人的身体或财产使行法术，却决不用以占卜。吉法特在十六世纪时记述普通一般的所信云：巫有她们的鬼使，有的只一个，有的更多，自二以至四五，形状各不相同，或像猫，黄鼠狼，癞虾蟆，或小老鼠，这些她们都用牛乳或小鸡喂养，或者有时候让它们吸一点血喝。

"在早先的审问案件里巫女招承自刺手或脸，将流出来的血滴给鬼使吃。但是在后来的案件里这便转变成鬼使自己喝巫女的血，所以在英国巫女算作特色的那冗乳（案即赘疣似的多余的乳头）普通都相信就是这样舐吮而成的。"吉忒勒其教授云：

"一五五六年在千斯福特举行的伊里查白时代巫女大审问的第一案里，猫就是鬼使。这是一头白地有斑的猫，名叫撒但，喝血吃。"恰好在茂来女士书里有较详的记载，我们能够知道这猫本来是法兰色斯从祖母得来的，后来她自己养了十五六年，又送给一位老太太华德好司，再养了九年，这才破案。因为本来是小鬼之流，所以又会转变，如那头猫后来就化为一只癞虾蟆了。法庭记录（见茂来书中）说：

"据该妪华德好司供，伊将该猫化为蟾蜍，系因当初伊用瓦罐中垫羊毛养放该猫，历时甚久，嗣因贫穷不能得羊毛，伊遂用圣父圣子圣灵之名祷告愿其化为蟾蜍，于是该猫化为蟾蜍，养放罐中，不用羊毛。"这是一个理想的好例，所以大家都首先援引，此外鬼使作猫形的还不少，茂来女士书中云：

"一六二一年在福斯东地方扰害费厄法克思家的巫女中，有五人都有畜养使的。惠忒的是一个怪相的东西，有许多只脚，黑色，粗毛，像猫一样大。惠忒的女儿有一鬼使，是一只猫，白地黑斑，名叫印及思。狄勃耳有一大黑猫，名及勃，已经跟了她有四十年以上了。她的女儿所有是使得鸟形的，黄色，大如鸦，名曰啁嘬。狄更生的鬼使形如白猫，名菲利，已养了有二十年。"由此可知猫的地位在那里是多么高的了。

吉忒勒其教授书中（仍是第十章）又云：

"驯养的乡村的猫，在现今流行的迷信里，还保存着好些他的魔性。猫会得吸睡着的小孩的气，这个意见在旧的和新的英伦（案即英美两国）仍是很普遍。又有一种很普遍的思想，说不可令猫近死尸，否则会把尸首毁伤。这在我们本国（案即美国）变成了一种高明的说法，云：勿使猫近死人，怕他会捕去死者的灵魂。我们记得，灵魂常从睡着的人的嘴里爬出来，变成小老鼠的模样！"讲到这里我们可以知道老姨的猫是属于这一类的畜养使，无论是鬼王派遣来，或是养久成了精，总之都是供老姨的使令用的，所以跨了当马骑正是当然的事。到了后来时不利兮骓不逝，主人无端中了流矢，猫也就殉了义，老姨一案遂与普通巫女一样的结局了。

我听人家所讲猫的故事里，还有一件很有意思的，即是猫替猴子伸手到火炉里抓煨栗子吃，觉得十分好玩，想拿来做文章的主题，可是末了终于决定借用这老姨的猫。为什么呢？这件故事很有意思，因为这与中国的巫蛊和欧洲的巫术都有关系，虽然原只是一篇志异的小说。以汉朝为中心的巫蛊事情我很想知道，如上边所已说过，只是尚无这个机缘，所以我在几本书上得来的一点知识单是关于巫术的。那些巫，马披，沙满，药师等的哲学与科学，在我都颇有兴趣而且稍能理解，其荒唐处固自言之成理，亦复别有成就，克拉克教授在《西欧的巫教》附录中论一女所用飞行药膏的成分，便是很有趣的一例。其结论云：

"我不能说是否其中那一种药会发生飞行的感觉，但这里使用乌头(aconite)我觉得很有意思。睡着的人的心脏动作不匀使人感觉突然从空中下坠，今将用了使人昏迷的莨菪与使心脏动作不匀的乌头配合成剂，令服用者引起飞行的感觉，似是很可能的事。"这样戳穿西洋镜似乎有点杀风景，不如戈耶所画老少二女白身跨一扫帚飞过空中的好，我当然也很爱好这西班牙大匠的画；但是我也很喜欢知道这三个药方，有如打听得祝由科的几门手法或会党的几句口号，虽不敢妄希仙人的他心通，唯能多察知一点人情物理，亦是很大的喜悦。茂来女士更证明中古巫术原是原始的地亚那教(Diana-Clut)之留遗，其男神名地亚奴思，亦名耶

奴思 (Janus)，古罗马称正月即从此神名衍出，通行至今，女神地亚那之徒即所谓巫，其仪式乃发生繁殖的法术也。虽然我并不喜吃菜事魔，自然更没有骑扫帚的兴趣，但对于他们鬼鬼祟祟的花样却不无同情，深觉得宗教审问院的那些烤打杀戮大可不必。多年前我读英国克洛特 (E. Clodd) 的《进化论之先驱》与勒吉 (W. E.H.Lecky) 的《欧洲唯理思想史》，才对于中古的巫术案觉得有注意的价值，就能力所及略为涉猎，一面对那时政教的权威很生反感，一面也深感危惧，看了心惊眼跳，不能有隔岸观火之乐，盖人类原是一个，我们也有文字狱思想狱，这与巫术案本是同一类也。欧洲的巫术案，中国的文字狱思想狱，都是我所怕却也就常还想 (虽然想了自然又怕) 的东西，往往互相牵引连带着，这几乎成了我精神上的压迫之一。想写猫的文章，第一挑到老姨，就是为这缘故。该姨的确是个老巫，论理是应该重办的，幸而在中国偶得免肆诸市朝，真是很难得的，但是拿来与西洋的巫术比较了看也仍是极有意思的事。中国所重的文字狱思想狱是儒教的，——基督教的教士敬事上帝，异端皆非圣无法，儒教的文士谄事主君，犯上即大逆不道，其原因有宗教与政治之不同，故其一可以随时代过去，其一则不可电。我们今日且谈巫术，论老姨与猫，若文字狱等亦是很好题目，容日后再谈，盖其事言之长矣。

民国二十六年一月二十六日于北平

附记

黄汉《猫苑》卷下引《夜谈随录》，云有李侍郎从苗疆携一苗婆归，年久老病，尝养一猫酷爱之，后为夜星子，与原书不合，不知何所本，疑未可凭信。

(载一九三七年三月一日《国闻周报》第十四卷第八期，署名知堂。收《秉烛谈》。)

汉文学的传统

这里所谓汉文学，平常说起来就是中国文学，但是我觉得用在这里中国文学未免意思太广阔，所以改用这个名称。中国文学应当包含中国人所有各样文学活动，而汉文学则限于用汉文所写的，这是我所想定的区别，虽然外国人的著作不算在内。中国人固以汉族为大宗，但其中也不少南蛮北狄的分子，此外又有满蒙回各族，而加在中国人这团体里，用汉文写作，便自然融合在一个大潮流之中，此即是汉文学之传统，至今没有什么变动。要讨论这问题不是容易事，非微力所能及，这里不过就想到的一两点略为陈述，聊贡其一得之愚耳。

这里第一点是思想。平常听人议论东方文化如何，中国国民性如何，总觉得可笑，说得好不过我田引水，否则是皂隶传话，尤不堪闻。若是拿专司破坏的飞机潜艇与大乘佛教相比，当然显得大不相同，但是查究科学文明的根源到了希腊，他自有其高深的文教，并不亚于中国，即在西洋也尚存有基督教，实在是东方的出品，所以东西的辩论只可作为政治宗教之争的资料，我们没有关系的人无须去理会他。至于国民性本来似乎有这东西，可是也极不容易把握得住，说得细微一点，衣食住方法不同于性格上便可有很大差别，如吃饭与吃面包，即有用筷子与用刀叉之异，同时也可以说是用毛笔与铁笔不同的原因，这在文化上自然就很有些特异的表现。但如说得远大一点，人性总是一样的，无论怎么特殊，难道真有好死恶生的民族么？抓住一种国民，说他有好些拂人之性的地方，不管主意是好或是坏，结果只是领了题目做文章的八股老调罢了，看穿了是不值一笑的。我说汉文学的传统中的思想，恐怕会被误会也是那赋得式的理论，所以岔开去讲了些闲话，其实我的意思是极平凡的，只想说明汉文学里所有的中国思想是一种常识的，实际的，姑称之曰人生主义，这实即古来的儒家思想。后世的儒教徒一面加重法家的成分，讲名教则专为强者保障权利，一面又接受佛教的影响，谈性理则走入玄学里去，两者合起来成为儒家衰微的缘因。但是我想原来当不是如此的。
《孟子》卷四《离娄下》有一节云：

"禹稷当平世，三过其门而不入，孔子贤之。颜子当乱世，居于陋巷，一箪食，一瓢饮，人不堪其忧，颜子不改其乐，孔子贤之。孟子曰，禹稷颜回同道。禹思天下有溺者，由己溺之也，稷思天下有饥者，由己饥之也，是以如是其急也。禹稷颜子易地则皆然。今有同室之人斗者，救之，虽被发缨冠而救之，可也。乡邻有斗者，被发缨冠而往救之，则惑也，虽闭户可也。"末了的譬喻有点不合事理，但上面禹稷颜回并列，却很可见儒家的本色。我想他们最高的理想该是禹稷，但是儒家到底是懦弱的，这理想不知何时让给了墨者，另外排上了一个颜子，成为闭户亦可的态度，以平世乱世同室乡邻为解释，其实颜回虽居陋巷，也要问为邦等事，并不是怎么消极的。再说就是消极，只是觉得不能利人罢了，也不会如后世"酷儒莠书"那么至于损人吧。焦里堂著《易余龠录》卷十二有一则云：

"先君子尝曰，人生不过饮食男女，非饮食无以生，非男女无以生生。唯我欲生，人亦欲生，我欲生生，人亦欲生生，孟子好货好色之说尽之矣。不必屏去我之所生，我之所生生，但不可忘人之所生，人之所生生。循学《易》三十年，乃知先人此言圣人不易。"此真是粹然儒者之言，意思至浅近，却亦以是就极深远，是我所谓常识，故亦即真理也。刘继庄著《广阳杂记》卷二云：

"余观世之小人未有不好唱歌看戏者，此性天中之《诗》与《乐》也，未有不看小说听说书者，此性天中之《书》与《春秋》也，未有不信占卜祀鬼神者，此性天中之《易》与《礼》也。圣人六经之教原本人情，而后之儒者乃不能因其势而利导之，百计禁止遏抑，务以成周之刍狗茅塞人心，是何异壅川使之不流，无怪其决裂溃败也。夫今之儒者之心为刍狗之所塞也久矣，而以天下大器使之为之，爰以图治，不亦难乎。"案《淮南子·泰族训》中云：

"民有好色之性，故有大婚之礼，有饮食之性，故有大飨之谊，有喜乐之性，故有钟鼓管弦之音，有悲哀之性，故有衰绖哭踊之节。故先王之制法也，因民之所好而为之节文者也。"古人亦已言之，刘君却是说得更有意思。由是可知先贤制礼定法全是为人，不但推己及人，还体贴人家的意思，故能通达人情物理，恕而且忠，此其所以为一贯之道欤。章太炎先生著《菿汉微言》中云：

"仲尼以一贯为道为学，贯之者何，只忠恕耳。诸言絜矩之道，言推己及人者，于恕则已尽矣。人食五谷，麋鹿食荐，即且甘带，鸱鸦嗜鼠，所好未必同也，虽同在人伦，所好高下亦有种种殊异，徒知絜矩，谓以人之所好与之，不知适以所恶与之，是非至忠焉能使人得职耶。尽忠恕者是唯庄生能之，所云齐物即忠恕两举者也。二程不悟，乃云佛法厌弃己身，而以头目脑髓与人，是以己所不欲施人也，诚如是者，鲁养爰居，必以太牢九韶耶？以法施人，恕之事也，以财及无畏施人，忠之事也。"用现在的话来说，恕是用主观，忠是用客观的，忠恕两举则人己皆尽，诚可称之曰圣，为儒家之理想矣。此种精神正是世界共通文化的基本分子，中国人分得一点，不能就独占了，以为了不得，但总之是差强人意的事，应该知道珍重的罢。我常自称是儒家，为朋友们所笑，实在我是佩服这种思想，平常而实在，看来毫不新奇，却有很大好处，正好比空气与水，我觉得这比较昔人所说布帛菽粟还要近似。中国人能保有此精神，自己固然也站得住，一面也就与世界共通文化血脉相通，有生存于世界上的坚强的根据，对于这事我倒是还有点乐观的，儒家思想既为我们所自有，有如树根深存于地下，即使暂时衰萎，也还可以生长起来，只要没有外面的妨害，或是迫压，或是助长。你说起儒家，中国是不会有什么迫压出现的，但是助长则难免，而其害处尤为重大，不可不知。我常想孔子的思想在中国是不会得绝的，因为孔子生于中国，中国人都与他同系，容易发生同样的倾向，程度自然有深浅之不同，总之无疑是一路的，所以有些老辈的忧虑实是杞忧，我只怕的是儒教徒的起哄，前面说过的师爷化的酷儒与禅和子化的玄儒都起来，供着孔夫子的牌位大做其新运动，就是助长之一，结果是无益有损，至少苗则槁矣了。对于别国文化的研究也是同样，只要是自发的，无论怎么慢慢的，总是在前进，假如有了别的情形，或者表面上成了一种流行，实际反是僵化了，我想如要恢复到原来状态，估计最少须得五十年工夫。说到这里，我觉得上边好些不得要领的话现在可以结束起来了。汉文学里的思想我相信是一种儒家的人文主义（Humanism），在民间也未必没有，不过现在只就汉文的直接范围内说而已。这自然是很好的东西，希望他在现代也仍强健，成为文艺思想的主流，但是同时却并无一毫提倡的意思，因为我深知凡有助长于一切事物都是有害的。为人生的文学如被误解了，便会变为流氓的口气或是慈善老太太的态度，二者同样不成东西，可以为鉴。俞理初著《癸巳存稿》卷四有文题曰《女》，中引《庄子·天道篇》数语，读了很觉得喜欢，因查原书具抄于此云：

"昔者舜问于尧曰，天王之用心何如？尧曰，吾不敖无告，不为穷民，苦死者，嘉孺子而哀妇人，此吾所以用心已。"此与禹稷的意思正是一样，文人虽然比不得古圣先王，空言也是无补，但能如此用心，庶几无愧多少年读书作文耳。

还有第二点应当说，这便是文章。但是上边讲了些废话，弄得头重脚轻，这里只好不管，简单的说几句了事。汉文学是用汉字所写的，那么我们对于汉字不可不予以注意。中国话虽然说是单音，假如一直从头用了别的字母写了，自然也不成问题，现在既是写了汉字，我想恐怕没法更换，还是要利用下去。《尚书》实在太是古奥了，不知怎的觉得与后世文体很有距离，暂且搁在一边不表，再看《诗》与《易》，《左传》与《孟子》，便可见有两路写法，就是现在所谓选学与桐城这两派的先祖，我们各人尽可以有赞成不赞成，总之这都不是偶然的，用时式话说即是他自有其必然性也。从前我在《论八股文》的一篇小文里曾说，"汉字这东西与天下的一切文字不同，连日本朝鲜在内。他有所谓六书，所以有象形会意，有偏旁，有所谓四声，所以有平仄。从这里，必然地生出好些文章上的把戏。"这里除重对偶的骈体，讲腔调的古文外，还有许多雅俗不同的玩艺儿，例如对联，诗钟，灯谜，是雅的一面，急口令，笑活，以至拆字，要归到俗的一面去了，可是其生命同样的建立在汉字上，那是很明显的。我们自己可以不做或不会做诗钟之类，可是不能无视他的存在和势力，这会向不同的方面出来，用了不同的形式。近几年来大家改了写白话文，仿佛是变换了一个局面，其实还是用的汉字，仍旧变不到那里去，而且变的一点里因革又不一定合宜，很值得一番注意。白话文运动可以说是反对"选学妖孽桐城谬种"而起来的，讲到结果则妖孽是走掉了，而谬种却依然流传着，不必多所拉扯，只看洋八股这名称，即是确证。盖白话文是散文中之最散体的，难以容得骈偶的辞或句，但腔调还是用得着，因了题目与著者的不同，可以把桐城派或八大家，《古文观止》或《东莱博议》应用上去，结果并没有比从前能够改好得多少。据我看来，这因革实在有点儿弄颠倒了。我以为我们现在写文章重要的还是努力减少那腔调病，与制艺策论愈远愈好，至于骈偶倒不妨设法利用，因为白话文的语汇少欠丰富，句法也易陷于单调，从汉字的特质上去找出一点妆饰性来，如能用得适合，或者能使营养不良的文章增点血色，亦未可知。不过这里的难问题是在于怎样应用，我自己还不能说出办法来，不知道敏感的新诗人关于此点有否注意过，可惜一时无从查问。但是我总自以为这意见是对的，假如能够将骈文的精华应用一点到白话文里去，我们一定可以写出比现在更好的文章来。我又恐怕这种意思近于阿芙蓉，虽然有治病的效力，乱吸了便中毒上瘾，不是玩耍的事。上边所说思想一层也并不是没有同样的危险。我近来常感到，天下最平常实在的事往往近于新奇，同时也容易有危险气味，芥川氏有言，危险思想背，欲将常识施诸实行之思想是也，岂不信哉。

廿九年三月廿七日

（载一九四〇年五月一日《中国文艺》第二卷第三期，署名知堂。收（《药堂杂文》。）

汉文学的传统

日本之再认识

　　我在日本住过六年，但只在东京一处，那已三十年前的事了。其时正是明治时代的末期，在文学上已经过了抒情的罗曼主义运动，科学思想渐侵进文艺领域里来，成立了写实主义的文学，这在文学史上自有其评价，但在我个人看来，虽然不过是异域的外行人的看法，觉得这实在是一个伟大的时代，仿佛我们看为顶好的作物大都成长——至少也是发芽于那个时期的。那时的东京比起现在来当然要差得远，不过我想西方化并不一定是现代化，也不见得即是尽美善，因此也很喜欢明治时代的旧东京，七年前我往东京去，便特地找那震灾时未烧掉的本乡区住了两个月。我们去留学的时候，一句话都不懂，单身走入外国的都会去，当然会感到孤独困苦，而且还觉得可喜，所以我曾称东京是我的第二故乡，颇多留恋之意。一九一一年春间所作古诗中有句云，远游不思归，久客恋异乡，即致此意，时即清朝之末一年也。

　　我所知道的日本地方只是东京一部分，其文化亦只是东京生活与明治时代的文学，上去到江户时代的文学与美术为止，也还是在这范围内，所以我对于日本的了解本来是极有限的。我很爱好日本的日常生活，五六年前曾在随笔中说及，主要原因在于个人的性分与习惯。我曾在《怀东京》那篇小文中说过，我是生长于中国东南水乡的人，那里民生寒苦，冬天屋里没有火气，冷风可以直吹进被窝来，吃的通年不是很咸的腌菜也是很咸的腌鱼，有了这种训练去过东京的下宿生活，自然是不会不合适的。可是此外还有第二的原因，这可以说是思古之幽情。我们那时又是民族主义的信徒，凡民族主义必含有复古思想在里边，我们反对清朝，觉得清以前或元以前的差不多都好，何况更早的东西。听说从前夏穗卿钱念劬两位先生在东京街上走着路，看见店铺招牌的某文句或某字体，常指点赞叹，谓犹存唐代遗风，非现今中国所有。这种意思在那时大抵是很普通的。我们在日本的感觉，一半是异域，一半却是古昔，而这古昔乃是健全地活在异域的，所以不是梦幻似的空假，而亦与朝鲜安南的优孟衣冠不相同也。为了这个理由我们觉得和服也很可以穿，若袍子马褂在民国以前都作胡服看待，章太炎先生初到日本时的照相，登在《民报》上的，也是穿着和服，即此一小事亦可以见那时一般空气矣。关于食物我也曾说道：

"吾乡穷苦，人民努力才得吃三顿饭，唯以腌菜臭豆腐螺蛳当菜，故不怕咸与臭，亦不嗜油若命，到日本去吃无论什么都无不可。有些东西可与故乡的什么相比，有些又即是中国某处的什么，这样一想更是很有意思。如味噌汁与干菜汤，金山寺味噌与豆板酱，福神渍与酱咯哒，牛蒡独活与芦笋，盐鲑与勒鲞，皆相似的食物也。又如大德寺纳豆即咸豆豉，泽庵渍即福建之黄土萝卜，蒟蒻即四川之黑豆腐，刺身即广东之鱼生，寿司即古昔的鱼鲊，其制法见于《齐民要术》，此其间又含有文化交通的历史，不但可吃，也更可思索。家庭宴集自较丰盛，但其清淡则如故，亦仍以菜蔬鱼介为主，鸡豚在所不废，唯多用其瘦者，故亦不油腻也。"谷崎润一郎在《忆东京》一文中很批评东京的食物，他举出鲫鱼的雀烧与叠鳅来作代表，以为显出脆薄贫弱，寒乞相，无丰腴的气象，这是东京人的缺点，其影响于现今东京为中心的文学美术之生产者甚大。他所说的话自然也有一理，但是我觉得这些食物之有意思也就是这地方，换句话可以说是清淡质素，他没有富家厨房的多油多团粉，其用盐与清汤处却与吾乡寻常民家相近，在我个人是很以为好的。假如有人请吃酒，无论鱼翅燕窝以至熊掌我都会吃，正如大葱卵蒜我也会吃一样，但没得吃时决不想吃或看了人家吃便害馋，我所想吃的如奢侈一点还是白鲞汤一类，其次是鳖鲞汤，还有一种是用挤了虾仁的大虾壳，砸碎了的鞭笋的不能吃的老头，再加干菜而蒸成的不知名叫什么的汤，这实在是寒乞相极了，但越人喝得滋滋有味，而其有味也就在这寒乞即清淡质素之中，殆可勉强称之曰俳味也。

日本房屋我也颇喜欢，其原因与食物同样的在于他的质素。我曾说，我喜欢的还是那房子的适用，特别便于简易生活。又说，四席半一室面积才八十一方尺，比维摩斗室还小十分之二，四壁萧然，下宿只供给一副茶具，自己买一张小几放在窗下，再有两三个坐褥，便可安住。坐在几前读书写字，前后左右皆有空地，都可安放书卷纸张，等于一大书桌，客来遍地可坐，容六七人不算拥挤，倦时随便卧倒，不必另备沙发椅，深夜从壁厨取被褥摊开，又便即正式睡觉了。昔时常见日本学生移居，车上载行李只铺盖衣包小儿或加书箱，自己手提玻璃洋油灯在车后走而已。中国公寓住室总在方丈以上，而板床桌椅箱架之外无多余地，令人感到局促，无安闲之趣。大抵中国房屋与西洋的相同都是宜于华丽而不宜于简陋，一间房子造成，还是行百里者半九十，非是有相当的器具陈设不能算是完成。日本则土木功毕，铺席糊门，即可居住，别无一点不足，而且觉得清疏有致。从前在日向旅行，在吉松高锅等山村住宿，坐在旅馆的朴素的一室内凭窗看山，或者浴衣卧席上，要一壶茶来吃，这比向来住过的好些洋式中国式的旅舍都要觉得舒服，简单而省费。现在想起来，诚如梁实秋君所云，中国的菜或者真比外国的好吃，中国的长袍布鞋比外国的舒适，但是关于房屋，至少是燕居的房间，我觉得以日本旧式的为最好，盖三十余年来此意见未有变动也。

日本生活里的有些习俗我也喜欢，如清洁，有礼，洒脱。洒脱与有礼这两件事一看似乎有点冲突，其实却并不然。洒脱不是粗暴无礼，他只是没有宗教的与道学的伪善，没有从淫佚发生出来的假正经。最明显的例如是对于裸体的态度。蔼理斯在论《圣芳济及其他》(St. Francis and Others) 文中有云：

"希腊人曾将不喜裸体这件事看作波斯人及其他夷人的一种特性，日本人——别一时代与风土的希腊人——也并不想到避忌裸体，直到那西方夷人的淫佚的怕羞的眼告诉了他们。我们中间至今还觉得这是可嫌恶的，即使单露出脚来。"我现今不想来礼赞裸体，以免骇俗，但我相信日本民间赤足的风俗总是极好的，出外固然穿上木屐或草履，在室内席上便白足行走，这实在是一件很健全很美的事。我所嫌恶的中国恶俗之一是女人的缠足，所以反动的总是赞美赤足，想起两足白如霜不着鸦头袜之句，觉得青莲居士毕竟是可人，在中国文人中殊不可多得。我常想，世间鞋类里边最善美的要算希腊古代的山大拉 (Sandala)，闲适的是日本的下驮 (Geta)，经济的是中国南方的草鞋，而皮鞋之流不与也。凡此皆取其不隐藏，不装饰，只是任其自然，却亦不至于不适用与不美观。此亦别无深意，不过鄙意对于脚或身体的别部分以为解放总当胜于束缚与隐讳，故于希腊日本的良风美俗不能不表示赞美以为诸夏所不如也。希腊古国恨未及见，日本则幸曾身历，每一出门去，即使别无所得，只见憧憧往来者都是平常人，无一裹足者在内，如现今在国内的行路所常经验，见之令人愀然不乐也，则此一事亦已大可喜矣。

我对于日本生活之爱好只以东京为标准，但是假如这足以代表全日本，地方与时代都不成问题，那时东京的生活比后来更西洋化的至少总更有日本的特色，那么我的所了解即使很浅也总不大错，不过我凭的是经验而不是理论，所以虽然自己感觉有切实的根底，而说起来不容易圆到，又多凭主观，自然观察不能周密，这实是无可如何的事。因为同样的理由，我对于日本文学艺术的了解也只是部份的。在理论上我知道要寻求所谓日本精神于文学上必须以奈良朝以上为限，《古事记》与《万叶集》总是必读的，其次亦应着力于平安朝，盖王朝以后者乃是幕府的文学，其意义或应稍异矣。但是古典既很不容易读，读了也未能豁然贯通，像近代文学一样，觉得他与社会生活是相连的，比较容易了解。我只知道一点东京的事，因此我感觉有兴趣的也就是以此生活为背景的近代文学艺术，目前是明治时代，再上去亦只以德川时代为止。民国六年来北京后这二十年中，所涉猎杂书中有一部份是关于日本的，大抵是俳谐，俳文，杂俳，特别是川柳，狂歌，小呗，俗曲，洒落本，滑稽本，小话即落语等，别一方面则浮世绘，大津绘，以及民艺，差不多都属于民间的，在我只取其不太难懂，又与所见生活或可互有发明耳。我这样的看日本，说不上研究，自觉得也稍有所得，我当时不把日本当作一个特异的国看，要努力去求出他特别与别人不同的地方来，我只径直的看去，就自己所能理解的加以注意，结果是找着许多与别人近同的事物，这固然不能作为日本的特征，但因此深觉得日本的东亚性，盖因政治情状，家族制度，社会习俗，文学技术之传统，儒释思想之交流，在东亚各民族间多是大同小异，从这里着眼看去，便自然不但容易了解，也觉得很有意义了。在十七八年前我曾说过，中国在他独特的地位上特别有了解日本的必要与可能，就是这种意思，我向来不信同文同种之说，但是觉得在地理与历史上比较西洋人则我们的确有此便利，这是权利，同时说是义务也没有什么不可。永井荷风在所著《江户艺术论》第一篇《浮世绘之鉴赏》中曾云：

"我反省自己是什么呢？我非威尔哈伦(Verhaeren)似的比利时人而是日本人也，生来就和他们的运命及境遇迥异的东洋人也。恋爱的至情不必说了，凡对于异性之性欲的感觉悉视为最大的罪恶，我辈即奉戴此法制者也。承受'胜不过啼哭的小孩和地主'的教训的人类也，知道'说话则唇寒'的国民也。使威尔哈伦感奋的那滴着鲜血的肥羊肉与芳醇的蒲桃酒与强壮的妇女之绘画，都于我有什么用呢？呜呼，我爱浮世绘。苦海十年为亲卖身的游女的绘姿使我泣。凭倚竹窗茫然看着流水的艺妓的姿态使我喜。卖宵夜面的纸灯寂寞地停留着的河边的夜景使我醉。雨夜啼月的杜鹃，阵雨中散落的秋天树叶，落花飘风的钟声，途中日暮的山路的雪，凡是无常无告无望的，使人无端嗟叹此世只是一梦的，这样的一切东西，于我都是可亲，于我都是可怀。"永井氏的意思或者与我的未必全同，但是我读了很感动，我想从文学艺术去感得全东洋人的悲哀，虽然或者不是文化研究的正道，但岂非也是很有意味的事么？我在《怀东京》一文中曾说，无论现在中国与日本怎样的立于敌对地位，如离开一时的关系而论永久的性质，则两者都是生来就和西洋的命运及境遇迥异的东洋人也。我们现时或为经验所限，尚未能通世界之情，如能知东洋者亦斯可矣，我们向来不自顾其才之不逮而妄谈日本文化者盖即本此意，并非知己知彼求制胜，实只是有感于阳明之言，"吾与尔犹彼也"，盖求知彼正亦为欲知己计矣。

这种意见怀抱了很久，可是后来终于觉悟，这是不很可靠的了。如只于异中求同，而不去同中求异，只是主观的而不去客观的考察，要想了解一民族的文化，这恐怕至少是徒劳的事。我们如看日本文化，因为政治情状，家族制度，社会习俗，文字技术之传统，儒释思想之交流，取其大同者认为其东亚性，这里便有一大谬误，盖上所云云实只是东洋之公产，至今已为好些民族所共有，在西洋看来自是最可注目的事项，若东亚人特别是日华朝鲜安南缅甸各国互相研究，则最初便应罗列此诸事项束之高阁，再于大同之中求其小异，或至得其大异者，这才算了解得一分，而其了解也始能比西洋人为更进一层，乃为可贵耳。我们前此观察日本文化，往往取其与自己近似者加以鉴赏，不知此特为日本文化中东洋共有之成分，本非其固有精神之所在，今因其与自己近似，易于理解而遂取之，以为已了解得日本文化之要点，此正是极大的幻觉，最易自误而误人者也。我在上边说了许多对于日本的观察，其目的便只为的到了现在来一笔勾消，说明所走的路全是错的，我所知的只是日本文化中东亚性的一面，若日本之本来面目可以说全不曾知道。欲了知一国文化，单求知于文学艺术，也是错的，至少总是不充分。对于一国文化之解释总当可以应用于别的各方面，假如这只对于文化上的适合，却未能用以说明其他的事情，则此解释亦自不得说是确当。我向来的意见便都不免有这样的缺点。因此我觉得大有改正之必要，应当于日本文化中忽略其东洋民族共有之同，而寻求日本民族所独有之异，特别以为中国民族所无或少有者为准。这是什么呢？我不能知道，所以我不能说。但是我也很考虑，我猜想，这或者是宗教吧？十分确定的说我还不能说，我总觉得关于信仰上日华两民族很有些差异，虽然说儒学与佛教在两边同样流行着。中国人也有他的信仰，如吾乡张老相公之出巡，如北京妙峰山之朝顶，我觉得都能了解，虽然自己是神灭论的人，却很理会得拜菩萨的信士信女们的意思。我们的信仰仿佛总是功利的，没有基督教的每饭不忘的感谢，也没有巫师降神的歌舞，盖中国的民间信仰虽多是低级的而并不热烈或神秘者也。日本便似不然，在他们的崇拜仪式中往往显出神凭 (Kamigakari) 或如柳田国男氏所云神人和融的状态，这在中国绝少见，也是不容易了解的事。浅近的例如乡村神位的出巡，神舆中放着神体，并不是神像，却是不可思议的代表物如石或木，或不可得见不可见的别物，由十六人以上的壮丁抬着走，忽轻忽重，忽西忽东，或撞毁人家门墙，或停止在中途不动，如有自由意志似的，舆夫便只如蟹的一爪，非意识的动着。外行的或怀疑是壮丁们的自由行动，这事便不难说明，其实似并不如此简单。柳田氏在所著《祭祀与世间》第七节中有一段说得好：

"我幸而本来是个村童，有过在祭日等待神舆过来那种旧时感情的经验。有时候便听人说，今年不知怎的，御神舆是特别发野呀。这时候便会有这种情形，仪仗早已到了十字路口了，可是神舆老是不见，等到看得见了也并不一直就来，总是左倾右侧，抬着的壮丁的光腿忽而变成 Y 字，忽而变成 X 字，又忽而变成 W 字，还有所谓举起的，常常尽两手的高度将神舆高高的举上去。"这类事情在中国神像出巡的时候是绝没有的，至少以我个人浅近的见闻来说总是如此，如容我们掉书袋，或者古代希腊所谓酒神祭时的仪式里有相似处亦未可知，不过那祭典在希腊也是末世从外边移入的，日本的情形又与此不同。日本的上层思想界容纳有中国的儒家与印度的佛教，近来又加上西洋的科学，然其民族的根本信仰还是本来的神道教，这一直支配着全体国民的思想感情，上层的思想界也包含在内。知识阶级自然不见有神舆夫的那神凭状态了，但是平常文字中有些词句，如神国，惟神之道 (Kaminagara no Michi) 等，我们见惯了觉得似乎寻常，其实他的真意义如日本人所了解者我们终不能懂得，这事我想须是诉诸感情，若论理的解释怕无是处，至少也总是无用。要了解日本，我想须要去了解日本人的感想，而其方法应当是从宗教信仰入门，可惜我自己知道是少信的，知道宗教之重要性而自己是不会懂得的，因此虽然认识了门，却无进去的希望。我常想，有时也对日本的友人说，为的帮助中国人了解日本，应当编印好些小书，讲日本的神社的祭祀与出巡，各处的庙会即缘日情形，乡村里与中国不同的各种宗教行事与传说，文字图画要配列得好，这也是有意义的事。我们涉猎东洋艺文，常觉得与禅有关系，想去设法懂得一点，以为参考。其实这本不是思想，禅只是行，不是论理的理会得的东西，我们读禅学史，读语录，结果都落理障，与禅相隔很远，而且平常文学艺术上所表现的我想大抵也只是老庄思想的一路，若是禅未必能表得出，即能表出亦不能懂得，如语录是也。这样说来，图说亦是无用，盖欲了解一民族的宗教感情，眼学与耳食同样的不可靠，殆非有经历与体验不可也。我很抱歉自己所说的话多是否定的，但是我略叙我对于日本的感想，又完全把它否定了，却也剩下一句肯定的话，即是说了解日本须自其宗教入手。这句话虽然很简短，但是极诚实，极重要的。孔子曾说，"知之为知之，不知为不知，是知也。"我虽不敢自附于儒家之林，但于此则不敢不勉也。

廿九年十二月十七日

（载一九四二年一月一日《中和》月刊第三卷第一期，署名知堂。收《药味集》。）

中国的思想问题

　　中国的思想问题，这是一个重大的问题，但是重大，却并不严重。本人平常对于一切事不轻易乐观，唯独对于中国的思想问题却颇为乐观，觉得在这里前途是很有希望的。中国近来思想界的确有点混乱，但这只是表面一时的现象，若是往远处深处看去，中国人的思想本来是很健全的，有这样的根本基础在那里，只要好好的培养下去，必能发生滋长，从这健全的思想上造成健全的国民出来。

　　这中国固有的思想是什么呢？有人以为中国向来缺少中心思想，苦心的想给他新定一个出来，这事很难，当然不能成功，据我想也是可不必的，因为中国的中心思想本来存在，差不多几千年来没有什么改变。简单的一句话说，这就是儒家思想。可是，这又不能说的太简单了，盖在没有儒这名称之前，此思想已经成立，而在士人已以八股为专业之后也还标榜儒名，单说儒家，难免淆混不清，所以这里须得再申明之云，此乃是以孔孟为代表，禹稷为模范的那儒家思想。举实例来说最易明了，《孟子》卷四《离娄下》云：

　　"禹稷当平世，三过其门而不入，孔子贤之。颜子当乱世，居于陋巷，一箪食，一瓢饮，人不堪其忧，颜子不改其乐，孔子贤之。孟子曰，禹稷颜回同道，禹思天下有溺者，由己溺之也，稷思天下有饥者，由己饥之也，是以如是其急也。禹稷颜子易地则皆然。"卷一《梁惠王上》云：

　　"五亩之宅，树之以桑，五十者可以衣帛矣。鸡豚狗彘之畜，无失其时，七十者可以食肉矣。百亩之田，勿夺其时，数口之家可以无饥矣。谨庠序之教，申之以孝悌之义，颁白者不负戴于道路矣。七十者衣帛食肉，黎民不饥不寒，然而不王者未之有也。"后者所说具体的事，所谓仁政者是也，前者是说仁人之用心，所以儒家的根本思想是仁，分别之为忠恕，而仍一以贯之，如人道主义的名称有误解，此或可称为人之道也。阮伯元在《论语论仁论》中云：

"《中庸篇》，仁者人也。郑康成注，读如相人偶之人。相人偶者谓人之偶之也，凡仁必于身所行者验之而始见，亦必有二人而仁乃见，若一人闭户齐居，瞑目静坐，虽有德理在心，终不得指为圣门所谓之仁矣。盖士庶人之仁见于宗族乡党，天子诸侯卿大夫之仁见于国家臣民，同一相人偶之道，是必人与人相偶而仁乃见也。"这里解说儒家的仁很是简单明了，所谓为仁直捷的说即是做人，仁即是把他人当做人看待，不但消极的己所不欲勿施于人，还要以己所欲施于人，那就是己欲立而立人，己欲达而达人，更进而以人之所欲施之于人，那更是由恕而至于忠了。章太炎先生在《菿汉微言》中云：

"仲尼以一贯为道为学，贯之者何，只忠恕耳。诸言絜矩之道，言推己及人者，于恕则已尽矣。人食五谷，麋鹿食荐，即且甘带，鸱鸦嗜鼠，所好未必同也，虽同在人伦，所好高下亦有种种殊异，徒知絜矩，谓以人之所好与之，不知适以所恶与之，是非至忠焉能使人得职耶。尽忠恕者是唯庄生能之，所云齐物即忠恕两举者也。二程不悟，乃云佛法厌弃己身，而以头目脑髓与人，是以己所不欲施人也，诚如是者，鲁养爰居，必以太牢九韶耶。以法施人，恕之事也，以财及无畏施人，忠之事也。"忠恕两尽，诚是为仁之极致，但是顶峰虽是高峻，其根础却也很是深广，自圣贤以至凡民，无不同具此心，各得应其分际而尽量施展，如阮君所言，士庶人之仁见于宗族乡党，天子诸侯卿大夫之仁见于国家臣民，有如海水中之盐味，自一勺以至于全大洋，量有多少而同是一味也。还有一点特别有意义的，我们说到仁仿佛是极高远的事，其实倒是极切实，也可以说是卑近的，因为他的根本原来只是人之生物的本能。焦理堂著《易余龠录》卷十二有一则云：

"先君子尝曰，人生不过饮食男女，非饮食无以生，非男女无以生生。唯我欲生，人亦欲生，我欲生生，人亦欲生生，孟子好货好色之说尽之矣。不必屏去我之所生，我之所生生，但不可忘人之所生，人之所生生。循学《易》三十年，乃知先人此言圣人不易。"案《礼记·礼运篇》云：

"饮食男女，人之大欲存焉，死亡贫苦，人之大恶存焉。"说的本是同样的道理，但经焦君发挥，意更明显。饮食以求个体之生存，男女以求种族之生存，这本是一切生物的本能，进化论者所谓求生意志，人也是生物，所以这本能自然也是有的。不过一般生物的求生是单纯的，只要能生存便不问手段，只要自己能生存，便不惜危害别个的生存，人则不然，他与生物同样的要求生存，但最初觉得单独不能达到目的，须与别个联络，互相扶助，才能好好的生存，随后又感到别人也与自己同样的有好恶，设法圆满的相处，前者是生存的方法，动物中也有能够做到的，后者乃是人所独有的生存道德，古人云人之所以异于禽兽者几希，盖即此也。此原始的生存的道德，即为仁的根苗，为人类所同具，但是人心不同各如其面，各民族心理的发展也就分歧，或由求生存而进于求永生以至无生，如犹太印度之趋向宗教，或由求生存而转为求权力，如罗马之建立帝国主义，都是显著的例，唯独中国固执着简单的现世主义，讲实际而又持中庸，所以只以共济即是现在说的烂熟了的共存共荣为目的，并没有什么神异高远的主张。从浅处说这是根据于生物的求生本能，但因此其根本也就够深了，再从高处说，使物我各得其所，是圣人之用心，却也是匹夫匹妇所能着力，全然顺应物理人情，别无一点不自然的地方。我说健全的思想便是这个缘故。这又是从人的本性里出来的，与用了人工从外边灌输进去的东西不同，所以读书明理的士人固然懂得更多，就是目不识一丁字，并未读过一句圣贤书的老百姓也都明了，待人接物自有礼法，无不合于圣贤之道。我说可以乐观，其原因即在于此。中国人民思想本于儒家，最高的代表自然是孔子，但是其理由并不是因为孔子创立儒家，殷殷传道，所以如此，无宁倒是翻过来说，因为孔子是我们中国人，所以他代表中国思想的极顶，即集大成也。国民思想是根苗，政治教化乃是阳光与水似的养料，这固然也重要，但根苗尤其要紧，因为属于先天的部分，或坏或好，不是外力所能容易变动的，中国幸而有此思想的好根苗，这是极可喜的事，在现今百事不容乐观的时代，只这一点我觉得可以乐观，可以积极的声明，中国的思想绝对没有问题。

不过乐观的话是说过了，这里边却并不是说现在或将来没有忧虑，没有危险。俗语说，有一利就有一弊。在中国思想上也正是如此。但这也是难怪的，民非水火不生活，而洪水与大火之祸害亦最烈，假如对付的不得法，往往即以养人者害人。中国国民思想我们觉得是很好的，不但过去时代相当的应付过来了，就是将来也正可以应用，因为世界无论怎么转变，人总是要做的，而做人之道也总还是求生存，这里与他人共存共荣也总是正当的办法吧。不过这说的是正面，当然还有其反面，而这反面乃是可忧虑的。中国人民生活的要求是很简单的，但也就很切迫，他希求生存，他的生存的道德不愿损人以利己，却也不能如圣人的损已以利人。别的宗教的国民会得梦想天国近了，为求永生而蹈汤火，中国人没有这样的信心，他不肯为了神或为了道而牺牲，但是他有时也会蹈汤火而不辞，假如他感觉生存无望的时候，所谓铤而走险，急将安择也。孟子说仁政以黎民不饥不寒为主，反面便是仰不足以事父母，俯不足以畜妻子，乐岁终身苦，凶年不免于死亡，则是丧乱之兆，此事极简单，故述孔子之言曰，道二，仁与不仁而已矣。仁的现象是安居乐业，结果是太平，不仁的现象是民不聊生，结果是乱。这里我们所忧虑的事，所说的危险，已经说明了，就是乱。我尝查考中国的史书，体察中国的思想，于是归纳的感到中国最可怕的是乱，而这乱都是人民求生意志的反动，并不由于什么主义或理论之所导引，乃是因为人民欲望之被阻碍或不能满足而然。我们只就近世而论，明末之张李，清季之洪杨，虽然读史者的批评各异，但同为一种动乱，其残毁的经过至今犹令谈者色变，论其原因也都由于民不聊生，此实足为殷鉴。中国人民平常爱好和平，有时似乎过于忍受，但是到了横决的时候，却又变了模样，将原来的思想态度完全抛在九霄云外，反对的发挥出野性来，可是这又怪谁来呢？俗语云，相骂无好言，想打无好拳。以不仁召不仁，不亦宜乎。现在我们重复的说，中国思想别无问题，重要的只是在防乱，而防乱则首在防造乱，此其责盖在政治而不在教化。再用孟子的活来说，我们的力量不能使七十者衣帛食肉，黎民不饥不寒，也总竭力要使得不至于仰不足以事父母，俯不足以畜妻子，乐岁终身苦，凶年不免于死亡。不去造成乱的机会与条件，这虽然消极的工作，但其功验要比肃正思想大得多，这虽然与西洋外国的理论未必合，但是从中国千百年的史书里得来的经验，至少在本国要更为适切相宜。过去的史书真是国家之至宝，在这本总账上国民的健康与疾病都一一记录着，看了流寇始末，知道这中了什么毒，但是想到王安石的新法反而病民，又觉得补药用的不得法也会致命的。古人以史书比作镜鉴，又或冠号曰资治，真是说的十分恰当。我们读史书，又以经子诗文均作史料，从这里直接去抽取结论，往往只是极平凡的一句话，却是极真实，真是国家的脉案和药方，比伟大的高调空论要好得多多。曾见《老学庵笔记》卷一有一则云：

"青城山上官道人北人也，巢居食松麨，年九十矣，人有谒之者，但粲然一笑耳，有所请问则托言病聩，一语不肯答。予尝见之于丈人观道院，忽自语养生曰，为国家致太平与长生不死皆非常人所能然，且当守国使不乱以待奇才之出，卫生使不夭以须异人之至，不乱不夭皆不待异术，惟谨而已。予大喜，从而叩之，则已复言聩矣。"这一节话我看了非常感服，上官道人虽是道士，不夭不乱之说却正合于儒家思想，是最小限度的政治主张，只可惜言之非艰，行之维艰耳。我尝叹息说，北宋南宋以至明的季世差不多都是成心在做乱与夭，这实在是件奇事，但是展转仔细一想，现在何尝不是如此，正如路易十四明知洪水在后面会来，却不设法为百姓留一线生机，俾得大家有生路，岂非天下之至愚乎。书房里读《古文析义》，杜牧之《阿房宫赋》末了云，秦人不暇自哀而后人哀之，后人哀之而不鉴之，亦使后人而复哀后人也，当时琅琅然诵之，以为声调至佳，及今思之，乃更觉得意味亦殊深长也。

上边所说，意思本亦简单，只是说得啰嗦了，现在且总括一下。我相信中国的思想是没有问题的，因为他有中心思想永久存在，这出于生物的本能，而止于人类的道德，所以是很坚固也很健全的。别的民族的最高理想有的是为君，有的是为神，中国则小人为一己以及宗族，君子为民，其实还是一物。这不是一部分一阶级所独有，乃是人人同具，只是广狭程度不同，这不是圣贤所发起，逐渐教化及于众人，乃是倒了过来，由众人而及于圣贤，更益提高推广的。因为这个缘故，中国思想并无什么问题，只须设法培养他，使他正当长发便好。但是又因为中国思想以国民生存为本，假如生存有了问题，思想也将发生动摇，会有乱的危险，此非理论主义之所引起，故亦非文字语言所能防遏。我这乐观与悲观的两面话恐怕有些人会不以为然，因为这与外国的道理多有不合。但是我相信自己的话是极确实诚实的，我也曾虚心的听过外国书中的道理，结果是止接受了一部分关于宇宙与生物的常识，若是中国的事，特别是思想生活等，我觉得还是本国人最能知道，或者知道的最正确。我不学爱国者那样专采英雄贤哲的言行做例子，但是观察一般民众，从他们的庸言庸行中找出我们中国人的人生观，持与英雄贤哲比较，根本上亦仍相通，再以历史中治乱之迹印证之，大旨亦无乖谬，故自信所说虽浅，其理颇正，识者当能辨之。陈旧之言，恐多不合时务，即此可见其才之拙，但于此亦或可知其意之诚也。

三十一年十一月十八日

（载一九四三年一月一日《中和》月刊第四卷第一期，署名知堂。收《药堂杂文》。）

无生老母的消息

刘青园著《常谈》四卷，余喜其识见通达，曾在《苦竹杂记》中抄录介绍，近日重阅，见卷一中有一则云：

"一士深夜闻斋外数人聚谈。一曰，某人久困科场，作报应书若干篇，遂登第。一曰，某素贫，诵经若干篇，遂巨富。一曰，某乏嗣，刷善书若干部，遂获佳儿。一曰，某久病，斋僧若干即愈。相与咨嗟叹赏，纷纷不已。忽一曰，公等误矣。士君子正心诚意修己治人，分内之事，何必假之以祸福功效，如公等言，则神道为干求之蔽矣。适所指之人，皆礼法不明，王法不惧，梗顽之民，语之以圣贤之道，格格不能入，故假为鬼神报应天堂地狱之说以惧之，冀其暂时回头，所谓以盗攻盗，不得已之下策也。因而流弊至于河伯娶妇，岳帝生男，奸徒藉此惑众敛财，叛逆生焉，尹老须王法中之徒其明证也。公等读书人宜崇圣贤之教，尊帝王之法，达则移风易俗，为士民之表率，穷则独善其身，为子孙之仪型，何至自处卑污，甘作真空家乡无生父母之护法也。(原注云，此二句邪教中相传受语，破案时曾供出，故人得闻。)言毕三叹而去。为人为鬼，固不得知，孰是孰非，可得而辩。"刘君不信有鬼，此处设为谈话，盖是仿效纪晓岚的手法，其反对讲报应刻善书大有见解，与鄙意甚相合。近日杂览，关于无生老母稍感兴趣，见文中提及，便抄了下来，拿来做个引子。鄙人原是小信的人，无论什么宗派，怎么行时或是合法，都无加入的意思，但是对于许多信仰崇拜的根本意义，特别是老母一类的恋慕归依，我也很是理解，至少总是同情，因而常加以注意。可惜这些资料绝不易得，自五斗米道，天师道，以至食菜事魔的事，我们只见到零碎的记载，不能得要领，明清以来的事情也还是一样。碰巧关于无生老母却还可以找到一点材料，因为有一位做知县老爷的黄壬谷，于道光甲午至辛丑这七年间，陆续编刊《破邪详辩》三卷，续又续三续各一卷，搜集邪经六十八种，加以驳正，引用有许多原文，正如《大义觉迷录》里所引吕留良曾静原语一样，使我们能够窥见邪说禁书的一斑，正是很运气的一件事。这些经卷现在既已无从搜集，我们只好像考古学家把拣来的古代陶器碎片凑合粘成，想像原来的模型一样，抄集断章零句来看看，不独凭吊殉教的祖师们之悲运，亦想稍稍了解信仰的民众之心情，至于恐怕或者终于失败，那当然是在豫计中的，这也没有关系，反正就只是白写这几千字，耗费若干纸墨罢了。

这种民间信仰在官书里大抵只称之曰邪教，我们槛外人也不能知道他究竟是什么，总之似乎不就是白莲教。在《正信除疑无修证自在卷》内有云：

"白莲教，下地狱，生死受苦。白莲教，转四生，永不翻身。白莲教，哄人家，钱财好物。犯王法，拿住你，苦害多人。"那么这到底是什么教呢？据道光十二年壬辰查办教匪的上谕里说，王老头子即王法中所学习的是白阳教，尹老须是南阳教，萧老尤是大乘教，但其实他们似乎还是一家，不过随时定名，仿佛有许多分派。《古佛天真考证龙华宝经》内云：

"红阳教，飘高祖。净空教，净空僧。无为教，四维祖。西大乘，吕菩萨。黄天教，普静祖。龙天教，米菩萨。南无教，孙祖师。南阳教，南阳母。悟明教，悟明祖。金山教，悲相祖。顿悟教，顿悟祖。金禅教，金禅祖。还源教，还源祖。大乘教，石佛祖。圆顿教，圆顿祖。收源教，收源祖。"共计十六种，可谓多矣，却一总记着，其中似以飘高即山西洪洞县人高杨所立的红阳教为最早。案《混元红阳显性若果经》内云：

"混元一气所化，现在释迦掌教，为红阳教主。过去青阳，现在红阳，未来才是白阳。"又云：

"大明万历年，佛立混元祖教，二十六岁上京城。"《混元红阳血湖宝忏》内云：

"太上飘高老祖于万历甲午之岁，正月十五日，居于太虎山中，广开方便，济度群迷。"又《混元红阳明心宝忏》中卷内云：

"冲天老祖于开荒元年甲辰之岁，五月五日，居于无碍宫中．圣众飞空而来。"甲辰即万历三十二年，在甲午后十年矣。此皆系飘高自述，可以考见其立教传道的年代。《混元红阳临凡飘高经》有序文云：

"万历年中初立混元祖教，二十六岁上京城，先投奶子府，有定国公护持。混元祖教兴隆，天下春雷响动，御马监程公，内经厂石公，盔甲厂张公三位护法。"这是很有价值的文献，据黄壬谷考证云：

"此言万历年中初立混元祖教，至天启元年封魏忠贤为定国公，此言定国公护持，即知红阳始于万历而盛于天启也。至于御马监程公即太监陈矩，将陈字讹为程字，内经厂石公即太监石亨，又有石清石栋石彦明，兄弟叔侄同为太监，盔甲厂张公即太监张忠，此时太监皆信邪教，而独言此四人者，以此四人积财甚富，印经最多，固非他人所能及也。"黄君又言邪经系刻板大字印造成帙，经之首尾各绘图像，经皮卷套锦缎装饰，原系明末太监所刻印，愚民无知，遂以式样与佛经相同，而又极体面，所以误信。此亦是绝好掌故材料，如此奇书珍本，惜无眼福得以一见。《飘高经》本文中又称石亨为中八天天主，后又有南岳府君石彦名，东天石清仁圣帝，中央玉帝老石亨等语，对于护法者的恭维可谓至矣极矣。明季太监多喜造寺庙以求福，由此乃知刻经亦不少，内经厂自然更有关系，故其特别颂扬老石亨一家正不为无故也。

红阳教有八字真言曰，真空家乡，无生父母。这一看当然是出于佛教，可是他们的神学神话里混杂着大半的道教与民间的怪话，很是可笑。如《飘高经无天无地混沌虚空品》内云：

"无天无地，先有混濛，后有滋濛。滋濛长大，结为元卵，叫做天地玄黄，玄黄迸破，现出混元老祖，坐在阿罗国。"又《老祖宗临凡品》内云：

"混元老祖，无生老母，真空石佛皆临凡，白日乞化，夜晚窑中打坐受苦，苦炼身心，但说临凡一遭，添一元像，终有万斤之佛性。"《龙华宝经古佛乾坤品》内则云：

"无生母，产阴阳，婴儿姹女。起乳名，叫伏羲，女娲真身。李伏羲，张女娲，人根老祖。有金公，和黄婆，匹配婚姻。混元了，又生出，九十六亿。皇胎儿，皇胎女，无数福星。无生母，差皇胎，东土住世。顶圆光，身五彩，脚踏二轮。来东土，尽迷在，红尘景界。捎家书，吩咐你，龙华相逢。"《飘高经》虽然在前，所说不但佛道混杂，而且老祖宗有了三位，显系后来做作，弓长撰《龙华宝经》据说在崇祯年中，可是我觉得他所说的更保有原来的传统。大概人类根本的信仰是母神崇拜，无论她是土神谷神，或是水神山神，以至转为人间的母子神，古今来一直为民众的信仰的对象。客观的说，母性的神秘是永远的，在主观的一面人们对于母亲的爱总有一种追慕，虽然是非意识的也常以早离母怀为遗恨，隐约有回去的愿望随时表现，这种心理分析的说法我想很有道理。不但有些宗教的根源都从此发生，就是文学哲学上的秘密宗教思想，以神或一或美为根，人从这里分出来，却又蕲求回去，也可以说即是归乡或云还元。《龙华经》作者集红阳之大成，而重复提高老母，为老祖宗之至上者，这不特深合立教本义，而且在传道上也极有效力，是很大的成功。《悟道心宗觉性宝卷》内有盼望歌云：

"无生老母盼儿孙，传言寄信从费心，遍遍捎书拜上你，不肯回心找原根。"又《销释收圆行觉宝卷》内云：

"无生母，在家乡，想起婴儿泪汪汪。传书寄信还家罢，休在苦海只顾贪。归净土，赴灵山，母子相逢坐金莲。"

"无生老母当阳坐，驾定一只大法船，单渡失乡儿和女，赴命归根早还源。"《销释真空扫心宝卷》内云：

"劝大众，早念佛，修行进步。无生母，龙华会，久等儿孙。叫声儿，叫声女，满眼垂泪。有双亲，叫破口，谁肯应承。"这里用的是单词口调，文句俚俗，意思是父母招儿女回家，虽标称无空无，实在却全是痴，这似是大毛病，不过他的力量我想也即在此处。经里说无生老母是人类的始祖，东土人民都是她的儿女，只因失乡迷路，流落在外，现在如能接收她的书信或答应她的呼唤，便可回转家乡，到老母身边去，绅士淑女们听了当然只觉得好笑，可是在一般劳苦的男妇，眼看着挣扎到头没有出路，正如亚跋公长老的妻发配到西伯利亚去，途中向长老说，我们的苦难要到什么时候才完呢，忽然听见这么一种福音，这是多么大的一个安慰。不但他们自己是皇胎儿女，而且老母还那么泪汪汪的想念，一声儿一声女的叫唤着，怎不令人感到兴奋感激，仿佛得到安心立命的地方。一茶在随笔集《俺的春天》的小引中记有一段故事云：

"昔者在丹后国普甲寺，在深切希求净土的上人。新年之始世间竞行祝贺，亦思仿为之，乃于除夕作书交付所用的沙弥，嘱令次晨如此如此，遂独宿大殿中。沙弥于元旦乘屋内尚暗，乌鸦初叫时，蹶然而起，如所指示，丁丁叩门，内中询问从何处来，答言此乃从西方弥陀佛来贺年的使僧是也。上人闻言即跣足跃出，将寺门左右大开，奉沙弥上坐，接昨日所写手札，顶礼致敬，乃开读曰，世间充满众苦，希速来吾国，当使圣众出迎，奉候来临。读毕感激，呜呜而泣。"一茶所记虽是数百年前事，当中国北宋时，但此种心情别无时间的间隔，至今可以了解，若老百姓闻归乡的消息时其欣喜亦当有如此僧也。

无生老母的话说到这里我觉得可以懂得，也别无什么可嫌之处，但既是宗教便有许多仪式和教义，这里我就很是隔膜，不能赞一辞了。据《破邪详辩》卷三云：

"邪教上供即兼升表者，欲无生知有此人，将来即可上天也。挂号兼对合同者，唯欲无生对号查收，他人不得滥与也。开场考选，谓欲以此定上天之序也。以习教为行好，无知愚民亦以行好目之，若村中无习教者，即谓无行好者。"又《佛说皇极收元宝卷》等书内多说十步修行，殊不一致，或者义涉奥秘，须出口传，故不明言亦未可知。《销释圆通救苦宝卷》内有"夫子传流学而第一"之语，据黄壬谷在《又续破邪详辩》中说明之云：

"近有清河教匪尹资源，号称尹老须者，因此捏出丷字工夫，上天书丁之语。谬谓丷字上一平画为天，次一撇画为上天之路，下四直画为习教之人，学而即学上天工夫，又以而字上两画形似丁字，故谓上天书丁。"此类怪话所在多有，最奇的或者要算《佛说通元收源宝卷》所说：

"天皇治下大地乾坤，地皇时伏羲女娲治下大地人根，人皇时留下万物发生，五帝终有君臣，周朝终有神鬼，汉朝终有春夏秋冬，唐朝终有风雨雷电。"这真不知道说的是什么。《破邪详辩》卷三据刑部审办王法中案内供词云：

"邪教谓红阳劫尽，白阳当兴，现在月光圆至十八日，若圆至二十三日，便是大劫。

"又谓中央戊己土系王姓，东方甲乙木系张金斗，南方丙丁火系李彦文，北方壬癸水系刘姓，西方庚辛金系申老叙。案申老叙即王法中的师父。

"于八卦增添二爻，改为十二卦，内加兴吉平安四卦，于六十四卦改为一百四十四卦，内加用则高至江河等八十卦。于九宫增添红皂青，并多一白字。于十二时增添纽宙唇末酋刻六时，为十八时。"这些做作可谓荒唐。

无生老母的消息

比太平天国的改写地支似更离奇。大抵老母崇拜古已有之，后人演为教，又添造经卷，这些附加上去的东西全须杜撰，道教经典已是不堪，何况飘高弓长辈，虽尽力搜索，而枯肠所有止此，则亦是无可如何也。

《破邪详辩》卷三有一则，说明造邪经者系何等人，说的很有意思。其文云：

"造邪经者系何等人？凡读书人心有明机，断不肯出此言，凡不读书人胸无一物，亦不能出此言。然则造邪经者系何等人。尝观民间演戏，有昆腔演戏，多用清江引，驻云飞，黄莺儿，白莲词等种种曲名，今邪经亦用此等曲名，按拍合板，便于歌唱，全与昆腔戏文相似。又观梆子腔戏，多用三字两句，四字一句，名为十字乱弹，今邪经亦三字两句，四字一句，重三复四，杂乱无章，全与梆子腔戏文相似。再查邪经白文鄙陋不堪，恰似戏上发白之语，又似鼓儿词中之语。邪经中哭五更曲卷卷皆有，粗俗更甚又似民间打十不闲，打莲花落者所唱之语。至于邪经人物，凡古来实有其人而为戏中所常唱者，即为经中所常有，戏中所罕见者即为经中所不录，间有不见戏中而见于经中者，必古来并无其人而出于捏造者也。阅邪经之腔调，观邪经之人物，即知捏造邪经者乃明末妖人，先会演戏而后习邪教之人也。"又有论经中地名的一节云：

"邪经所言地名不一而足，俱系虚捏，其非虚捏而实有此地者，唯直隶境内而已，于直隶地名有历历言之者，唯赵州桥一处而已。盖以俗刊赵州桥画图，有张果老骑驴，身担四大名山，从桥上经过，鲁班在桥下一手掌定，桥得不坏故事，邪教遂视为仙境，而有过赵州桥到雷音寺之说。不知此等图画本属荒谬，邪教信以为真，而又与戏班常演之雷音寺捏在一起，识见浅陋亦已极矣。"这两节都说得很有道理，虽然断定他先会演戏似乎可以不必，总之从戏文说书中取得材料，而以弹词腔调编唱，说是经卷无宁与莲花落相近，这是事实，因此那些著者系何等人也就可以推知了。再举几个实例，如《龙华宝经》内《走马传道品》云：

"儒童祖，骑龙驹，穿州通县。有子路，和颜渊，左右跟随。有曾子，和孟子，前来引路。七十二，众门徒，护定圣人。"《护国佑民伏魔宝卷》内叙桃园结义云：

"拈着香，来哀告，青青天天。大慈悲，来加护，可可怜怜。俺三人，愿不求，富富贵贵。只求俺，弟兄们，平平安安。"写孔夫子和关公用的是这种笔法，又如关公后来自白，论吾神，职不小云云，亦是戏中口气也。《佛说离山老母宝卷》叙说无生老母在灵山失散，改了号名，叫离山老母往东京汴国凉城王家庄，度化王员外同子王三郎名文秀。老母令文英小姐画一轴画，赐王员外，王文秀将画挂在书房，朝夕礼拜，文英即从画内钻出，与文秀成亲，以后老母文英接引文秀，入斗牛宫。这里差不多是弹词本色，后花园私订终身，公子落难，骊山老母搭救，正是极普通的情节，此等宝卷或者写得不高明，令人听了气闷，正是当然，若算作邪经论，实在亦在冤苦也。

清代邪教之禁极严，其理由则因其敛钱，奸淫，聚众谋反。经卷中造反似未见明文，大抵只是妄自尊大，自以为是圣贤神佛而已，但既有群众，则操刀必割，发起做皇帝的兴趣也属可能。关于财色二者，经文中亦有说及，或不为无因。如《皇极收元宝卷》云：

"先天内，阴五神，阳五气。男取阴神者，即成菩萨之果，女采阳气者，即成佛家之身。"《龙华宝经》内亦云：

"吩咐合会男和女，不必你们分彼此。"本来暧昧事易成问题，此等文句更足为口实。又《姚秦三藏西天取经解论》内有赞扬当人云：

"风不能刮，雨不能湿，火不能烧，水不能淹，刀不能砍，箭不能穿。"案天门开放，当人出窍之说，道家旁门亦有之，其详则不可知，若以常识论之，亦只是妖妄而已。教门中盖亦有此一派，殆即义和拳所从出，今年五月无锡有姜明波习金光法，云能刀枪不入，试验失败而死，则是最近之实例也。

我以前涉览西欧的妖术史，对于被迫害的妖人们很有点同情，因为我不但看教会的正宗的书，也查考现代学术的著述，他们不曾把妖术一切画的整个漆黑。据茂来女士著《西欧的巫教》等书说，所谓妖术即是古代土著宗教的遗留，大抵与古希腊的地母祭相近，只是被后来基督教所压倒，变成秘密结社，被目为撒旦之徒，痛加剿除，这就是中世有名的神圣审问，直至十七世纪才渐停止。上边关于无生老母我说的话恐怕

无生老母的消息

就很受着这影响，我觉得地母祭似的崇拜也颇有意思，总之比宙斯的父系的万神殿要好得多吧。林清王伦的做皇帝的把戏，尹老须的而字工夫，姜明波的落魂伞，这些都除外，实在也并不是本来必需的附属品，单就这老母来看，孤独忧愁，想念着她的儿女，这与穷困无聊，奔走到她身边去的无知男妇，一样的可以同情。这有什么办法，能够除外那些坏东西，而使老母与其儿女平安相处的呢。我不知道。柳子厚文集中有一篇《柳州复大云寺记》，其前半云：

"越人信祥而易杀，傲化而偭仁。病且忧，则聚巫师用鸡卜，始则杀小牲，不可则杀中牲，又不可则杀大牲，而又不可，则决亲戚，饬死事，曰神不置我已矣，因不食，蔽而死。以故户而耗，田易荒，而畜字不蕃，董之礼则顽，束之刑则逃，唯浮图事神而语大，可因而入焉，有以佐教化。"柳州于是建立了四个佛寺，大云寺即其一，他的效力大约是很有的，因为后来寺烧掉了，居人失其所依归，复立神而杀焉，便是个证据。柳君到来，兴复了大云寺，用他自己的话来说，"使击磬鼓钟，以严其道而传其言，以人始复去鬼息杀而务趣于仁爱，病且忧，其有告焉而顺之，庶乎教夷之宜也。"这个办法现在也可以用么，我不敢下断语，总之他这话很有理解，非常人所能及，恐怕连韩退之也要算在内。近来我的脑子里老是旋转着孔子的几句话，中国究竟不知有多少万人，大概总可以说是庶了，富之与教之，怎么办呢。假如平民的生活稍裕，知识稍高，那么无生老母的崇拜也总可以高明得多吧。不过既想使工人吃到火腿，又要他会读培根，在西洋也还是不能兼得，中国又谈何容易。我这里费了些工夫，只算是就《破邪详辩》正续六卷书中抄出一点资料来，替著者黄壬谷做个介绍，不负他的一番劳力，虽然并不一定赞同他对于邪教之政治的主张。

民国三十四年六月二十日在北京

（载一九四五年七月《杂志》第十五卷第四期，署名十堂。收《知堂乙酉文编》。）

古文与理学

蒋子潇著《游艺录》卷下有《论近人古文》一则云：

"余初入京师，于陈石士先生座上得识上元管同异之，二君皆姚姬传门下都讲也，因闻古文绪论，谓古文以方望溪为大宗，方氏一传而为刘海峰，再传而为姚姬传，乃八家之正法也。余时于方姚二家之集已得渎之，唯刘氏之文未见，虽心不然其说而口不能不唯唯。及购得《海峰文集》详绎之，其才气健于方姚而根底之浅与二家同，盖皆未闻道也。夫文以载道，而道不可见，于日用饮食见之，就人情物理之变幻处阅历揣摩，而准之以圣经之权衡，自不为迂腐无用之言。今三家文误以理学家语录中之言为道，于人情物理无一可推得去，是所谈者乃高头讲章中之道也，其所谓道者非也。八家者唐宋人之文，彼时无今代功令文之式样，故各成一家之法，自明代以八股文为取士之功令，其熟于八家古文者即以八家之法就功令文之范，于是功令文中钩提伸缩顿宕诸法往往具八家遗意，传习既久，千面一孔，有今文无古文矣。豪杰之士欲为古文，自必力研古书，争胜负于韩柳欧苏之外，别辟一径而后可以成家，如乾隆中汪容甫嘉庆中陈恭甫，皆所谓开径自行者也。今三家之文仍是千面一孔之功令文，特少对仗耳。以不对仗之功令文为古文，是其所谓法者非也。余持此论三十年，唯石屏朱丹木所见相同。"这里就思想与文章两面，批评方姚及八大家的古文，有独到的见识，就是对于现今读书作文的人也是很好的参考。蒋君极佩服戴东原钱竹汀，以为是古今五大儒之二，我们可以找出一二相同的意见来，加添一点证据。《潜研堂文集》卷三十一《跋方望溪文》云：

"望溪以古文自命，意不可一世，惟临川李巨来轻之。望溪尝携所作曾祖墓铭示李，李阅一行即还之，望溪恚曰，某文竟不足一寓目乎。曰，然。望溪益恚，请其说。李曰，今县以桐名者有五，桐乡桐庐桐柏桐梓，不独桐城也，省桐城而曰桐，后世谁知为桐城者，此之不讲，何以言文。望溪默然者久之，然卒不肯改，其护前如此。金坛王若霖尝言，灵皋以古文为时文，以时文为古文，论者以为深中望溪之病。偶读望溪文，因记所闻于前辈者。"又卷三十三《与友人书》，详论方望溪文之缪，以为其所谓义法者特世俗选本之古文，未尝博观而求其法，法且不知而于义何有，因谓若方氏乃真不读书之甚者，今不具引。王若霖的两句话可以算是不刊之论，无怪如《与友人书》所说，方终身病之。近代的人也多主张此说，《王湘绮年谱》卷五记其论文语云，明代无文，以其风尚在制艺，相去辽绝也，茅鹿门始以时文为古文，因取唐宋之似时文者为八家。这样一说更是明了，八家本各成一家之法，以时文与古文混做的人乃取其似时文者为世俗选本，于是遂于其中提出所谓义法来，以便遵守，若博观而求之，则不能得此捷径矣。方望溪读过许多书，但在奇正浓淡详略本无定法的古文中间，欲据选本以求捷径，其被称为不读书亦正是无足怪也。在思想方面也有同样的情形。《孟子字义疏证》卷下论权末一条详说宋以后儒者理欲之辨的流弊，有云：

"举凡饥寒愁怨饮食男女常情隐曲之感，则名之曰人欲，故终其身见欲之难制，其所谓存理，定有理之名，究不过绝情欲之感耳。何以能绝，曰主一无适。此即老氏之抱一无欲，故周子以一为学圣之要，且明之曰，一者无欲也。天下必无舍生养之道而保存者，凡事为皆出于欲，无欲则无为矣，有欲而后有为，有为而归于当而不可易之谓理，无欲无为，又焉有理。老庄释氏主于无欲无为，故不言理，圣人务在有欲有为之咸得理，是故君子亦无私而已矣，不贵无欲，君子使欲出于正不出于邪，不必无饥寒愁怨饮食男女常情隐曲之感，于是才说巫辞反得刻议君子而罪之，此理欲之辨使吾子无完行者为祸如是也。"又云：

"夫尧舜之忧四海穷困，文王之视民如伤，何一非为民谋其人欲之事，惟顺而导之，使归于善。今既截然分理欲为二，治己以不出于欲为理，治人亦必以不出于欲为理，举几民之饥寒愁怨饮食男女常情隐曲之感咸视为人欲之甚轻者矣。轻其所轻，乃吾重天理也，公义也，言虽美而用之治人则祸其人，至于下以欺伪应乎上，则曰人之不善，胡弗思圣人体民之情，遂民之欲，不待告以天理公义，而人易免于罪戾者之道也，孟子于民之放辟邪侈无不为以陷于罪，犹曰是罔民也，又曰，救死而恐不赡，奚暇治礼义。古之言理也，就人之情欲求之，使之无疵之为理，今之言理也，离人之情欲求之，使之忍而不顾之为理，此理欲之辨适以穷天下之人，尽转移为欺伪之人，为祸何可胜言哉。"戴君的意见完全是儒家思想，本极平实，只因近千年来为道学家所歪曲，以致未达于人情物理而归于至当的人生的路终乃变而为高头讲章之道，影响所及，道德政治均受其祸，学术艺文自更无论矣，得戴君出而发其覆，其功德殊不少也。这种意思从前也有人说过，不过较为简单，如清初刘继庄在《广阳杂记》卷二中一则云：

"余观世之小人未有不好唱歌看戏者，此性天中之《诗》与《乐》也，未有不看小说听说书者，此性天中之《书》与《春秋》也，未有不信占卜祀鬼神者，此性天中之《易》与《礼》也。圣人六经之教原本人情，而后之儒者乃不能因其势而利导之，百计禁止遏抑，务以成周之刍狗茅塞人心，是何异壅川使之不流，无怪其决裂溃败也。夫今之儒者之心刍狗之所塞也久矣，而以天下大器使之为之，爰以图治，不亦难乎。"再早上去则在汉代，如《淮南子·泰族训》云：

"民有好色之性，故有大婚之礼，有饮食之性，故有大飨之谊，有喜乐之性，故有钟鼓管弦之音，有悲哀之性，故有衰绖哭踊之节。故先王之制法也，因民之所好而为之节文者也。"焦里堂云，《淮南子》杂取诸子九流之言，其中有深得圣人精义者。圣人的精义其实是很平易的，无非是人情物理中至当不易的一点，戴君所云饥寒愁怨饮食男女常情隐曲之感，蒋君所云于日用饮食见之，也都是这个意思，唯在后世主张绝欲的理学家则不能了解，却走入反面去，致劳能惧思之士词而辟之，诚不得已也。

我们在上边抄了好些人的言论，本来生怕成为文抄公，竭力节省，却仍是抄了不少，这是为什么呢。八家和方姚的时文化的文章，理学家的玄学化的思想，固然多有缺点，已经有明眼人看穿，而且这些也都已是过去的事，现在何必再翻陈案来打死老虎呢。这话似乎也说得有理，可是只知其一不知其二，因为这依然还是现今的活问题，那只老虎并没有死，仍旧张牙舞爪的要咬人哩。中华民国成立已有三十四年，在三十岁左右的年轻人中间，诚然不见得再有专心讲究桐城义法或是程朱理学的人了吧，但是我们整个的一看文化界的情形，这些还有着绝大的势力，现在如此，将来也要如此，假如现今没有什么方法来补救，使得他变动一下。就是说到青年的读书作文，这也是一个严重的问题，不是可以轻轻看过的。大家鼓励青年读书，这固然是很好的事情，但是读什么书呢？现代的新书不多，即使多也总不够用，那么旧书还是不可不读，而旧书这物事却不是好玩的，他真有点像一只大虫，你驾御得他住，拿来作坐骑也可以，否则一不小心会被吃下肚去不算，还要给他当听差，文言称曰伥鬼。读新的学术书，特别是关于自然科学的，完全是吸收知识，只要记着便好，若是读中国旧书，本来也是吸收知识，却先要经过一番辨别选择作用，有如挑河水来泡茶煮饭，须得滤过，至少也得放下明矾去，使水中泥土杂质和他化合，再泌出水来饮用才行。上面抄了好许多人家的话，便是来做一个例子，旧书里边有这种麻烦的地方，要这样仔细的去辨别，才不至于上当，冒失的踏进门去再也爬不出来。但是预先的警告不得不说的严重一点，其实只要有备无患，别无什么问题了。学者如先具备科学常识，了知宇宙生物的事情，再明了中国思想大要，特别是儒家以仁为主旨的思想，多参考前贤通达的意见，如上文所引者，渐有规定之后，无论看什么书，便能自己辨别选择，书中所有都是药笼中物，孔子曰，三人行必有我师焉，善读书者的态度盖亦正是如此也。

（一九四五年作。收《知堂乙酉文编》。）

道义之事功化

董仲舒有言曰，正其谊不谋其利，名其道不计其功。这两句话看去颇有道理，假如用在学术研究上，这种为学问而学问的态度是极好的，可惜的事是中国不重学问，只拿去做说空话唱高调的招牌，这结果便很不大好。我曾说过，中国须有两大改革，一是伦理之自然化，二是道义之事功化。这第二点就是对于上说之纠正，其实这类意见前人也已说过，如黄式三《儆居集》中有《申董子功利说》云：

"董子之意若曰，事之有益无害者谊也，正其谊而谊外之利勿谋也，行之有功无过者道也，明其道而道外之功勿计也。"这里固然补救了一点过来，把谊与道去当作事与行看，原是很对，可是分出道义之内或之外的功利来，未免勉强，况且原文明说其利其功，其字即是道与义的整个，并不限定外的部分也。我想这还当干脆的改正，道义必须见诸事功，才有价值，所谓为治不在多言，在实行如何耳。这是儒家的要义，离开功利没有仁义，孟子对梁惠王说，王何必曰利，亦有仁义而已矣，但是后边具体的列举出来的是这么一节：

"五亩之宅，树之以桑，五十者可以衣帛矣。鸡豚狗彘之畜，无失其时，七十者可以食肉矣。百亩之田，勿夺其时，数口之家可以无饥矣。谨庠序之教，申之以孝悌之义，颁白者不负戴于道路矣。七十者衣帛食肉，黎民不饥不寒，然而不王者未之有也。"阮伯元在《论语论仁论》中云：

"《中庸》篇，仁者人也。郑康成注，读如相人偶之人。春秋时孔门所谓仁也者，以此一人与彼一人相人偶，而尽其敬礼忠恕等事之谓也。相人偶者，谓人之偶之也。凡仁必于身所行者验之而始见，亦必有二人而仁乃见，若一人闭户斋居，瞑目静坐，虽有德理在心，终不得指为圣门所谓之仁矣。盖士庶人之仁见于宗族乡党，天子诸侯卿大夫之仁见于国家臣民，同一相人偶之道，是必人与人相偶而仁乃见也。"我相信这是论仁的最精确的话，孟子所说的正即是诸侯之仁，此必须那样表现出来才算，若只是存在心里以至笔口之上，也都是无用。颜习斋讲学最重实行，《颜氏学记》引年谱记其告李恕谷语云：

"犹是事也，自圣人为之曰时宜，自后世豪杰为之曰权略。其实此权字即未可与权之权，度时势，称轻重，而不失其节是也。但圣人纯出乎天理而利因之，豪杰深察乎利害而理与焉。世儒等之诡诈之流，而推于圣道之外，使汉唐豪杰不得近圣人之光，此陈同甫所为扼腕也。"颜君生于明季，尚记得那班读书人有如狂犬，叫号搏噬，以至误国殃民，故推重立功在德与言之上，至欲进汉唐豪杰于圣人之列，其心甚可悲，吾辈生三百年后之今日，繙其遗编，犹不能无所感焉。明末清初还有一位傅青主，他与颜君同是伟大的北方之学者，其重视事功也仿佛相似。王晋荣编《仙儒外纪削繁》有一则云：

"外传云，或问长生久视之术，青主曰，大丈夫不能效力君父，长生久视，徒猪狗活耳。或谓先生精汉魏古诗赋，先生曰，此乃驴鸣狗吠，何益于国家。"此话似乎说得有点过激，其实却是很对的。所谓效力君父，用现在的话来说即是对于国家人民有所尽力，并不限于殉孝殉忠，我们可以用了颜习斋的话来做说明，《颜氏学记》引《性理书评》中有一节关于尹和靖祭其师程伊川文，习斋批语起首有云：

"吾读《甲申殉难录》，至愧无半策匡时难云云，未尝不泣下也，至览和靖祭伊川，不背其师有之，有益于世则未二语，为生民怆惶久之。"这几句话看似寻常，却极是沉痛深刻，我们不加注解，只引别一个人的话来做证明。这是近人洪允祥的《醉余偶笔》的一则，其文曰：

"《甲申殉难录》某公诗曰，愧无半策匡时难，只有一死报君恩。天醉曰，没中用人死亦不济事。然则怕死者是欤？天醉曰，要他勿怕死是要他拼命做事，不是要他一死便了事。"这里说的直捷痛快，意思已是十分明白了。我所说的道义之事功化，大抵也就是这个意思，要以道义为宗旨，去求到功利上的实现，以名誉生命为资材，去博得国家人民的福利，此为知识阶级最高之任务。此外如闭目静坐，高谈理性，或扬眉吐气，空说道德者，固全不足取，即握管著述，思以文字留赠后人，作启蒙发聩之用，其用心虽佳，抑亦不急之务，与傅君所谓驴鸣狗吠相去一间耳。

上边所根据的意见可以说是一种革命思想，在庸众看来，似乎有点离经叛道，或是外圣无法，其实这本来还是出于圣与经，一向被封建的尘土与垃圾所盖住了，到近来才清理出来，大家看得有点陌生，所以觉得不顺眼，在我说来倒是中国的旧思想，可以算是老牌的正宗呢。中国的思想本有为民与为君两派，一直并存着，为民的思想可以孟子所说的话为代表，即《尽心》章的有名的那一节：

"民为贵，社稷次之，君为轻。"为君的思想可以三纲为代表，据《礼记正义》在《乐记疏》中引《礼纬·含文嘉》云：

"三纲谓君为臣纲，父为子纲，夫为妻纲矣。"在孔子的话里原本是君君臣臣，父父子子，其关系是相对的，这里则一变而为绝对的了，这其间经过秦皇汉帝的威福，思想的恶化是不可免的事，就只是化得太甚而已。这不但建立了神圣的君权，也把父与夫提起来与君相并，于是臣民与子女与妻都落在奴隶的地位，不只是事实上如此，尤其是道德思想上确定了根基，二千年也翻不过身来，就是在现今民国三十四年实在还是那么样。不过究竟是民国了，民间也常有要求民主化的呼声，从五四以来已有多年，可是结果不大有什么，因为从外国来的影响根原不深，嚷过一场之后，不能生出上文所云革命的思想，反而不久礼教的潜势力活动起来，以前反对封建思想的勇士也变了相，逐渐现出太史公和都老爷的态度来，假借清议，利用名教，以立门户，争意气，与明季清末的文人没有多大不同。这种情形是要不得的。现在须得有一种真正的思想革命，从中国本身出发，清算封建思想，同时与世界趋势相应，建起民主思想来的那么一种运动。上边所说道义之事功化本是小问题，但根底还是在那里，必须把中国思想重新估价，首先勾消君臣主奴的伦理观念，改立民主的国家人民的关系，再将礼教名分等旧意义加以修正，这才可以通行，我说傅洪二君的意见是革命的即是如此，他说没中用人死亦不济事，话似平常，却很含有危险，有如拔刀刺敌，若不成功，便将被只有一死报君恩者所杀矣。中国这派革命思想势力不旺盛，但来源也颇远，孟子不必说了，王充在东汉虚妄迷信盛行的时代，以怀疑的精神作《论衡》，虽然对于伦理道德不曾说及，而那种偶像破坏的精神与力量却是极大，给思想界开了一个透气的孔，这可以算是第一个思想革命家。中间隔了千余年，到明末出了一位李贽通称李卓吾，写了一部《藏书》，以平等自由的眼光，评论古来史上的人物，对于君臣夫妇两纲加以小打击，如说武则天卓文君冯道都很不错，可说是近代很难得的明达见解，可是他被御史参奏惑乱人心，严拿治罪，死在监狱内，王仲任也被后世守正之士斥不孝，却是已在千百年之后了。第三个是清代的俞正燮，他有好些文章都是替女人说话，幸而没有遇到什么灾难。上下千八百年，总算出了三位大人物，我们中国亦足以自豪了。因此我们不自量也想继续的做下去，近若干年来有些人在微弱的呼叫便是为此，在民国而且正在要求民主化的现在，这些言论主张大概是没甚妨碍的了，只是空言无补，所以我们希望不但心口相应，更要言行一致，说得具体一点，便是他的思想言论须得兑现，即应当在行事上表现出来，士庶人如有仁心，这必须见于宗族乡党才行，否则何益于人，何益于国家，仍不免将为傅青主所呵也。

要想这样办很有点不大容易吧。关于仁还不成问题，反正这是好事，大小量力做些个，也就行了，若是有些改正的意见本来是革命的，世间不但未承认而且还以为狂诞悖戾，说说尚且不可，何况要去实做。这怎么好呢？英国蔼理斯的《感想录》第二卷里有一则，我曾经译出，加上题目曰《女子的羞耻》，收在《永日集》里，觉得很有意思，今再录于此，其文云：

"一九一八年二月九日。在我的一本著书里我曾记载一件事，据说义大利有一个女人，当房屋失火的时候，情愿死在火里，不肯裸体跑出来，丢了她的羞耻。在我力量所及之内，我常设法想埋炸弹于这女人所住的世界下面，使得他们一起毁掉。今天我从报上见到记事，有一只运兵船在地中海中了鱼雷，虽然离岸不远却立刻沉没了。一个看护妇还在甲板上。她动手脱去衣服，对旁边的人们说道，大哥们不要见怪，我须得去救小子们的命。她在水里游来游去，救起了好些的人。这个女人是属于我们的世界的。我有时遇到同样的女性的，优美而大胆的女人，她们做过同样勇敢的事，或者更为勇敢因为更复杂地困难，我常觉得我的心在她们前面像一只香炉似的摆着，发出爱与崇拜之永久的香烟。

"我梦想一个世界，在那里女人的精神是比火更强的烈焰，在那里羞耻化为勇气而仍还是羞耻，在那里女人仍异于男子与我所欲毁灭的并无不同，在那里女人具有自己显示之美，如古代传说所讲的那样动人，但在那里富于为人类服务而牺牲自己的热情，远超出于旧世界之上。自从我有所梦以来，我便在梦想这世界。"这一节话说的真好，原作者虽是外国人，却能写出中国古代哲人也即是现代有思想的人所说的话，在我这是一种启发，勇敢与新的羞耻，为人类服务而牺牲自己，这些词句我未曾想到，却正是极用得着在这文章里，所以我如今赶紧利用了来补足说，这里所主张的是新的羞耻，以仁存心，明智的想，勇敢的做，地中海岸的看护妇是为榜样，是即道义之事功化也。蔼理斯写这篇《感想录》的时候正是民国八年春天，是五四运动的前夜，所谓新文化运动正极活泼，可是不曾有这样明快的主张，后来反而倒退下去，文艺新潮只剩了一股浑水，与封建思想的残渣没甚分别了。现在的中国还须得从头来一个新文化运动，这回须得实地做去，应该看那看护妇的样，如果为得救小子们的命，便当不客气的脱衣光膀子，即使大哥们要见怪也顾不得，至多只能对他们说句抱歉而已。

说到大哥们的见怪，此是一件大事，不是可以看轻的。这些大哥们都是守正之士，或称正人君子，也就是上文所云太史公都老爷之流，虽然是生在民国，受过民主的新教育，可是其精神是道地的正统的，不是邹鲁而是洛闽的正统。他们如看见小子们落在河里，胸中或者也有恻隐之心，却不见得会出手去捞，若是另一位娘儿们在他们面前脱光了衣服要掸下水去，这个情景是他们所决不能许可或忍耐的。凭了道德名教风化，或是更新式而有力量的名义，非加以制裁不可，至少这女人的名誉与品格总要算是完全破坏的了。说大哥们不惜小子的性命也未免有点冤枉，他只是不能忍受别人在他们面前不守旧的羞耻，所以动起肝火来，而这在封建思想的那一纲上的确也有不对，其动怒正与正统相合，这是无可疑的。他们的人数很多，威势也很不少，凡是封建思想与制度的余孽都是一起，所以要反抗或无视他们须有勇敢，其次是理性。我们要知道这种守正全只是利己。中国过去都是专制时代，经文人们的尽力做到君权高于一切，曰臣罪当诛，天王圣明，曰君叫臣死，不得不死，父叫子亡，不得不亡，在那时候饶命要紧，明哲保身，或独善其身，自然也是无怪的，但总之不能算是好，也不能说是利己或为我。黄式三《为我兼爱说》中云，无禄于朝，遂视天下之尘沉鱼烂，即为我矣。在君主时代，这尚且不可，至少在于知识阶级，何况现今已是民国，还在《新青年》《新潮》乱嚷一起，有过新文化什么等等运动之后。现今的正人君子，在国土沦陷的时期，处世的方法不一，重要的还是或藉祖宗亲戚之余荫，住洋楼，打马将以遣日，或做交易生意，买空卖空，得利以度日。独善其身，在个人也就罢了，但如傅青主言何益于国家，以土车夫粪夫之工作与之相比，且将超出十百倍，此语虽似新奇，若令老百姓评较之，当不以为拟于不伦也。这样凭理性看去，其价值不过如此，若是叫天醉居士说来，没中用人活着亦不济事。从前读宋人笔记，说南宋初北方大饥，至于人相食，有山东登莱义民浮海南行，至临安犹持有人肉干为粮云，这段记事看了最初觉得恶心，后来又有点好笑，记得石天基的《笑得好》中有一则笑话，说孝子医父病，在门外乞丐的股上割了一块肉，还告诉他割股行孝不要乱嚷。此乃是自然的好安排，假如觉得恶心而不即转移，则真的就要呕吐出来了也。

上边的文章写的枝枝节节，不是一气写成的。近时正在看明季野史，看东厂的太监的威胁以及读书人的颂扬奔走，有时手不能释卷，往往把时间耽误了。但是终于寻些闲空工夫，将这杂文拼凑成功，结束起来，这可以叫做《梦想之二》，因我在前年写过一篇《梦想之一》，略谈伦理之自然化这问题，所以这可以算是第二篇。我很运气，有英国的老学者替我做枪手，有那则《感想录》做挡箭牌在那里，当可减少守正之士的好些攻击，因为这是外国人的话，虽然他在本国也还不是什么正统。蔼理斯说这话时是中华民国八年，我自己不安分的发言论也在民国七八年起头，想起来至今还无甚改变，可谓顽固，至少也是不识时务矣。有时候努力学识时务，也省悟道，这何必呢，于自己毫无利益的。然而事实上总是改不来。偶看佛经，见上面痛斥贪嗔痴，也警觉道，这可不是痴么？仔细一想的确是的，嗔也不是没有，不过还不多，痴则是无可抵赖的了。在《温陵外纪》中引有余永宁著《李卓吾先生告文》云：

"先生古之为己者也。为己之极，急于为人，为人之极，至于无己。则先生今者之为人之极者也。"案这几句话说得很好。凡是以思想问题受迫害的人大抵都如此，他岂真有惑世诬民的目的，只是自有所得，不忍独秘，思以利他，终乃至于虽损己而无怨。我们再来看傅青主，据戴廷拭给他做的《石道人传》中说，青主能预知事物，盖近于宿命通，下云，"道人犹自谓闻道而苦于情重，岂真于情有未忘者耶，吾乌足以知之。"这两位老先生尚且不免，吾辈凡人自然更不必说了。廿七年冬曾写下几首打油诗，其一云：

"禹迹寺前春草生，沈园遗迹欠分明，偶然拄杖桥头望，流水斜阳太有情。"有友人见而和之，下联云，"斜阳流水干卿事，信是人间太有情。"哀怜劝戒之意如见，我也很知感谢，但是没有办法。要看得深一点，那地中海沉船上的看护妇何尝不是痴。假如依照中国守正的规则，她既能够游水，只须静静的偷偷的溜下水去，渡到岸上去就得了，还管那小子们则甚，淹死还不是活该么。这在生物之生活原则上并没有错，但只能算是禽兽之道罢了，禽兽只有本能，没有情或痴。人知道己之外有人，而己亦在人中，乃有种种烦恼，有情有痴，不管是好是坏，总之是人所以异于禽兽者，我辈不能不感到珍重。佛教呵斥贪嗔痴，其实他自己何曾能独免，众生无边誓愿度的大愿正是极大的痴情，我们如能学得千百分之一正是光荣，虽然同时也是烦恼。这样想来也就觉得心平气和，不必徒然嗔怒，反正于事实无补，搁笔卷纸，收束此文，但第三次引起傅青主的话来，则又未免觉得怅然耳。

民国乙酉，十一月七日，北平

（一九四五年做，收《知堂乙酉文编》。）

道义之事功化

北京的茶食

　　在东安市场的旧书摊上买到一本日本文章家五十岚力的《我的书翰》，中间说起东京的茶食店的点心都不好吃了，只有几家如上野山下的空也，还做得好点心，吃起来馅和糖及果实浑然融合，在舌头上分不出各自的味来。想起德川时代江户的二百五十年的繁华，当然有这一种享乐的流风余韵留传到今日，虽然比起京都来自然有点不及。北京建都已有五百余年之久，论理于衣食住方面应有多少精微的造就，但实际似乎并不如此，即以茶食而论，就不曾知道什么特殊的有滋味的东西。固然我们对于北京情形不甚熟悉，只是随便撞进一家饽饽铺里去买一点来吃，但是就撞过的经验来说，总没有很好吃的点心买到过。难道北京竟是没有好的茶食，还是有而我们不知道呢？这也未必全是为贪口腹之欲，总觉得住在古老的京城里吃不到包含历史的精炼的或颓废的点心是一个很大的缺陷。北京的朋友们，能够告诉我两三家做得上好点心的饽饽铺么？

　　我对于二十世纪的中国货色，有点不大喜欢，粗恶的模仿品，美其名曰国货，要卖得比外国货更贵些。新房子里卖的东西，便不免都有点怀疑，虽然这样说好像遗老的口吻，但总之关于风流享乐的事我是颇迷信传统的。我在西四牌楼以南走过，望着异馥斋的丈许高的独木招牌，不禁神往，因为这不但表示他是义和团以前的老店，那模糊阴暗的字迹又引起我一种焚香静坐的安闲而丰腴的生活的幻想。我不曾焚过什么香，却对于这件事很有趣味，然而终于不敢进香店去，因为怕他们在香合上已放着花露水与日光皂了。我们于日用必需的东西以外，必须还有一点无用的游戏与享乐，生活才觉得有意思。我们看夕阳，看秋河，看花，听雨，闻香，喝不求解渴的酒，吃不求饱的点心，都是生活上必要的——虽然是无用的装点，而且是愈精炼愈好。可怜现在的中国生活，却是极端地干燥粗鄙，别的不说，我在北京徬徨了十年，终未曾吃到好点心。

十三年二月

（载一九二四年三月十八日《晨报副镌》，署名陶然。收《雨天的书》《泽泻集》和《知堂文集》。）

故乡的野菜

我的故乡不止一个，我住过的地方都是故乡。故乡对于我并没有什么特别的情分，只因钓于斯游于斯的关系，朝夕会面，遂成相识，正如乡村里的邻舍一样，虽然不是亲属，别后有时也要想念到他。我在浙东住过十几年，南京东京都住过六年，这都是我的故乡；现在住在北京，于是北京就成了我的家乡了。

日前我的妻往西单市场买菜回来了，说起有荠菜在那里卖着，我便想起浙东的事来。荠菜是浙东人春天常吃的野菜，乡间不必说，就是城里只要有后园的人家都可以随时采食，妇女小儿各拿一把剪刀一只"苗篮"，蹲在地上搜寻，是一种有趣味的游戏的工作。那时小孩们唱道，"荠菜马兰头，姊姊嫁在后门头。"后来马兰头有乡人拿来进城售卖了，但荠菜还是一种野菜，须得自家去采。关于荠菜向来颇有风雅的传说，不过这似乎以吴地为主。《西湖游览志》云，"三月三日男女皆戴荠菜花。谚云，三春戴荠花，桃李羞繁华。"顾禄的《清嘉录》上亦说，"荠菜花俗呼野菜花，因谚有三月三蚂蚁上灶山之语，三日人家皆以野菜花置灶陉上，以厌虫蚁。侵晨村童叫卖不绝。或妇女簪髻上以祈清目，俗号眼亮花。"但浙东人却不很理会这些事情，只是挑来做菜或炒年糕吃罢了。

黄花麦果通称鼠麹草，系菊科植物，叶小微圆互生，表面有白毛，花黄色，簇生梢头。春天采嫩叶，捣烂去汁，和粉作糕，称黄花麦果糕。小孩们有歌赞美之云，

"黄花麦果韧结结，
关得大门自要吃：
半块拿弗出，一块自要吃。"

清明前后扫墓时，有些人家——大约是保存古风的人家——用黄花麦果作供，但不作饼状，做成小颗如指顶大，或细条如小指，以五六个

作一攒，名曰茧果，不知是什么意思，或因蚕上山时设祭，也用这种食品，故有是称，亦未可知。自从十二三岁时外出不参与外祖家扫墓以后，不复见过茧果，近来住在北京，也不再见黄花麦果的影子了。日本称作"御形"，与荠菜同为春的七草之一，也采来做点心用，状如艾饺，名曰"草饼"，春分前后多食之，在北京也有，但是吃去总是日本风味，不复是儿时的黄花麦果糕了。

扫墓时候所常吃的还有一种野菜，俗名草紫，通称紫云英。农人在收获后，播种田内，用作肥料，是一种很被贱视的植物，但采取嫩茎瀹食，味颇鲜美，似豌豆苗。花紫红色，数十亩接连不断，一片锦绣，如铺着华美的地毯，非常好看，而且花朵状若胡蝶，又如鸡雏，尤为小孩所喜。间有白色的花，相传可以治痢，很是珍重，但不易得。日本《俳句大辞典》云，"此草与蒲公英同是习见的东西，从幼年时代便已熟识。在女人里边，不曾采过紫云英的人，恐未必有罢。"中国古来没有花环，但紫云英的花球却是小孩常玩的东西，这一层我还替那些小人们欣幸的，浙东扫墓用鼓吹，所以少年常随了乐音去看"上坟船里的姣姣"；没有钱的人家虽没有鼓吹，但是船头上篷窗下总露出些紫云英和杜鹃的花束，这也就是上坟船的确实的证据了。

十三年二月

（载一九二四年四月五日《晨报副镌》，署名陶然。收《雨天的书》《泽泻集》和《知堂文集》。）

故乡的野菜

喝 茶

前回徐志摩先生在平民中学讲"吃茶"，——并不是胡适之先生所说的"吃讲茶"，——我没有工夫去听，又可惜没有见到他精心结构的讲稿，但我推想他是在讲日本的"茶道"，(英文译作 Teaism，)而且一定说的很好。茶道的意思，用平凡的话来说，可以称作"忙里偷闲，苦中作乐"，在不完全的现世享乐一点美与和谐，在刹那间体会永久，是日本之"象征的文化"里的一种代表艺术。关于这一件事，徐先生一定已有透彻巧妙的解说，不必再来多嘴，我现在所想说的，只是我个人的很平常的喝茶罢了。

喝茶以绿茶为正宗。红茶已经没有什么意味，何况又加糖——与牛奶？葛辛 (George Gissing) 的《草堂随笔》(Private Papers of Henry Ryecroft) 确是很有趣味的书，但冬之卷里说及饮茶，以为英国家庭里下午的红茶与黄油面包是一日中最大的乐事，支那饮茶已历千百年，未必能领略此种乐趣与实益的万分之一，则我殊不以为然。红茶带"土斯"未始不可吃，但这只是当饭，在肚饥时食之而已；我的所谓喝茶，却是在喝清茶，在赏鉴其色与香与味，意未必在止渴，自然更不在果腹了。中国古昔曾吃过煎茶及抹茶，现在所用的都是泡茶，冈仓觉三在《茶之书》(Book of Tea 1919) 里很巧妙的称之曰："自然主义的茶"，所以我们所重的即在这自然之妙味。中国人上茶馆去，左一碗右一碗的喝了半天，好像是刚从沙漠里回来的样子，颇合于我的喝茶的意思，(听说闽粤有所谓吃工夫茶者自然也有道理，)只可惜近来太是洋场化，失了本意，其结果成为饭馆子之流，只在乡村间还保存一点古风，唯是屋宇器具简陋万分，或者但可称为颇有喝茶之意，而未可许为已得喝茶之道也。

喝茶当于瓦屋纸窗之下，清泉绿茶，用素雅的陶瓷茶具，同二三人共饮，得半日之闲，可抵十年的尘梦。喝茶之后，再去继续修各人的胜业，无论为名为利，都无不可，但偶然的片刻优游乃正亦断不可少。中国喝茶时多吃瓜子，我觉得不很适宜；喝茶时可吃的东西应当是轻淡的"茶食"。中国的茶食却变了"满汉饽饽"，其性质与"阿阿兜"相差无几，不是喝茶时所吃的东西了。日本的点心虽是豆米的成品，但那优雅的形色，朴素的味道，很合于茶食的资格，如各色的"羊羹"（据上田恭辅氏考据，说是出于中国唐时的羊肝饼，）尤有特殊的风味。江南茶馆中有一种"干丝"，用豆腐干切成细丝，加姜丝酱油，重汤墩热，上浇麻油，出以供客，其利益为"堂倌"所独有。豆腐干中本有一种"茶干"，今变而为丝，亦颇与茶相宜。在南京时常食此品，据云有某寺方丈所制为最，虽也曾尝试，却已忘记，所记得者乃只是下关的江天阁而已。学生们的习惯，平常"干丝"既出，大抵不即食，等到麻油再加，开水重换之后，始行举箸，最为合式，因为一到即罄，次碗继至，不遑应酬，否则麻油三浇，旋即撤去，怒形于色，未免使客不欢而散，茶意都消了。

吾乡昌安门外有一处地方，名三脚桥，（实在并无三脚，乃是三出，因以一桥而跨三叉的河上也，）其地有豆腐店曰周德和者，制茶干最有名。寻常的豆腐干方约寸半，厚三分，值钱二文，周德和的价值相同，小而且薄，几及一半，黝黑坚实，如紫檀片。我家距三脚桥有步行两小时的路程，故殊不易得，但能吃到油炸者而已。每天有人挑担设炉镬，沿街叫卖，其词曰，

"辣酱辣，

麻油炸，

红酱搽，辣酱拓：

周德和格五香油炸豆腐干。"

其制法如上所述，以竹丝插其末端，每枚三文。豆腐干大小如周德和，而甚柔软，大约系常品，惟经过这样烹调，虽然不是茶食之一，却也不失为一种好豆食。——豆腐的确也是极东的佳妙的食品，可以有种种的变化，唯在西洋不会被领解，正如茶一般。

日本用茶淘饭，名曰"茶渍"，以腌菜及"泽阉"（即福建的黄土萝卜，日本泽庵法师始传此法，盖从中国传去，）等为佐，很有清淡而甘香的风味。中国人未尝不这样吃，唯其原因，非由穷困即为节省，殆少有故意往清茶淡饭中寻其固有之味者，此所以为可惜也。

十三年十二月

（载一九二四年十二月二十九日《语丝》第七期，署名开明。收《雨天的书》《泽泻集》，又收《知堂文集》，改题《吃茶》。）

鸟　声

　　古人有言，"以鸟鸣春。"现在已过了春分，正是鸟声的时节了，但我觉得不大能够听到，虽然京城的西北隅已经近于乡村。这所谓鸟当然是指那飞鸣自在的东西，不必说鸡鸣咿咿鸭鸣呷呷的家奴，便是熟番似的鸽子之类也算不得数，因为他们都是忘记了四时八节的了。我所听见的鸟鸣只有檐头麻雀的啾啁，以及槐树上每天早来的啄木的干笑，——这似乎都不能报春，麻雀的太琐碎了，而啄木又不免多一点干枯的气味。

　　英国诗人那许 (Nash) 有一首诗，被录在所谓《名诗选》(Golden Treasury) 的卷首。他说，春天来了，百花开放，姑娘们跳舞着，天气温和，好鸟都歌唱起来，他列举四样鸟声：

　　Cuckoo, jug-jug, pee-wee, to-witta-woo!

　　这九行的诗实在有趣，我却总不敢译，因为怕一则译不好，二则要译错。现在只抄出一行来，看那四样是什么鸟。第一种是勃姑，书名鹁鸠，他是直呼其名的，可以无疑了。第二种是夜莺，就是那林间的"发痴的鸟"，古希腊女诗人称之曰"春之使者，美音的夜莺"，他的名贵可想而知，只是我不知道他到底是什么东西。我们乡间的黄莺也会"翻叫"，被捕后常因想念妻子而急死，与他西方的表兄弟相同，但他要吃小鸟，而且又不发痴地唱上一夜以至于呕血。第四种虽似异怪乃是猫头鹰。第三种则不大明了，有人说是蚊母鸟，或云是田凫，但据斯密士的《鸟的生活与故事》第一章所说系小猫头鹰。倘若是真的，那么四种好鸟之中猫头鹰一家已占其二了。斯密士说这二者都是褐色猫头鹰，与别的怪声怪相的不同，他的书中虽有图像，我也认不得这是鸱是鸮还是流离之子，不过总是猫头鹰之类罢了。儿时曾听见他们的呼声，有的声如货郎的摇鼓，有的恍若连呼"掘洼"(dzhuehuoang)，俗云不祥主有死丧，所以闻者多极懊恼，大约此风古已有之，查检观颏道人的《小演雅》，所录古今禽言中不见有猫头鹰的话。然而仔细回想，觉得那些叫声实在并不错，比任何风声箫声鸟声更为有趣，如诗人谢勒(Shelley)所说。

现在，就北京来说，这几样鸣声都没有，所有的还只是麻雀和啄木鸟。老鸹，乡间称云乌老鸦，在北京是每天可以听到的，但是一点风雅气也没有，而且是通年噪聒，不知道他是那一季的鸟。麻雀和啄木鸟虽然唱不出好的歌来，在那琐碎和干枯之中到底还含一些春气：唉唉，听那不讨人欢喜的乌老鸦叫也已够了，且让我们欢迎这些鸣春的小鸟，倾听他们的谈笑罢。

"啾唧，啾唧！"

"嘎嘎！"

十四年四月

（载一九二五年四月六日《语丝》第二十一期，署名开明。收《雨天的书》《知堂文集》。）

谈　酒

　　这个年头儿，喝酒倒是很有意思的。我虽是京兆人，却生长在东南的海边，是出产酒的有名地方。我的舅父和姑父家里时常做几缸自用的酒，但我终于不知道酒是怎么做法，只觉得所用的大约是糯米，因为儿歌里说，"老酒糯米做，吃得变 nio-nio——末一字是本地叫猪的俗语。做酒的方法与器具似乎都很简单，只有煮的时候的手法极不容易，非有经验的工人不办，平常做酒的人家大抵聘请一个人来，俗称"酒头工"，以自己不能喝酒者为最上，叫他专管鉴定煮酒的时节。有一个远房亲戚，我们叫他"七斤公公"，——他是我舅父的族叔，但是在他家里做短工，所以舅母只叫他作"七斤老"，有时也听见她叫"老七斤"，是这样的酒头工，每年去帮人家做酒；他喜吸旱烟，说玩话，打马将，但是不大喝酒（海边的人喝一两碗是不算能喝，照市价计算也不值十文钱的酒，）所以生意很好，时常跑一二百里路被招到诸暨嵊县去。据他说这实在并不难，只须走到缸边屈着身听，听见里边起泡的声音切切察察的，好像是螃蟹吐沫（儿童称为蟹煮饭）的样子，便拿来煮就得了；早一点酒还未成，迟一点就变酸了。但是怎么是恰好的时期，别人仍不能知道，只有听熟的耳朵才能够断定，正如骨董家的眼睛辨别古物一样。

　　大人家饮酒多用酒钟，以表示其斯文，实在是不对的。正当的喝法是用一种酒碗，浅而大，底有高足，可以说是古已有之的香宾杯。平常起码总是两碗，合一"串筒"，价值似是六文一碗。串筒略如倒写的凸字，上下部如一与三之比，以洋铁为之，无盖无嘴，可倒而不可筛，据好酒家说酒以倒为正宗，筛出来的不大好吃。唯酒保好于量酒之前先"荡"（置水于器内，摇荡而洗涤之谓）串筒，荡后往往将清水之一部分留在筒内，客嫌酒淡，常起争执，故喝酒老手必先戒堂倌以勿荡串筒，并监视其量好放在温酒架上。能饮者多索竹叶青，通称曰"本色"，"元红"系状元红之略，则着色者，唯外行人喜饮之。在外省有所谓花雕者，唯本地酒店中却没有这样东西。相传昔时人家生女，则酿酒贮花雕（一种有花纹的酒坛）中，至女儿出嫁时用以饷客，但此风今已不存，嫁女时偶用花雕，也只临时买元红充数，饮者不以为珍品。有些喝酒的人预备家酿，却有极好的，每年做醇酒若干坛，按次第埋园中，二十年后掘取，即每岁皆得饮二十年陈的老酒了。此种陈酒例不发售，故无处可买，我只有一回在旧日业师家里喝过这样好酒，至今还不曾忘记。

我既是酒乡的一个土著，又这样的喜欢谈酒，好像一定是个与"三酉"结不解缘的酒徒了。其实却大不然。我的父亲是很能喝酒的，我不知道他可以喝多少，只记得他每晚用花生米水果等下酒，且喝且谈天，至少要花费两点钟，恐怕所喝的酒一定很不少了。但我却是不肖，不，或者可以说有志未逮，因为我很喜欢喝酒而不会喝，所以每逢酒宴我总是第一个醉与脸红的。自从辛酉患病后，医生叫我喝酒以代药饵，定量是勃阑地每回二十格阑姆，蒲桃酒与老酒等倍之，六年以后酒量一点没有进步，到现在只要喝下一百格阑姆的花雕，便立刻变成关夫子了。（以前大家笑谈称作"赤化"，此刻自然应当谨慎，虽然是说笑话。）有些有不醉之量的，愈饮愈是脸白的朋友，我觉得非常可以欣羡，只可惜他们愈能喝酒便愈不肯喝酒，好像是美人之不肯显示她的颜色，这实在是太不应该了。

黄酒比较的便宜一点，所以觉得时常可以买喝，其实别的酒也未尝不好。白干于我未免过凶一点，我喝了常怕口腔内要起泡，山西的汾酒与北京的莲花白虽然可喝少许，也总觉得不很和善。日本的清酒我颇喜欢，只是仿佛新酒模样，味道不很静定。蒲桃酒与橙皮酒都很可口，但我以为最好的还是勃阑地。我觉得西洋人不很能够了解茶的趣味，至于酒则很有工夫，决不下于中国。天天喝洋酒当然是一个大的漏卮，正如吸烟卷一般，但不必一定进国货党，咬定牙根要抽净丝，随便喝一点什么酒其实都是无所不可的，至少是我个人这样的想。

喝酒的趣味在什么地方？这个我恐怕有点说不明白。有人说，酒的乐趣是在醉后的陶然的境界。但我不很了解这个境界是怎样的，因为我自饮酒以来似乎不大陶然过，不知怎的我的醉大抵都只是生理的，而不是精神的陶醉。所以照我说来，酒的趣味只是在饮的时候，我想悦乐大抵在做的这一刹那，倘若说是陶然，那也当是杯在口的一刻罢。醉了，困倦了，或者应当休息一会儿，也是很安舒的，却未必能说酒的真趣是在此间。昏迷，梦魇，呓语，或是忘却现世忧患之一法门；其实这也是有限的，倒还不如把宇宙性命都投在一口美酒里的耽溺之力还要强大。我喝着酒，一面也怀着"杞天之虑"，生恐强硬的礼教反动之后将引起颓废的风气，结果是借醇酒妇人以避礼教的迫害，沙宁(Sanin)时代的出现不是不可能的。但是，或者在中国什么运动都未必彻底成功，青年的反拨力也未必怎么强盛，那么杞天终于只是杞天，仍旧能够让我们喝一口非耽溺的酒也未可知。倘若如此，那时喝酒又一定另外觉得很有意思了罢？

民国十五年六月二十日，于北京

（载一九二六年六月二十七日《语丝》第八十五期，署名岂明。收《泽泻集》《知堂文集》。）

金　鱼

——草木虫鱼之一

　　我觉得天下文章共有两种，一种是有题目的，一种是没有题目的。普通做文章大都先有意思，却没有一定的题目，等到意思写出了之后，再把全篇总结一下，将题目补上。这种文章里边似乎容易出些佳作，因为能够比较自由地发表，虽然后写题目是一件难事，有时竟比写本文还要难些。但也有时候，思想散乱不能集中，不知道写什么好，那么先定下一个题目，再做文章，也未始没有好处，不过这有点近于赋得，很有做出试帖诗来的危险罢了。偶然读英国密伦 (A. A. Milne) 的小品文集，有一处曾这样说，有时排字房来催稿，实在想不出什么东西来写，只好听天由命，翻开字典，随手抓到的就是题目。有一回抓到金鱼，结果果然有一篇金鱼收在集里。我想这倒是很有意思的事，也就来一下子，写一篇金鱼试试看，反正我也没有什么非说不可的大道理，要尽先发表，那么来做赋得的咏物诗也是无妨，虽然并没有排字房催稿的事情。

　　说到金鱼，我其实是很不喜欢金鱼的，在豢养的小动物里边，我所不喜欢的，依着不喜欢的程度，其名次是叭儿狗，金鱼，鹦鹉。鹦鹉身上穿着大红大绿，满口怪声，很有野蛮气，叭儿狗的身体固然太小，还比不上一只猫，(小学教科书上却还在说，猫比狗小，狗比猫大 !) 而鼻子尤其耸得难过。我平常不大喜欢耸鼻子的人，虽然那是人为的，暂时的，把鼻子耸动，并没有永久的将它缩作一堆。人的脸上固然不可没有表情，但我想只要淡淡地表示就好，譬如微微一笑，或者在眼光中露出一种感情，——自然，恋爱与死等可以算是例外，无妨有较强烈的表示，但也似乎不必那样掀起鼻子，露出牙齿，仿佛是要咬人的样子。这种嘴脸只好放到影戏里去，反正与我没有关系，因为二十年来我不曾看电影。然而金鱼恰好兼有叭儿狗与鹦鹉二者的特点，他只是不用长绳子牵了在贵夫人的裙边跑，所以减等发落，不然这第一名恐怕准定是它了。

　　我每见金鱼一团肥红的身体，突出两只眼睛，转动不灵地在水中游泳，总会联想到中国的新嫁娘，身穿红布袄裤，扎着裤腿，拐着一对小脚伶俜地走路。我知道自己有一种毛病，最怕看真的，或是类似的小脚。十年前曾写过一篇小文曰《天足》，起头第一句云："我最喜欢看见女人的天足，"曾蒙友人某君所赏识，因为他也是反对"务必脚小"的人。我倒并不是怕做野蛮，现在的世界正如美国洛威教授的一本书名，谁都有"我们是文明么"的疑问，何况我们这道统国，剐呀割呀都是常事，无论个人怎么努力，这个野蛮的头衔休想去掉，实在凡是稍有自知之明，不是夸大狂的人，恐怕也就不大有想去掉的这种野心与妄想。小脚女人所引起的另一种感想乃是残废，这是极不愉快的事，正如驼背或脖子上挂着一个大瘤，假如这是天然的，我们不能说是嫌恶，但总之至少不喜欢看总是确实的了。有谁会赏鉴驼背或大瘤呢？金鱼突出眼睛，便是这一类的现象。另外有叫做绯鲤的，大约是它的表兄弟罢，一样的穿着大红棉袄，只是不开衩，眼睛也是平平地装在脑袋瓜儿里边，并不比平常的鱼更为鼓出，因此可见金鱼的眼睛是一种残疾，无论碰在水草上时容易戳瞎乌珠，就是平常也一定近视的了不得，要吃馒头末屑也不大方便罢。照中国人喜欢小脚的常例推去，金鱼之爱可以说宜乎众矣，但在不佞实在是两者都不敢爱，我所爱的还只是平常的鱼而已。

　　想像有一个大池，——池非大不可，须有活水，池底有种种水草才行，如从前碧云寺的那个石池，虽然老实说起来，人造的死海似的水洼都没有多大意思，就是三海也是俗气寒伧气，无论这是那一个大皇帝所造，因为皇帝压根儿就非俗恶粗暴不可，假如他有点儿懂得风趣，那就得亡国完事，至于那些俗恶的朋友也会亡国，那是另一回事。如今话又说回来，一个大池，里边如养着鱼，那最好是天空或水的颜色的，如鲫鱼，其次是鲤鱼。我这样的分等级，好像是以肉的味道为标准，其实不然。我想水里游泳着的鱼应当是暗黑色的才好，身体又不可太大，人家从水上看下去，窥探好久，才看见隐隐的一条在那里，有时或者简直就在你的鼻子前面，等一忽儿却又不见了，这比一件红冬冬的东西渐渐地近摆来，好像望那西湖里的广告船，（据说是点着红灯笼，打着鼓，）随后又渐渐地远开去，更为有趣得多。鲫鱼便具备这种资格，鲤鱼未免个儿太大一点，但他是要跳龙门去的，这又难怪他。此外有些白鲦，细长银白的身体，游来游去，仿佛是东海海边的泥鳅龙船，有时候不知为什么事出了惊，拨剌地翻身即逝，银光照眼，也能增加水界的活气。在这样地方，无论是金鱼，就是平眼的绯鲤，也是不适宜的。红袄裤的新嫁娘，如其脚是小的，那只好就请她在炕上爬或坐着，即使不然，也还是坐在房中，在油漆气芸香或花露水气中，比较地可以得到一种调和。所以金鱼的去处还是富贵人家的绣房，浸在五彩的磁缸中，或是玻璃的圆球里，去和叭儿狗与鹦鹉做伴侣罢了。

　　几个月没有写文章，天下的形势似乎已经大变了，有志要做新文学的人，非多讲某一套话不容易出色。我本来不是文人，这些时式的变迁，好歹于我无干，但以旁观者的地位看去，我倒是觉得可以赞成的。为什么呢？文学上永久有两种潮流，言志与载道。二者之中，则载道易而言志难。我写这篇赋得金鱼，原是有题目的文章，与帖括有点相近，盖已少言志而多载道软。我虽未敢自附于新文学之末，但自己觉得颇有时新的意味，故附记于此，以志作风之转变云耳。

十九年三月十日

　　（载一九三○年四月十七日《益世报》，又载一九三一年三月十日《青年界》第一卷第一期，均署名岂明。收《看云集》。）

虱 子

——草木虫鱼之二

偶读罗素所著的《结婚与道德》，第五章讲中古时代思想的地方，有这一节话：

"那时教会攻击洗浴的习惯，以为凡使肉体清洁可爱好者皆有发生罪恶之倾向。肮脏不洁是被赞美，于是圣贤的气味变成更为强烈了。圣保拉说，身体与衣服的洁净，就是灵魂的不净。虱子被称为神的明珠，爬满这些东西是一个圣人的必不可少的记号。"我记起我们东方文明的选手故辜鸿铭先生来了，他曾经礼赞过不洁，说过相仿的话，虽然我不能知道他有没有把虱子包括在内，或者特别提出来过。但是，即是辜先生不曾有什么颂词，虱子在中国文化历史上的位置也并不低，不过这似乎只是名流的装饰，关于古圣先贤还没有文献上的证明罢了。晋朝的王猛的名誉，一半固然在于他的经济的事业，他的捉虱子这一件事恐怕至少也要居其一半。到了二十世纪之初，梁任公先生在横滨办《新民丛报》，那时有一位重要的撰述员，名叫扪虱谈虎客，可见这个还很时髦，无论他身上是否真有那晋朝的小动物。

洛威 (R. H. Lowie) 博士是旧金山大学的人类学教授，近著一本很有意思的通俗书《我们是文明么》，其中有好些可以供我们参考的地方。第十章讲衣服与时装，他说起十八世纪时妇人梳了很高的髻，有些矮的女子，她的下巴颏儿正在头顶到脚尖的中间。在下文又说道：

"宫里的女官坐车时只可跪在台板上，把头伸在窗外，她们跳着舞，总怕头碰了挂灯。重重扑粉厚厚衬垫的三角塔终于满生了虱子，很是不舒服，但西欧的时风并不就废止这种时装。结果发明了一种象牙钩钗，拿来搔痒，算是很漂亮的。"第二十一章讲卫生与医药，又说到"十八世纪的太太们的头上成群的养虱子。"又举例说明道：

　　"一三九三年，一个法国著者教给他美丽的读者六个方法，治她们的丈夫的跳蚤，一五三九年出版的一本书列有奇效方，可以除灭跳蚤，虱子，虱卵，以及臭虫。"照这样看来，不但证明"西洋也有臭虫"，更可见贵夫人的青丝上也满生过虱子。在中国，这自然更要普遍了，褚人获编《坚瓠集》丙集卷三有一篇《须虱颂》，其文曰：

　　"王介甫王禹玉同侍朝，见虱自介甫襦领直缘其须，上顾而笑，介甫不知也。朝退，介甫问上笑之故，禹玉指以告，介甫命从者去之。禹玉曰，未可轻去，愿颂一言。介甫曰，何如？禹玉曰，屡游相须，曾经御览，未可杀也，或曰放焉。众大笑。"我们的荆公是不修边幅的，有一个半个小虫在胡须上爬，原算不得是什么奇事，但这却令我想起别一件轶事来，据说徽宗在五国城，写信给旧臣道，"朕身上生虫，形如琵琶。"照常人的推想，皇帝不认识虱子，似乎在情理之中，而且这样传说，幽默与悲感混在一起，也颇有意思，但是参照上文，似乎有点不大妥帖了。宋神宗见了虱子是认得的，到了徽宗反而退步，如果属实，可谓不克绳其祖武了。《坚瓠集》中又有一条《恒言》，内分两节如下：

　　"张磊塘善清言，一日赴徐文贞公席，食鲳鱼鳇鱼。庖人误不置醋。张云，仓皇失措。文贞腰扪一虱，以齿毙之，血溅齿上。张云，大率类此。文贞亦解颐。"

　　"清客以齿毙虱有声，妓哂之。顷妓亦得虱，以添香置炉中而爆。客顾曰，熟了。妓曰，愈于生吃。"

　　这一条笔记是很重要的虱之文献，因为他在说明贵人清客妓女都有扪虱的韵致外，还告诉我们毙虱的方法。《我们是文明么》第二十一章中说：

　　"正如老鼠离开将沉的船，虱子也会离开将死的人，依照冰地的学说。所以一个没有虱子的爱斯吉摩人是很不安的。这是多么愉快而且适意的事，两个好友互捉头上的虱以为消遣，而且随复庄重地将它们送到所有者的嘴里去。在野蛮世界，这种交互的服务实在是很有趣的游戏。黑龙江边的民族不知道有别的更好的方法，可以表示夫妇的爱情与朋友的交谊。在亚尔泰山及南西伯利亚的突厥人也同样的爱好这个玩艺儿。他们

虱　子

的皮衣里满生着虱子，那妙手的土人便永远在那里搜查这些生物，捉到了的时候，咂一咂嘴儿把它们都吃下去。拉得洛夫博士亲自计算过，他的向导在一分钟内捉到八九十匹。在原始民间故事里多讲到这个普遍而且有益的习俗，原是无怪的。"由此可见普通一般毙虱法都是同徐文贞公一样，就是所谓"生吃"的，只可惜"有礼节的欧洲人是否吞咽他们的寄生物查不出证据"，但是我想总也可以假定是如此罢，因为世上恐怕不会有比这个更好的方法，不过史有阙文，洛威博士不敢轻易断定罢了。

但世间万事都有例外，这里自然也不能免。佛教反对杀生，杀人是四重罪之一，犯者波罗夷不共住，就是杀畜生也犯波逸提罪，他们还注意到水中土中几乎看不出的小虫，那么对于虱子自然也不肯忽略过去。《四分律》卷五十《房舍犍度法》中云：

"于多人住处拾虱弃地，佛言不应尔。彼上座老病比丘数数起弃虱，疲极，佛言听以器，若毳，若劫贝，若敝物，若绵，拾着中。若虱走出，应作筒盛。彼用宝作筒，佛言不应用宝作筒，听用角牙，若骨，若铁，若铜，若铅锡，若竿蔗草，若竹，若苇，若木，作筒，虱若出，应作盖塞。彼宝作塞，佛言不应用宝作塞，应用牙骨乃至木作，无安处，应以缕系着床脚里。"小林一茶（一七六三———一八二七）是日本近代的诗人，又是佛教徒，对于动物同圣芳济一样，几乎有兄弟之爱，他的咏虱的诗句据我所见就有好几句，其中有这样的一首，曾译录在《雨天的书》中，其词曰：

"捉到一个虱子，将它掐死固然可怜，要把它舍在门外，让它绝食，也觉得不忍，忽然想到我佛从前给与鬼子母的东西，成此。

"虱子呵，放在和我味道一样的石榴上爬着。"

（注，日本传说，佛降伏鬼子母，给与石榴实食之，以代人肉，因榴实味酸甜似人肉云。据《鬼子母经》说，她后来变为生育之神，这石榴大约只是多子的象征罢了。）

这样的待遇在一茶可谓仁至义尽，但虱子恐怕有点觉得不合式，因为像和尚那么吃净素他是不见得很喜欢的。但是，在许多虱的本事之中，这些算是最有风趣了。佛教虽然也重圣贫，一面也还讲究——这称作清洁未必妥当，或者总叫作"威仪"罢，因此有些法则很是细密有趣，关于虱的处分即其一例，至于一茶则更是浪漫化了一点罢了。中国扪虱的名士无论如何不能到这个境界，也决做不出像一茶那样的许多诗句来，例如——

"喊，虱子呵，爬罢爬罢，向着春天的去向。"

实在译不好，就此打住罢。——今天是清明节，野哭之声犹在于耳，回家写这小文，聊以消遣，觉得这倒是颇有意义的事。

民国十九年四月五日，于北平

附记

友人指示，周密《齐东野语》中有材料可取，于卷十七查得《嚼虱》一则，今补录于下：

"余负日茅檐，分渔樵半席，时见山翁野媪扪身得虱，则致之口中，若将甘心焉，意甚恶之。然揆之于古，亦有说焉。应侯谓秦王曰，得宛临，流阳夏，断河内，临东阳，邯郸犹口中虱。王莽校尉韩威曰，以新室之威而吞胡虏，无异口中蚤虱。陈思王著论亦曰，得虱者莫不□之齿牙，为害身也。三人皆当时贵人，其言乃尔，则野老嚼虱亦自有典故，可发一笑。"

我尝推究嚼虱的原因，觉得并不由于"若将甘心"的意思，其实只因虱子肥白可口，臭虫固然气味不佳，蚤又太小一点了，而且放在嘴里跳来跳去，似乎不大容易咬着。今见韩校尉的话，仿佛基督同时的中国人曾两者兼嚼，到得后来才人心不古，取大而舍小，不过我想这个证据未必怎么可靠，恐怕这单是文字上的支配，那么跳蚤原来也是一时的陪绑罢了。

四月十三日又记

（载一九三〇年四月三十日《未名》第九、十、十一、十二期合刊，又载一九三一年三月十日《青年界》第一卷第一期，均署名岂明。收《看云集》《知堂文集》。）

虱　子

水里的东西

——草木虫鱼之五

我是在水乡生长的，所以对于水未免有点情分。学者们说，人类曾经做过水族，小儿喜欢弄水，便是这个缘故。我的原因大约没有这样远，恐怕这只是一种习惯罢了。

水，有什么可爱呢？这件事是说来话长，而且我也有点儿说不上来。我现在所想说的单是水里的东西。水里有鱼虾，螺蚌，茭白，菱角，都是值得记忆的，只是没有这些工夫来一一纪录下来，经了好几天的考虑，决心将动植物暂且除外。——那么，是不是想来谈水底里的矿物类么？不，决不。我所想说的，连我自己也不明白它是那一类，也不知道它究竟是死的还是活的？它是这么一种奇怪的东西。

我们乡间称它作 Ghosychiü ，写出字来就是"河水鬼"。它是溺死的人的鬼魂。既然是五伤之一，——五伤大约是水，火，刀，绳，毒罢，但我记得又有虎伤似乎在内，有点弄不清楚了，总之水死是其一，这是无可疑的，所以它照例应"讨替代"。听说吊死鬼时常骗人从圆窗伸出头去，看外面的美景，(还是美人？)倘若这人该死，头一伸时可就上了当，再也缩不回来了。河水鬼的法门也就差不多是这一类，它每幻化为种种物件，浮在岸边，人如伸手想去捞取，便会被拉下去，虽然看来似乎是他自己钻下去的。假如吊死鬼是以色迷，那么河水鬼可以说是以利诱了。它平常喜欢变什么东西，我没有打听清楚，我所记得的只是说变"花棒槌"，这是一种玩具，我在儿时听见所以特别留意，至于所以变这玩具的用意，或者是专以引诱小儿亦未可知。但有时候它也用武力，往往有乡人游泳，忽然沉了下去，这些人都是像虾蟆一样地"识水"的，论理决不会失足，所以这显然是河水鬼的勾当，只有外道才相信是由于什么脚筋拘挛或心脏麻痹之故。

照例，死于非命的应该超度，大约总是念经拜忏之类，最好自然是"翻九楼"，不过翻的人如不高妙，从七七四十九张桌子上跌了下来的时候，那便别样地死于非命，又非另行超度不可了。翻九楼或拜忏之后，鬼魂理应已经得度，不必再讨替代了，但为防万一危险计，在出事地点再立一石幢，上面刻南无阿弥陀佛六字，或者也有刻别的文句的罢，我却记不起来了。在乡下走路，突然遇见这样的石幢，不是一件很愉快的事，特别是在傍晚，独自走到渡头，正要下四方的渡船亲自拉船索渡过去的时候。

话虽如此，此时也只是毛骨略略有点悚然，对于河水鬼却压根儿没有什么怕，而且还简直有点儿可以说是亲近之感。水乡的住民对于别的死或者一样地怕，但是淹死似乎是例外，实在怕也怕不得许多，俗语云，瓦罐不离井上破，将军难免阵前亡，如住水乡而怕水，那么只好搬到山上去，虽然那里又有别的东西等着，老虎，马熊。我在大风暴中渡过几回大树港，坐在二尺宽的小船内在白鹅似的浪上乱滚，转眼就可以沉到底去，可是像烈士那样从容地坐着，实在觉得比大元帅时代在北京还要不感到恐怖。还有一层，河水鬼的样子也很有点爱娇。普通的鬼保存它死时的形状，譬如虎伤鬼之一定大声喊阿唷，被杀者之必用一只手提了它自己的六斤四两的头之类，唯独河水鬼则不然，无论老的小的村的俊的，一掉到水里去就都变成一个样子，据说是身体矮小，很像是一个小孩子，平常三五成群，在岸上柳树下"顿铜钱"，正如街头的野孩子一样，一被惊动便跳下水去，有如一群青蛙，只有这个不同，青蛙跳时"不东"的有水响，有波纹，它们没有。为什么老年的河水鬼也喜欢摊钱之戏呢？这个，乡下懂事的老辈没有说明给我听过，我也没有本领自己去找到说明。

我在这里便联想到了在日本的它的同类。在那边称作"河童"，读如 Kappa，说是 Kawawappa 之略，意思即是川童二字，仿佛芥川龙之介有过这样名字的一部小说，中国有人译为"河伯"，似乎不大妥帖。这与河水鬼有一个极大的不同，因为河童是一种生物，近于人鱼或海和尚。它与河水鬼相同要拉人下水，但也喜欢拉马，喜欢和人角力。它的形状大概如猿猴，色青黑，手足如鸭掌，头顶下凹如碟子，碟中有水时其力无敌，水涸则软弱无力，顶际有毛发一圈，状如前刘海，日本儿童有蓄此种发者至今称作河童发云。柳田国男在《山岛民谭集》(1914) 中有一篇"河童驹引"的研究，冈田建文的《动物界灵异志》(1927) 第三章也是讲河童的，他相信河童是实有的动物，引《幽明录》云，"水蝹一名蝹童，一名水精，裸形人身，长三五尺，大小不一，眼耳鼻舌唇皆具，头上戴一盆，受水三五升，只得水勇猛，失水则无勇力，"以为就是日本的河童。关于这个问题我们无从考证，但想到河水鬼特别不像别的鬼的形状，却一律地状如小儿，仿佛也另有意义，即使与日本河童的迷信没有什么关系，或者也有水中怪物的分子混在里边，未必纯粹是关于鬼的迷信了罢。

十八世纪的人写文章，末后常加上一个尾巴，说明寓意，现在觉得也有这个必要，所以添写几句在这里。人家要怀疑，即使如何有闲，何至于谈到河水鬼去呢？是的，河水鬼大可不谈，但是河水鬼的信仰以及有这信仰的人却是值得注意的。我们平常只会梦想，所见的或是天堂，或是地狱，但总不大愿意来望一望这凡俗的人世，看这上边有些什么人，是怎么想。社会人类学与民俗学是这一角落的明灯，不过在中国自然还不发达，也还不知道将来会不会发达。我愿意使河水鬼来做个先锋，引起大家对于这方面的调查与研究之兴趣。我想恐怕喜欢顿铜钱的小鬼没有这样力量，我自己又不能做研究考证的文章，便写了这样一篇闲话，要想去抛砖引玉实在有点惭愧。但总之关于这方面是"伫候明教"。

十九年五月

（载一九三〇年五月十二日《骆驼草》第一期，署名岂明。收《看云集》。）

苋菜梗

——草木虫鱼之四

近日从乡人处分得腌苋菜梗来吃，对于苋菜仿佛有一种旧雨之感。苋菜在南方是平民生活上几乎没有一天缺的东西，北方却似乎少有，虽然在北平近来也可以吃到嫩苋菜了。查《齐民要术》中便没有讲到，只在卷十列有人苋一条，引《尔雅》郭注，但这一卷所讲都是"五谷果蓏菜茹非中国物产者"，而《南史》中则常有此物出现，如《王智深传》云，"智深家贫无人事，尝饿五日不得食，掘苋根食之，"又《蔡搏附传》云，"搏在吴兴不饮郡斋井，斋前自种白苋紫茄以为常饵，诏褒其清"，都是很好的例。

苋菜据《本草纲目》说共有五种，马齿苋在外。苏颂曰，"人苋白苋俱大寒，其实一也，但大者为白苋，小者为人苋耳，其子霜后方熟，细而色黑。紫苋叶通紫，吴人用染爪者，诸苋中唯此无毒不寒。赤苋亦谓之花苋，茎叶深赤，根茎亦可糟藏，食之甚美，味辛。五色苋今亦稀有，细苋俗谓之野苋，猪好食之，又名猪苋。"李时珍曰，"苋并三月撒种，六月以后不堪食，老则抽茎如人长，开细花成穗，穗中细子扁而光黑，与青箱子鸡冠子无别，九月收之。"《尔雅·释草》"蒉赤苋"，郭注云，"今之苋赤茎者"，郝懿行疏乃云，"今验赤苋茎叶纯紫，浓如燕支，根浅赤色，人家或种以饰园庭，不堪啖也。"照我们经验来说，嫩的紫苋固然可以瀹食，但是"糟藏"的却都用白苋，这原只是一乡的习俗，不过别处的我不知道，所以不能拿来比较了。

说到苋菜同时就不能不想到甲鱼。《学圃余疏》云，"苋有红白二种，素食者便之，肉食者忌与鳖共食。"《本草纲目》引张鼎曰，"不可与鳖同食，生鳖瘕，又取鳖肉如豆大，以苋菜封裹置土坑内，以土盖之，一宿尽变成小鳖也。"其下接联地引汪机曰，"此说屡试不验。"

《群芳谱》采张氏的话稍加删改，而末云"即变小鳖"之后却接写一句"试之屡验"，与原文比较来看未免有点滑稽。这种神异的物类感应，读了的人大抵觉得很是好奇，除了雀入大水为蛤之类无可着手外，总想怎么来试他一试，苋菜鳖肉反正都是易得的材料，一经实验便自分出真假，虽然也有越试越胡涂的，如《酉阳杂俎》所记，"蝉未脱时名复育，秀才韦翾庄在杜曲，常冬中掘树根，见复育附于朽处，怪之，村人言蝉固朽木所化也，翾因剖一视之，腹中犹实烂木。"这正如剖鸡胃中皆米粒，遂说鸡是白米所化也。苋菜与甲鱼同吃，在三十年前曾和一位族叔试过，现在族叔已将七十了，听说还健在，我也不曾肚痛，那么鳖瘕之说或者也可以归入不验之列了罢。

苋菜梗的制法须俟其"抽茎如人长"，肌肉充实的时候，去叶取梗，切作寸许长短，用盐腌藏瓦坛中，候发酵即成，生熟皆可食。平民几乎家家皆制，每食必备，与干菜腌菜及螺蛳霉豆腐千张等为日用的副食物，苋菜梗卤中又可浸豆腐干，卤可蒸豆腐，味与"溜豆腐"相似，稍带枯涩，别有一种山野之趣。读外乡人游越的文章，大抵众口一词地讥笑土人之臭食，其实这是不足怪的，绍兴中等以下的人家大都能安贫贱，敝衣恶食，终岁勤劳，其所食者除米而外唯菜与盐，盖亦自然之势耳。干腌者有干菜，湿腌者以腌菜及苋菜梗为大宗，一年间的"下饭"差不多都在这里，《诗》云，我有旨蓄，可以御冬，是之谓也，至于存置日久，干腌者别无问题，湿腌则难免气味变化，顾气味有变而亦别具风味，此亦是事实，原无须引西洋干酪为例者也。

《邵氏闻见录》云，汪信民常言，人常咬得菜根则百事可做，胡康侯闻之击节叹赏。俗语亦云，布衣暖，菜根香，读书滋味长。明洪应明遂作《菜根谭》以骈语述格言，《醉古堂剑扫》与《娑罗馆清言》亦均如此，可见此体之流行一时了。咬得菜根，吾乡的平民足以当之，所谓菜根者当然包括白菜芥菜头，萝卜芋艿之类，而苋菜梗亦附其下，至于苋根虽然救了王智深的一命，实在却无可吃，因为这只是梗的末端罢了，或者这里就是梗的别称也未可知。咬了菜根是否百事可做，我不能确说，但是我觉得这是颇有意义的，第一可以食贫，第二可以习苦，而实在却也有清淡的滋味，并没有蕺这样难吃，胆这样难尝。这个年头儿人们似乎应该学得略略吃得起苦才好。中国的青年有些太娇养了，大抵连冷东西都不会吃，水果冰激淋除外，我真替他们忧虑，将来如何上得前敌，至于那粉泽不去手，和穿红里子的夹袍的更不必说了。其实我也并不激烈地想禁止跳舞或抽白而，我知道在乱世的生活法中耽溺亦是其一，不满于现世社会制度而无从反抗，往往沉浸于醇酒妇人以解忧闷，与山中饿夫殊途而同归，后之人略迹原心，也不敢加以菲薄，不过这也只是近于豪杰之徒才可以，决不是我们凡人所得以援引的而已。——喔，似乎离本题太远了，还是就此打住，有话改天换了题目再谈罢。

二十年十月二十六日，于北平

（收《看云集》。）

吃 菜

偶然看书讲到民间邪教的地方，总常有吃菜事魔等字样。吃菜大约就是素食，事魔是什么事呢？总是服侍什么魔王之类罢。我们知道希腊诸神到了基督教世界多转变为魔，那么魔有些原来也是有身份的，并不一定怎么邪曲，不过随便地事也本可不必，虽然光是吃菜未始不可以，而且说起来我也还有点赞成。本来草的茎叶根实只要无毒都可以吃，又因为有维他命某，不但充饥还可养生，这是普通人所熟知的，至于专门地或有宗旨地吃，那便有点儿不同，仿佛是一种主义了。现在我所想要说的就是这种吃菜主义。

吃菜主义似乎可以分作两类。第一类是道德的。这派的人并不是不吃肉，只是多吃菜，其原因大约是由于崇尚素朴清淡的生活。孔子云，"饭疏食，饮水，曲肱而枕之，乐亦在其中矣，"可以说是这派的祖师。《南齐书·周颙传》云，"颙清贫寡欲，终日长蔬食。文惠太子问颙菜食何味最胜，颙曰，春初早韭，秋末晚菘。"黄山谷题画菜云，"不可使士大夫不知此味，不可使天下之民有此色。"——当作文章来看实在不很高明，大有帖括的意味，但如算作这派提倡咬菜根的标语却是颇得要领的。李笠翁在《闲情偶寄》卷五说：

"声音之道，丝不如竹，竹不如肉，为其渐近自然，吾谓饮食之道，脍不如肉，肉不如蔬，亦以其渐近自然也。草衣木食，上古之风，人能疏远肥腻，食蔬蕨而甘之，腹中菜园不使羊来踏破，是犹作羲皇之民，鼓唐虞之腹，与崇尚古玩同一致也。所怪于世者，弃美名不居，而故异端其说，谓佛法如是，是则谬矣。吾辑《饮馔》一卷，后肉食而首蔬菜，一以崇俭，一以复古，至重宰割而惜生命，又其念兹在兹而不忍或忘者矣。"笠翁照例有他的妙语，这里也是如此，说得很是清脆，虽然照文化史上讲来吃肉该在吃菜之先，不过笠翁不及知道，而且他又那里会来斤斤地考究这些事情呢。

吃菜主义之二是宗教的，普通多是根据佛法，即笠翁所谓异端其说者也。我觉得这两类显有不同之点，其一吃菜只是吃菜，其二吃菜乃是不食肉，笠翁上文说得蛮好，而下面所说念兹在兹的却又混到这边来，不免与佛法发生纠葛了。小乘律有杀戒而不戒食肉，盖杀生而食已在戒中，唯自死鸟残等肉仍在不禁之列，至大乘律始明定食肉戒，如《梵网经》菩萨戒中所举，其辞曰：

"若佛子故食肉，——一切众生肉不得食：夫食肉者断大慈悲佛性种子，一切众生见而舍去。是故一切菩萨不得食一切众生肉，食肉得无量罪，——若故食者，犯轻垢罪。"贤首疏云，"轻垢者，简前重戒，是以名轻，简异无犯，故亦名垢。又释，渎污清净行名垢，礼非重过称轻。"因为这里没有把杀生算在内，所以算是轻戒，但话虽如此，据《目连问罪报经》所说，犯突吉罗众学戒罪，如四天王寿，五百岁堕泥犁中，于人间数九百千岁，此堕等活地狱，人间五十年为天一昼夜，可见还是不得了也。

我读《旧约·利未记》，再看大小乘律，觉得其中所说的话要合理得多，而上边食肉戒的措辞我尤为喜欢，实在明智通达，古今莫及。《入楞伽经》所论虽然详细，但仍多为粗恶凡人说法，道世在《诸经要集》中酒肉部所述亦复如是，不要说别人了。后来讲戒杀的大抵偏重因果一端，写得较好的还是莲池的《放生文》和周安士的《万善先资》，文字还有可取，其次《好生救劫编》《卫生集》等，自郐以下更可以不论，里边的意思总都是人吃了虾米再变虾米去还吃这一套，虽然也好玩，难免是幼稚了。我以为菜食是为了不食肉，不食肉是为了不杀生，这是对的，再说为什么不杀生，那么这个解释我想还是说不欲断大慈悲佛性种子最为得体，别的总说得支离。众生有一人不得度的时候自己决不先得度，这固然是大乘菩萨的弘愿，但凡夫到了中年，往往会看轻自己的生命而尊重人家的，并不是怎么奇特的现象。难道肉体渐近老衰，精神也就与宗教接近么？未必然，这种态度有的从宗教出，有的也会从唯物论出的。或者有人疑心唯物论者一定是主张强食弱肉的，却不知道也可以成为大慈悲宗，好像是《安士全书》信者，所不同的他是本于理性，没有人吃虾米那些律例而已。

据我看来，吃菜亦复佳，但也以中庸为妙，赤米白盐绿葵紫蓼之外，偶然也不妨少进三净肉，如要讲净素已不容易，再要彻底便有碰壁的危险。《南齐书·孝义传》纪江泌事，说他"食菜不食心，以其有生意也"，觉得这件事很有风趣，但是离彻底总还远呢。英国柏忒勒(Samuel Butler) 所著《有何无之乡游记》(Erewhon) 中第二十六七章叙述一件很妙的故事，前章题曰《动物权》，说古代有哲人主张动物的生存权，人民实行菜食，当初许可吃牛乳鸡蛋，后来觉得挤牛乳有损于小牛，鸡蛋也是一条可能的生命，所以都禁了，但陈鸡蛋还勉强可以使用，只要经过检查，证明确已陈年臭坏了，贴上一张"三个月以前所生"的查票，就可发卖。次章题曰《植物权》已是六七百年过后的事了，那时又出了一个哲学家，他用实验证明植物也同动物一样地有生命，所以也不能吃，据他的意思，人可以吃的只有那些自死的植物，例如落在地上将要腐烂的果子，或在深秋变黄了的菜叶。他说只有这些同样的废物人们可以吃了于心无愧。"即使如此，吃的人还应该把所吃的苹果或梨的核，杏核，樱桃核及其他，都种在土里，不然他就将犯了堕胎之罪。至于五谷，据他说那是全然不成，因为每颗谷都有一个灵魂像人一样，他也自有其同样地要求安全之权利。"结果是大家不能不承认了的理论，但是又苦于雉以实行，逼得没法了便索性开了荤，仍旧吃起猪排牛排来了。这是讽刺小说的话，我们不必认真，然而天下事却也有偶然暗合的，如《文殊师利问经》云：

"若为己杀，不得啖。若肉林中已自腐烂，欲食得食。若欲啖肉者，当说此咒：如是，无我无我，无寿命无寿命，失失，烧烧，破破，有为，除杀去。此咒三说，乃得啖肉，饭亦不食。何以故？若思惟饭不应食，何况当啖肉。"这个吃肉林中腐肉的办法岂不与陈鸡蛋很相像，那么烂果子黄菜叶也并不一定是无理，实在也只是比不食菜心更彻底一点罢了。

二十年十一月十八日，于北平

（收《看云集》《知堂文集》。）

周作人卷

日本的衣食住

　　我留学日本还在民国以前，只在东京住了六年，所以对于文化云云够不上说什么认识，不过这总是一个第二故乡，有时想到或是谈及，觉得对于一部分的日本生活很有一种爱着。这里边恐怕有好些原因，重要的大约有两个，其一是个人的性分，其二可以说是思古之幽情罢。我是生长于东南水乡的人，那里民生寒苦，冬天屋内没有火气，冷风可以直吹进被窝来，吃的通年不是很咸的腌菜也是很咸的腌鱼，有了这种训练去过东京的下宿生活，自然是不会不合适的。我那时又是民族革命的一信徒，凡民族主义必含有复古思想在里边，我们反对清朝，觉得清以前或元以前的差不多都好，何况更早的东西。听说夏穗卿钱念劬两位先生在东京街上走路，看见店铺招牌的某文句或某字体，常指点赞叹，谓犹存唐代遗风，非现今中国所有。冈千仞著《观光纪游》中亦纪杨惺吾回国后事云：

　　"惺吾杂陈在东所获古写经，把玩不置，曰，此犹晋时笔法，宋元以下无此真致。"这种意思在那时大抵是很普通的。我们在日本的感觉，一半是异域，一半却是古昔，而这古昔乃是健全地活在异域的，所以不是梦幻似地空假，而亦与高丽安南的优孟衣冠不相同也。

　　日本生活中多保存中国古俗，中国人好自大者反讪笑之，可谓不察之甚。《观光纪游》卷二《苏杭游记》上，记明治甲申（一八八四）六月二十六日事云：

　　"晚与杨君赴陈松泉之邀，会者为陆云孙，汪少符，文小坡。杨君每谈日东一事，满坐哄然，余不解华语，痴坐其旁。因以为我俗席地而坐，食无案卓，寝无卧床，服无衣裳之别，妇女涅齿，带广，蔽腰围等，皆为外人所讶者，而中人辫发垂地，嗜毒烟甚食色，妇女约足，人家不设厕，街巷不容车马，皆不免陋者，未可以内笑外，以彼非此。"冈氏言虽未免有悻悻之气，实际上却是说得很对的。以我浅陋所知，中国人纪述日本风俗最有理解的要算黄公度，《日本杂事诗》二卷成于光绪五年己卯，已是五十七年前了，诗也只是寻常，注很详细，更难得的是意见明达。卷下关于房屋的注云：

"室皆离地尺许，以木为板，藉以莞席，入室则脱屦户外，袜而登席。无门户窗牖，以纸为屏，下承以槽，随意开阖，四面皆然，宜夏而不宜冬也。室中必有阁以庋物，有床第以列器皿陈书画。(室中留席地，以半掩以纸屏，架为小阁，以半悬挂玩器，则缘古人床第之制而亦仍其名。)楹柱皆以木而不雕漆，昼常掩门而夜不扃钥。寝处无定所，展屏风，张帐�，则就寝矣。每日必洒扫拂拭，洁无纤尘。"又一则云：

"坐起皆席地，两膝据地，伸腰危坐，而以足承尻后，若跌坐，若蹲踞，若箕踞，皆为不恭。坐必设褥，敬客之礼有敷数重席者。有君命则设几，使者宣诏毕，亦就地坐矣。皆古礼也。因考《汉书·贾谊传》，文帝不觉膝之前于席。《三国志·管宁传》，坐不箕股，当膝处皆穿。《后汉书》，向栩坐板，坐积久板乃有膝踝足指之处。朱子又云，今成都学所存文翁礼殿刻石诸像，皆膝地危坐，两蹴隐然见于坐后帷裳之下。今观之东人，知古人常坐皆如此。"(《日本国志》成于八年后丁亥，所记稍详略有不同，今不重引。)

这种日本式的房屋我觉得很喜欢。这却并不由于好古，上文所说的那种坐法实在有点弄不来，我只能胡坐，即不正式的跌跏，若要像管宁那样，则无论敷了几重席也坐不到十分钟就两脚麻痹了。我喜欢的还是那房子的适用，特别便于简易生活。《杂事诗》注已说明屋内铺席，其制编稻草为台，厚可二寸许，蒙草席于上，两侧加麻布黑缘，每席长六尺宽三尺，室之大小以席计数，自两席以至百席，而最普通者则为三席，四席半，六席，八席，学生所居以四席半为多。户窗取明者用格子糊以薄纸，名曰障子，可称纸窗，其他则两面裱暗色厚纸，用以间隔，名曰唐纸，可云纸屏耳。阁原名户棚，即壁厨，分上下层，可分贮被褥及衣箱杂物，床第原名"床之间"，即壁龛而大，下宿不设此，学生租民房时可利用此地堆积书报，几乎平白地多出一席地也。四席半一室面积才八十一方尺，比维摩斗室还小十分之二，四壁萧然，下宿只供给一副茶具，自己买一张小几放在窗下，再有两三个坐褥，便可安住。坐在几前读书写字，前后左右凡有空地都可安放书卷纸张，等于一大书桌，客来遍地可坐，容六七人不算拥挤，倦时随便卧倒，不必另备沙发，深夜从壁厨取被摊开，又便即正式睡觉了。昔时常见日本学生移居，车上载行李只铺盖衣包小几或加书箱，自己手拿玻璃洋油灯在车后走而已。中国公寓住室总在方丈以上，而板床桌椅箱架之外无多余地，令人感到局促，无安闲之趣。大抵中国房屋与西洋的相同都是宜于华丽而不宜于简陋，一间房子造成，还是行百里者半九十，非是有相当的器具陈设不能算完成，日本则土木功毕，铺席糊窗，即可居住，别无一点不足，而且还觉得清疏有致。从前在日本旅行，在吉松高锅等山村住宿，坐在旅馆的朴素的一室内凭窗看山，或着浴衣躺席上，要一壶茶来吃，这比向来住过的好些洋式中国式的旅舍都要觉得舒服，简单而省费。这样房屋自然也有缺点，如《杂事诗》注所云宜夏而不宜冬，其次是容易引火，还有或者不大谨慎，因为槽上拉动的板窗木户易于偷启，而且内无扃钥，贼一入门便可各处自在游行也。

关于衣服《杂事诗》注只讲到女子的一部分，卷二云：

"宫装皆披发垂肩，民家多古装束，七八岁时丫髻双垂，尤为可人。长，耳不环，手不钏，髻不花，足不弓鞋，皆以红珊瑚为簪。出则携蝙蝠伞。带宽咫尺，围腰二三匝，复倒卷而直垂之，若襁负者。衣袖尺许，襟广微露胸，肩脊亦不尽掩。傅粉如面然，殆《三国志》所谓丹朱坋身者耶。"又云：

"女子亦不着裤，裹有围裙，《礼》所谓中单，《汉书》所谓中裙，深藏不见足，舞者回旋偶一露耳。五部洲惟日本不着裤，闻者惊怪。今按《说文》，袴，胫衣也。《逸雅》，袴，两股各跨别也。袴即今制，三代前固无。张萱《疑耀》曰，袴即裤，古人皆无裆，有裆起自汉昭帝时上官宫人。考《汉书·上官后传》，宫人使令皆为穷袴。服虔曰，穷袴前后有裆，不得交通。是为有裆之袴所缘起。惟《史记》叙屠岸贾有置其袴中语，《战国策》亦称韩昭侯有敝袴，则似春秋战国既有之，然或者尚无裆耶。"这个问题其实本很简单。日本上古有袴，与中国西洋相同，后受唐代文化衣冠改革，由筒管袴而转为灯笼袴，终乃袴脚益大，袴裆渐低，今礼服之"袴"，已几乎是裙了。平常着袴，故里衣中不复有袴类的东西，男子但用犊鼻裈，女子用围裙，就已行了，迨后民间平时可以衣而不裳，遂不复着，但用作乙种礼服，学生如上学或访老师则和服之上必须着袴也。现今所谓和服实即古时之所谓"小袖"，袖本小而底圆，今则甚深广，有如口袋，可以容手巾笺纸等，与中国和尚所穿的相似，西人称之曰 kimono，原语云"着物"，实只是衣服总称耳。日本衣裳之制大抵根据中国而逐渐有所变革，乃成今状，盖与其房屋起居最适合，若以现今和服住洋房中，或以华服住日本房，亦不甚适也。

《杂事诗》注又有一则关于鞋袜的云：

"袜前分歧为二靫，一靫容拇指，一靫容众指。屐有如丌字者，两齿甚高，又有作反凹者。织蒲为苴，皆无墙有梁，梁作人字，以布绠或纫蒲系于头，必两指间夹持用力乃能行，故袜分作两歧。考《南史·虞玩之传》，一屐着三十年，荬断以芒接之。古乐府，黄桑柘屐蒲子履，中央有丝两头系。知古制正如此也，附注于此。"这个木屐也是我所喜欢着的，我觉得比广东用皮条络住脚背的还要好，因为这似乎更着力可以走路。黄君说必两指间夹持用力乃能行，这大约是没有穿惯，或者因中国男子多裹脚，脚指互叠不能衔梁，衔亦无力，所以觉得不容易，其实是套着自然着力，用不着什么夹持的。去年夏间我往东京去，特地到大震灾时没有毁坏的本乡去寄寓，晚上穿了和服木屐，曳杖，往帝国大学前面一带去散步，看看旧书店和地摊，很是自在，若是穿着洋服就觉得拘束，特别是那么大热天。不过我们所能穿的也只是普通的"下驮"，即所谓反凹字形状的一种，此外名称"日和下驮"底作丌字形而不很高者从前学生时代也曾穿过，至于那两齿甚高的"足驮"那就不敢请教了。在民国以前，东京的道路不很好，也颇有雨天变酱缸之概，足驮是雨具中的要品，现代却可以不需，不穿皮鞋的人只要有日和下驮就可应付，而且在实际上连这也少见了。

《杂事诗》注关于食物说的最少，其一云：

"多食生冷，喜食鱼，啮而切之，便下箸矣，火熟之物亦喜寒食。

寻常茶饭，萝卜竹笋而外，无长物也。近仿欧罗巴食法，或用牛羊。"
又云：

"自天武四年因浮屠教禁食兽肉，非饵病不许食。卖兽肉者隐其名曰药食，复曰山鲸。所悬望子，画牡丹者豕肉也，画丹枫落叶者鹿肉也。"讲到日本的食物，第一感到惊奇的事的确是兽肉的稀少。二十多年前我还在三田地方看见过山鲸（这是野猪的别号）的招牌，画牡丹枫叶的却已不见。虽然近时仿欧罗巴法，但肉食不能说很盛，不过已不如从前以兽肉为秽物禁而不食，肉店也在"江都八百八街"到处开着罢了。平常鸟兽的肉只是猪牛与鸡，羊肉简直没处买，鹅鸭也极不常见。平民的下饭的菜到现在仍旧还是蔬菜以及鱼介。中国学生初到日本，吃到日本饭菜那么清淡，枯槁，没有油水，一定大惊大恨，特别是在下宿或分租房间的地方。这是大可原谅的，但是我自己却不以为苦，还觉得这有别一种风趣。吾乡穷苦，人民努力日吃三顿饭，唯以腌菜臭豆腐螺蛳为菜，故不怕咸与臭，亦不嗜油若命，到日本去吃无论什么都不大成问题。有些东西可以与故乡的什么相比，有些又即是中国某处的什么，这样一想就很有意思。如味噌汁与干菜汤，金山寺味噌与豆板酱，福神渍与酱咯哒，牛蒡独活与芦笋，盐鲑与勒鲞，皆相似的食物也。又如大德寺纳豆即咸豆豉，泽庵渍即福建的黄土萝卜，蒟蒻即四川的黑豆腐，刺身即广东的鱼生，寿司（《杂事诗》作寿志）即古昔的鱼鲜，其制法见于《齐民要术》，此其间又含有文化交通的历史，不但可吃，也更可思索。家庭宴集自较丰盛，但其清淡则如故，亦仍以菜蔬鱼介为主，鸡豚在所不废，唯多用其瘦者，故亦不油腻也。近时社会上亦流行中国及西洋菜，试食之则并不佳，即有名大店亦如此，盖以日本手法调理西餐（日本昔时亦称中国为西方）难得恰好，唯在赤坂一家云"茜"者吃中餐极佳，其厨师乃来自北平云。日本食物之又一特包为冷，确如《杂事诗》注所言。下宿供膳尚用热饭，人家则大抵只煮早饭，家人之为官吏教员公司职员工匠学生者皆裹饭而出，名曰"便当"，匣中盛饭，别一格盛菜，上者有鱼，否则梅于一二而已。傍晚归来，再煮晚饭，但中人以下之家便吃早晨所余，冬夜苦寒，乃以热苦茶淘之。中国人惯食火热的东西，有海军同学昔日为京官，吃饭恨不热，取饭锅置坐右，由锅到碗，由碗到口，迅疾如暴风雨，乃始快意，此固是极端，却亦是一好例。总之对于食物中国大概喜热恶冷，所以留学生看了"便当"恐怕无不头痛的，不过我觉得这也很好，不但是故乡有吃"冷饭头"的习惯，说得迂腐一点，也是人生的一点小训练。希望人人都有"吐斯"当晚点心，人人都有小汽车坐，固然是久远的理想，但在目前似乎刻苦的训练也是必要。日本因其工商业之发展，都会文化渐以增进，享受方面也自然提高。不过这只是表面的一部分，普通的生活还是很刻苦，此不必一定是吃冷饭，然亦不妨说是其一。中国平民生活之苦已甚矣，我所说的乃是中流的知识阶级应当学点吃苦，至少也不要太讲享受。享受并不限于吃"吐斯"之类，抽大烟娶姨太太打麻将皆是中流享乐思想的表现，此一种病真真不知道如何才救得过来，上文云云只是姑妄言之耳。

六月九日《大公报》上登载梁实秋先生的一篇论文，题曰《自信力与夸大狂》，我读了很是佩服，有关于中国的衣食住的几句话可以引用在这里。梁先生说中国文化里也有一部分是优于西洋者，解说道：

"我觉得可说的太少，也许是从前很好，现在变少了。我想来想去只觉得中国的菜比外国的好吃，中国的长袍布鞋比外国的舒适，中国的宫室园林比外国的雅丽，此外我实在想不出有什么优于西洋的东西。"梁先生的意思似乎重在消极方面，我们却不妨当作正面来看，说中国的衣食住都有些可取的地方。本来衣食住三者是生活中最重要的部分，因其习惯与便利，发生爱好的感情，转而成为优劣的辨别，所以这里边很存着主观的成分，实在这也只能如此，要想找一根绝对平直的尺度来较量盖几乎是不可能的。固然也可以有人说，"因为西洋人吃鸡蛋，所以兄弟也吃鸡蛋。"不过在该吃之外还有好吃问题，恐怕在这一点上未必能与西洋人一定合致，那么这吃鸡蛋的兄弟对于鸡蛋也只有信而未至于爱耳。因此，改变一种生活方式很是烦难，而欲了解别种生活方式亦不是容易的事。有的事情在事实并不怎么愉快，在道理上显然看出是荒谬的，如男子拖辫，女人缠足，似乎应该不难解决了，可是也并不如此，民国成立已将四半世纪了，而辫发未绝迹于村市，士大夫中爱赏金莲步者亦不乏其人，他可知矣。谷崎润一郎近日刊行《摄阳随笔》，卷首有《阴翳礼赞》一篇，其中说漆碗盛味噌汁（以酱汁作汤，蔬类作料，如茄子萝卜海带，或用豆腐。）的意义，颇多妙解，至悉归其故于有色人种，以为在爱好上与白色人利异其趋，虽未免稍多宿命观的色彩，大体却说得很有意思。中日同是黄色的蒙古人种，日本文化古来又取资中土，然而其结果乃或同或异，唐时不取太监，宋时不取缠足，明时不取八股，清时不取鸦片，又何以嗜好迥殊耶。我这样说似更有阴沉的宿命观，但我固深钦日本之善于别择，一面却亦仍梦想中国能于将来荡涤此诸染污，盖此不比衣食住是基本的生活，或者其改变尚不至于绝难欤。

　　我对于日本文化既所知极浅，今又欲谈衣食住等的难问题，其不能说得不错，盖可知也。幸而我豫先声明，这全是主观的，回忆与印象的一种杂谈，不足以知日本真的事情，只足以见我个人的意见耳。大抵非自己所有者不能深知，我尚能知故乡的民间生活，因此亦能于日本生活中由其近似而得理会，其所不知者当然甚多，若所知者非其真相而只是我的解说，那也必所在多有而无可免者也。日本与中国在文化的关系上本犹罗马之与希腊，及今乃成为东方之德法，在今日而谈日本的生活，不撒有"国难"的香料，不知有何人要看否，我亦自己怀疑。但是，我仔细思量日本今昔的生活，现在日本"非常时"的行动，我仍明确地看明白日本与中国毕竟同是亚细亚人，兴衰祸福目前虽是不同，究竟的命运还是一致，亚细亚人岂终将沦于劣种乎，念之惘然。因谈衣食住而结论至此，实在乃真是漆黑的宿命论也。

廿四年六月廿一日，在北平

　　（原题《日本管窥之二》，载一九三五年六月二十四日《国闻周报》第十二卷第二十四期，署名知堂。收《苦竹杂记》，改题《日本的衣食住》。）

太　监

　　中国文化的遗产里有四种特别的东西，很值得注意，照着他们历史的长短排列起来，其次序为太监，小脚，八股文，鸦片烟。我这里想要谈的就是这第一种。

　　中国太监起于何时？曲园先生《茶香室四钞》卷八有《上古有宦者》一条，结果却是否认，文云：

　　"明张萱《疑耀》云，余阅黄帝针经，帝与岐伯论人不生须者，有宦不生须之语，则黄帝时已有宦者。按此论见《灵枢经》卷十，《五音五味篇》……《素问》《灵枢》皆托之黄帝，张氏据此为黄帝时已有宦者之证，余则转以此语决其非上古之书也。"据说在舜的时代已有五刑，那么这一类刑余之人也该有了罢，不过我于史学很是荒疏，有点不大明白，总之到周朝此辈奄人的存在与活动才很确实了。德国列希忒（Hans Licht）在所著《古希腊的性生活》（一九三二英译本）第二分第七章中讲到阉割云：

　　"此盖是东方的而非希腊的风俗。据希拉尼科思说，巴比伦人最初阉割童儿。此种凶行由居洛士大王传入波斯，克什诺芬云。又通行的传说则谓发明此法者系一女人，其人盖即亚叙利亚女王色米拉米思也。"巴比伦盛于唐虞之际，亚叙利亚则在殷初，皆在周以前，中国民族的此种方法究竟是自己发明，还是从西亚学来，现在无从决定，只好存疑，但是在东亚则中国无疑的是首创者与维持者，盖太监在中国差不多已有三千年的光荣的历史了也。

　　太监的用处在古书上曾略有说明，如《周礼·秋官掌戮》下云，"宫者使守内。"郑玄注："以其人道绝也。"又《后汉书·宦者列传》序云：

　　"《周礼》……阍者守中门之禁，寺人掌女宫之戒。又云，王之正内者五人。《月令》，仲冬命阉尹审门闾，谨房室。《涛》之《小雅》亦有《巷伯》刺谗之篇。然宦人之在王朝者其来旧矣，将以其体非全气，情志专良，通关中人，易以役养乎。"二者所说用意相同。这宫者的职务虽然与上下文的"墨者使守门，劓者使守关"等似是同例，实际上却并不然。脸上有金印与门，没鼻子与关，都无直接的关系，唯独宫者因其人道绝所以令看守女人，这比请六十岁白胡子老头儿当女学校长还要可靠，真可以算是废物利用的第一良策了。希腊罗马称太监曰典床(Eunuokhos)，亦正是此意。

照《周礼》看来是必先有宫者而后派他去守内，那么这宫刑是处罚什么罪的呢？《尚书大传》说："男女不以义交者其刑宫。"揆之原始刑法以牙报牙之例是很有道理的，但毕竟是否如此单纯也还是问题，如鼎鼎大名的太史公之下蚕室就全为的是替李陵辩护，并不由于什么风化案件，大约这只是减死一等的刑罚罢了。倒是在明初却还有那种与古义相合的办法，据蒋一葵《尧山堂外纪》云：

"洪武间金华张尚礼为监察御史。一日作宫怨诗云：庭院沉沉昼漏清，闭门春草共愁生，梦中正得君王宠，却被黄鹂叫一声。高帝以其能摹写宫阃心事，下蚕室死。"老实说这诗并不怎么好，也不见得写出宫阃心事，平白地按照男女不以义交办理，可谓冤枉，不过这总可算是意淫之报，有如《玉历钞传》等书中所说。徐釚编《本事诗》卷二载高启《宫女图》一绝句，又引钱谦益语云：

"吴中野史载季迪因此诗得祸，余初以为无稽，及观国初昭示诸录所载李韩公子偟诸小侯爱书及高帝手诏豫章侯罪状，初无隐避之词，则知季迪此诗盖有为而作，讽谕之诗虽妙绝今古，而因此触高帝之怒，假手于魏守之狱，亦事理之所有也。"此与张尚礼事正相类，只是没有执行宫刑，却借了别的不相干的事处了腰斩，所以与我们现在所说的问题似无直接的关系罢了。

肉刑到了汉朝据说已废止了，后来的圣主如明高皇帝有时候高兴起来虽然也还偶尔把一两个监察御史去下蚕室，以为善摹写宫阃心事者戒，可是到底没有大批的执行，要想把这些宫者去充内监使用，实在有点供不应求，因此只得另想方法，从新制造了。明朝太监的出产地听说

太 监

多在福建，清朝则移到直隶的河间。其制造法未得详知，偶见报上记载恐亦多道听涂说，大抵总如巴比伦的阉割童儿罢。宋长白《柳亭诗话》卷十七云：

"明制，小阉服药后过堂，令诵二月二十二一句，验其口吃与否。此五字见李义山集，二月二十二，木兰开拆初。服药者，初为椓人也。事隶兵部。"二月二十二这一句话我想未必一定出于李义山，大约只因为有好几个二字，仿佛是拗口令，可以试验口齿伶俐与否，但是使我们觉得很有意思的却是事隶兵部这句话。为什么小阉过堂是属于兵部的呢？据魏濬《峤南琐记》(《砚云乙编》本)云：

"汪直，藤峡猺，藤峡平后以俘人。初正统间尝令南方征剿诸峒，幼童十岁以下者勿杀，割去其势，不死则养之，以备净身之用。此真所谓刑余也。"这大约只是偶然一回，未必是成例，恰巧与兵部有点相关，所以抄来做材料，也可以知道阉人的别一来源耳。

《顺天府志》卷十三《坊巷志》上本司胡同条引明于慎行《谷城山房笔麈》云：

"正德中乐长臧贤甚被宠遇，曾给一品服色。相传教坊司门曾改方向，形家见之曰，此当出玉带数条。闻者笑之。未几上有所幸伶儿，入内不便，诏尽宫之，使入为钟鼓司官，后皆赐玉。"又沉德符《敝帚斋余谈》(《砚云乙编》)亦云：

"正德间教坊司改造前门，有过之者诧曰，异哉术士也，此后当出玉带数条。闻者失笑。未几上爱小优数人，命阉之，留于钟鼓司，俄称上意，俱赏蟒玉。"游龙戏凤的皇帝偶尔玩一点把戏，原是当然的，水乡小孩看见螃蟹，心想玩弄，却又有点害怕，末了就把蟹的两只大钳折去了，拿了好玩，差不多是同样的巧妙的残酷罢。

太监是一个很有兴趣的题目，却有很深长的意义。说国家会亡于太监，在现今觉得这未必确实，但用太监的国家民族难得兴盛，这总是可以说的了。西欧各国无用太监者，就是远东的日本也向来没有太监，他们不肯残毁人家的肢体以维男女之大防，这一点也即是他们有人情有生意的地方。中国太监制度现在总算废除了，可是有那么长的历史存在，想起来不禁悚然，深恐正如八股虽废而流泽孔长也。

廿三年五月

附记

案《茶香室丛钞》卷三有《王振教官出身》一条云：

"国朝黎士宏《仁恕堂笔记》云，黄溥《今古录》载，永乐末诏取学官考满乏功绩者，审有子女，愿自净身，许入宫中训女官，时有十余人，后独王振官至太监。王振之恶备具史册，而云出身教官，此事未经闻见，至奉诏以教官净身供奉内庭，尤从古未有之事。"徐树丕《识小录》亦载此说而未详备。阉割教官，殆承庭训，未足为异。《丛钞》又有《宦官八字》一条，引《癸辛杂识别集》云：

"凡宦官初阉，名曰服药，则以名字申兵部。看命则看服药日，可不用始生日时，故常择善良日时乃腐。"此乃与和尚出家，以此计岁，称僧腊相同也。

（载一九三四年五月二十日《独立评论》第一一一期，署名岂明。收《夜读抄》。）

太　监

关于试帖

我久想研究八股文,可是至今未敢下手,因为怕他难,材料多,篇幅长。近来心机一转,想不如且看看试帖诗吧,于是开始搜集一点书。这些书本来早已无人过问,就是在现今高唱尊经拜孔的时代,书店印目录大抵都不列入,查考也不容易,所以现在我所收得的不过只有五十多种而已。

关于试帖的书,普通也可以分作别集总集诗文评三类。诗文评类中有梁章钜的《试律丛话》,见于《书目答问》,云十卷未刊,但是我却得到一部刻本,凡八卷四册,板心下端题知足知不足斋六字,而首叶后则云同治八年(一八六九)高安县署重刊。寒斋有《知足知不足斋诗存》,马佳氏宝琳著,今人编《室名索引》亦载,"知足知不足斋,清满洲宝琳。"却不能知道刻书者是否此人,查诗集其行踪似不出直隶奉天,而梁氏则多在广东,恐怕无甚关系,高安县重刊或者是梁恭辰乎?《书目答问》作于光绪元年,却尚未知,不知何也。其次有倪鸿的《试律新话》四卷,题云同治癸酉(一八七三)闰六月野水闲鸥馆开雕,盖系其家刻,倪氏又著有《桐阴清话》八卷,则甚是知名,扫叶山房且有石印本了。梁氏《丛话》的编法与讲制艺的相同,稍觉平板。卷一论唐人试律,卷二三论纪晓岚的《我法集》与《庚辰集》,卷四五分论九家及七家试帖,卷六说壬戌科同榜,卷七说福建同乡,卷八说梁氏同宗是也,但资料丰富,亦有可取。倪氏新话近于普通诗话,随意翻读颇有趣味,却无系统次序也。

别集太多不胜记,亦并不胜收集。总集亦不少,今但举出寒斋所有的唐人试律一部分于下。最早者有《唐人试帖》四卷,康熙四十年(一七〇一)刊,毛奇龄编,系与王锡田易三人共评注者,其时科举尚未用试帖诗也。丛话卷二云:

"康熙五十四年乙未(一七一五)始定前场用经义性理,次场刊去判语五道,易用五言六韵一首,至于大小试皆添用试律,始于乾隆丁丑(一七五七)。"叶忱叶栋编注的《唐诗应试备体》十卷,即成于康熙乙未,鲁之亮马廷相评释的《唐试帖细论》六卷，牟钦元编的《唐诗五言排律笺注》七卷，都是康熙乙未年所撰，乾隆戊寅年重刊的。钱人龙所编《全唐试律类笺》十卷，亦是乾隆己卯年重刊，可见都是那时投机的出板，钱氏原序似在纠正毛西河的缺误，其初板想当更早，惜无年代可查。臧岳编《应试唐诗类释》十九卷，乾隆戊子（一七六八）重刊，原本未见，唯己卯年纪昀著的《唐人试律说》一卷，最得要领，为同类中权威之作，其中已引用臧氏之说，可知其出板亦当在丁丑左右也。说唐律的书尚不少，因无藏本故不具举。

我去八股而就试帖的原因一半固然在于避难趋易，另外还有很好玩的理由：因为试帖比八股要古得多，而且他还是八股的祖宗。经义起于宋，但是要找到象样的八股文章须得到了明朝后半，试帖诗则唐朝早有，如脍炙人口的钱起诗句，"曲终人不见，江上数峰青"，作于天宝十年，还在马嵬事件的五年前呢。关于试帖与八股的问题，毛西河在《唐人试帖》序中有云：

"且世亦知试文八比之何所盼乎？汉武以经义对策，而江都平津太子家令并起而应之，此试文所自始也，然而皆散文也。天下无散文而复其句，重其语，两叠其话言作对待者，帷唐制试士改汉魏散诗而限以比语，有破题，有承题，有额比颈比腹比后比，而后结以收之。六韵之首尾即起结也，其中四韵即八比也，然则试文之八比视此矣。今日为试文，亦曰为八比，而试问八比之所自试，则茫然不晓，是试文且不知，何论为诗。"这实在说得明白晓畅，所以后人无不信服，即使在别方面对于毛西河不以为然。《试律丛话》卷二引纪晓岚说云：

"西河毛氏持论好与人立异，所选唐人试律亦好改窜字句，点金成铁，然其谓试律之法同于八比，则确论不磨。"又卷一引林辛山《馆阁诗话》云：

"毛西河检讨谓试帖八韵之法当以制艺八比之法律之，此实为作试帖者不易之定论，金雨叔殿撰《今雨堂诗墨》尝引伸其说。"《诗墨》惜尚未得见，唯《丛话》卷二录其自序，其中有云：

"余谓君等勿以诗为异物也，其起承转合，反正浅深，一切用意布局之法，直与时文无异，特面貌各别耳。"这都从正面说得很清楚，纪晓岚于乾隆乙卯年（一七九五）著《我法集》二卷，有些话也很精妙，如卷上《赋得池水夜观深》一首后评云：

"此真极小之题，极窄之境，而加以难状之景，紫芝于楼钟池水一联几于百炼乃得之，诗话具载其事，方虚谷《瀛奎律髓》所谓诗眼，即此种之隔日疟也。于诗家为魔道，然既以魔语命题，不能不随之作魔语，譬如八比以若是乎从者之度也命题，不能不作或人口气，诬孟子门人作贼也。"又《赋得栖烟一点明》一首后评云：

"此题是神来之句，所以胜四灵者，彼是刻意雕镂，此是自然高妙也。当时终日苦吟，乃得此一句，形容难状之景，终未成篇，今更形容此句，岂非剪彩之花持对春风红紫乎。然既命此题，不能不作，宋人所谓应官诗也。"无论人家怎样讨厌纪大烟斗，他究竟是高明，说的话漂亮识趣，这里把诗文合一的道理也就说穿了。刘熙载在《艺概》卷六《经义概》中有一节云：

"文莫贵于尊题。尊题自破题起讲始，承题及分比只是因其已尊而尊之。尊题者，将题说得极有关系，乃见文非苟作。"尊题也即是作应官诗，学者知此，不但八股试帖得心应手，就是一切宣传文章也都不难做了，盖土洋党各色八股原是同一章法者也。

民国二十一年在辅仁大学讲演中国新文学的源流，我曾说过这几句话：

"和八股文相连的有试帖诗。古代的律诗本只八句，共四韵，后来加多为六韵，更后成为八韵。在清朝，考试的人都用八股文的方法去作诗，于是律诗完全八股化而成为所谓试帖。"这所说的与上文大同小异，但有一点不彻底的地方，便是尚未明白试帖是八股的祖宗，在时间上不免略有错误。我又说这些应试诗文与中国戏剧有关系，民间的对联，谜语与诗钟也都与试帖相关，这却可以算是我的发见，未经前人指出。中国向来被称为文字之国，关于这一类的把戏的确是十分高明的，在平时大家尚且乐此不疲，何况又有名与利的诱引，那里会不耗思殚神地去做的呢。俗传有咏出恭者，以试帖体赋之云："七条严妇训，四品待夫封。"盖古有妇人七出之条，又夫官四品则妻封为恭人，分咏题面，可谓工整绝伦，虽为笑谈，实是好例。李桢编《分类诗腋》(嘉庆二十二年)卷二诠题类引吴锡麒《十八学士登瀛洲》句云："天心方李属，公等合松呼。"注云，"李松拆出十八，新极，然此可遇而不可求。"《试律新话》卷三说拆字切题法，亦引此二句云，"以李松拆出十八二字，工巧之极，惜此外不多见耳。"又《新话》卷二云：

"吴县潘篆仙茂才遵礼尝以五言八韵作戏目诗数十首，语皆工炼，余旧有其本，今不复存矣，惟记其《思凡》一联云，画眉真误我，摩顶悔从师。今茂才已久登鬼箓，而诗稿亦流落人间，能无人琴俱亡之感耶。"这是诗话的很好的谈资，忍不住要抄引，正可以证明中国文字之适用于游戏与宣传也。

试帖诗的总集还有两种值得一提。其一是《试帖诗品钩元》二十四卷，道光乙巳 (一八四五) 江苏学政张芾选，其二是《试律标准》二卷，道光丙午山东学政何桂清辑也。张何皆道光乙未科翰林，刊书只差了一年，在这方面的成绩与工夫当然是很不错的，在别方面就可惜都不大行了。后来太平天国事起，何桂清为浙江巡抚，弃城而逃，坐法死，张芾事则见于汪悔翁《乙丙日记》，卷三记咸丰丙辰 (一八五六) 六月间事云：

"张芾派兵守祁门之大洪岭，见有贼来，不知其假道以赴东流建德也，皆失魂而逃，贼见其逃也，故植旗于岭。此兵等遂来告，张芾惊欲遁，城内人皆移居。十五申刻贼从容拔旗去，张芾始有生气，然亦几毙矣。既苏，并不责逃兵，而犹从容写小楷哦试帖，明日又官气如故矣，必饰言伪言击退以冒功也。噫，欺君如此，真可恶哉，而仗马不言，真不可解。"悔翁快人，说得非常痛快，恐怕也不是过甚之词。我记得了这一番话，所以翻阅《试帖诗品钩元》时常不禁发笑，盖如上文所述，贼从容拔旗去，官从容写小楷哦试帖，这一幅景象真是好看煞人也。

我想谈谈试帖，不料乱写了一阵终于不得要领，甚是抱歉。不过这其实也是难怪的，因为我还正在搜集研究中，一点都没有得结果，可以供献给大家，现在只是说这里很有意思，有兴趣的人无妨来动手一下，有如指了一堆核桃说这颇可以吃，总是要等人自己剥了吃了有滋味，什师有言，嚼饭哺人，反令哕吐，关于试帖亦是如此，我就以此权作解嘲了。

廿五年九月二十日，于北平苦茶庵

（载一九三六年十月十六日《宇宙风》第二十七期，署名知堂。收《瓜豆集》）

关于尺牍

其 一

桂未谷跋《颜氏家藏尺牍》云:

"古人尺牍不入本集,李汉编昌黎集,刘禹锡编河东集,俱无之。自欧苏黄吕,以及方秋崖卢柳南赵清旷,始有专本。"所以讲起尺牍第一总叫人想到苏东坡黄山谷,而以文章情思论,的确也是这两家算最好,别人都有点赶不上。明季散文很是发达,尺牍写得好的也出来了好些。万历丁巳郁开之编刊《明朝瑶笺》四卷,前两卷收永乐至嘉隆时人百三十六,第三卷五十三,皆万历时人,第四卷则四人。凡例第二中云:

"四卷专以李卓吾袁石浦陶歊庵袁中郎四先生汇焉。四先生共踪浮名,互观无始,臭味千古,往还一时,则又不可以他笺杂。笺凡一百五十有三"这所说很有见识,虽然四人并不一定以学佛重,但比馀人自更有价值,而其中又以李卓吾为最。《瑶笺》中共收三十六笺,大都是李氏《焚书》中所有,我很喜欢他的《答以女人学道为见短书》,末节云:

"不闻庞公之事乎?庞公尔楚之衡阳人也,与其妇庞婆女灵照同师马祖,求出世道,卒致先后化去,作出世人,为今古快事,愿公师其远见可也。若曰,待吾与市井小儿辈商之,则吾不能知矣。"又《复焦弱侯》之一云:

"黄生过此,闻其自京师往长芦抽丰,复跟长芦长官别赴新任,至九江遇一显者,乃舍旧从新,随转而北,冲风冒寒,不顾年老生死。既到麻城,见我言曰,我欲游嵩少,彼显者亦欲游嵩少,拉我同行,是以至此,然显者俟我于城中,势不能一宿,回日当复道此,道此则多聚三五日而别,兹卒卒诚难割舍云。其言如此,其情何如。我揣其中实为林汝宁好一口食难割舍耳。然林汝宁向者三任,彼无一任不往.往必满载而归,兹尚未厌足,如饿狗思想隔日屎,乃敢欺我以为游嵩少。夫以游嵩少藏林汝宁之抽丰来嗛我,又恐林汝宁之疑其为再寻己也,复以舍不得李卓老当再来访李卓老以嘛林汝宁，名利两得，身行俱全，我与林汝宁皆在黄生术中而不悟，可不谓巧乎。今之道学何以异此。今之讲道学者皆游嵩少者也，今之患得患失，志于高官重禄，好田宅，美风水，以为子孙荫者，皆其托名于林汝宁以为舍不得李卓老者也。"读这两节，觉得与普通尺牍很有不同处。第一是这几乎都是书而非札，长篇大页的发议论，非苏黄所有，但是却又写得那么自然，别无古文气味，所以还是尺牍的一种新体。第二，那种嬉笑怒骂也是少见。我自己不主张写这类文字，看别人的言论时这样泼辣的态度却也不禁佩服，特别是言行一致，这在李卓吾当然是不成问题的。古人云，学我者病，来者方多。所以这里要声明一声，外强中干的人千万学他不得，真是要画虎不成反为一条黄狗也。虎还可以有好几只，李卓老的人与文章却有点不可无一，不能有二。他又有《与耿楚侗》的一笺云：

"夫所谓仙佛与儒，皆其名耳。孔子知人之好名也，故以名教诱之。大雄氏知人之怕死也，故以死惧之。老氏知人之贪生也，故以长生引之。皆不得已权立名目以化诱后人，非真实也，唯颜子知之，故曰夫子善诱。今某之行事，有一不与公同者乎？亦好做官，亦好富贵，亦有妻孥，亦有庐舍，亦有朋友，亦会宾客。公岂能胜我乎？何为乎公独有学可讲，独有许多不容已处也。我既与公一同，则一切弃人伦，离妻室，削发披缁等语，公亦可以相忘于无言矣。何也？仆未尝有一件不与公同也，但公为大官耳。学问岂因大官长乎？学问若因大官长，则孔孟当不敢开口矣。"所云化诱一节未知是否，若后半则无一语不妙，不佞亦深有同意，盖有许多人都与我们同一，所不同者就只是为大官而已，因其为大官也于是其学问似乎亦遂大长，而可与孔孟为伍矣。李卓老天下快人，破口说出，此古今大官们乃一时失色，此真可谓有益于世道人心的尺牍也。

其　二

清初承明季文学的潮流也可以说是解放的时代，尺牍中不乏名家，如金圣叹，毛西河，李笠翁，以至乾隆时的袁子才，郑板桥。《板桥家书》却最为特别。自序文起便很古怪爽利，令人读了不能释卷，这也是尺牍的一种新体。这一卷书至今脍炙人口，可以知道他影响之大，在当时一定也很被爱读，虽然文献的证据不大容易找，但是我也曾找到一点儿。郝兰皋在《晒书堂外集》卷上有《与舍弟第一书》云：

"告懿林：陶徵士诗，众鸟欣有托，吾亦爱吾庐。子曾子云，勿寓人我室，毁伤其薪木。古人于居处什器，意所便安，深致系恋如此。吾与尔同气虽无分别，但吾庐之爱岂能忘情，薪木无伤，鸟欣有托，吾意拳拳为此耳，莫谓汝嫂临行封锁门户便为小器，此亦流俗之情宜尔也。吾辈非圣贤，岂能忘尔我之见。今人媳妇归宁，往返数十日，尚且锁闭门庭，收藏器皿，岂畏公婆偷盗哉，盖此儿女之私情，虽圣贤不能禁也。吾与尔老亲在堂，幸尚康健，故我得薄宦游违膝下，然亦五六年后便当为归养之计。我与尔年方强壮，共财分甘，日月正长，而吾亲垂垂已老，天伦乐事得不少图几年欢聚耶。我西家房屋及器用汝须留神照看，勿寓人我室，令有毁伤，庶吾归时欣鸟有托，此亦尔守器挈瓶之智也。言至此不觉大笑，汝莫复笑我小器如嫂否？所要硃砂和药，今致二钱，颇可用，惜乎不多耳。应泰近业如何，常至城否？见时可为我致意。逢辰及小女儿知想大爷大娘否，试问之。桂女勿令使性懒惰，好为人家作媳妇也。《医方便览》二本未及披阅，俟八月寄下。《吕氏春秋》，《秘书二十一种》，便中寄至京，俟秋冬间不迟。我新病初起，意绪无聊，因修家书，信笔抒写，遂尔絮絮不休，读毕大家一笑，更须藏此书，留为后日笑话也。嘉庆五年庚申七月八日，哥哥书。"又在邵西樵所编《师友尺牍偶存》卷上有王西庄札七通，其末一篇云：

"承示寄怀大作，拍手朗唱一味天真无畔岸句，不觉乱跳乱叫，滚倒在床上，以其能搔着痒挠着痛也。怪哉西樵，七个字中将王郎全副写照出来。快拿绍兴（京师酒中之最佳者）来吃，大醉中又梦老兄，起来又读。因窃思之，人生少年时初出来涉世交友，视朋友不甚爱惜也，及至足迹半天下，回想旧朋友，实觉其味深长。盖升沉显晦，聚散离合，转盼间恍如隔世，于极空极幻之中，七零八落，偶然剩几个旧朋友在世，此旧物也，能不想杀，况此旧友实比新友之情深十倍耶。而札云，天上故人犹以手翰下及，怪哉西樵而犹为此言乎。集中圈点偶有不当处，如弟酿花小圃云，闭门无剥啄，只有蜜蜂喧二句，应密圈密密圈。弟尝论诗要一开口便吞题目，譬如吃东西，且开口先将此物一齐吞在口内，然后嚼得粉碎，细细咀味，此之谓善吃也，奈何今人作诗，将此物放在桌上，呆看一回，又闲闲评论其味一回，终不到口，安得成诗。弟此二句能将酿花圃三字一齐吞完，而尚囫囵未曾嚼破，此为神来之笔，应密圈也。近来诗之一道实在难言，只因俱是诗皮诗渣，青黄黑白配成一副送官礼家伙耳。只如一味天真四字，固已扫尽浮词，抉开真面矣，而无畔岸三字更奇更确更老辣，只此三字岂今日之名公所能下。弟平生友朋投赠之什，无能作此语者，盖大兄诗有真性情，故非诗皮诗渣所能及，而弟十年来尤好为无畔岸之文，汪洋浩渺，一望无际，以写其胸次之奇，所存诗二千首，文七百馀篇，皆无畔岸者也，得一知己遂以三字为定评。——倘有便羽，万望赐之手书，且要长篇，多说些旧朋友踪迹，近时大兄之景况，云间之景况，琐事闲话，拉拉杂杂，方有趣，切不可寥寥几行，作通套子世情生活。专此磕头磕头，哀恳哀恳。翘望湘波，未知把手何日，想煞想煞。馀不一。"王郝二君为乾嘉时经师，而均写这样的信札，这是很有意思的事，并且显然看得出有板桥的痕迹，"哥哥书"是确实无疑的了，"乱叫乱跳"恐怕也是吧，看其馀六封信都不是这样写法，可知其必然另有所本也。但是这种新体尺牍我总怀疑是否适于实用，盖偶一为之固然觉得很新鲜，篇篇如此不但显得单调，而且也不一定文情都相合，便容易有做作的毛病了。板桥的十六通家书，我不能说他假，也不大相信他全是真的，里边有许多我想是他自己写下来，如随笔一般，也同样的可以看见他的文章意思，是很好的作品，却不见得是一封封的寄给他舍弟的罢。

其　三

看《秋水轩尺牍》，在现代化的中国说起来恐怕要算是一件腐化的事，但是这尺牍的势力却是不可轻视的，他或者比板桥还要有影响也未可知。他的板本有多少种我不知道，只看在尺牍里有笺注的单有《秋水轩》一种，即此可以想见其流行之广了。朱熙芝的《芸香阁尺一书》卷一中有《致许梦花》一篇云：

"尝读秋水尺一书，骖古人，甲今人，四海之内，家置一编。余生也晚，不获作当风桃李，与当阶兰桂共游，兹晤镜人，知阁下为秋水之文郎，与镜人作名门之僚婿，倩其介绍，转达积忱。培江左鄙人也，棘闱鏖战，不得志于有司，迫而为幕，仍恋恋于举业，是以未习刑钱，暂襄笔札，河声岳色，两度名邦，剑胆琴心，八年异地，茫茫身世，感慨系之，近绘小影。名曰航海逢春。拍天浪拥，乘槎不是逃名，大地春回，有美非关好色。群仙广召，妙句争题，久慕大才，附呈图说。如荷增辉尺幅，则未拜尊人光霁，得求阁下琳琅，足慰向来愿矣。"芸香阁之恭维秋水轩不是虚假的，他自己的尺一书也是这一路，如上文可见。不佞近来稍买尺牍书，又因乡曲之见也留心绍兴人的著作，所以这秋水轩恰巧落在这二重范围之内，略略有点知道。寒斋收藏许葭村的著作有道光辛卯刊《秋水轩尺牍》二卷，光绪甲申刊《续秋水轩尺牍》一卷，诗集《燕游草》一卷，其子又村所著有光绪戊寅刊《梦巢诗草》二卷。上文所云许梦花盖即又村，《诗草》卷上有七言绝句一首，题曰，"同伴高镜人襟兄卸装平原，邀留两日，作涛一章以谢。"又有七言律诗一首，题曰，《题朱熙芝航海逢春图》。题下有小注云：

"图中一书生，古巾服，携书剑，破浪乘槎，有美人棹小舟，采各种花，顺流至，远望仙山楼阁，隐现天光云影间。"诗不足录，即此可以见二人的关系，以及罔中景色耳。朱君虽瓣香秋水，其实他还比较的有才情，不过资望浅，所以胜不过既成作家。如《尺一书》卷一《复李松石》(《镜花缘》的作者么？)云：

"承示过岳于祠诗，结句最得《春秋》严首恶之义：王构无迎二圣心，相桧乃兴三字狱。特怪武穆自量可以灭金，何不直捣黄龙，再请违旨之罪，乃拘拘于君命不可违，使奸相得行其计，致社稷不能复，二圣不能还，其轻重得失固何如耶。俟有暇拟将此意作古风一章，即以奉和。"又《致顾仲懿》云：

"蒲帆风饱，飞渡大江，梦稳扁舟，破晓未醒，推篷起视，而黄沙白草，茅店板桥，已非江南风景，家山易别，客地重经，唯自咏何如风不顺，我得去乡迟之旧句耳。所论岳武穆何不直捣黄龙再请违旨之罪，知非正论，姑作快论，得足下引春秋大义辨之，所谓天王明圣臣罪当诛，纯臣之心惟知有君也。前春原稽丈评弟《郭巨埋儿辨》云，惟其愚之至，是以孝之至。事异论同。皆可补芸香一时妄论之失。"关于岳飞的事大抵都是愚论，芸香亦不免，郭巨辨未见，大约是有所不满吧。但对于这两座忠孝的偶像敢有批评，总之是颇有胆力的，即此一点就很可取。顾稽二公是应声虫，原不足道，就是秋水相形之下也显然觉得庸熟了。《尺一书》末篇《答韵仙》云：

"困人天气，无可为怀，忽报鸿来，饷我玫瑰万片，供养斋头，魂梦都醉。因沽酒一坛浸之，馀则囊之耳枕，非曰处置得宜，所以见寝食不忘也。"文虽未免稍纤巧（因为是答校书的缘故吧？），却也还不俗恶，在《秋水轩》中亦少见此种文字。不佞论文无乡曲之见，不敢说尺牍是我们绍兴的好也。

廿五年十月八日，于北平

附记

第二节中所记王郝二君的尺牍成绩当然不能算好，盖其性情本来不甚相近，勉强写诙诡文字，犹如正经人整衣危坐曰，现在我们要说笑话了！无论笑话说得如何，但其态度总是可爱也。王西庄七百篇文未见，郝兰皋集中不少佳作，不过是别一路，朴实而有风趣，与板桥不相同。

九日又记

（载一九三六年十一月一日《宇宙风》第二十八期，署名知堂。收《瓜豆集》。）

论万民伞

《平等阁笔记》少时曾在《时报》上见到一部分，但民国以来不再注意读报，其后笔记单行本出版亦未看见。前日在书摊偶得一部，灯下翻阅，若疏若亲，盖年代久隔，意见亦多差异，著者信佛教亦遂信鬼神妖异，不佞读之觉得与普通笔记无殊，正是古已有之的话，唯卷一首五叶记庚子乱后入都所见闻事十二则却很有意思。第五则云，"哀莫大于心死，痛莫甚于亡耻，"后举数事云：

"迨内城外城各地为十一国分划驻守后，不数月间，凡十一国公使馆，十一国之警察署，十一国之安民公所，其中金碧辉煌，皆吾民所贡献之万民匾联衣伞，歌功颂德之词，洋洋盈耳，若真出于至诚者，直令人睹之且愤且愧，不知涕泪之何从也。又顺治门外一带为德军驻守地，其界内新设各店牌号，大都士大夫为之命名，有曰德兴，有曰德盛，有曰德昌，有曰德永，有曰德丰厚，德长胜等，甚至不相联属之字竟亦强以德字冠其首，种种媚外之名词指不胜屈，而英美日义诸界亦莫不皆然。彼外人讵能解此华文为歌颂之义，而丧心亡耻一至于斯。"

最近，在报纸上，又常常看到天津什么公会，替地方当局送万民伞的消息。这与上面所说的当然有点小小不同，即所送者一是外国人，一不是外国人也。但是，中国人好送德政伞，那总是实在的。为什么有这一种怪脾气的呢？这个我也很想知道，可是还不能确实知道。案《水经注》济水下昌邑县条下云，有建和十年秦闰等刊石颂德政碑，可见在汉末已有，有了千八百年的历史。白居易《青石》诗云：

"不愿作官家道旁德政碑，不镌实录镌虚辞。"可知这碑之不可靠也是自古已然，长庆到现在也已有千一百年了。匾与伞与旗就只是碑的子孙，却是更简略，更不成东西了，其虚辞则不论大小轻重原是一样。狄君见了且愤且愧，虽是当然，其实还只是可怜。难道人民真是喜欢干这种无耻的勾当，千余年如一日，实在还只为求生乞命耳。曹静山著《十三日备尝记》，述道光廿二年英人犯上海事，五月十二日条下有云：

"邻人张姓来云，洋人于邑庙给护照，取之者必只鸡易，无鸡则一切食用品亦或有得之者。余前闻浙省曾有此事，因期以明日觇之。"凡德政匾等皆护照也。中国自唐以来即常受外族的欺凌，而其间之本族政府又喜以专制为政，人民的一线生机盖唯在叩头而已。德政碑万民伞可也，招牌中写兴盛昌永亦可也，皆以标语表示叩头，至其对象之为中为外则可无论也。由今之道无变今之俗，匾联衣伞方兴未艾，且此亦正合于现今上下合力鼓吹的旧礼教，平等阁主人愤慨的意见在此刻恐怕亦须稍加以修正矣。

廿五年三月廿一日，于北平

（收《瓜豆集》。）

再谈油炸鬼

前写《谈油炸鬼》一小文，登在报上，后来又收集在《苦竹杂记》里边。近阅李登斋的《常谈丛录》，卷八有《油煠果》一条，其文云：

"市中每以水调面，捏切成条大如指，双叠牵长近尺，置热油中煎之，辄大如儿臂，已熟作嫩黄色，仍为双合形，撕之亦可成两。货之一条价二钱，此即古寒具类，今远近皆有之，群呼为油煠鬼，骤闻者骇焉，然习者以为常称，不究其义。后见他书有称油煎食物为油果者。乃悟此为油煠果，以果与鬼音近而转讹也。鬼之名不祥不雅，相混久宜亟为正之，否则安敢以此鬼物进于尊贵亲宾之前耶。"油炸鬼在吾乡只是民间寻常食品，虽然不分贫富都喜欢吃，却不能拿来请客（近年或有例外，不在此列），所以尊贵亲宾云云似不甚妥，若其主张鬼字原为果字，则与鄙见原相似也。又前次我征引孙伯龙的《南通方言疏证》，却没有检查他的《通俗常言疏证》，其第四册饮食门内有一条云：

"油煠鬼儿。国文教科书有油炸烩三字，按字典无煠烩二字，然元人杂剧有炮声如雷炸语，炸音诈，字典遗之耳。教科书读炸为闸，非也，煠乃音闸耳。《梦笔生花》杭州俗语杂对，油煠鬼，火烧儿。又元张国宾《大闹相国寺》剧，那边卖的油煠骨朵儿，你买些来我吃。按骨鬼音转，今云油煠鬼儿是也。"油煠骨突儿大约确是鬼的前身，却出于元曲，比明代的"好果子"还早，所以更有意思。我想这种油煠面食大概古已有之，所谓压扁佳人缠臂金的寒具未必不是油炸鬼一，不过制法与名称不详，所以其世系也只得以元朝为始了。

近时的人喜欢把他拉到秦桧之的身上去，说这实在是油炸桧。这个我觉得很不合道理。第一，秦桧原不是好人，但他只是一个权奸，与严嵩一样（还不及魏忠贤罢？），而世间特别骂他构和，这却不是他的大罪。我们生数百年后，想要评论南宋和战是非，似乎不甚可靠，不如去问当时的人。这里我们可以找鼎鼎大名的朱子来，我想他的话总不会大错的罢。《语类》卷百三十一有云：

"秦桧见虏人有厌兵意，归来主和，其初亦是。使其和中自治有策，后当逆亮之乱，一扫而复中原，一大机会也。惜哉。"又云：

"倘问，高宗若不肯和，必成功。曰，也未知如何，将骄惰不堪用。"由此可知朱晦庵并不反对构和，他只可惜和后不能自强以图报复。第二，秦桧主和，保留得半壁江山，总比做金人的奴皇帝的刘豫张邦昌为佳，而世人独骂秦桧，则因其杀岳飞也。张浚杀曲端也正是同样冤屈，而世人独骂秦桧之杀岳飞，则因有《精忠岳传》之宣传也。国人的喜怒全凭几本小说戏文为定，岂非天下的大笑话，人人骂曹操捧关羽亦其一例。第三，"有所怨恨，乃以面肖形炸而食之，此种民族性殊不足嘉尚。"在所谓半开化民族中兴行种种法术，有黑魔术以伤害人为事，束草刻木为仇人形，禹步持咒，将刍灵火攻油煤或刀劈，则其人当立死。又如女郎为负心人所欺，不能穿红衫吊死去索偿于乡闱中，只好剪纸为人，背书八字，以绣花针七枝刺其心窝，聊以示报。在世间原不乏此例，然有识者所不为，勇者亦不为也。小时候游过西湖，至岳坟而索然兴尽，所谓分尸桧已至不堪，那时却未留意，但见坟前四铁人，我觉得所表示的不是秦于四人而实是中国民族的丑恶，这样印象至今四十年来未曾改变。铸铁人，拿一棵树来说分尸，那么拿一条面来说油煤自无不可，然而这种根性实在要不得，怯弱阴狠，不自知耻（孔子说过，知耻近乎勇）。如此国民何以自存，其屡遭权奸之害，岂非所谓物必自腐而后虫生者耶。

我很反对思想奴隶统一化。这统一化有时由于一时政治的作用，或由于民间习惯的流传，二者之中以后者为慢性的，难于治疗，最为可怕。那时候有人来扎他一针，如李贽邱濬赵翼俞正燮汪士铎吕思勉之徒的言论，虽然未必就能救命，也总可放出一点毒气，不为无益。关于秦始皇于莽王安石的案，秦桧的案，我以为都该翻一下，稍为奠定思想自由的基础，虽然太平天国一案我还不预备参加去翻。这里边秦案恐怕最难办，盖如我的朋友（未得同意暂不举名）所说，和比战难，战败仍不失为民族英雄，（古时自己要牺牲性命，现在还有地方可逃），和成则是万世罪人，故主和实在更需要有政治的定见与道德的毅力也。

廿五年七月

（载一九三六年九月一日《论语》第九十五期，署名知堂。收《瓜豆集》。）

再谈油炸鬼

结缘豆

范寅《越谚》卷中《风俗》门云：

"结缘，各寺庙佛生日散钱与丐，送饼与人，名此。"敦崇《燕京岁时记》有《舍缘豆》一条云：

"四月八日，都人之好善者取青黄豆数升，宣佛号而拈之，拈毕煮熟，散之市人，谓之舍缘豆，预结来世缘也。谨按《日下旧闻考》，京师僧人念佛号者辄以豆记其数，至四月八日佛诞生之辰，煮豆微撒以盐，邀人于路请食之以为结缘，今尚沿其旧也。"刘玉书《常谈》卷一云：

"都南北多名刹，春夏之交，士女云集，寺僧之青头白面而年少者着鲜衣华屦，托朱漆盘，贮五色香花豆，蹀躞于妇女襟袖之间以献之，名曰结缘，妇女亦多嬉取者。适一僧至少妇前奉之甚殷，妇慨然大言曰，良家妇不愿与寺僧结缘。左右皆失笑，群妇赧然缩手而退。"

就上边所引的话看来，这结缘的风俗在南北都有，虽然情形略有不同。小时候在会稽家中常吃到很小的小烧饼，说是结缘分来的，范啸风所说的饼就是这个。这种小烧饼与"洞里火烧"的烧饼不同，大约直径一寸高约五分，馅用椒盐，以小皋步的为最有名，平常二文钱一个，底有两个窟窿，结缘用的只有一孔，还要小得多，恐怕还不到一文钱吧。北京用豆，再加上念佛，觉得很有意思，不过二十年来不曾见过有人拿了盐煮豆沿路邀吃，也不听说浴佛日寺庙中有此种情事，或者现已废止亦未可知，至于小烧饼如何，则我因离乡里已久不能知道，据我推想或尚在分送，盖主其事者多系老太婆们，而老太婆者乃是天下之最有闲而富于保守性者也。

结缘的意义何在？大约是从佛教进来以后，中国人很看重缘，有时候还至于说得很有点神秘，几乎近于命数。如俗语云，有缘千里来相会，无缘对面不相逢，又小说中狐鬼往来，末了必云缘尽矣，乃去。敦礼臣所云预结来世缘，即是此意。其实说得浅淡一点，或更有意思，例如唐伯虎之三笑，才是很好的缘，不必于冥冥中去找红绳缚脚也。我很喜欢佛教里的两个字，曰业曰缘，觉得颇能说明人世间的许多事情，仿佛与遗传及环境相似，却更带一点儿诗意。日本无名氏诗句云：

"虫呵虫呵，难道你叫着，业便会尽了么？"这业的观念太是冷而且沉重，我平常笑禅宗和尚那么超脱，却还挂念腊月二十八，觉得生死事大也不必那么操心，可是听见知了在树上喳喳地叫，不禁心里发沉，真感得这件事恐怕非是涅槃是没有救的了。缘的意思便比较的温和得多，虽不是三笑那么圆满也总是有人情的，即使如库普林在《晚间的来客》所说，偶然在路上看见一只黑眼睛，以至梦想颠倒，究竟逃不出是春叫猫儿猫叫春的圈套，却也还好玩些。此所以人家虽怕造业而不惜作缘欤？若结缘者又买烧饼煮黄豆，逢人便邀，则更十分积极矣，我觉得很有兴趣者盖以此故也。

为什么这样的要结缘的呢？我想，这或者由于不安于孤寂的缘故吧。富贵子嗣是大众的愿望，不过这都有地方可以去求，如财神送子娘娘等处，然而此外还有一种苦痛却无法解除，即是上文所说的人生的孤寂。孔子曾说过，鸟兽不可与同群，吾非斯人之徒而谁与。人是喜群的，但他往往在人群中感到不可堪的寂寞，有如在庙会时挤在潮水般的人丛里，特别像是一片树叶，与一切绝缘而孤立着。念佛号的老公公老婆婆也不会不感到，或者比平常人还要深切吧，想用什么仪式来施行祓除，列位莫笑他们这几颗豆或小烧饼，有点近似小孩们的"办人家"，实在却是圣餐的面包葡萄酒似的一种象征，很寄存着深重的情意呢。我们的确彼此太缺少缘分，假如可能实有多结之必要，因此我对于那些好善者着实同情，而且大有加入的意思，虽然青头白面的和尚我与刘青园同样的讨厌，觉得不必与他们去结缘，而朱漆盘中的五色香花豆盖亦本来不是献给我辈者也。

我现在去念佛拈豆，这自然是可以不必了，姑且以小文章代之耳。我写文章，平常自己怀疑，这是为什么的：为公乎，为私乎？一时也有点说不上来。钱振锽《名山小言》卷七有一节云：

"文章有为我兼爱之不同。为我者只取我自家明白，虽无第二人解，

结缘豆

亦何伤哉，老子古简，庄生诡诞，皆是也。兼爱者必使我一人之心共喻于天下，语不尽不止，孟子详明，墨子重复，是也。《论语》多弟子所记，故语意亦简，孔子诲人不倦，其语必不止此。或怪孔明文采不艳而过于丁宁周至，陈寿以为亮所与言尽众人凡士云云，要之皆文之近于兼爱者也。诗亦有之，王孟闲适，意取含蓄，乐天讽谕，不妨尽言。"这一节话说得很好，可是想拿来应用却不很容易，我自己写文章是属于那一派的呢？说兼爱固然够不上，为我也未必然，似乎这里有点儿缠夹，而结缘的豆乃仿佛似之，岂不奇哉。写文章本来是为自己，但他同时要一个看的对手，这就不能完全与人无关系，盖写文章即是不甘寂寞，无论怎样写得难懂意识里也总期待有第二人读，不过对于他没有过大的要求，即不必要他来做喽啰而已。煮豆微撒以盐而给人吃之，岂必要索厚偿，来生以百豆报我，但只愿有此微末情分，相见时好生看待，不至伥伥来去耳。古人往矣，身后名亦复何足道，唯留存二三佳作，使今人读之欣然有同感，斯已足矣，今人之所能留赠后人者亦止此，此均是豆也。几颗豆豆，吃过忘记未为不可，能略为记得，无论转化作何形状，都是好的，我想这恐怕是文艺的一点效力，他只是结点缘罢了。我却觉得很是满足，此外不能有所希求，而且过此也就有点不大妥当，假如想以文艺为手段去达别的目的，那又是和尚之流矣，夫求女人的爱亦自有道，何为舍正路而不由，乃托一盘豆以图之，此则深为不佞所不能赞同者耳。

廿五年九月八日，在北平

（载一九三六年十月十日《谈风》第一期，署名周作人。收《瓜豆集》。）

谈养鸟

李笠翁著《闲情偶寄·颐养部·行乐第一》,《随时即景就事行乐之法》下有看花听鸟一款云:

"花鸟二物,造物生之以媚人者也。既产娇花嫩蕊以代美人,又病其不能解语,复生群鸟以佐之,此段心机竟与购觅红妆,习成歌舞,饮之食之,教之诲之以媚人者,同一周旋之至也。而世人不知,目为蠢然一物,常有奇花过目而莫之睹,鸣禽阅耳而莫之闻者,至其捐资所买之侍妾,色不及花之万一,声仅窃鸟之绪余,然而睹貌即惊,闻歌辄喜,为其貌似花而声似鸟也。噫,贵似贱真,与叶公之好龙何异。予则不然。每值花柳争妍之日,飞鸣斗巧之时,必致谢洪钧,归功造物,无饮不奠,有食必陈,若善士信姬之妄佛者,夜则后花而眠,朝则先鸟而起,唯恐一声一色之偶遗也。及至莺老花残,辄怏怏如有所失,是我之一生可谓不负花鸟.而花鸟得予亦所称一人知己死可无恨者乎。"又郑板桥著《十六通家书》中,《潍县署中与舍弟墨第二书》末有"书后又一纸"云:

"所云不得笼中养鸟,而予又未尝不爱鸟,但养之有道耳。欲养鸟莫如多种树,使绕屋数百株,扶疏茂密,为鸟国鸟家,将旦时睡梦初醒,尚展转在被,听一片啁啾,如云门咸池之奏,及披衣而起,颒面漱口啜茗,见其扬翚振彩,倏往倏来,目不暇给,固非一笼一羽之乐而已。大率平生乐处欲以天地为囿,江汉为池,各适其天,斯为大快,比之盆鱼笼鸟,其巨细仁忍何如也。"李郑二君都是清代前半的明达人,很有独得的见解,此二文也写得好。笠翁多用对句八股调,文未免甜熟,却颇能畅达,又间出新意奇语,人不能及,板桥则更有才气,有时由透彻而近于夸张,但在这里二人所说关于养鸟的话总之都是不错的。近来看到一册笔记钞本,是乾隆时人秦书田所著的《曝背余谈》,卷上也有一则云:

"盆花池鱼笼鸟,君子观之不乐,以囚锁之象寓目也。然三者不可概论。鸟之性情唯在林木,樊笼之与林木有天渊之隔,其为犴狴固无疑矣，至花之生也以土，鱼之养也以水，江湖之水水也，池中之水亦水也，园圃之土土也，盆中之土亦土也，不过如人生同此居第少有广狭之殊耳，似不为大拂其性。去笼鸟而存池鱼盆花，愿与体物之君子细商之。"三人中实在要算这篇说得顶好了，朴实而合于情理，可以说是儒家的一种好境界，我所佩服的《梵网戒疏》里贤首所说"鸟身自为主"乃是佛教的，其彻底不彻底处正各有他的特色，未可轻易加以高下。抄本在此条下却有朱批云：

"此条格物尚未切到，盆水豢鱼，不繁易谂，亦大拂其性。且玩物丧志，君子不必待商也。"下署名曰於文叔。查《余谈》又有论种菊一则云：

"李笠翁论花，于莲菊微有轩轾，以艺菊必百倍人力而始肥大也。余谓凡花皆可借以人力，而菊之一种止宜任其天然。盖菊，花之隐逸者也，隐逸之侣正以萧疏清癯为真，若以肥大为美，则是李勣之择将，非左思之招隐矣，岂非失菊之性也乎。东篱主人，殆难属其人哉，殆难属其人哉。"其下有於文叔的朱批云：

"李笠翁金圣叹何足称引，以昔人代之可也。"於君不赞成盆鱼不为无见，唯其思想颇谬，一笔抹杀笠翁圣叹，完全露出正统派的面目，至于随手抓住一句玩物丧志的咒语便来胡乱吓唬人，尤为不成气候。他的态度与《余谈》的作者正立于相反的地位，无怪其总是格格不入也。秦书田并不闻名，其意见却多很高明，论菊花不附和笠翁固佳，论鱼鸟我也都同意。十五年前我在西山养病时写过几篇《山中杂信》，第四信中有一节云：

"游客中偶然有提着鸟笼的，我看了最不喜欢。我平常有一种偏见，以为作不必要的恶事的人比为生活所迫不得已而作恶者更为可恶，所以我憎恶蓄妾的男子，比那卖女为妾——因贫穷而吃人肉的父母，要加几倍。对于提鸟笼的人的反感也是出于同一的渊源。如要吃肉，便吃罢了。(其实飞鸟的肉于养生上也并非必要。) 如要赏玩，在他自由飞鸣的时候可以尽量的看或听，何必关在笼里，擎着走呢？我以为这同喜欢缠足一样的是痛苦的赏鉴，是一种变态的残忍的心理。"(十年七月十四日信。)那时候的确还年青一点，所以说的稍有火气，比起上边所引的诸公来实在惭愧差得太远，但是根本上的态度总还是相近的。我不反对"玩物"，只要不太违反情理。至于"丧志"的问题我现在不想谈，因为我干脆不懂得这两个字是怎么讲，须得先来确定它的界说才行，而我此刻却又没有工夫去查十三经注疏也。

廿五年十月十一日

（载一九三六年十一月二十五日《谈风》第三期，署名周作人。收《瓜豆集》。）

卖　糖

崔晓林著《念堂诗话》卷二中有一则云：

"《日知录》谓古卖糖者吹箫，今鸣金。予考徐青长诗，敲锣卖夜糖，是明时卖饧鸣金之明证也。"案此五字见《徐文长集》卷四，所云青长当是青藤或文长之误。原诗题曰《昙阳》，凡十首，其五云：

"何事移天竺，居然在太仓。善哉听白佛，梦已熟黄粱。托钵求朝饭，敲锣卖夜糖。"所咏当系王锡爵女事，但语颇有费解处，不佞亦只能取其末句，作为夜糖之一左证而已。查范啸风著《越谚》卷中饭食类中，不见夜糖一语，即梨膏糖亦无，不禁大为失望。绍兴如无夜糖，不知小人们当更如何寂寞，盖此与炙糕二者实是儿童的恩物，无论野孩子与大家子弟都是不可缺少者也。夜糖的名义不可解，其实只是圆形的硬糖，平常亦称圆眼糖，因形似龙眼故，亦有尖角者，则称粽子糖，共有红白黄三色，每粒价一钱，若至大路口糖色店去买，每十粒只七八文即可，但此是三十年前价目，现今想必已大有更变了。梨膏糖每块须四文，寻常小孩多不敢问津，此外还有一钱可买者有茄脯与梅饼。以沙糖煮茄子，略晾干，原以斤两计，卖糖人切为适当的长条，而不能无大小，小儿多较量择取之，是为茄脯。梅饼者，黄梅与甘草同煮，连核捣烂，范为饼如新铸一分铜币大，呒食之别有风味，可与青盐梅竞爽也。卖糖者大率用担，但非是肩挑，实只一筐，俗名桥篮，上列木匣，分格盛糖，盖以玻璃，有木架交叉如交椅，置篮其上，以待顾客，行则叠架夹肋下，左臂操筐，俗语曰桥。虚左手持一小锣，右手执木片如笏状，击之声鎯鎯然，此即卖糖之信号也，小儿闻之惊心动魄，殆不下于货郎之惊闺与唤娇娘焉。此锣却又与他锣不同，直径不及一尺，窄边，不系索，击时以一指抵边之内缘，与铜锣之提索及用锣槌者迥异，民间称之曰鎯锣，第一字读如国音汤去声，盖形容其声如此。虽然亦是金属无疑，但小说上常见鸣金收军，则与此又截不相像，顾亭林云卖饧者今鸣金，原不能说错，若云笼统殆不能免，此则由于用古文之故，或者也不好单与顾君为难耳。

卖糕者多在下午，竹笼中生火，上置熬盘，红糖和米粉为糕，切片
炙之，每片一文，亦有麻餈，大呼曰麻餈荷炙糕。荷者语助词，如萧老
老公之荷荷，唯越语更带喉音，为他处所无。早上别有卖印糕者，糕上
有红色吉利语，此外如蔡糖糕，茯苓糕，桂花年糕等亦具备，呼声则仅
云卖糕荷，其用处似在供大人们做早点心吃，与炙糕之为小孩食品者又
异。此种糕点来北京后便不能遇见，盖南方重米食，糕类以米粉为之，
北方则几乎无一不面，情形自大不相同也。

小时候吃的东西，味道不必甚佳，过后思量每多佳趣，往往不能忘
记。不佞之记得糖与糕，亦正由此耳。昔年读日本原公道著《先哲丛谈》，
卷三有讲朱舜水的几节，其一云：

"舜水归化历年所，能和语，然及其病革也，遂复乡语，则侍人不
能了解。"（原本汉文。）不佞读之怆然有感。舜水所语盖是余姚话也，
不佞虽是隔县当能了知，其意亦唯不佞可解。余姚亦当有夜糖与炙糕，
惜舜水不曾说及，岂以说了也无人懂之故欤。但是我又记起《陶庵梦忆》
来，其中亦不谈及，则更可惜矣。

廿七年二月廿五日漫记于北平知堂

附记

《越谚》不记糖色，而糕类则稍有叙述，如印糕下注云："米粉为
方形，上印彩粉文字，配馒头送喜寿礼。"又麻餈下云，"糯粉，馅乌
豆沙，如饼，炙食，担卖，多吃能杀人。"末五字近于赘，盖昔曾有人
赌吃麻餈，因以致死，范君遂书之以为戒，其实本不限于麻餈一物，即
鸡骨头糕干如多吃亦有害也。看一地方的生活特色，食品很是重要，不
但是日常饭粥，即点心以至闲食，亦均有意义，只可惜少有人注意，本
乡文人以为琐屑不足道，外路人又多轻饮食而着眼于男女，往往闹出《闲
话扬州》似的事件，其实男女之事大同小异，不值得那么用心，倒还不
如各种吃食尽有滋味，大可谈谈也。

廿八日又记

原题《谈卖糖》，载一九三八年九月一日《宇宙风》第七十四期，
署名知堂。收《药味集》，改题《卖糖》。）

卖　糖

蚯 蚓

忽然想到，草木虫鱼的题目很有意思，抛弃了有点可惜，想来续写，这时候第一想起的就是蚯蚓，或者如俗语所云是曲蟮。小时候每到秋天，在空旷的院落中，常听见一种单调的鸣声，仿佛似促织，而更为低微平缓，含有寂寞悲哀之意，民间称之曰曲蟮叹窠，倒也似乎定得颇为确当。案崔豹《古今注》云：

"蚯蚓一名蜿蟺，一名曲蟺，善长吟于地中，江东谓为歌女，或谓鸣砌。"由此可见蚯蚓歌吟之说古时已有，虽然事实上并不如此，乡间有俗谚其原语不尽记忆，大意云，蝼蛄叫了一世，却被曲蟮得了名声，正谓此也。

蚯蚓只是下等的虫豸，但很有光荣，见于经书。在书房里念《四书》，念到《孟子·滕文公下》，论陈仲子处有云：

"充仲子之操，则蚓而后可者也，夫蚓上食槁壤，下饮黄泉。"这样他至少可以有被出题目做八股的机会，那时代圣贤立言的人们便要用了很好的声调与字面，大加以赞叹，这与螬同是难得的名誉。后来《大戴礼·劝学篇》中云：

"蚓无爪牙之利，筋脉之强，上食埃土，下饮黄泉，用心一也。"又杨泉《物理论》云：

"检身止欲，莫过于蚓，此志士所不及也。"此二者均即根据孟子所说，而后者又把邵武士人在《孟子正义》中所云但上食其槁壤之土，下饮其黄泉之水的事，看作理想的极廉的生活，可谓极端的佩服矣。但是现在由我们看来，蚯蚓固然仍是而且或者更是可以佩服的东西，他却并非陈仲子一流，实在乃是禹稷的一队伙里的，因为他是人类——农业社会的人类的恩人，不单是独善其身的廉士志士已也。这种事实在中国书上不曾写着，虽然上食槁壤，这一句话也已说到，但是一直没有看出其重要的意义，所以只好往外国的书里去找。英国的怀德在《色耳彭的自然史》中，于一七七七年写给巴林顿第三十五信中曾说及蚯蚓的重大的工作，它掘地钻孔，把泥土弄松，使得雨水能沁入，树根能伸长，又将稻草树叶拖入土中，其最重要者则是从地下抛上无数的土块来，此即所谓曲蟮粪，是植物的好肥料。他总结说：

"土地假如没有蚯蚓，则即将成为冷，硬，缺少发酵，因此也将不毛了。"达尔文从学生时代就研究蚯蚓，他收集在一年中一方码的地面内抛上来的蚯蚓粪，计算在各田地的一定面积内的蚯蚓穴数，又估计他们拖下多少树叶到洞里去。这样辛勤的研究了大半生，于一八八一年乃发表他的大著《由蚯蚓而起的植物性壤土之造成》，证明了地球上大部分的肥土都是由这小虫的努力而做成的。他说：

"我们看见一大片满生草皮的平地，那时应当记住，这地面平滑所以觉得很美，此乃大半由于蚯蚓把原有的不平处所都慢慢的弄平了。想起来也觉得奇怪，这平地的表面的全部都从蚯蚓的身子里通过，而且每隔不多几年，也将再被通过。耕犁是人类发明中最为古老也最有价值之一，但是在人类尚未存在的很早以前，这地乃实在已被蚯蚓都定期的耕过了。世上尚有何种动物，像这低级的小虫似的在地球的历史上，担任着如此重要的职务者，这恐怕是个疑问吧。"

蚯蚓的工作大概有三部分，即是打洞，碎土，掩埋。关于打洞，我们根据汤木孙的一篇《自然之耕地》，抄译一部分于下：

"蚯蚓打洞到地底下深浅不一，大抵二英尺之谱。洞中多很光滑，铺着草叶。末了大都是一间稍大的房子，用叶子铺得更为舒服一点。在白天里洞门口常有一堆细石子，一块土或树叶，用以阻止蜈蚣等的侵入者，防御鸟类的啄毁，保存穴内的润湿，又可抵挡大雨点。

"在松的泥土打洞的时候，蚯蚓用他身子尖的部分去钻。但泥土如是坚实，他就改用吞泥法打洞了。他的肠胃充满了泥土，回到地面上把它遗弃，成为蚯蚓粪，如在草原与打球场上所常见似的。

"蚯蚓吞咽泥土，不单是为打洞，他们也吞土为的是土里所有的腐烂的植物成分，这可以供他们做食物。在洞穴已经做好之后，抛出在地上的蚯蚓粪那便是为了植物食料而吞的土了，假如粪出得很多，就可推知这里树叶比较的少用为食物，如粪的数目很少，大抵可以说蚯蚓得到了好许多叶子。在洞穴里可以找到好些吃过一半的叶子，有一回我们得到九十一片之多。

"在平时白天里蚯蚓总是在洞里休息，把门关上了。在夜间他才活

蚯　蚓

动起来了，在地上寻找树叶和滋养物，又或寻找配偶。打算出门去的时候，蚯蚓便头朝上的出来，在抛出蚯蚓粪的时候，自然是尾巴在上边，他能够在路上较宽的地方或是洞底里打一个转身的。"

碎土的事情很是简单，吞下的土连细石子都在胃里磨碎，成为细腻的粉，这是在蚯蚓粪可以看得出来的。掩埋可以分作两点。其一是把草叶树子拖到土里去，吃了一部分以外多腐烂了，成为植物性壤土，使得土地肥厚起来，大有益于五谷和草木。其二是从底下抛出粪土来把地面逐渐掩埋了。地平并未改变，可是底下的东西搬到了上边来。这是很好的耕田。据说在非洲西海岸的一处地方，每一方里面积每一年里有六万二千二百三十三吨的土搬到地面上来，又在二十七年中，二英尺深地面的泥土将颗粒不遗的全翻转至地七云。达尔文计算在英国平常耕地每一亩中平均有蚯蚓五万三千条，但如古旧休闲的地段其数目当增至五十万。此一亩五万三千的蚯蚓在一年中将把十吨的泥土悉自肠胃通过，再搬至地面上。在十五年中此土将遮盖地面厚至三寸，如六十年即积一英尺矣。这样说起来，蚯蚓之为物虽微小，其工作实不可不谓伟大。古人云，民以食为天，蚯蚓之功在稼穑，谓其可以与大禹或后稷相比，不亦宜欤。

末后还想说几句活，不算什么辟谣，亦只是聊替蚯蚓表明真相而已。《太平御览》九四七引郭景纯《蚯蚓赞》云：

"蚯蚓土精，无心之虫，交不以分，淫于阜螽，触而感物，乃无常雄。"又引刘敬叔《异苑》，云宋元嘉初有王双者，遇一女与为偶，后乃见是一青色白领蚯蚓，于时咸谓双暂同阜螽矣。案由此可知晋宋时民间相信蚯蚓无雄，与阜螽交配，这种传说后来似乎不大流行了，可是他总有一种特性，也容易被人误解，这便是雌雄同体这件事。怀德的《观察录》中昆虫部分有一节关于蚯蚓的，可以抄引过来当资料，其文云：

"蚯蚓夜间出来躺在草地上，虽然把身子伸得很远，却并不离开洞穴，仍将尾巴末端留在洞内，所以略有警报就能急速的退回地下去。这样伸着身子的时候，凡是够得着的什么食物也就满足了，如草叶、稻草、树叶，这些碎片他们常拖到洞穴里去。就是在交配时，他的下半身也决不离开洞穴，所以除了住得相近互相够得着的以外，没有两个可以得有这种交际，不过因为他们都是雌雄同体的，所以不难遇见一个配偶，若是雌雄异体则此事便很是困难了。"案雌雄同体与自为雌雄本非一事，而古人多混而同之。《山海经》一《南山经》中云：

"有兽焉，其状如狸而有髦，其名曰类，自为牝牡，食者不妒。"郝兰皋《疏转》引《异物志》云：灵猫一体，自为阴阳。又三《北山经》云，带山有鸟名曰鹐鹐，是自为牝牡，亦是一例。而王崇庆在《释义》中乃评云：

"鸟兽自为牝牡，皆自然之性，岂特鹐鹐也哉。"此处唯理派的解释固然很有意思，却是误解了经文，盖所谓自者非谓同类而是同体也。郭景纯《类赞》云：

"类之为兽，一体兼二，近取诸身，用不假器，窈窕是佩，不知妒忌。"说的很是明白。但是郭君虽博识，这里未免小有谬误，因为自为牝牡在事实上是不可能的，只有笑话中说说罢了，粗鄙的话现在也无须传述。《山海经》里的鸟兽我们不知道，单只就蚯蚓来说，它的性生活已由动物学者调查清楚，知道它还是二虫相交，异体受精的。瑞德女医师所著好《性是什么》，书中第二章论动物间性，举水螅、蚯蚓、蛙、鸡、狗五者为例，我们可以借用讲蚯蚓的一小部分来做说明。据说蚯蚓全身约共有百五十节，在十三节有卵巢一对，在十及十一节有睾丸各两对，均在十四节分别开口，最奇特的是在九至十一节的下面左右各有二口，下为小囊，又其三二至三七节背上颜色特殊，在产卵时分泌液质作为茧壳。凡二虫相遇，首尾相反，各以其九至十三节一部分下面相就，输出精子入于对方的四小囊中，乃各分散，及卵子成熟时，背上特殊部分即分泌物质成筒形，蚯蚓乃缩身后退，筒身擦过十三四节，卵子与囊中精子均黏着其上，遂以并合成胎，蚓首缩入筒之前端，此端即封闭，及首退出后端，亦随以封固而成茧矣。以上所述因力求简要，说的很有欠明白的地方，但大抵可以明了蚯蚓生殖的情形，可知雌雄同体与自为牝牡原来并不是一件事。蚯蚓的名誉和我们本是风马牛不相及，也不必替它争辩，不过为求真实起见，不得不说明一番，目的不是写什么科学小品，而结果搬了些这一类的材料过来，虽不得已，亦是很抱歉的事也。

民国甲申九月二十四日所写，续草木虫鱼之一

（一九四四年做，收《立春以前》。）

蚯　蚓

萤　火

近年多看中国旧书，因为外国书买不到，线装书虽也很贵，却还能入手，又卷帙轻便，躺着看时拿了不吃力，字大悦目，也较为容易懂。可是看得久了多了，不免会发生厌倦，第一是觉得单调，千年前后的人所说的话没有多大不同，有时候或者后人比前人还要胡涂点也不一定，因此第二便觉得气闷。从前看过的书，后来还想拿出来看，反复读了不厌的实在很少，大概只有《诗经》，其中也以《国风》为主，《陶渊明集》和《颜氏家训》而已。在这些时候，从书架上去找出尘土满面的外国书来消遣，也是常有的事。

前几天忽然想到关于萤火说几句闲话，可是最先记起来总是腐草化为萤以及丹鸟羞白鸟的典故，这虽然出在正经书里，也颇是新奇，却是靠不住，至少是不能通行的了。案《礼记·月令》云：

"季夏之月，腐草为萤。"《逸周书·时训解》云：

"大暑之日，腐草化为萤。腐草不化为萤，谷实鲜落。"这里说得更是严重，仿佛是事关化育，倘若至期腐草不变成萤火，便要五谷不登，大闹饥荒了。《尔雅》，萤火即炤。郭璞注，夜飞，腹下有火。这里并没有说到化生，但是后来的人总不能忘记《月令》的话，邢昺《尔雅疏》，陆佃《新义》及《埤雅》，罗愿《尔雅翼》，都是如此。邵晋涵《正义》不必说了，就是王引之《广雅疏证》也难免这样。《本草纲目》引陶弘景曰：

"此是腐草及烂竹根所化，初时如蛹，腹下已有光，数日变而能飞。"李时珍则详说之曰：

"萤有三种。一种小而宵飞，腹下光明，乃茅根所化也。《吕氏月令》所谓腐草化为萤者也。一种长如蛆蠋，尾后有光，无翼不飞，乃竹根所化也。一名蠲，俗名萤蛆。《明堂月令》所谓腐草化为蠲者是也，其名宵行。茅竹之根夜视有光，复感湿热之气，遂变化成形尔。一种水萤，居水中。唐李子卿《水萤赋》所谓彼何为而化草，此何为而居泉，是也。"钱步曾《百廿虫吟》中《萤》项下自注云：

"萤有金银二种。银色者早生，其体纤小，其飞迟滞，恒集于庭际花草间，乃宵行所化。金色者入夏季方有，其体丰腴，其飞迅疾，其光闪烁不定，恒集于水际荞蒲及田塍丰草间，相传为牛粪所化。盖牛食草出粪，草有融化未净者，受雨露之沾濡，变而为萤，即《月令》腐草为萤之意也。余尝见牛溲坌积处飞萤丛集，此其验矣。"又汪曰桢《湖雅》卷六《萤》下云：

"按，有化生，初似蛹，名蠋，亦名萤胆，俗呼火百脚，后乃生翼能飞为萤。有卵生，今年放萤于屋内，明年夏必出细萤。"案以上诸说均主化生，唯郝懿行《尔雅义疏》反对《本草》陶李二家之说，云：

"今验萤火有二种，一种飞者，形小头赤，一种无翼，形似大蛆，灰黑色，而腹下火光大于飞者，乃《诗》所谓宵行，《尔雅》之即炤亦当兼此二种，但说者止见飞萤耳。又说茅竹之根夜皆有光，复感湿热之气，遂化成形，亦不必然。盖萤本卵生，今年放萤火于屋内，明年夏细萤点点生光矣。"寥寥百十字，却说得确实明白，所云萤之二种实即是雌雄两性，至断定卵生尤为有识，汪谢城引用其说，乃又模棱两可，以为卵生之外别有化生，未免可笑。唯郝君亦有格致未精之处，如下文云：

"《夏小正》，丹鸟羞白鸟。丹鸟谓丹良，白鸟谓蚊蚋。《月令疏》引皇侃说，丹良是萤火也。"罗端良在宋时却早有异议提出，《尔雅翼》卷二十七《萤》下云：

"《夏小正》曰，丹鸟羞白鸟。此言萤食蚊蚋。又今人言，赴灯之蛾以萤为雌，故误赴火而死。然萤小物耳，乃以蛾为雄，以蚊为粮，皆未可轻信。"

从中国旧书里得来的关于萤火的知识就是这些，虽然也还不错，可是披沙拣金，殊不容易，而且到底也不怎么精确，要想知道得更多一点，只好到外国书中去找寻了。专门书本是没有，就是引用了来也总是不适合，所以这里所说也无非只是普通的，谈生物而有文学的趣味的几册小书而已。英国怀德以《色耳彭的自然史》著名于世，在这里边却未尝讲

萤　火

到萤火。但是《虫豸观察杂记》中有一则云：

"观察两个从野间捉来放在后园的萤火，看出这些小生物在十一二点钟之间熄灭他们的灯光，以后通夜间不再发亮。雄的萤火为蜡烛光所引，飞进房间里来。"这虽是短短的一两句话，却很有意思，都是出于实验，没有一点儿虚假。怀德生于千七百二十年，即清康熙五十九年，我查考《疑年录》，发见他比戴东原大三岁，比袁子才却还要小四岁，论时代不算怎么早，可是这样有趣味的记录在中国的乾嘉诸老辈的著作中却是很不容易找到，所以这不能不说是很可珍重的了。其次法国的法布耳，在他的大著《昆虫记》中有一篇谈萤火的文章，告诉我们好些新奇的事情。最奇怪的是关于萤火的吃食，据他说，萤火虽然不吃蚊子，所吃的东西却比蚊子还要奇特，因为这乃是樱桃大小的带壳的蜗牛。若是蜗牛走着路，那是最好了，即使停留着，将身子缩到壳里去，脚部总有一点儿露出，萤火便上前去用他嘴边的小钳子轻轻的瓣上几下。这钳子其细如发，上边有一道槽，用显微镜才看得出，从这里流出毒药来，注射进蜗牛身里去，其效力与麻醉药相等。法布耳曾试验过，他把被萤火瓣过四五下的蜗牛拿来检查，显已人事不知，用针刺他也无知觉，可是并未死亡，经过昏睡两日夜之后，蜗牛便即恢复健康，行动如常了。由此可知萤火所用的乃是全身麻醉的药，正如果蠃之类用毒针麻倒桑虫蚱蜢，存起来供幼虫食用，现在不过是现麻现吃，似乎与《水浒》里的下迷子比较倒更相近。萤火的身体很小，要想吃蚊子便已不大可能，如罗端良所怀疑的，现在却来吃蜗牛，可以说是大奇事。法布耳在《萤火》一文中云：

"萤火并不吃，如严密的解释这字的意义。他只是饮，他喝那薄粥，这是他用了一种方法，令人想起那蛆虫来，将那蜗牛制造成功的。正如麻苍蝇的幼虫一样，他也能够先消化而后享用，他在将吃之前把那食物化成液体。"《昆虫记》中有几篇讲金苍蝇麻苍蝇的文章，从实验上说明蛆虫食肉的情形，他们吐出一种消化药，大概与高级动物的胃液相同，涂在肉上，不久肉即销融成为流质。萤火所用的也就是这种方法，他不能咬了来吃，却可以当作粥喝，据说在好几个萤火畅饮一顿之后，蜗牛只是一个空壳，什么都没有余剩了。丹鸟羞白鸟，我们知道它不合理，事实上却是萤火吃蜗牛，这自然界的怪异又是谁所料得到的呢。

法布耳生于一八二三年，即清道光三年，与李少荃是同年的，所以还是近时人，其所发见的事知道的不很多，但即使人家都知道了萤火吃蜗牛，也不见得会使他怎么有名，本来萤火之所以为萤火的乃别有在，即是他在尾巴上点着灯火。中国名称除萤火之外还有即炤，辉夜，景天，放光，宵烛等，都与火光有关。希腊语曰阑普利斯，意云亮尾巴，拉丁文学名沿称为阑辟利思，英法则名之为发光虫。据《昆虫记》所说，在萤火腹中的卵也已有光，从皮外看得出来，及至孵化为幼虫，不问雌雄尾上都点着小灯，这在郝兰皋也已经知道了。雄萤火蜕化生翼，即是形小头赤者，灯光并不加多，雌者却不蜕化，还是那大蛆的状态，可是亮光加上两节，所以腹下火光大于飞者了。这是一种什么物质，法布耳说也并不是磷，与空气接触而发光，腹部有孔可开闭以为调节。法布耳叙述夜中往捕幼萤，长仅五公厘，即中国尺一分半，当初看见在草叶上有亮光，但如误触树枝少有声响，光即熄灭，遂不可复见。迨及长成，便不如此，他曾在萤火笼旁放枪，了无闻知，继以喷水或喷烟，亦无甚影响，间有一二熄灯者，不久立即复燃，光明如旧。夜半以前是否熄灯，文中未曾说及，但怀德前既实验过，想亦当是确实的事。萤火的光据法布耳说：

"其光色白，安静，柔软，觉得仿佛是从满月落下来的一点火花。可是这虽然鲜明，照明力却颇微弱。假如拿了一个萤火在一行文字上面移动，黑暗中可以看得出一个个的字母，或者整个的字，假如这并不太长，可是这狭小的地面以外，什么也都看不见了。这样的灯光会得使读者失掉耐性的。"看到这里，我们又想起中国书里的一件故事来。《太平御览》卷九百四十五引《续晋阳秋》云：

"车胤，字武子，好学不倦，家贫不常得油，夏月则练囊盛数十萤火，以夜继日焉。"这囊萤照读成为读书人的美谈，流传很远，大抵从唐朝以后一直传诵下来，不过与上边《昆虫记》的话比较来看，很有点可笑。说是数十萤火，烛光能有几何，即使可用，白天花了工夫去捉，

萤　火

却来晚上用功，岂非徒劳，而且风雨时有，也是无法。《格致镜原》卷九十六引成应元《事统》云：

"车胤好学，常聚萤光读书，时值风雨，胤叹曰，天不遣我成其志业耶。言讫，有大萤傍书窗，比常萤数倍，读书讫即去，其来如风雨至。"这里总算替车君弥缝了一点过来，可是已经近于志异，不能以常情实事论了。这些故事都未尝不妙，却只是宜于消闲，若是真想知道一点事情的时候，便济不得事。近若干年来多读线装旧书，有时自己疑心是否已经有点中了毒，像吸大烟的一样，但是毕竟还是常感觉到不满意，可见真想做个国粹主义者实在是不大容易也。

三十三年十一月二日所写，续草木虫鱼之二

（收《立春以前》。）

《雨天的书》自序

一

　　今年冬天特别的多雨。因为是冬天了，究竟不好意思倾盆的下，只是蜘蛛丝似的一缕缕的洒下来。雨虽然细得望去都看不见，天色却非常阴沉，使人十分气闷。在这样的时候，常引起一种空想，觉得如在江村小屋里，靠玻璃窗，烘着白炭火钵，喝清茶，同友人谈闲话，那是颇愉快的事。不过这些空想当然没有实现的希望，再看天色，也就愈觉得阴沉。想要做点正经的工作，心思散漫，好像是出了气的烧酒，一点味道都没有，只好随便写一两行，并无别的意思，聊以对付这雨天的气闷光阴罢了。

　　冬雨是不常有的，日后不晴也将变成雪霰了。但是在晴雪明朗的时候，人们的心里也会有雨天，而且阴沉的期间或者更长久些，因此我这雨天的随笔也就常有续写的机会了。

一九二三年十一月五日，在北京

二

　　前年冬天《自己的园地》出版以后，起手写《雨天的书》，在半年里只写了六篇，随即中止了，但这个题目我很欢喜，现在仍旧拿了来作这本小书的名字。

　　这集子里共有五十篇小文，十分之八是近两年来的文字，《彻恋》等五篇则是从《自己的园地》中选出来的。这些大都是杂感随笔之类，不是什么批评或论文。据说天下之人近来已看厌这种小品文了，但我不会写长篇大文，这也是无法。我的意思本来只想说我自己要说的话，这些话没有趣味，说又说得不好，不长，原是我自己的缺点，虽然缺点也就是一种特色。这种东西发表出去，厌看的人自然不看，没有什么别的麻烦，不过出版的书店要略受点损失罢了，或者，我希望，这也不至于很大吧。

我编校这本小书毕，仔细思量一回，不禁有点惊诧，因为意外地发见了两件事。一，我原来乃是道德家，虽然我竭力想摆脱一切的家数，如什么文学家批评家，更不必说道学家。我平素最讨厌的是道学家，（或照新式称为法利赛人，）岂知这正因为自己是一个道德家的缘故；我想破坏他们的伪道德不道德的道德，其实却同时非意识地想建设起自己所信的新的道德来。我看自己一篇篇的文章，里边都含着道德的色彩与光芒，虽然外面是说着流氓似的土匪似的话。我很反对为道德的文学，但自己总做不出一篇为文章的文章，结果只编集了几卷说教集，这是何等滑稽的矛盾。也罢，我反正不想进文苑传，（自然也不想进儒林传，）这些可以不必管他，还是"从吾所好"，一径这样走下去吧。

二，我的浙东人的气质终于没有脱去。我们一族住在绍兴只有十四世，其先不知是那里人，虽然普通称是湖南道州，再上去自然是鲁国了。这四百年间越中风土的影响大约很深，成就了我的不可拔除的浙东性，这就是世人所通称的"师爷气"。本来师爷与钱店官同是绍兴出产的坏东西，民国以来已逐渐减少，但是他那法家的苛刻的态度，并不限于职业，却弥漫及于乡间，仿佛成为一种潮流，清朝的章实斋李越缦即是这派的代表，他们都有一种喜骂人的脾气。我从小知道"病从口入祸从口出"的古训，后来又想溷迹于绅士淑女之林，更努力学为周慎，无如旧性难移，燕尾之服终不能掩羊脚，检阅旧作，满口柴胡，殊少敦厚温和之气；呜呼，我其终为"师爷派"矣乎？虽然，此亦属没有法子，我不必因自己以为是越人而故意如此，亦不必因其为学士大夫所不喜而故意不如此：我有志为京兆人，而自然乃不容我不为浙人，则我亦随便而已耳。

我近来作文极慕平淡自然的景地。但是看古代或外国文学才有此种作品，自己还梦想不到有能做的一天，因为这有气质境地与年龄的关系，不可勉强，像我这样褊急的脾气的人，生在中国这个时代，实在难望能够从容镇静地做出平和冲淡的文章来。我只希望，祈祷，我的心境不要再粗糙下去，荒芜下去，这就是我的大愿望。我查看最近三四个月的文章，多是照例骂那些道学家的，但是事既无聊，人亦无聊，文章也就无聊了，便是这样的一本集子里也不值得收入。我的心真是已经太荒芜了。田园诗的境界是我以前偶然的避难所，但这个我近来也有点疏远了。以后要怎样才好，还须得思索过，——只可惜现在中国连思索的余暇都还没有。

十四年十一月十三日，病中倚枕书

英国十八世纪有约翰妥玛斯密 (John Thomas Smith) 著有一本书，也可以译作《雨天的书》(Book for a Rainy Day)，但他是说雨天看的书，与我的意思不同。这本书我没有见过，只在讲诗人勃莱克 (William Blake) 的书里看到一节引用的话，因为他是勃莱克的一个好朋友。

十五日又记

（原题《雨天的书序》，载一九二三年十一月十日《晨报副镌》，署名槐寿。收《雨天的书》，改题《自序一》。又收《泽泻集》，题《雨天的书序》。又收《苦雨斋序跋文》，题《雨天的书序一》。）

《竹林的故事》序

冯文炳君的小说是我所喜欢的一种。我不是批评家，不能说他是否水平线以上的文艺作品，也不知道是那一派的文学，但是我喜欢读他，这就是表示我觉得他好。

我所喜欢的作品有好些种。文艺复兴时代说猥亵话的里昂医生，十八世纪讲刻毒话的爱耳兰神甫，近代做不道德的小说以及活剖人的心灵的法国和瑞典的狂人，……我都喜欢读，不过我不知怎地总是有点"隐逸的"，有时候很想找一点温和的读，正如一个人喜欢在树阴下闲坐，虽然晒太阳也是一件快事。我读冯君的小说便是坐在树阴下的时候。

冯君的小说我并不觉得是逃避现实的。他所描写的不是什么大悲剧大喜剧，只是平凡人的平凡生活，——这却正是现实。特别的光明与黑暗固然也是现实之一部，但这尽可以不去写他，倘若自己不曾感到欲写的必要，更不必说如没有这种经验。文学不是实录，乃是一个梦；梦并不是醒生活的复写，然而离开了醒生活梦也就没有了材料，无论所做的是反应的或是满愿的梦。冯君所写多是乡村的儿女翁媪的事，这便因为他所见的人生是这一部分，——其实这一部分未始不足以代表全体；一个失恋的姑娘之沉默的受苦未必比蓬发薰香，着小蛮靴，胸前挂鸡心宝石的女郎因为相思而长吁短叹，寻死觅活，为不悲哀，或没有意思。将来著者人生的经验逐渐进展，他的艺术也自然会有变化，我们此刻当然应以著者所愿意给我们看的为满足，不好要求他怎样地照我们的意思改作，虽然爱看不爱看是我们的自由。

冯君著作的独立的精神也是我所佩服的一点。他三四年来专心创作，沿着一条路前进，发展他平淡朴讷的作风，这是很可喜的。有莆罗倍耳那样的好先生，别林斯奇那样的好批评家，的确值得也是应该听从的，但在中国那里有这些人；你要去找他们，他不是叫你拿香泥塑一尊女菩萨，便叫你去数天上的星，结果是筋疲力尽地住手，假如是聪明一点。

冯君从中外文学里涵养他的趣味，一面独自走他的路，这虽然寂寞一点，却是最确实的走法，我希望他这样可以走到比此刻的更是独殊地他自己的艺术之大道上去。

这种丛书，向来都是没有别人的序的，但在一年多前我就答应冯君，出小说集时给做一篇序，所以现在不得不写一篇。这只代表我个人的意见，并不是什么批评。我是认识冯君，并且喜欢他的作品的，所以说的不免有点偏，倘若当作批评去看，那就有点像"戏台里喝彩"式的普通评论，不是我的本意了。

一九二五年九月三十日，于北京

（载一九二五年十月十二日《语丝》第四十八期，署名周作人。收《谈龙集》《苦雨斋序跋文》。）

《扬鞭集》序

　　半农的诗集将要出板了，我不得不给他做一篇小序。这并不是说我要批评半农的诗，或是介绍一下子，我不是什么评衡家，怎么能批评，我的批评又怎能当作介绍，半农的诗的好处自有诗在那里作证。这是我与半农的老交情，使我不得不写几句闲话，替他的诗集做序。

　　我与半农是《新青年》上做诗的老朋友，是的，我们也发谬论，说废话，但做诗的兴致却也的确不弱，《新青年》上总是三日两头的有诗，半农到欧洲去后也还时常寄诗来给我看。那时做新诗的人实在不少，但据我看来，容我不客气地说，只有两个人具有诗人的天分，一个是尹默，一个就是半农。尹默早就不做新诗了，把他的诗情移在别的形式上表现，一部《秋朗集》里的诗词即是最好的证据。尹默觉得新兴的口语与散文格调，不很能亲密地与他的情调相合，于是转了方向去运用文言，但他是驾御得住文言的，所以文言还是听他的话，他的诗词还是现代的新诗，他的外表之所以与普通的新诗稍有不同者，我想实在只是由于内含的气分略有差异的缘故。半农则十年来只做诗，进境很是明了，这因为半农驾御得住口语，所以有这样的成功，大家只须看《扬鞭集》便可以知道这个情实。天下多诗人，我不想来肆口抑扬，不过就我所熟知的《新青年》时代的新诗作家说来，上边所说的话我相信是大抵确实的了。

　　我想新诗总是要发达下去的。中国的诗向来模仿束缚得太过了，当然不免发生剧变，自由与豪华的确是新的发展上重要的原素，新诗的趋向所以可以说是很不错的。我不是传统主义 (Traditionalism) 的信徒，但相信传统之力是不可轻侮的；坏的传统思想，自然很多，我们应当想法除去他，超越善恶而又无可排除的传统，却也未必少，如因了汉字而生的种种修辞方法，在我们用了汉字写东西的时候总摆脱不掉。我觉得新诗的成就上有一种趋势恐怕很是重要，这便是一种融化。不瞒大家说，新诗本来也是从模仿来的。他的进化是在于模仿与独创之消长，近来中国的诗似乎有渐近于独创的模样，这就是我所谓的融化。自由之中自有节制，豪华之中实含清涩，把中国文学固有的特质因了外来影响而益美化，不可只披上一件呢外套就了事。这或者是我个人的偏见也未可知，我总觉得艺术这样东西虽是一种奢侈品，但给予时常是很吝啬的，至少也决不浪费。向来的新诗恐怕有点太浪费了，在我这样旧人——是的，我知道自己是很旧的人，有好些中国的艺术及思想上的传统占据着我的心，——看来，觉得不很满意，现在因了经验而知稼穑之艰难，这不能不说是文艺界的一个进步了。

新诗的手法，我不很佩服白描，也不喜欢唠叨的叙事，不必说唠叨的说理，我只认抒情是诗的本分，而写法则觉得所谓"兴"最有意思，用新名词来讲或可以说是象征。让我说一句陈腐话，象征是诗的最新的写法，但也是最旧，在中国也"古已有之"，我们上观《国风》，下察民谣，便可以知道中国的诗多用兴体，较赋与比更普通而成就亦更好。譬如"桃之夭夭"一诗，既未必是将桃子去比新娘子，也不是指定桃花开时或是种桃子的家里有女儿出嫁，实在只因桃花的浓艳的气分与婚姻有点共通的地方，所以用来起兴，但起兴云者并不是陪衬，乃是也在发表正意，不过用别一说法罢了。中国的文学革命是古典主义（不是拟古主义）的影响，一切作品都像是一个玻璃球，晶莹透澈得太厉害了，没有一点儿朦胧，因此也似乎缺少了一种余香与回味。正当的道路恐怕还是浪漫主义，——凡诗差不多无不是浪漫主义的，而象征实在是其精意。这是外国的新潮流，同时也是中国的旧手法；新诗如往这一路去，融合便可成功，真正的中国新诗也就可以产生出来了。

我对于中国新诗曾摇旗呐喊过，不过自己一无成就，近年早已歇业，不再动笔了，但暇时也还想到，略有一点意见，现在乘便写出，当作序文的材料，请半农加以指教。

民国十五年五月三十日，于北京

（载一九二六年六月七日《语丝》第八十二期，署名周作人。收《谈龙集》。）

《陶庵梦忆》序

平伯将重刊《陶庵梦忆》，叫我写一篇序，因为我从前是越人。

光绪二十三年（一八九七年）祖父因事系杭州府狱，我跟着宋姨太太住在花牌楼，每隔两三天去看他一回，就在那里初次见到《梦忆》，是《砚云甲编》本，其中还有《长物志》及《槎上老舌》也是我那时所喜欢的书。张宗子的著作似乎很多，但《梦忆》以外我只见过《於越三不朽图赞》，《琅嬛文集》，《西湖梦寻》三种，他所选的《一卷冰雪文》曾在大路的旧书店中见过，因索价太昂未曾买得。我觉得《梦忆》最好，虽然文集里也有些好文章，如《梦忆》的纪泰山几乎就是《岱志》的节本，其写人物的几篇也与《五异人传》有许多相像。《三不朽》是他的遗民气的具体的表现，有些画像如姚长子等未免有点可疑，但别的大人物恐怕多有所本，我看王谑庵像觉得这是不可捏造的，因为它很有点儿个性。

"梦忆"大抵都是很有趣味的。对于"现在"，大家总有点不满足，而且此身在情景之中，总是有点迷惘似的，没有玩味的余暇，所以人多有逃现世之倾向，觉得只有梦想或是回忆是最甜美的世界。讲乌托邦的是在做着满愿的昼梦，老年人记起少时的生活也觉得愉快，不，即是昨夜的事情也要比今日有趣：这并不一定由于什么保守，实在是因为这些过去才经得起我们慢慢地抚摩赏玩，就是要加减一两笔也不要紧。遗民的感叹也即属于此类，不过它还要深切些，与白发宫人说天宝遗事还有点不同，或者好比是寡妇的追怀罢。《梦忆》是这一流文字之佳者，而所追怀者又是明朝的事，更令我觉得有意思。我并不是因为民族革命思想的影响，特别对于明朝有什么情分，老实说，只是不相信清朝人——有那一条辫发拖在背后会有什么风雅，正如缠足的女人我不相信会是美人。

《梦忆》所记的多是江南风物，绍兴事也居其一部分，而这又是与我所知道的是多么不同的一个绍兴。会稽虽然说是禹域，到底还是一个偏隅小郡，终不免是小家子相的。讲到名胜地方原也不少，如大禹的陵，平水，蔡中郎的柯亭，王右军的戒珠寺，兰亭等，此外就是平常的一山一河，也都还可随便游玩，得少佳趣，倘若你有适当的游法。但张宗子是个都会诗人，他所注意的是人事而非天然，山水不过是他所写的生活的背景。说到这一层，我记起《梦忆》的一二则，对于绍兴实在不胜今昔之感。明朝人即使别无足取，他们的狂至少总是值得佩服的，这一种狂到现今就一点儿都不存留了。不知从什么时候起的，绍兴的风水变了的缘故罢，本地所出的人才几乎限于师爷与钱店官这两种，专以苛细精干见长，那种豪放的气象已全然消灭，那种走遍天下找寻《水浒传》脚色的气魄已没有人能够了解，更不必说去实行了。他们的确已不是明朝的败家子，却变成了乡下的土财主，这不知到底是祸是福！"城郭如故人民非"，我看了《梦忆》之后不禁想起仙人丁令威的这句诗来。

张宗子的文章是颇有趣味的，这也是使我喜欢《梦忆》的一个缘由。我常这样想，现代的散文在新文学中受外国的影响最少，这与其说是文学革命的还不如说是文艺复兴的产物，虽然在文学发达的程途上复兴与革命是同一样的进展。在理学与古文没有全盛的时候，抒情的散文也已得到相当的长发，不过在学士大夫眼中自然也不很看得起：我们读明清有些名士派的文章，觉得与现代文的情趣几乎一致，思想上固然难免有若干距离，但如明人所表示的对于礼法的反动则又很有现代的气息了。张宗子是大家子弟，《明遗民传》称其"衣冠揖让，绰有旧人风轨"，不是要讨人家欢喜的山人，他的洒脱的文章大抵出于性情的流露，读去不会令人生厌。《梦忆》可以说是他文集的选本，除了那些故意用的怪文句，我觉得有几篇真写得不坏，倘若我自己能够写得出一两篇，那就十分满足了。但这是歆羡不来，学不来的。

平伯将重刊《陶庵梦忆》，这是我所很赞成的：这回却并不是因为我从前是越人的缘故，只因《梦忆》是我所喜欢的一部书罢了。

民国十五年十一月五日，于京兆宛平

（载一九二六年十二月十八日《语丝》第一一〇期，署名岂明。收《泽泻集》《苦雨斋序跋文》。）

《陶庵梦忆》序

《夜读抄》小引

幼时读古文，见《秋声赋》第一句云："欧阳子方夜读书"，辄涉幻想，仿佛觉得有此一境，瓦屋纸窗，灯檠茗碗，室外有竹有棕榈，后来虽见"红袖添香夜读书"之句，觉得也有趣味，却总不能改变我当初的空想。先父在日，住故乡老屋中，隔窗望邻家竹园，常为言其志愿，欲得一小楼，清闲幽寂，可以读书，但先父侘傺不得意，如卜者所云，"性高于天命薄如纸"，才过本寿，遽以痼疾卒，病室乃更湫隘，窗外天井才及三尺，所云理想的书室仅留其影象于我的胸中而已。我自十一岁初读《中庸》，前后七八年，学书不成，几乎不能写一篇满意的文章，庚子之次年遂往南京充当水兵，官费读书，关饷以作零用，而此五年教练终亦无甚用处，现在所记得者只是怎样开枪和爬桅竿等事。以后奉江南督练公所令派往日本改习建筑，则学"造房子"又终于未成，乃去读古希腊文拟改译《新约》，虽然至今改译也不曾实行，——这个却不能算是我的不好，因为后来觉得那官话译本已经适用，用不着再去改译为古奥的文章了。这样我终于没有一种专门的学问与职业，二十年来只是打杂度日，如先父所说的那样书室我也还未能造成，只存在我的昼梦夜梦之间，使我对于夜读也时常发生一种爱好与憧憬。我时时自己发生疑问，像我这样的可以够得上说是读书人么？这恐怕有点难说罢。从狭义上说，读书人应当就是学者，那我当然不是。若从广义上说来，凡是拿着一本书在读，与那些不读的比较，也就是读书人了，那么，或者我也可以说有时候是在读书。夜读呢，那实在是不，因为据我的成见夜读须得与书室相连的，我们这种穷忙的人那里有此福分，不过还是随时偷闲看一点罢了。看了如还有工夫，便随手写下一点来，也并无什么别的意思，只是不愿意使自己的感想轻易就消散，想叫他多少留下一点痕迹，所以写下几句。因为觉得夜读有趣味，所以就题作《夜读抄》，其实并不夜读已如上述，而今还说诳称之曰夜读者，此无他，亦只是表示我对于夜读之爱好与憧憬而已。

民国十七年一月三日于北京

（载一九二八年二月十六日《北新》第二卷第九号，署名岂明。收《夜读抄》。）

《桃园》跋

　　议论人家的事情很不容易，但假如这是较为熟识的人，那么这事更不容易，有如议论自己的事情一样，不知怎么说才得要领。《桃园》的著者可以算是我的老友之一，虽然我们相识的年数并不大多，只是谈论的时候却也不少。所以思想上总有若干相互的了解。然而要问废名君的意见到底是如何，我就觉得不能够简单地说出。从意见的异同上说，废名君似很赞同我所引的说蔼理斯是叛徒与隐逸合一的话，他现在隐居于西郊农家，但谈到有些问题他的思想似乎比我更为激烈；废名君很佩服狭斯比亚，我则对于这个大戏曲家纯是外行，正如对于戏曲一切。废名君是诗人，虽然是做着小说；我的头脑是散文的，唯物的。我所能说的大略就是这一点。

　　但是我颇喜欢废名君的小说，这在《竹林的故事》的序上已经说过。我所喜欢的第一是这里面的文章。《笑府》载乡人喝松萝泉水茶称赞茶热得好，我这句话或者似乎有同样的可笑。"然而不然"。文艺之美，据我想形式与内容要各占一半。近来创作不大讲究文章，也是新文学的一个缺陷。的确，文坛上也有做得流畅或华丽的文章的小说家，但废名君那样简炼的却很不多见。在《桃园》中随便举一个例，如三十六页上云：

　　"铁里渣在学园公寓门口买花生吃！

　　"程厚坤回家。

　　"达材想了一想，去送厚坤？——已经走到了门口。

　　"达材如入五里雾中，手足无所措，——当然只有望着厚坤喊，"这是很特别的，简洁而有力的写法，虽然有时候会被人说是晦涩。这种文体于小说描写是否唯一适宜我也不能说，但在我的喜含蓄的古典趣味(又是趣味！)上觉得这是一种很有意味的文章。其次，废名君的小说里的人物也是颇可爱的。这里边常出现的是老人，少女与小孩。这些人与其说是本然的，无宁说是当然的人物；这不是著者所见闻的实人世的，而是所梦想的幻景的写象，特别是长篇《无题》中的小儿女，似乎尤其是著者所心爱，那样慈爱地写出来，仍然充满人情，却几乎有点神光了。年青的时候读日本铃木三重吉的《千代纸》中几篇小说，我看见所写的幻想的少女，也曾感到仿佛的爱好。在《桃园》里有些小说较为特殊，与著者平常的作品有点不同，但是，就是在这里，例如张先生与秦达材，他们即使不讨人家的喜欢，也总不招人家的反感，无论言行怎么滑稽，他们的身边总围绕着悲哀的空气。废名君小说中的人物，不论老的少的，村的俏的，都在这一种空气中行动，好像是在黄昏天气，在这时候朦胧暮色之中一切生物无生物都消失在里面，都觉得互相亲近，互相和解。在这一点上废名君的隐逸性似乎是很占了势力。

　　说了好些话终于是不得要领。这也没法，也不要紧，我在上边已经说过，这是不会得要领的。而且我本来不是来批评《桃园》和废名君，不过因为曾经对废名君说给他在《桃园》后面写一篇小文，现在写这一篇送给他以了旧欠罢了。

　　　　　　　　　十七年十月三十一日，于北京市，岂明

　　　　　　　　（收《永日集》《苦雨斋序跋文》。）

《桃园》跋

《冰雪小品》序

　　启无编选明清时代的小品文为一集，叫我写一篇序或跋，我答应了他，已将有半年了。我们预约在暑假中缴卷，那时我想，离暑假还远，再者到了暑假也还有七十天闲暇，不愁没有工夫，末了是反正不管序跋，随意乱说几句即得，不必问切不切题，因此便贸贸然地答应下来了。到了现在鼻加答儿好了之后，仔细一算已过了九月十九，听因百说启无已经回到天津，而平伯的跋也在"草"上登了出来，乃不禁大着其忙，急急地来构思作文。本来颇想从平伯的跋里去发见一点提示，可以拿来发挥一番，较为省力，可是读后只觉得有许多很好的话都被平伯说了去，很有点儿怨平伯之先说，也恨自己之为什么不先做序，不把这些话早截留了，实是可惜之至。不过，这还有什么办法呢？只好硬了头皮自己来想罢，然而机会还是不肯放弃，我在平伯的跋里找到了这一句话，"小品文的不幸无异是中国文坛上的一种不幸，"做了根据，预备说几句，虽然这些当然是我个人负责。

　　我要说的话干脆就是，启无的这个工作是很有意思的，但难得受人家的理解和报酬。为什么呢？因为小品文是文艺的少子，年纪顶幼小的老头儿子。文艺的发生次序大抵是先韵文，次散文，韵文之中又是先叙事抒情，次说理，散文则是先叙事，次说理，最后才是抒情。借了希腊文学来做例，一方面是史诗和戏剧，抒情诗，格言诗，一方而是历史和小说，哲学，——小品文，这在希腊文学盛时实在还没有发达，虽然那些哲人 (Sophistai) 似乎有这一点气味，不过他们还是思想家，有如中国的诸子，只是勉强去仰攀一个渊源，直到基督纪元后希罗文学时代才可以说真是起头了，正如中国要在晋文里才能看出小品文的色彩来一样。我卤莽地说一句，小品文是文学发达的极致，它的兴盛必须在王纲解纽的时代。未来的事情，因为我到底不是问星处，不能知道，至于过去的史迹却还有点可以查考。我想古今文艺的变迁曾有两个大时期，一是集团的，一是个人的，在文学史上所记大都是后期的事，但有些上代的遗留如歌谣等，也还能推想前期的文艺的百一。在美术上便比较地看得明白，绘画完全个人化了，雕塑也稍有变动，至于建筑，音乐，美术工艺如磁器等，却都保存原始的迹象，还是民族的集团的而非个人的艺术，所寻求表示的也是传统的而非独创的美。在未脱离集团的精神之时代，硬想打破它的传统，又不能建立个性，其结果往往青黄不接，呈出丑态，固然不好，如以现今的磁器之制作绘画与古时相较，即可明了，但如颠倒过来叫个人的艺术复归于集团的，也不是很对的事。对不对是别一件事，与有没有是不相干的，所以这两种情形直到现在还是并存，不，或者是对峙着。集团的美术之根据最初在于民族性的嗜好，随后变为师门的传授，遂由硬化而生停滞，其价值几乎只存在技术一点上了，文学则更为不幸，授业的师傅让位于护法的君师，于是集团的"文以载道"与个人的"诗言志"两种口号成了敌对，在文学进了后期以后，这新旧势力还永远相搏，酿了过去的许多五花八门的文学运动。在朝廷强盛，政教统一的时代，载道主义一定占势力，文学大盛，统是平伯所谓"大的高的正的"，可是又就"差不多总是一堆垃圾，读之昏昏欲睡"的东西，一到了颓废时代，皇帝祖师等等要人没有多大力量了，处士横议，百家争鸣，正统家大叹其人心不古，可是我们觉得有许多新思想好文章都在这个时代发生，这自然因为我们是诗言志派的。小品文则在个人的文学之尖端，是言志的散文，它集合叙事说理抒情的分子，都浸在自己的性情里，用了适宜的手法调理起来，所以是近代文学的一个潮头，它站在前头，假如碰了壁时自然也首先碰壁。因为这个缘故，启无选集前代的小品文，给学子当作明灯，可以照见来源去路，不但是在自己很有趣味，也是对于别人很有利益的事情，不过在载道派看来这实在是左道旁门，殊堪痛恨，启无的这本文选其能免于覆瓿之厄乎，未可知也。但总之也没有什么关系。是为序。

中华民国十九年九月二十一日，于北平药庐

（载一九三〇年九月二十九日《骆驼草》第二十一期，署名岂明。收《看云集》。后收《苦雨斋序跋文》时改题《近代散文抄序》。）

《草木虫鱼》小引

　　明李日华著《紫桃轩杂缀》卷一云，白石生辟谷嘿坐，人问之不答，固问之，乃云"世间无一可食，亦无一可言"。这是仙人的话，在我们凡人看来不免有点过激，但大概却是不错的，尤其是关于那第二点。在写文章的时候，我常感到两种困难，其一是说什么，其二是怎么说。据胡适之先生的意思这似乎容易解决，因为只要"要说什么就说什么"和"话怎么说就怎么说"便好了，可是在我这就是大难事。有些事情固然我本不要说，然而也有些是想说的，而现在实在无从说起。不必说到政治大事上去，即使偶然谈谈儿童或妇女身上的事情，也难保不被看出反动的痕迹，其次是落伍的证据来，得到古人所谓笔祸。这个内容问题已经够烦难了，而表现问题也并不比它更为简易。我平常很怀疑心里的"情"是否可以用了"言"全表了出来，更不相信随随便便地就表得出来。什么嗟叹啦，永歌啦，手舞足蹈啦的把戏，多少可以发表自己的情意，但是到了成为艺术再给人家去看的时候，恐怕就要发生了好些的变动与间隔，所留存的也就是很微末了。死生之悲哀，爱恋之喜悦，人生最深切的悲欢甘苦，绝对地不能以言语形容，更无论文字，至少在我是这样感想，世间或有天才自然也可以有例外，那么我们凡人所可以文字表现者只是某一种情意，固然不很粗浅但也不很深切的部分，换句话来说，实在是可有可无不关紧急的东西，表现出来聊以自宽慰消遣罢了。从前在上海某月刊上见过一条消息，说某人要提倡文学无用论了，后来不曾留心不知道这主张发表了没有，有无什样影响，但是我个人却的确是相信文学无用论的。我觉得文学好像是一个香炉，他的两旁边还有一对蜡烛台，左派和右派。无论那一边是左是右，都没有什么关系，这总之有两位，即是禅宗与密宗，假如容我借用佛教的两个名称。文学无用，而这左右两位是有用有能力的。禅宗的作法的人不立文字，知道它的无用，却寻别的途径。霹雳似的大喝一声，或一棍打去，或一句干矢橛，直截地使人家豁然开悟，这在对方固然也需要相当的感受性，不能轻易发生效力，但这办法的精义实在是极对的，差不多可以说是最高理想的艺术，不过在事实上艺术还着实有志未逮，或者只是音乐有点这样的意味，缠缚在文字语言里的文学虽然拿出什么象征等物事来在那里挣扎，也总还追随不上。密宗派的人单是结印念咒，揭谛揭谛波罗揭谛几句话，看去毫无意义，实在含有极大力量，老太婆高唱阿弥陀佛，便可安心立命，觉得西方有分，绅士平日对于厨子呼来喝去，有朝一日自己做了光禄寺小官，却是顾盼自雄，原来都是这一类的事。即如古今来多少杀人如麻的钦案，问其罪名，只是大不敬或大逆不道等几个字儿，全是空空洞洞的，当年却有许多活人死人因此处了各种极刑，想起来很是冤枉，不过在当时，大约除本人外没有不以为都是应该的罢。名号——文字的威力大到如此，实在是可敬而且可畏了。文学呢，它是既不能令又不受命，它不能那么解脱，用了独一无二的表现法直截地发出来，却也不会这么刚勇，凭空抓了一个唵字塞住了人家的喉管，再回不过气来，结果是东说西说，写成了四万八千卷的书册，只供闲人的翻阅罢了。我对于文学如此不敬，曾称之曰不革命，今又说它无用，真是太不应当了，不过我的批评全是好意的，我想文学的要素是诚与达，然而诚有障害，达不容易，那么留下来的，试问还有些什么？老实说，禅的文学做不出，咒的文学不想做，普通的文学克复不下文字的纠缠的可做可不做，总结起来与“无一可言”这句话岂不很有同意么？话虽如此，文章还是可以写，想写，关键只在这一点，即知道了世间无一可言，自己更无做出真文学来之可能，随后随便找来一个题目，认真去写一篇文章，却也未始不可，到那时候或者简直说世间无一不可言，也很可以罢，只怕此事亦大难，还须得试试来看，不是一步就走得到的。我在此刻还觉得有许多事不想说，或是不好说，只可挑选一下再说，现在便姑且择定了草木虫鱼，为什么呢？第一，这是我所喜欢，第二，他们也是生物，与我们很有关系，但又到底是异类，由得我们说话。万一讲草木虫鱼还有不行的时候，那么这也不是没有办法，我们可以讲讲天气罢。

十九年旧中秋

（载一九三○年十月十三日《骆驼草》第二十三期，署名岂明。收《看云集》。）

《草木虫鱼》小引

《莫须有先生传》序

茶饭一年年地吃多了，年纪不能没有长进，而思想也就有点儿变化，新的变老，老的变朽，这大约是一定的情形。然而又听说臭腐也会化为神奇。腐草为萤，腐木为复育，雀入大水为蛤，却太神奇了，举个浅近的例，还是蒲桃频果之变成酒罢。蒲桃频果死于果子，而活于酒矣。这在喜吃果子的与爱喝酒的看来，恐怕意思不大相同罢，但是结局或者竟是都对。讲到蒲桃频果自身，这些都有点隔膜，他们大概还只预备与草木同腐，长养子孙，别的都是偶尔得之，不过既得就成为必然，所以这也可以算是运命的一条线了。

我近几年来编了几部小文集，其一曰《谈龙》《谈虎》，其二曰《永日》，其三则曰《看云集》。甚矣，吾衰也。古人说过，"云从龙，风从虎"，谈谈似乎有点热闹，到了"且以永日"便简直沉没了。《诗》云，"有兔爰爰，雉离于罗。

我生之初，尚无为。

我生之后，逢此百罹。

尚寐无吪。"

虽然未必至于君子不乐其生而作此诗，总之是忧愤的颓放，而"行到水穷处，坐看云起时"却又如何呢。有老朋友曰，病在还要看，若能作闭目集便更好。我谢未能。据一朋友说，有人于夜中摸得跳蚤，便拔下一根头发，（此发盖颇长，这是清朝的故事，）拴在跳蚤的颈颈，大抵八个拴作一串，差不多同样的距离，有这技艺才可以写闭目集的文章，有如洞里鼓瑟，得心应手，我只有羡慕而已。行百里者半九十。我之衰使我看云，尚未能使我更进乎道，以发缚蚤，目无全蚤，然则我之衰其犹未甚耶。

我的朋友中间有些人不比我老而文章已近乎道，这似乎使我上文的话应该有所修正。废名君即其一。我的《永日》或可勉强说对了《桃园》，

《看云》对《枣》和《桥》，但《莫须有先生》那是我没有。人人多说《莫须有先生》难懂，有人来问我，我所懂未必多于别人，待去转问著者，最好的说法都已写在纸上，问就是不问。然而我实在很喜欢《莫须有先生传》。读《莫须有先生》，好像小时候来私塾背书，背到蒹葭苍苍，忽然停顿了，无论怎么左右频摇其身，总是不出来，这时先生的戒方夯地一声，"白露为霜！"这一下子书就痛快地背出来了。蒹葭苍苍之下未必一定应该白露为霜，但在此地却又正是非白露为霜不可，想不出，待得打出，虽然打，却知道了这相连两句，仿佛有机似地生成的，这乃是老学之一得，异于蒙学之一吓者也。《莫须有先生》的文章的好处，似乎可以旧式批语评之曰，情生文，文生情。这好像是一道流水，大约总是向东去朝宗于海，他流过的地方，凡有什么汉港湾曲，总得灌注潆洄一番，有什么岩石水草，总要披拂抚弄一下子才再往前去，这都不是他的行程的主脑，但除去了这些也就别无行程了。这又好像是风，——说到风我就不能不想起庄子来，在他的书中有一段话讲风讲得最好，乐得借用一下。其文曰：

"夫大块噫气，其名为风，是唯无作，作则万窍怒号。而独不闻之翏翏乎，山林之畏佳，大木百围之窍穴，似鼻，似口，似耳，似枅，似圈，似臼，似洼者，似污者，激者，谪者，叱者，吸者，叫者，譹者，宎者，咬者。前者唱于而随者唱喁。泠风则小和，飘风则大和，厉风济则众窍为虚。而独不见之调调之刁刁者乎？"

庄生此言不但说风，也说尽了好文章。今夫天下之难懂有过于风者乎？而人人不以为难懂，刮大风群知其为大风，刮小风莫不知其为小风也。何也？夫吹万不同，而使其自己也，咸其自取，怒者其谁耶。那些似鼻似口似耳等的窍穴本来在那里，平常非以为他们损坏了树木，便是窝藏蝎子蜈蚣，看也没有人看一眼，等到风一起来，他便爱惜那万窍，不肯让他们虚度，于是使他们同时呐喊起来，于是激者谪者叱者等就都起来了，不管蝎子会吹了掉出来，或者蜈蚣喘不过气来。大家知道这是风声，不会有人疑问那似鼻者所发的怪声是为公为私，正如水流过去使那藻带飘荡几下不会有人要查究这是什么意思。能做好文章的人他也爱惜所有的意思，文字，声音，故典，他不肯草率地使用他们，他随时随处加以爱抚，好像是水遇见可飘荡的水草要使他飘荡几下，风遇见能叫号的窍穴要使他叫号几声，可是他仍然若无其事地流过去吹过去，继续他向着海以及空气稀薄处去的行程。这样所以是文生情，也因为这样所以这文生情异于做古文者之做古文，而是从新的散文中间变化出来的一种新格式。

这是我对于《莫须有先生传》的意见，也是关于好文章的理想。我觉得也不敢不勉，但是天分所限，往往事倍功半。难免有瞻之在前忽焉在后之感。恐怕我之能写出一两篇近于闭目集的文章还是有点远哉遥遥罢。

民国二十一年二月六日，于北平苦雨斋

（载一九三二年三月二十日《鞭策》第一卷第三期，署名岂明。收《苦雨斋序跋文》。）

《杂拌儿之二》序

　　《杂拌儿》初编上我写过一篇跋，这回二编将要印成，我来改写序文了。这是我的一种进步，觉得写序与跋都是一样，序固不易而跋亦复难，假如想要写得像个样子。我又有一种了悟，以为文章切题为妙，而能不切题则更妙。不过此事大不好办。傅青主先生说过，"不会要会固难，会了要不会尤难也，吾几时得一概不会耶？"我乃是还没有会却就想不会了，这事怎么能行，此我做序之所以想来想去而总写不出也。

　　文章做不出，只好找闲书来看。看《绝俗楼我辈语》，《燕子龛随笔》，看《浮生六记》，《西青散记》，看《休庵影语》，觉得都不见佳。其故何也？《复堂日记》卷三曰，"《西青散记》致语幽清，有唐人说部风，所采诸诗，玄想微言，潇然可诵，以示眉叔，欢跃叹赏，固性之所近，施均父略缯五六纸掷去之矣。"我自己知道不是文学家，读古今人的作品多不免有隔膜，对于诗词歌赋或者较好一点，到了散文便不大行了，往往要追求其物外之言，言中之物，难免落入施均父一路。殆亦是性之所偏欤。

　　所谓言与物者何耶，也只是文词与思想罢了，此外似乎还该添上一种气味。气味这个字仿佛有点暧昧而且神秘，其实不然。气味是很实在的东西，譬如一个人身上有羊膻气，大蒜气，或者说是有点油滑气，也都是大家所能辨别出来的。这样看去，三代以后的文人里我所喜欢的有陶渊明颜之推两位先生，却巧都是六朝人物。此外自然也有部分可取，即如上边所说五人中，沈三白史悟冈究竟还算佼佼者，《六记》中前三篇多有妙文，《散记》中纪游纪风物如卷二记蟋蟀及姑恶鸟等诸文皆佳，大抵叙事物抒情绪都颇出色，其涉及人生观处则悉失败也。孔子曰，盍各言尔志。我们生在这年头儿，能够于文字中去找到古今中外的人听他言志，这实在已是一个快乐，原不该再去挑剔好丑。但是话虽如此，我们固然也要听野老的话桑麻，市侩的说行市，然而友朋间气味相投的闲话，上自生死兴衰，下至虫鱼神鬼，无不可淡，无不可听，则其乐益大，而以此例彼，人境又复不能无所偏向耳。

胡乱的讲到这里，对于《杂拌儿之二》我所想说的几句话可以接得上去了。平伯那本集子里所收的文章大旨仍旧是"杂"的，有些是考据的，其文词气味的雅致与前编无异，有些是抒情说理的，如《中年》等，这里边兼有思想之美，是一般文士之文所万不能及的。此外有几篇讲两性或亲子问题的文章，这个倾向尤为显著。这是以科学常识为本，加上明净的感情与清澈的智理，调合成功的一种人生观，以此为志，言志固佳，以此为道，载道亦复何碍。"此刻现在"，中古圣徒遍于目前，欲找寻此种思想盖已甚难，其殆犹求陶渊明颜之推之徒于现代欤。平伯的文集我曾题记过几回，关于此点未尝说及，今特为拈出之。

民国二十一年十一月二十五日

（收《苦雨斋序跋文》。）

《知堂文集》序

　　知堂的意义别有说，在集内，兹不赘。我所怕的是能说不能行，究竟我知道些什么呢，有那些话我说得对的呢，实在自己也还不大清楚。打开天窗说亮话，我的自然科学的知识很是有限，大约不过中学程度罢，关于人文科学也是同样的浅尝，无论那一部门都不曾有过系统的研究。求知的心既然不很深，不能成为一个学者，而求道的心更是浅，不配变做一个信徒。我对于信仰，无论各宗各派，只有十分的羡慕，但是做信徒却不知怎的又觉得十分的烦难，或者可以说是因为没有这种天生的福分罢。略略考虑过妇女问题的结果，觉得社会主义是现世唯一的出路。同时受着遗传观念的迫压，又常有故鬼重来之惧。这些感想比较有点近于玄虚，我至今不晓得怎么发付他。但是，总之，我不想说谎话。我在这些文章里总努力说实话，不过因为是当作文章写，说实话却并不一定是一样的老实说法。老实的朋友读了会误解的地方难免也有罢？那是因为写文章写得撇扭了的缘故，我相信意思原来是易解的。或者有人见怪，为什么说这些话，不说那些话？这原因是我只懂得这一点事，不懂得那些事，不好胡说霸道罢了。所说的话有的说得清朗，有的说得阴沉，有的邪曲，有的雅正，似乎很不一律，但是一样的是我所知道的实话，这是我可以保证的。

　　　　　　　　　民国二十二年二月二十日，周作人，于北平

　　　　　　　　　　　　　　　　　　　（收《知堂文集》。）

《苦茶随笔》后记

　　去年秋天到日本去玩了一趟，有三个月没有写什么文章，从十月起才又开始写一点，到得今年五月底，略一检查存稿，长长短短却一总有五十篇之谱了。虽然我的文章总是写不长，长的不过三千字，短的只千字上下罢了，总算起来也就是八九万字，但是在八个月里乱七八遭地写了这些，自己也觉得古怪。无用的文章写了这许多，一也。这些文章又都是那么无用，又其二也。我原是不主张文学有用的，不过那是就政治经济上说，若是给予读者以愉快，见识以至智慧，那我觉得却是很必要的，也是有用的所在。可惜我看自己的文章在这里觉得很不满意，因为颇少有点用的文章，至少这与《夜读抄》相比显然看得出如此。我并不是说《夜读抄》的文章怎么地有用得好，但《夜读抄》的读书的文章有二十几篇，在这里才得其三分之一，而讽刺牢骚的杂文却有三十篇以上，这实在太积极了，实在也是徒劳无用的事。宁可少写几篇，须得更充实一点，意思要诚实，文章要平淡，庶几于读者稍有益处。这一节极要紧，虽然尚须努力，请俟明日。

　　五月三十一日我往新南院去访平伯，讲到现在中国情形之危险，前日读《墨海金壶》本的《大金吊伐录》，一边总是敷衍或取巧，一边便申斥无诚意，要取断然的处置。八百年前事，却有昨今之感，可为寒心。近日北方又有什么问题如报上所载，我们不知道中国如何应付，看地方官厅的举动却还是那么样，只管女人的事，头发，袖子，袜子，衣衩等，或男女不准同校，或男女准同游泳，这都是些什么玩意儿，我真不懂。我只知道，关于教育文化诸问题信任官僚而轻视学人，此事起始于中小学之举行会考，而统一思想运动之成功则左派朋友的该项理论实为建筑其基础。《梵网经》有云：

　　"如狮子身中虫自食狮子肉，非余外虫，如是，佛子自破佛法，非外道天魔能破坏。"我想这话说得不错。平伯听了微笑对我说，他觉得我对于中国有些事情似乎比他还要热心，虽然年纪比他大，这个理由他想大约是因为我对于有些派从前有点认识，有过期待。他这话说得很好，仔细想想也说得很对。自辛丑以来在外游荡，我所见所知的人上下左右总计起来，大约也颇不少。因知道而期待，而责备，这是一条路线。但是，也可因知道而不期待，而不责备，这是别一条路线。我走的却一直是那第一路，不肯消极，不肯逃避现实，不肯心死，说这马死了，——这真是"何尝非大错而特错"。不错的是第二路。这条路我应该能够走，因为我对于有许多人与物与事都有所知。见橐驼固不怪他肿背，见马也不期望他有一天背会肿，以驼呼驼，以马称马，此动物学的科学方法也。自然主义派昔曾用之于小说矣，今何妨再来借用，自然主义的文学虽已过时而动物学则固健在，以此为人生观的基本不亦可乎。

我从前以责备贤者之义对于新党朋友颇怪其为统一思想等等运动建筑基础，至于党同伐异却尚可谅解，这在讲主义与党派时是无可避免的。但是后来看下去情形并不是那么简单，在文艺的争论上并不是在讲什么主义与党派，就只是相骂，而这骂也未必是乱骂，虽然在不知道情形的看去实在是那么离奇难懂。这个情形不久我也就懂了。新党尚如此。事实之奇恒出小说之上，此等奇事如不是物证俨在正令人不敢轻信也。

总之在现今这个奇妙的时代，特别是在中国，觉得什么话都无可说。老的小的，村的俏的，新的旧的，肥的瘦的，见过了不少，说好说丑，都表示过一种敬意，然而归根结蒂全是徒然，都可不必。从前上谕常云，知道了，钦此。知道了那么这事情就完了，再有话说，即是废话。我很惭愧老是那么热心，积极，又是在已经略略知道之后，难道相信天下真有"奇迹"么？实实是大错而特错也。以后应当努力，用心写好文章，莫管人家鸟事，且谈草木虫鱼，要紧要紧。

二十四年六月一日，知堂于北平

（载一九三五年七月二十四日《益世报》文学副刊第二十一期，署名知堂。收《苦茶随笔》。）

《瓜豆集》题记

"写《风雨谈》忽忽已五个月，这小半年里所写的文章并不很多，却想作一小结束，所以从《关于雷公》起就改了一个新名目。本来可以称作《雷雨谈》，但是气势未免来得太猛烈一点儿，恐怕不妥当，而且我对于中国的雷公爷实在也没有什么好感，不想去惹动他。还是仍旧名吧，单加上《后谈》字样。案《风雨》诗本有三章，那么这回算是潇潇的时候也罢，不过我所喜欢的还是那风雨如晦鸡鸣不已的一章，那原是第三章，应该分配给《风雨三谈》去，这总须到了明年始能写也。"

这是今年五月四日所写，算作《风雨后谈》的小引，到了现在掐指一算，半个年头又已匆匆的过去了。这半年里所写的文章大小总有三十篇左右，趁有一半天的闲暇，把他整理一下，编成小册，定名曰《瓜豆集》，《后谈》的名字仍保存着另有用处。为什么叫作瓜豆的呢？善于做新八股的朋友可以作种种的推测。或曰，因为喜讲运命，所以这是说种瓜得瓜种豆得豆吧。或曰，因为爱谈鬼，所以用王渔洋的诗，豆棚瓜架雨如丝。或曰，鲍照《芜城赋》云，"竟瓜剖而豆分"，此盖伤时也。典故虽然都不差，实在却是一样不对。我这瓜豆就只是老老实实的瓜豆，如冬瓜长豇豆之类是也。或者再自大一点称曰杜园瓜豆，即杜园菜。吾乡茹三樵著《越言释》卷上有《杜园》一条云：

"杜园者兔园也，兔亦作菟，而菟故为徒音，又讹而为杜。今越人一切蔬菜瓜蓏之属，出自园丁，不经市儿之手，则其价较增，谓之杜园菜，以其土膏露气真味尚存也。至于文字无出处者则又以杜园为訾謷，亦或简其词曰杜撰。昔盛文肃在馆阁时，有问制词谁撰者，文肃拱而对曰，度撰。众皆哄堂，乃知其戏，事见宋人小说。虽不必然，亦可见此语由来已久，其谓杜撰语始于杜默者非。"土膏露气真味尚存，这未免评语太好一点了，但不妨拿来当作理想，所谓取法乎上也。出自园丁，不经市儿之手，那自然就是杜撰，所以这并不是缺点，唯人云亦云的说市话乃是市儿所有事耳。《五代史》云：

"兔园册者，乡校俚儒教田夫牧子之所诵也。"换一句话说，即是乡间塾师教村童用的书，大约是《千字文》《三字经》之类，书虽浅薄却大有势力，不佞岂敢望哉。总之茹君所说的话都是很好的，借来题在我这小册子的卷头，实在再也好不过，就只怕太好而已。

这三十篇小文重阅一过，自己不禁叹息道，太积极了！圣像破坏(eikonoclasma)与中庸(sophrosune)，夹在一起，不知是怎么一回事。有好些性急的朋友以为我早该谈风月了，等之久久，心想：要谈了罢，要谈风月了吧!?好像"狂言"里的某一脚色所说，生怕不谈就有点违犯了公式。其实我自己也未尝不想谈，不料总是不够消极，在风吹月照之中还是要呵佛骂祖，这正是我的毛病，我也无可如何。或者怀疑我骂韩愈是考古，说鬼是消闲，这也未始不是一种看法，但不瞒老兄说，这实在只是一点师爷笔法绅士态度，原来是与对了和尚骂秃驴没有多大的不同，盖我觉得现代新人物里不免有易卜生的"群鬼"，而读经卫道的朋友差不多就是韩文公的伙计也。昔者党进不许说书人在他面前讲韩信，不失为聪明人，他未必真怕说书人到韩信跟前去讲他，实在是怕说的韩信就是他耳。不佞生性不喜八股与旧戏，所不喜者不但是其物而尤在其势力，若或闻不佞谩骂以为专与《能与集》及小丑的白鼻子为仇，则其智力又未免出党太尉下矣。

孔子云，知之为知之，不知为不知，是知也。这在庄子看来恐怕只是小知，但是我也觉得够好了，先从不知下手，凡是自己觉得不大有把握的事物决心不谈，这样就除去了好些绊脚的荆棘，让我可以自由的行动，只挑选一二稍为知道的东西来谈谈。其实我所知的有什么呢，自己也说不上来，不过比较起来对于某种事物特别有兴趣，特别想要多知道一点，这就不妨权归入可以谈谈的方面，虽然所知有限，总略胜于以不知为知耳。我的兴趣所在是关于生物学人类学儿童学与性的心理，当然是零碎的知识，但是我惟一的一点知识，所以自己不能不相当的看重，而自己所不知的乃是神学与文学的空论之类。我尝自己发笑，难道真是从"妖精打架"会悟了道么？道未必悟，却总帮助了我去了解好许多问题与事情。从这边看过去，神圣的东西难免失了他们的光辉，自然有圣像破坏之嫌，但同时又是赞美中庸的，因为在性的生活上禁欲与纵欲是同样的过失，如英国蔼理斯所说，"生活之艺术其方法只在于微妙地混和取与舍二者而已。"凡此本皆细事不足道，但为欲说我的意见何以多与新旧权威相冲突，如此喋喋亦不得已。我平常写文章喜简略或隐约其词，而老实人见之或被贻误，近来思想渐就统制，虑能自由读书者将更少矣，特于篇末写此两节，实属破例也。

中华民国二十五年十一月一日，著者自记于北平知堂

（载一九三六年十二月十日《谈风》第四期，署名知堂。收《瓜豆集》。）

《阿丽思漫游奇境记》

近来看到一本很好的书，便是赵元任先生所译的《阿丽思漫游奇境记》。这是"一部给小孩子看的书"，但正如金圣叹所说又是一部"绝世妙文"，就是大人——曾经做过小孩子的大人，也不可不看，看了必定使他得到一种快乐的。世上太多的大人虽然都亲自做过小孩子，却早失了"赤子之心"，好象"毛毛虫"的变了胡蝶，前后完全是两种情状：这是很不幸的。他们忘却了自己的儿童时代的心情，对于正在儿童时代的儿童的心情于是不独不能理解，与以相当的保育调护，而且反要加以妨害；儿童倘若不幸有这种的人做他的父母师长，他的一部分的生活便被损坏，后来的影响更不必说了。我们不要误会，这只有顽固的塾师及道学家才如此，其实那些不懂感情教育的价值而专讲实用的新教育家所种的恶因也并不小，即使没有比他们更大。我对于少数的还保有一点儿童的心情的大人们，郑重的介绍这本名著请他们一读，并且给他们的小孩子读。

这部书的特色，正如译者序里所说，是在于他的有意味的"没有意思"。英国政治家辟忒(Pitt)曾说，"你不要告诉我说一个人能够讲得有意思；各人都能够讲得有意思。但是他能够讲得没有意思么？"文学家特坤西(De Quincey)也说，只是有异常的才能的人，才能写没有意思的作品。儿童大抵是天才的诗人，所以他们独能赏鉴这些东西。最初是那些近于"无意味不通的好例"的抉择歌，如《古今风谣》里的"脚驴斑斑"，以及"夹雨夹雪冻死老鳖"一类的趁韵歌，再进一步便是那些滑稽的叙事歌了。英国儿歌中《赫巴特老母和伊的奇怪的狗》与《黎的威更斯太太和伊的七只奇怪的猫》，都是这派的代表著作，专以天真而奇妙的"没有意思"娱乐儿童的。这《威更斯太太》是夏普夫人原作，经了拉斯金的增订，所以可以说是文学的滑稽儿歌的代表，后来利亚(Lear)做有"没有意思的诗"的专集，于是更其完成了。散文的一面，始于高尔斯密的《二鞋老婆子的历史》，到了加乐尔而完成，于是文学的滑稽童话也侵入英国文学史里了。欧洲大陆的作家，如丹麦的安徒生在《伊达的花》与《阿来锁眼》里，荷兰的蔼覃在他的《小约翰》里，也有这类的写法，不过他们较为有点意思，所以在"没有意思"这一点上，似乎很少有人能够赶得上加乐尔的了。然而这没有意思决不是无意义，他这著作是实在有哲学的意义的。麦格那思在《十九世纪英国文学论》上说："利亚的没有意思的诗与加乐尔的阿丽思的冒险，都非常分明的表示超越主义观点的滑稽。他们似乎是说，'你们到这世界里来住吧，在这里物质是一个消融的梦，现实是在幕后。'阿丽思走到镜子的后面，于是进奇境去。在他们的图案上，正经的〔分子〕都删去，矛盾的事情很使儿童喜悦；但是觉着他自己的限量的大人中的永久的儿童的喜悦，却比〔普通的〕儿童的喜悦为更高了。"我的本意在推举他在儿童文学上的价值，这些评论本是题外的话，但我想表明他在〔成人的〕文学上也有价值，所以抄来作个引证。译者在序里说："我相信这书的文学的价值，比莎士比亚最正经的书亦比得上，不过又是一派罢了。"这大胆而公平的批评，实在很使我佩服。普通的人常常相信文学只有一派是正宗，而在西洋文学上又只有莎士比亚是正宗，给小孩子看的书既然不是这一派，当然不是文学了。或者又相信给小孩子的书必须本于实在或是可能的经验，才能算是文学，如《国语月刊》上勃朗的译文所主张，因此排斥空想的作品，以为不切实用，欧洲大战时候科学能够发明战具，神话与民间故事毫无益处，即是证据。两者之中，第一种拟古主义的意见虽然偏执，只要给他说明文学中本来可以有多派的，如译者那样的声明，这问题也可以解决了；第二种军国主义的实用教育的意见却更为有害。我们姑且不论任何不可能的奇妙的空想，原只是集合实在的事物的经验的分子综错而成，但就儿童本身上说，在他想象力发展的时代确有这种空想作品的需要，我们大人无论凭了什么神呀皇帝呀国家呀的神圣之名，都没有剥夺他们的这需要的权利，正如我们没有剥夺他们衣食的权利一样。人间所同具的智与情应该平匀发达才是，否则便是精神的畸形。刘伯明先生在《学衡》第二期上攻击毫无人性人情的"化学化"的学者，我很是同意。我相信对于精神的中毒，空想——体会与同情之母——的文学正是一服对症的解药。所以我推举这部《漫游奇境记》给心情没有完全化学化的大人们，特别请已为或将为人们的父母师长的大人们看，——若是看了觉得有趣，我便庆贺他有了给人家做这些人的资格了。

对于赵先生的译法，正如对于他的选译这部书的眼力一般，我表示非常的佩服；他的纯白话的翻译，注音字母的实用，原本图画的选入，都足以表见忠实于他的工作的态度。我深望那一部姊妹书《镜里世界》能够早日出板。——译者序文里的意见，上面已经提及，很有可以佩服的地方，但就文章的全体看来，却不免是失败了。因为加乐尔式的滑稽实在是不易模拟的，赵先生给加乐尔的书做序，当然不妨模拟他，但是写的太巧了，因此也就未免稍拙了。……妄言多罪。

（载一九二二年三月十二日《晨报副刊》，署名仲密。收《自己的园地》。）

法布耳《昆虫记》

　　法国法布耳所著的《昆虫记》共有十一册，我只见到英译《本能之惊异》，《昆虫的恋爱与生活》，《蠮蟓的生活》和从全书中摘辑给学生读的《昆虫的奇事》，日本译《自然科学故事》，《蜘蛛的生活》以及全译《昆虫记》第一卷罢了。在中国要买外国书物实在不很容易，我又不是专门家，积极的去收罗这些书，只是偶然的遇见买来，所以看见的不过这一点，但是已经侭够使我十分佩服这"科学的诗人"了。

　　法布耳的书中所讲的是昆虫的生活，但我们读了却觉得比看那些无聊的小说戏剧更有趣味，更有意义。他不去做解剖和分类的工夫（普通的昆虫学里已经说的够了），却用了观察与试验的方法，实地的记录昆虫的生活现象，本能和习性之不可思议的神妙与愚蒙。我们看了小说戏剧中所描写的同类的运命，受到深切的铭感，现在见了昆虫界的这些悲喜剧，仿佛是听说远亲——的确是很远的远亲——的消息，正是一样迫切的动心，令人想起种种事情来。他的叙述，又特别有文艺的趣味，更使他不愧有昆虫的史诗之称。戏剧家罗斯丹 (Rostand) 批评他说，"这个大科学家象哲学者一般的想，美术家一般的看，文学家一般的感受而且抒写"，实在可以说是最确切的评语。默忒林克 (Maeterlinck) 称他为"昆虫的荷马"[①]，也是极简明的一个别号。

　　法布耳 (Jean Henri Fabre, 1823—1914) 的少年生活，在他的一篇《爱昆虫的小孩》中说的很清楚，他的学业完全是独习得来的。他在乡间学校里当理化随后是博物的教师，过了一世贫困的生活。他的特别的研究后来使他得了大名，但在本地不特没有好处，反造成许多不愉快的事情。同僚因为他的博物讲义太有趣味，都妒忌他，叫他做"苍蝇"，又运动他的房东，是两个老姑娘，说他的讲义里含有非宗教的分子，把他赶了

---

　　① 荷马即 Homeros 的旧译，相传是希腊二大史诗的作者。

出去。许多学者又非难他的著作太浅显了，缺少科学的价值。法布耳在《荒地》一篇论文里说，"别的人非难我的文体，以为没有教室里的庄严，不，还不如说是干燥。他们恐怕一叶书读了不疲倦的，未必含着真理。据他们说，我们的说话要晦涩，这才算是思想深奥。你们都来，你们带刺者，你们蓄翼着甲者，都来帮助我，替我作见证。告诉他们，我的对于你们的密切的交情，观察的忍耐，记录的仔细。你们的证据是一致的：是的，我的书册，虽然不曾满装着空虚的方式与博学的胡诌，却是观察得来的事实的精确的叙述，一点不多，也一点不少；凡想去考查你们事情的人，都能得到同一的答案。"他又直接的对着反对他的人们说，"倘若我为了学者，哲学家，将来想去解决本能这个难问题的人而著述，我也为了而且特别为了少年而著述；我想使他们爱那自然史，这就是你们使得他们如此厌恶的；因此，我一面仍旧严密的守着真实，却不用你们的那科学的散文，因为那种文章有时似乎是从伊罗瓜族①的方言借用来的！"我们固然不能菲薄纯学术的文体，但读了他的诗与科学两相调和的文章，自然不得不更表敬爱之意了。

小孩子没有不爱生物的。幼时玩弄小动物，随后翻阅《花镜》，《格致镜原》和《事类赋》等书找寻故事，至今还约略记得。见到这个布罗凡斯 (Provence) 的科学的诗人的著作，不禁引起旧事，羡慕有这样好书看的别国的少年，也希望中国有人来做这翻译编纂的事业，即使在现在的混乱秽恶之中。

（载一九二三年一月二十六日《晨报副刊》，署名作人。收《自己的园地》。）

---

① 伊罗瓜 (Iroquois) 是北美上人的一族。

法布耳《昆虫记》

读《欲海回狂》

　　我读《欲海回狂》的历史真是说来话长。第一次见这本书是在民国元年，在浙江教育司里范古农先生的案头。我坐在范先生的背后，虽然每日望见写着许多墨笔题词的部面，却总不曾起什么好奇心，想借来一看。第二次是三年前的春天，在西城的医院里养病，因为与经典流通处相距不远，便买了些小乘经和杂书来消遣，其中一本是那《欲海回狂》。第三次的因缘是最奇了，去年甘肃杨汉公因高张结婚事件大肆攻击，其中说及某公寄《欲海回狂》与高君，令其忏悔。我想到那些谬人的思想根据或者便在这本善书内，所以想拿出来检查一番，但因别的事情终于搁下了，直到现在才能做到，不过对于前回事件已经没有什么兴趣，所以只是略说我的感想罢了。

　　我常想，做戒淫书的人与做淫书的人都多少有点色情狂。这句话当然要为信奉"《安士全书》的人生观"的人们所骂，其实却是真的，即如书中"总劝"一节里的四六文云，"遇娇姿于道左，目注千番；逢丽色于闺帏，肠回百转"，就是艳词，可以放进《游仙窟》里去。平心而论，周安士居士的这部书总可以算是戒淫书中之"白眉"，因为他能够说的彻底。卷一中云，"芙蓉白面，须知带肉骷髅；美貌红妆，不过蒙衣漏厕"，即是他的中心要义，虽然这并非他的新发见，但根据这个来说戒淫总是他的创见了。所以三卷书中最精粹的是中卷"受持篇"里"经要门"以下的几章，而尤以"不净观"一章为最要。我读了最感趣味的，也便是这一部分。

　　我要干脆的声明，我是极反对"不净观"的。为什么现在却对于它这样的感着趣味呢？这便因为我觉得"不净观"是古代的性教育。虽然他所走的是倒路，但到底是一种性教育，与儒教之密藏与严禁的办法不同。下卷"决疑论"中云："男女之道，人之大欲存焉。欲火动时，勃然难遏，纵刀锯在前，鼎镬随后，犹图侥幸于万一，若独藉往圣微词，令彼一片淫心冰消雪解，此万万不可得之数也。且夫理之可以劝导世人助扬王化者，莫如因果之说矣；独至淫心乍发，虽目击现在因果，终不能断其爱根，唯有不净二字可以绝之，所谓禁得十分不如淡得一分也。论戒淫者，断以不净观为宗矣。"很能明白的说出它的性质。印度人的思想似乎处处要比中国空灵奇特，所以能在科学不发达的时代发明一种特殊的性教育，想从根本上除掉爱欲，虽然今日看来原是倒行逆施，但是总值得佩服的了。

现在的性教育的正宗却是"净观"，正是"不净观"的反面。我们真不懂为什么一个人要把自己看做一袋粪，把自己的汗唾精血看的很是污秽？倘若真是这样想，实在应当用一把净火将自身焚化了才对。既然要生存在世间，对于这个肉体当然不能不先是认，此外关于这肉体的现象与需要自然也就不能有什么拒绝。周安士知道人之大欲不是圣贤教训或因果劝戒所能防止，于是想用"不净观"来抵御它；"不净观"虽以生理为本，但是太挠曲了，几乎与事实相背，其结果亦只成为一种教训，务阻塞而非疏通：凡是人欲，如不事疏通而妄去阻塞，终于是不行的。净观的性教育则是认人生，是认生之一切欲求，使人关于两性的事实有正确的知识，再加以高尚的趣味之修养，庶几可以有效。但这疏导的正路只能为顺遂的人生作一种预备，仍不能使人厌弃爱欲，因为这是人生不可能的事。

《欲海回狂》——佛教的"不净观"的通俗教科书[①]——在有常识的人看了是很有趣味的书，但当作劝世的书却是有害的。象杨汉公辈可以不必论矣，即是平常的青年，倘若受了这种禁欲思想的影响，于他的生活上难免种下不好的因，因为性的不净思想是两性关系的最大的敌，而"不净观"实为这种思想的基本。儒教轻蔑女子，还只是根据经验，佛教则根据生理而加以宗教的解释，更为无理，与道教之以女子为鼎器相比其流弊不相上下。我想尊重出家的和尚，但是见了主张"有生即是错误"而贪恋名利，标榜良知而肆意胡说的居士儒者，不禁发生不快之感，对于他们的圣典也不免怀有反感，这或者是我之所以不能公平的评估这本善书的原因罢。

十三年二月

（载一九二四年二月十六日《晨报副刊》，署名槐寿。收《雨天的书》。）

---

① 佛教本来只是婆罗门教的改良，这种不净观大约也是从外道取来，如萨克谛宗徒的观念女根瑜尼，似即可转变为《禅秘要经》中的诸法。不过这单是外行人的一种推测，顺便说及罢了。

读《欲海回狂》

《性的心理》

　　近来买到一本今年新出板的蔼理斯所著《性的心理》。同时不禁联想起德国"卍"字党的烧书以及中国舆论界同情的批评。手头有五月十四日《京报》副刊上的一则"烧性书"，兹抄录其上半篇于下：

　　"最近有一条耐人寻味的新闻，德国的学生将世界著名的侯施斐尔教授之性学院的图书馆中所有收藏的性书和图画尽搬到柏林大学，定于五月十日焚烧，并高歌欢呼，歌的起句是日耳曼之妇女兮今已予以保护兮。

　　"从这句歌词我们窥见在极右倾的德国法西斯蒂主义领袖希特勒指导下一班大学生焚烧性书的目的，申言日耳曼之妇女今后已予以保护，当然足见在以往这些性书对于德国妇女是蒙受了不利，足见性书在德国民族种下了重大的罪恶。

　　"最近世界中的两大潮流——共产主义和法西斯蒂——中，德国似苏联一样与我人一个要解决的谜。步莫索里尼后兴起的怪杰希特勒，他挥着臂，指挥着数千万的褐衫同志，暴风雨似的，谋日耳曼民族的复兴，争拔着德国国家地位增高，最近更对于种族的注意，严定新的优生律和焚烧性书。"

　　下半篇是专说"中国大谈性学"的张竞生博士的，今从略。张竞生博士与 Dr. Magnus Hirschfeld，这两位人物拉在一起，这是多么好玩的事。性书怎样有害于德国妇女，报馆记者与不佞都没有实地调查过，实在也难以确说。不过有一件事我想值得说明的，便是那些褐衫朋友所发的歇私底里的叫喊是大抵不足为凭的。不知怎的我对于右倾运动不大有同情，特别读了那起头的歌词觉得青年学生这种无知自大的反动态度尤其可惜，虽然国际的压迫使国民变成疯狂原是可能的事，他们的极端国家主义化也很有可以理解的地方。北欧方面的报上传出一件搜书的笑话来，说大学生搜查犹太人著作，有老太婆拿出一本圣书，大家默然不敢接受。这或者是假作的，却能简要的指出这运动的毛病，这还是"十九世纪"的老把戏罢了。在尼采之前法人戈比诺 (Arthur de Gobineau) 曾有过很激烈的主张，他注重种族，赞美古代日耳曼，排斥犹太文化，虽近偏激却亦言之成理。后来有归化德国的英人张伯伦 (H. S. Chamberlain) 把这主张借了去加以阉割，赞美日耳曼，即指现代德国，排斥犹太，但是耶稣教除外，这非驴非马的意见做成了那一部著名的《十九世纪之基础》，实即威廉二世的帝国主义的底本。戈比诺的打倒犹太人连耶稣和马丁路得在内到底是勇敢的彻透的，张伯伦希特勒等所为未免有点卑怯，如勒微 (Oscar Levy) 博士所说，现代的反犹太运动的动机乃只是畏惧嫉妒与虚弱而已。对于这样子的运动我们不能有什么期望，至于想以保护解决妇女问题，而且又以中古教会式的焚书为可以保护妇女，恐只有坚信神与该撒的宗教信徒才能承认，然而德国大学生居然行之不疑。此则大可骇异者也。

德国大烧性书之年而蔼理斯的一册本《性的心理》适出版，我觉得这是很有趣的一件事。八月十三日《独立评论》六十三期上有一篇《政府与娱乐》说得很好，其中有云：

"因为我们的人生观是违反人生的，所以我们更加作出许多丑事情，虚伪事情，矛盾事情。这类的事各国皆有，拉丁及斯拉夫民族比较最少，盎格鲁撒克逊较多，而孔孟的文化后裔要算最多了。究竟西洋人因其文化有上古希腊，文艺复兴，及近代科学的成分在内，能有比较康健的人生观。"蔼理斯的《性的心理》第一卷出版于一八九八年，就被英国政府所禁止，后来改由美国书局出版才算没事，至一九二八年共出七卷，为世界性学上一大名著，可是大不列颠博物馆不肯收藏，在有些美国图书馆里也都不肯借给人看，而且原书购买又只限于医生和法官律师等，差不多也就成为一种禁书，至少象是一种什么毒药。这是盎格鲁撒克逊的常态罢，本来也不必大惊小怪的。但是到了今年忽然刊行了一册简本《性的心理》，是纽约一家书店的《现代思想的新方面》丛书的第一册，（英国怎么样未详），价金三元，这回售买并无限制，在书名之下还题一行字云学生用本，虽然显然是说医学生，但是这书总可以公开颁布了。把这件小事拿去与焚书大业相比，仿佛如古人所说，落后的上前，上前的落后了，蔼理斯三十年的苦斗总算略略成功，然而希耳施斐尔特的多年努力却终因一棒喝而归于水泡，这似乎都非偶然，都颇有意义，可以给我们做参考。

《性的心理》六卷完成于一九一〇年，第七卷到了一九二八年才出来，仿佛是补遗的性质的东西。第六卷末尾有一篇跋文，最后两节说的很好，可见他思想的一斑：

"我很明白有许多人对于我的评论意见不大能够接受，特别是在末卷里所表示的。有些人将以我的意见为太保守，有些人以为太偏激。世人总常有人很热心的想攀住过去，也常有人热心的想攫得他们所想象的未来。但是明智的人站在二者之间，能同情于他们，却知道我们是永远在于过渡时代。在无论何时，现在只是一个交点，为过去与未来相遇之处，我们对于二者都不能有所怨怼。不能有世界而无传统，亦不能有生命而无活动。正如赫拉克来多思在现代哲学的初期所说，我们不能在同一川流中入浴二次。虽然如我们在今日所知，川流仍是不断的回流着。没有一刻无新的晨光在地上，也没有一刻不见日没。最好是闲静的招呼那熹微的晨光，不必忙乱的奔向前去，也不要对于落日忘记感谢那曾为晨光之垂死的光明。

"在道德的世界上，我们自己是那光明使者，那宇宙的历程即实现在我们身上。在一个短时间内，如我们愿意，我们可以用了光明去照我们路程的周围的黑暗。正如在古代火把竞走——这在路克勒丢思看来似是一切生活的象征——里一样，我们手持火把，沿着道路奔向前去。不久就要有人从后面来，追上我们。我们所有的技巧便在怎样的将那光明固定的炬火递在他的手内，那时我们自己就隐没到黑暗里去。"

这两节话我顶喜欢，觉得是一种很好的人生观，沉静，坚忍，是自然的，科学的态度。二十年后再来写这一册的《性的心理》，蔼理斯已是七十四岁了，他的根据自然的科学的看法还是仍旧，但是参透了人情物理，知识变了智慧，成就一种明净的观照。试举个例罢，——然而这却很不容易，姑且举来，譬如说咽尼林克妥思 (Cunnilinctus)。这在中国应该叫作什么，我虽然从猥亵语和书上也查到两三个名字，可是不知道那个可用，所以结局还只好用这"学名"。对于这个平常学者多有微词，有的明言自好者所不为，蔼理斯则以为在动物及原始民族中常有之，亦只是亲吻一类，为兴奋之助，不能算是反自然的，但如以此为终极目的，这才成了性欲的变态。普通的感想这总是非美的，蔼理斯却很幽默的添一句道："大家似乎忘记了一件事，便是最通行的性交方式大抵也难以称为美的 (Aesthetic) 罢。他们不知道，在两性关系上，那些科学或是美学的冰冷的抽象的看法是全不适合的，假如没有调和以人情。"他自己可以说是完全能够实践这话的了。其次我们再举一个例，这是关于动物爱 (Zoocrastia) 的。谢在杭的《文海披沙》卷二有一条"人与物交"，他列举史书上的好些故实，末了批一句道，"宇宙之中何所不有。"中国律例上不知向来如何办理，在西洋古时却很重视，往往连人带物一并烧掉了事。现在看起来这原可以不必，但凡事一牵涉宗教或道德的感情在内这便有点麻烦。蔼理斯慨叹社会和法律的对于兽交的态度就是在今日也颇有缺陷，往往忽略这事实：即犯此案件的如非病的变态者也是近于低能的愚鲁的人。"还有一层应该记住的，除了偶然有涉及虐待动物或他虐狂的情节者以外，兽交并不是一件直接的反社会的行为，那么假如这里不含有残虐的分子，正如瑞士福勒耳教授所说，这可以算是性欲的病的变态中之一件顶无害的事了。"

我不再多引用原文或举例，怕的会有人嫌他偏激，虽然实在他所说的原极寻常，平易近理。蔼理斯的意见以为性欲的满足有些无论怎样异常以至可厌恶，都无责难或干涉的必要，除了两种情形以外，一是关系医学，一是关系法律的。这就是说，假如这异常的行为要损害他自己的健康，那么他需要医药或精神治疗的处置。其次假如他要损及对方或第三者的健康或权利，那么法律就应加以干涉。这意见我觉得极有道理，既不保守，也不能算怎么激烈，据我看来还是很中庸的罢。要整个的介绍蔼理斯的思想不是微力所能任的事，英文有戈耳特堡 (Isaac Goldberg) 与彼得孙 (Houston Peterson) 的两部评传可以参考，这里只是因为买到一册本的《性的心理》觉得甚是喜欢，想写几句以介绍于读者罢了。

二十二年八月十八日，于北平

（收《夜读抄》。）

《性的心理》

《颜氏学记》

读《颜氏学记》觉得很有兴趣，颜习斋的思想固然有许多是好的，想起颜李的地位实在是明末清初的康梁，这更令人发生感慨。习斋讲学反对程朱陆王，主张复古，"古人学习六艺以成其德行，"归结于三物，其思想发动的经过当然也颇复杂，但我想明末的文人误国总是其中的一个重大原因。他在《存学编》中批评宋儒说：

"当日一出，徒以口舌致党祸，流而后世，全以章句误苍生。上者但学先儒讲著，稍涉文义，即欲承先启后，下者但问朝廷科甲，才能揣摩，皆骛富贵利达。"其结果则北宋之时虽有多数的圣贤，而终于"拱手以二帝畀金以汴京与豫"，南渡之后又生了多数的圣贤，而复终于"推手以少帝赴海以玉玺与元矣"。又《年谱》中记习斋语云：

"文章之祸，中于心则害心，中于身则害身，中于国家则害国家。陈文达曰，本朝自是文墨世界。当日读之，亦不觉其词之惨而意之悲也。"戴子高述《颜李弟子录》中记汤阴明宗室朱敬所说，意尤明白：

"明亡天下，以士不务实事而囿虚习，其祸则自成祖之定四书五经大全始。三百年来仅一阳明能建事功，而攻者至今未已，皆由科举俗学入人之蔽已深故也。"这里的背景显然与清末甲申以至甲午相同，不过那时没有西学，只有走复古的一条路，这原是革新之一法，正如欧洲的文艺复兴所做的。"兵农钱谷水火工虞，"这就是后来提倡声光化电船坚炮利的意思，虽然比较的平淡，又是根据经典，然而也就足以吓倒陋儒，冲破道学时文的乌烟瘴气了。大约在那时候这类的议论颇盛，如傅青主在《书成化弘治文后》一篇文章里也曾这样说：

"仔细想来，便此技到绝顶要他何用，文事武备暗暗底吃了他没影子亏，要将此事算接孔孟之脉，真恶心杀，真恶心杀。"这个道理似乎连皇帝也明白了。康熙二年上谕八股文章与政事无涉，即行停止，但是科举还并不停，到了八年八股却又恢复，直到清末，与国祚先后同绝。民国以来康梁的主张似乎是实行了，实际却并不如此。戊戌前三十年戴子高赵挞叔遍索不得的颜李二家著述现在有好几种板本了，四存学会也早成立了，而且我们现在读了《颜氏学记》也不禁心服，这是什么缘故呢？从一方面说，因为康梁所说太切近自己，所以找了远一点旧一点的来差可依傍，——其因乡土关系而提倡者又当别论。又从别一方面说，则西学新政又已化为道学时文，故颜李之说成为今日的对症服药，令人警醒，如不佞者盖即属于此项的第二种人也。

颜习斋尝说，"为治去四秽，其清明矣乎，时文也，僧也，道也，娼也。"别的且不论，其痛恨时文我觉得总是对的。但在《性理书评》里他又说，"宋儒是圣学之时文也，"则更令我非常佩服。何以道学会是时文呢？他说明道，"盖讲学诸公只好说体面话，非如三代圣贤一身之出处一言之抑扬皆有定见。"傅青主也尝说，"不拘甚事只不要奴，奴了，随他巧妙刁钻，为狗为鼠而已。"这是同一道理的别一说法。朱子批评杨龟山晚年出处，初说做人苟且，后却比之柳下惠，习斋批得极妙：

"龟山之就召也，正如燕雀处堂，全不见汴京亡，徽钦虏，直待梁折栋焚而后知金人之入宋也。朱子之论龟山，正如戏局断狱，亦不管圣贤成法，只是随口臧否，驳倒龟山以伸吾识，可也，救出龟山以全讲学体面，亦可也。"末几句说得真可绝倒，是作文的秘诀，却也是士大夫的真相。习斋拈出时文来包括宋儒——及以后的一切思想文章，正是他的极大见识，至于时文的特色则无定见，说体面话二语足以尽之矣，亦即青主所谓奴是也。今人有言，土八股之外加以洋八股，又加以党八股，此亦可谓知言也。关于现今的八股文章兹且不谈，但请读者注意便知，试听每天所发表的文字谈话有多少不是无定见，不是讲体面话者乎？学理工的谈教育政治与哲学，学文哲的谈军事，军人谈道德宗教与哲学，皆时文也，而时文并不限于儒生，更不限于文童矣，此殆中国八股时文化之大成也。习斋以时文与僧道娼为四秽，我则以八股雅片缠足阉人为中国四病，厥疾不瘳，国命将亡，四者之中时文相同，此则吾与习斋志同道合处也。

《性理书评》中有一节关于尹和靖祭其师伊川文，习斋所批首数语虽似平常却很有意义，其文曰：

"吾读《甲申殉难录》，至愧无半策匡时难惟余一死报君恩，未尝不泣下也，至览和靖祭伊川不背其师有之有益于世则未二语，又不觉废卷浩叹，为生民怆惶久之。"习斋的意思似乎只在慨感儒生之无用，但其严重地责备偏重气节而轻事功的陋习我觉得别有意义。生命是大事，人能舍生取义是难能可贵的事，这是无可疑的，所以重气节当然决不能算是不好。不过这里就难免有好些流弊，其最大的是什么事都只以一死塞责，虽误国殃民亦属可恕，一己之性命为重，万民之生死为轻，不能不说是极大的谬误。

那种偏激的气节说虽为儒生所唱道，其实原是封建时代遗物之复活，谓为东方道德中之一特色可，谓为一大害亦可，如现时日本之外则不惜与世界为敌，欲吞噬亚东，内则敢于破坏国法，欲用暴烈手段建立法西派政权，岂非悉由于此类右倾思想之作祟欤。内田等人明言即全国化为焦土亦所不惜，但天下事成败难说，如其失败时将以何赔偿之，恐此辈所准备者亦一条老命耳。此种东方道德在政治上如占势力，世界便将大受其害，不得安宁，假如世上有黄祸，吾欲以此当之。虽然，这只是说日本，若在中国则又略有别，至今亦何尝有真气节，今所大唱而特唱者只是气节的八股罢了，自己躲在安全地带，唱高调，叫人家牺牲，此与浸在温泉里一面呹喝"冲上前去"亦何以异哉。清初石天基所著《传家宝》中曾记一则笑话云：

"有父病延医用药，医曰，病已无救，除非有孝心之子割股感格，或可回生。子曰，这个不难。医去，遂抽刀出，是时夏月，逢一人赤身熟睡门屋，因以刀割其股肉一块。睡者惊起喊痛，子摇手曰，莫喊莫喊，割股救父母你难道不晓得是天地间最好的事么？"此话颇妙，习斋也生在那时候想当同有此感，只是对于天下大约还有指望，所以正经地责备，但是到了后来这只好当笑话讲讲，再下来自然就不大有人说了。六月中阅《学记》始写此文，到七月底才了，现在再加笔削成此，却已过了国庆日久矣了。

二十二年十月

（载一九三三年十月二十五日《大公报》文艺副刊第十期，署名岂明。收《夜读抄》。）

关于傅青主

　　傅青主在中国社会上的名声第一是医生，第二大约是书家吧。《傅青主女科》以至《男科》往往见于各家书目，刘雪崖辑《仙儒外纪》（所见系王氏刻《削繁》本）中屡记其奇迹，最有名的要算那儿握母心，针中腕穴而产，小儿手有刺痕的一案，虽然刘青园在《常谈》卷一曾力辟其谬。以为儿手无论如何都不能摸着心脏。震钧辑《国朝书人辑略》卷一第二名便是傅山，引了好些人家的评论，杨大瓢称其绝无毡裘气，说得很妙，但是知道的人到底较少了。《霜红龛诗》旧有刻本，其文章与思想则似乎向来很少有人注意，咸丰时刘雪崖编全集四十卷，于是始有可考，我所见的乃宣统末年山阳丁氏的刊本也。傅青主是明朝遗老，他有一种特别的地方。黄梨洲顾亭林孙夏峰王山史也都是品学兼优的人，但他们的思想还是正统派的，总不能出程朱陆王的范围，颜习斋刘继庄稍稍古怪了，或者可以与他相比。全谢山著《阳曲傅先生事略》中云：

　　"天下大定，自是始以黄冠自放，稍稍出土穴与客接，然间有问学者，则曰，老夫学庄列者也，于此间仁义事实羞道之，即强言之亦不工。"此一半是国亡后愤世之词，其实也因为他的思想宽博，于儒道佛三者都能通达，故无偏执处。《事略》又云：

　　"或强以宋诸儒之学问，则曰，必不得已吾取同甫。"可见青主对于宋儒的态度，虽然没有像习斋那样明说，总之是很不喜欢的了。青主也同习斋一样痛恨八股文，集卷十八《书成弘文后》云：

　　"仔细想来，便此技到绝顶，要他何用。文事武备，暗暗底吃了他没影子亏。要将此事算接孔孟之脉，真恶心杀，真恶心杀。"记起王渔洋的笔记说，康熙初废止考试八股文，他在礼部主张恢复，后果照办。渔洋的散文不无可取，但其见识与傅颜诸君比较，相去何其远耶。青主所最厌恶的是"奴俗"，在文中屡屡见到，卷廿五《家训》中有一则云：

　　"字亦何与人事，政复恐其带奴俗气。若得无奴俗气，乃可与论风期日上耳。不惟字。"卷廿六《失笑辞》中云：

　　"跌空亭而失笑，哇麤糟之奴论。"又《医药论略》云：

"奴人患奴病，自有奴医与奴药，高爽者不能治。胡人害胡病，自有胡医与胡药，正经者不能治。"又《读南华经》第二则云：

"读过《逍遥游》之人，自然是以大鹏自勉，断断不屑作蜩与学鸠为榆枋间快活矣。一切世间荣华富贵那能看到眼里，所以说金屑虽贵，着之眼中何异砂石。奴俗龌龊意见不知不觉打扫干净，莫说看今人不上眼，即看古人上眼者有几个。"卷三六云：

"读理书尤着不得一依傍之义，大悟底人先后一揆，虽势易局新，不碍大同。若奴人不曾究得人心空灵法界，单单靠定前人一半句注脚，说我是有本之学，正是咬龋人脚后跟底货，大是死狗扶不上墙也。"卷三七云：

"奴书生眼里着不得一个人，自谓尊崇圣道，益自见其狭小耳，那能不令我胡卢也。"卷三八云：

"不拘甚事只不要奴。奴了，随他巧妙雕钻，为狗为鼠已耳。"寥寥数语，把上边这些话都包括在里边，斩钉截铁地下了断结。卷三七又有三则，虽说的是别的话，却是同样地骂奴俗而颂真率：

"矮人观场，人好亦好。瞎子随笑，所笑不差。山汉啖柑子，直骂酸辣，还是率性好恶，而随人夸美，咬牙捩舌，死作知味之状，苦斯极矣。不知柑子自有不中吃者，山汉未必不骂中也。但说柑子即不骂而争啖之，酸辣莫辨，混沌凿矣。然柑子即酸辣不甜，亦不借山汉夸美而荣也。(案此语费解，或有小误。) 戴安道之子仲若双柑沽酒听黄鹂，真吃柑子人也。

"白果本自佳果，高淡香洁，诸果罕能匹之。吾曾劝一山秀才啖之。曰。不相干丝毫。真率不伪，白果相安也。

"又一山贡士寒夜来吾书房，适无甚与啖，偶有蜜饯橘子劝茶，满嚼一大口，半日不能咽，语我曰，不入不入。既而曰，满口辛。与吃白果人径似一个人，然我皆敬之为至诚君子也。细想不相干丝毫与不入两语，慧心人描写此事必不能似其七字之神，每一愁闷忆之辄噱发不已，少抒郁郁，又似一味药物也。"奴的反对是高爽明达，但真率也还在其次，所以山秀才毕竟要比奴书生好得多，傅道人记山汉事多含滑稽，此中即有敬意在也。同卷中又云：

"讲学者群攻阳明，谓近于禅，而阳明之徒不理为高也，真足憋杀攻者。若与饶舌争其是非，仍是自信不笃，自居异端矣。近有祖阳明而力斥攻者之陋，真阳明亦不必辄许可，阳明不护短望救也。"卷四十云：

"顷在频阳，闻莆城米矗之将拜访李中孚，既到门忽不入遂行，或问之，曰，闻渠是阳明之学。李问天生米不入之故，天生云云，李即曰，天生，我如何为阳明之学？天生于中孚为宗弟行，即曰，大哥如何不是阳明之学？我闻之俱不解，不知说甚，正由我不曾讲学辨朱陆买卖，是以闻此等说如梦。"这正可与"老夫学庄列者也"的话对照，他蔑视那些儒教徒的鸡虫之争，对于阳明却显然更有好意，但如真相信他是道士，则又不免上了当。《仙儒外纪》引《外传》云：

"或问长生久视之术，青主曰，大丈夫不能效力君父，长生久视徒猪狗活耳。或谓先生精汉魏古诗赋，先生曰，此乃驴鸣狗吠，何益于国家。"卷廿五《家训》中却云：

"人无百年不死之人，所留在天地间，可以增光岳之气，表五行之灵者，只此文章耳。"可见青主不是看不起文章的，他怕只作奴俗文，虽佳终是驴鸣狗吠之类也。如上文所抄可以当得好文章好思想了，但他又说：

"或者遗编残句，后之人诬以刘因辈贤我，我目几时瞑也。"卷三七又有一则云：

"韩康伯休卖药不二价，其中断无盈赢，即买三百卖亦三百之道，只是不能择人而卖，若遇俗恶买之，岂不辱吾药物。所以处乱世无事可做，只一事可做，吃了独参汤，烧沉香，读古书，如此饿死，殊不怨尤也。"遗老的洁癖于此可见，然亦唯真倔强如居士者才能这样说，我们读全谢山所著《事略》，见七十三老翁如何抗拒博学鸿词的征召，真令人肃然起敬。古人云，姜桂之性老而愈辣，傅先生足以当之矣。文章思想亦正如其人，但其辣处实实在在有他的一生涯做底子，所以与后世只是口头会说恶辣话的人不同，此一层极重要，盖相似的辣中亦自有奴辣与胡辣存在也。

廿四年十一月

（载一九三五年十二月十六日《宇宙风》第七期，署名知堂。收《风雨谈》。）

《蒿庵闲话》

对于蒿庵张尔岐的笔记我本来不会有多大期待，因为我知道他是严肃的正统派人。但是我却买了这两卷《闲话》来看，为什么呢？近来我想看看清初人的笔记，并不能花了财与力去大收罗，只是碰着可以到手的总找来一看。《蒿庵闲话》也就归入这一类里去了。这是嘉庆时的重刻本，卷末蒋因培附记中有云：

"此书自叙谓无关经学不切世务，故命为《闲话》，然书中教人以说闲话看闲书管闲事为当戒，先生邃于经学，达于世务，凡所札记皆多精义，固非闲话之比。"据我看来，这的确不是闲话，因为里边很有些大道理。如卷一有一则上半云：

"明初学者宗尚程朱，文章质实，名儒硕辅，往往辈出，国治民风号为近古。自良知之说起，人于程朱始敢为异论，或以异教之言诠解六经，于是议论日新，文章日丽，浸淫至天启崇祯之间，乡塾有读《集注》者传以为笑，《大全》《性理》诸书束之高阁，或至不蓄其本。庚辰以后，文章猥杂最甚，能缀砌古字经语犹为上驷，俚辞谚语。颂圣祝寿，喧嚣满纸，圣贤微旨几扫地尽，而甲申之变至矣。"下文又申明之曰：

"追究其始，菲薄程朱之一念实渐致之。"《钝吟杂录》卷二《家戒下》斥李卓吾处何义门批注云：

"吾尝谓既生一李卓吾，即宜一牛金星继其后矣。"二公语大妙，盖以为明末流寇乃应文运而生，此正可代表中国正统的文学批评家之一派也。但是蒿庵也有些话说得颇好，卷一有一则云：

"韩文公《送文畅序》有儒名墨行墨名儒行之语，盖以学佛者为墨，亦据其普度之说而以此名归之。今观其学，止是摄炼精神，使之不灭，方将弃伦常割恩爱，以求证悟，而谓之兼爱可乎。又其《送文畅北游》诗，大以富贵相夸诱，至云酒场舞闺姝，猎骑围边月，与世俗惑溺人何异。《送高闲序》为旭有道一段，亦以利害必明无遗锱铢情炎于中利欲斗进为胜于一死生解外胶，皆不类儒者。窃计文畅辈亦只是抽丰诗僧，不然必心轻之矣。"那样推尊程朱，对于韩文公却不很客气，这是我所觉很有兴趣的事。前两天有朋友谈及，韩退之在中国确也有他的好处，唐朝崇奉佛教的确闹得太利害了。他的辟佛正是一种对症药方，我们不能用现今的眼光去看，他的《原道》又是那时的中国本位文化的宣言，不失为有意义的事，因为据那位朋友的意思，印度思想在中国乃是有损无益的，所以不希望他发达，虽然在文学与思想的解放运动上这也不无用处。他这意见我觉得也是对的，不过不知怎的我总不喜欢韩退之与其思想文章。第一，我怕见小头目。俗语云，大王好见，小鬼难当。我不很怕那大教祖，如孔子与耶稣总比孟子与保罗要好亲近一点，而韩退之又是自称是传孟子的道统的，愈往后传便自然气象愈小而架子愈大，这是很难当的事情。第二，我对于文人向来用两种看法，纯粹的艺术家，立身谨重而文章放荡固然很好，若是立身也有点放荡，亦以为无甚妨碍，至于以教训为事的权威们我觉得必须先检查其言行，假如这里有了问题，那么其纸糊冠也就戴不成了。中国正统道学家都依附程朱，但是正统文人虽亦标榜道学而所依附的却是韩愈，他们有些还不满意程朱，以为有义理而无文章，如桐城派的人所说。因为这个缘故，我对于韩退之便不免要特别加以调验，看看这位大师究竟是否有此资格，不幸看出好些漏洞来，很丢了这权威的体面。古人也有讲到的，已经抄过了四五次，这回看见蒿庵别一方面的话，觉得也还可取，所以又把他抄下来了。

蒿庵自己虽然是儒者，对于"异端"的态度还不算很坏。卷一记利玛窦事云：

"要之历象器算是其所长，君子固当节取，若论道术吾自守家法可耳。"卷二论为学云：

"杂家及二氏，药饵也，投之有沉疴者立见起色，然过剂则转生他病或致杀人。"又有一则云：

"与僧凡夫语次及避乱事，曰，乱固须避，然不可遂失常度，命之所在巧拙莫移，若只思苟免，不顾理义，平生学问何在。又余怒一人，僧移书曰，学者遇不如意事，现前便须为判曲直，处分了即放开心胸，令如青天白日，若事过时移尚自煎煼，此是自生苦恼也。"此僧固佳，但蒿庵能容受，如上节所云，"自恨弱植，得良友一言，耳目加莹，血

《蒿庵闲话》

气加王，"自亦难得。我与凡教徒都是隔教，但是从别一方而说也可以说都有点接近，只是到了相当的距离就有一种间隔，不能全部相合或相反也。何燕泉本陶集中引《庐阜杂记》云：

"远师结白莲社，以书招渊明。陶曰，弟子嗜酒，若许饮即往矣。远许之，遂造焉。因勉令人社，陶攒眉而去。"这件事真假不可知，我读了却很喜欢，觉得甚能写出陶公的神气，而且也是一种很好的态度，我希望能够学到一点，可是实在似易实难，太史公曰，虽不能至，心向往之矣。

《闲话》卷一有一则说《诗经》的小文，也很有意思，文云：

"《女曰鸡鸣》第二章，琴瑟在御，莫不静好，此诗人拟想点缀之辞，若作女子口中语似觉少味。盖诗人一面叙述，一面点缀，大类后世弦索曲子，三百篇中述语叙景，错杂成文，如此类者甚多，《溱洧》齐《鸡鸣》皆是也。溱与洧亦旁人述所闻所见演而成章，说家泥《传》淫奔者自叙之辞一语，不知女曰士曰等字如何安顿。"近世说《诗》唯姚首源及郝兰皋夫妇颇有思致，关于《女曰鸡鸣》亦均未想到，蒿庵所说算是最好了。关于《溱洧》，姚氏云：

"序谓淫诗，此刺淫诗也，篇中士女字甚多，非士与女所自作明矣。"郝氏则云：

"序云，刺乱也。瑞玉曰，郑国之俗，三月上巳修禊溱洧之滨，士女游观，折华相赠，自择昏姻，诗人述其谣俗尔。"王夫人所说新辟而实平妥，胜于姚君，诗人述其谣俗与旁人述所闻所见演而成章大意相同，而蒿庵复以弦索曲子比三百篇，则说得更妙，《闲话》二卷中此小文当推压卷之作了。我举上边评韩退之语，或尚不免略有意气存在，若此番的话大约可以说是大公无私了罢。

廿五年三月廿八日于北平

（原题《文人之行》，载一九三六年五月一日《宇宙风》第十六期，署名知堂。收《风雨谈》时改题。）

《游山日记》

民国十几年从杭州买到一部《游山日记》，衬装六册，印板尚佳，价颇不廉。后来在上海买得《白香杂著》，七册共十一种，《游山日记》也在内，系后印，首叶的题字亦不相同。去年不知什么时候知道上海的书店有单行的《游山日记》，写信通知了林语堂先生，他买了去一读说值得重印，于是这日记重印出来了。我因为上述的关系，所以来说几句话，虽然关于舒白香我实在知道得很少。

《游山日记》十二卷，系嘉庆九年(一八〇四)白香四十六岁时在庐山避暑所作，前十卷记自六月一日至九月十日共一百天的事，末二卷则集录诗赋也。白香文章清丽，思想通达，在文人中不可多得，乐莲裳跋语称其汇儒释于寸心，穷天人于尺素，虽稍有藻饰，却亦可谓知言。其叙事之妙，如卷三甲寅(七月廿八日)条云：

"晴凉，天籁又作。此山不闻风声日盖少，泉声则雨霁便止，不易得，昼间蝉声松声，远林际画眉声，朝暮则老僧梵呗声和吾书声，比来静夜风止，则惟闻蟋蟀声耳。"又卷七己巳(八月十三日)条云：

"朝晴暖。暮云满室，作焦曲气，以巨爆击之不散，爆烟与云异，不相溷也。云过密则反无雨，令人坐混沌之中，一物不见。阖扉则云之入者不复出，不阖扉则云之出者旋复入，口鼻之内无非云者。窥书不见，因昏昏欲睡，吾今日可谓云醉。"其纪山中起居情形亦多可喜，今但举七月中关于食物的几节，卷三乙未(九日)条云：

"朝晴凉适，可着小棉。瓶中米尚支数日，而菜已竭，所谓馑也。西辅戏采南瓜叶及野苋，煮食甚甘，予仍饭两碗，且笑谓与南瓜相识半生矣，不知其叶中乃有至味。"卷四乙巳(十九日)条云：

"冷，雨竟日。晨餐时菜羹亦竭，惟食炒乌豆下饭，宗慧仍以汤匙进。问安用此，曰，勺豆入口逸于箸。予不禁喷饭而笑，谓此匙自赋形受役以来但知其才以不漏汁水为长耳，孰谓其遭际之穷至于如此。"又丙午（二十日）条云：

"宗慧试采养麦叶煮作菜羹，竟可食，柔美过匏叶，但微苦耳。苟非入山既深，又断蔬经旬，岂能识此种风味。"卷五壬子（廿六日）条云：

"晴暖。宗慧本不称其名，久饮天池，渐欲通慧，忧予乏蔬，乃埋豆池旁，既雨而芽，朝食乃烹之以进。饥肠得此不翅江瑶柱，入齿香脆，颂不容口，欲犒以钱，钱又竭，但赋诗志喜而已。"此种种菜食，如查《野菜博录》等书本是寻常，现在妙在从经验得来，所以亲切有味。中国古文中不少游记，但如当作文辞的一体去做，便与"汉高祖论"相去不远，都是《古文观止》里的资料，不过内容略有史地之分罢了。《徐霞客游记》才算是一部游记，他走的地方多，记载也详赡，所以是不朽之作，但他还是属于地理类的，与白香的游记属于文学者不同。《游山日记》里所载的重要的是私生活，以及私人的思想性情，这的确是一部"日记"，只以一座庐山当作背景耳。所以从这书中看得出来的是舒白香一个人，也有一个云烟飘渺的匡庐在，却是白香心眼中的山，有如画师写在卷子上似的，当不得照片或地图看也。徐骧题后有云：

"读他人游山记，不过令人思裹粮游耳，读此反觉不敢轻游，盖恐徒事品泉弄石，山灵亦不乐有此游客也。"乐莲裳跋中又云：

"然雄心远慨，不屑不恭，时复一露，不异畴昔挑灯对榻时语，虽无损于性情，犹未平于嬉笑。"这里本是规箴之词，却能说出日记的一种特色，虽然在乐君看去似乎是缺点。白香的思想本来很是通达，议论大抵平正，如卷二论儒生泥古误事，正如不审病理妄投药剂，鲜不殆者，王荆公即是，"昌黎文公未必不以不作相全其名耳。"卷七云：

"佛者投身饲饿虎及割肉喂鹰，小慧者观之皆似极愚而可笑之事，殊不知正是大悲心中自验其行力语耳。……民溺己溺，民饥己饥，亦大悲心耳，即使禹之时有一水鬼，稷之时有一饿鬼，不足为禹稷病也。不与人为善，逞私智以黢刻论人，吾所不取。"其态度可以想见，但对于奴俗者流则深恶痛绝，不肯少予宽假，如卷八记郡掾问铁瓦，卷九纪蝲蟹蛙腹者拜乌金太子，乃极嬉笑怒骂之能事，在普通文章中盖殊不常见也。《日记》文中又喜引用通行的笑话，卷四中有两则，卷七中有两则，卷九中有一则，皆诙诡有趣。此种写法，尝见王谑庵陶石梁张宗子文中有之，其源盖出于周秦诸子，而有一种新方术，化臭腐为神奇，这有如妖女美德亚 (Medeia) 的锅，能够把老羊煮成乳羔，在拙手却也会煮死老头儿完事，此所以大难也。《游山日记》确是一部好书，很值得一读，但是却也不好有第二部，最禁不起一学。我既然致了介绍词，末了不得不有这一点警戒，盖螃蟹即使好吃，乱吃也是要坏肚子的也。

中华民国廿四年十二月八日，

知堂记于北平苦茶庵

附记

据《婺舲馀稿》，嘉庆十三年戊辰（一八〇八）四月廿三日为白香五十生辰，知其生于乾隆廿四年己卯，游庐山时年四十六，与卷首小像上所题正合。《舒白香杂著》据罗振玉《续汇刻书目》辛为《游山日记》十二卷，《花仙集》一卷，《双峰公挽诗》一卷，《和陶诗》一卷，《秋心集》一卷，《南征集》一卷，《香词百选》一卷，《湘舟漫录》三卷，《骖鸾集》三卷，《古南馀话》五卷，《婺舲馀稿》一卷，共十一种。我所有的一部缺《骖鸾集》，而多有《联碧诗钞》二卷，次序亦不相同。周黎庵先生所云"天香戏稿"即是《香词百选》，计词一百首，为其门人黄有华所选。我最初知道舒白香虽然因为他的词谱及笺，可是对于词实在不大了然，所以这卷《百选》有时也要翻翻看，却没有什么意见可说。

（载一九三六年一月一《宇宙风》第八期，署名知堂。收《风雨谈》。）

《游山日记》

俞理初的诙谐

俞理初著《癸巳存稿》卷四有《女》一篇云："《白虎通》云：女，如也，从如人也。《释名》云：女，如也，青徐州曰娪。娪，忤也，始生时人意不喜，忤忤然也。《史记·外戚世家》褚先生云：武帝时天下歌曰，生男勿喜，生女勿怒。《太平广记》《长恨歌传》云：天宝时人歌曰，生男勿喜欢，生女勿悲酸。则忤忤然怒而悲酸，人之常矣。《玉台新咏》傅玄《苦相篇》云：苦想身为女，卑陋难再陈。男儿当门户，堕地自生神，雄心志四海，万里望风尘。生女无欣爱，不为家所珍，长大避深室，藏头羞见人。垂泪适他乡．忽如雨绝云。低头私颜色，素齿结朱唇，跪拜无复数，婢妾如严宾。情合同云汉，葵藿仰阳春。心乖甚水火，有庆集其身。玉颜随年变，丈夫多好新，昔为形与影，今为胡与秦。胡秦时一见，一绝逾参辰。此谚所谓姑恶千平，夫嫌万苦者也。《后汉书》曹世叔妻传云：女宪曰，得意一人是谓永毕，失意一人是谓永讫，亦贵乎遇人之淑也。白居易《妇人苦》诗云：妇人一丧夫，终身守孤子，有如林中竹，忽被风吹折，一折不重生，枯死犹抱节。男儿若丧妇，能不暂伤情，应似门前柳，逢春易发荣，风吹一枝折，还有一枝生。为君委曲言，愿君再三听，须知妇人苦，从此莫相轻。其言尤蔼然。《庄子·天道篇》云：尧告舜曰，吾不虐无告，不废穷民，苦死者，嘉孺子而哀妇人，此吾所以用心也。《书·梓材》：成王谓康叔，至于敬寡，至于属妇，合由以容。此圣人言也。《天方典礼》引谟罕墨特云：妻暨仆，民之二弱也，衣之食之，勿命以所不能。盖持世之人未有不计及此者。"

俞君不是文人，但是我读了上文，觉得这在意思及文章上都很完善，实在是一篇上乘的文字，我虽然想学写文章，至今还不能写出能象这样的一篇来，自己觉得惭愧，却也受到一种激励。近来无事可为，重阅所收的清朝笔记，这一个月中间差不多检查了二十几种共四百馀卷，结果才签出二百三十条，大约平均两卷里取一条的比例。但是更使我觉得奇异的是，笔记的好材料，即是说根据我的常识与趣味的二重标准认为中选的，多不出于有名的文人学士的著述之中，却都在那些悃愊无华的学究们的书里，如俞理初的《癸巳存稿》，郝兰皋的《晒书堂笔录》是也。讲到学问与诗文，清初的顾亭林与王渔洋总要算是一个人物了，可是读他们的笔记，便觉得可取的地方没有如预料的那么多。为什么呢？中国文人学士大抵各有他们的道统，或严肃的道学派或风流的才子派，虽自有其系统，而缺少温柔敦厚或淡泊宁静之趣，这在笔记文学中却是必要的，因此无论别的成绩如何，在这方面就难免很差了。这一点小事情却含有大意义，盖这里不但指示出看笔记的途径，同时也教了我写文章的方法也。

俞理初生于乾嘉时，《类稿》成于癸巳，距今已逾百年矣，而其见识乃极明达，甚可佩服，特别是能尊重人权，对于两性问题常有超越前人的公论，蔡孑民先生在《年谱》序中曾列举数例，加以赞扬，如上文所引亦是好例之一也。但是我读《存稿》，觉得另有一种特色，即是议论公平而文章乃多滑稽趣味，这也是很难得的事。戴醇士著《习苦斋笔记》有一则云：

"理初先生，黟县人，予识于京师，年六十矣。口所谈者皆游戏语，遇于道则行无所适，南北东西，无可无不可。至人家，谈数语，辄睡于客座。问古今事，诡言不知。或晚间酒后，则原原本本无一字遗。予所识博雅者无出其右。"这是很有价值的一种记录，从日常言行一小节上可以使人得到好资料，去了解他文字思想上的有些特殊问题。《存稿》卷三《鲁二女》一篇中说《春秋》僖公十四年季姬及鄫子遇于防，公羊谷梁二家释为淫通，据《左传》反驳之，评云：

"季姬盖老矣，遭家不造，为古贵妇人之失势者，不料汉人恕己度人，好言古女淫佚也。"又云：

"听女淫佚，则春秋之法，公子出境，重至帅师，非君命不书，非告庙不书，淫佚有何喜庆，而命之策命，告之祖宗，固知瞀儒秽言无一可通者。"又卷三《书难字后》有一节云：

"《说文》，亡从人从乚，为有亡，亦为亡失。唐人《语林》云：

俞理初的诙谐

有亡之亡一点一画一乙，亡失之亡中有人，观篆文便知。不知是何篆文有此二怪字，欲令人观之。"又关于欤乃二字云：

"《冷斋夜话》引洪驹父言欤乃音奥，可为怪叹，反讥世人分欤乃为两字。此洪识难字诚多矣然不似读书人也。"
又有云：

"又短书言宋乩神示古忠恕乃一笔书，退检古名帖，忠恕草书是中心如一四字。是不惟人荒谬，乩神亦荒谬也。"
又卷四《师道正义》中云：

"《枫窗小牍》言：宋仁宗时开封民聚童子教之，有因夏楚死者，为其父母所讼，当抵死。此则非人所为。师本以利，诚不爱钱，即谢去一二不合意之人亦非大损，乃苦守聚徒取钱本意而致出钱幼童于死，此其昧良尤不可留于人世也。"
又云：

"《东京梦华录》云：市学先生，春社秋社重五重九，豫敛诸生钱作会，诸生归时各携花篮果实食物社糕而散。此固生财之道，近人情也。"卷十一《芭蕉》一文中谓南方雪中实有芭蕉，王维山中亦当有之，对于诸家评摩诘画乃神悟不在形迹诸说深不以为然，评曰：

"世间此种言语，誉西施之颦耳，西施是日适不曾颦也。"
卷十四《古本大学石刻记》中云：

"明正德十三年七月王守仁从《礼记》写出《大学》本文，其识甚高。时有张夏者辑《闽洛渊源录》，反极诋守仁倒置经文，盖张夏言道学，不暇料检五经，又所传陈澔《礼记》中无《大学》，疑足守仁伪造。然朱子章句见在，为朱学者多以朱墨涂其章句之语。夏欲自附朱子，亦不全览朱子章句，致不知有旧本，可云奇怪。"后说及丰坊伪作石经本《大学》，周从龙作《遵古编》附和之，语多谬妄，评云：

"此数人者慷慨下笔，殆有异人之禀。"又《愚儒莠书》中引宋人所记不近情理事以为不当有，但因古有类似传说，因仿以为书，不自知其愚也。篇末总结云：

"著者含毫吮墨，摇头转目，愚鄙之状见于纸上也。"可谓穷形极相。古今来此类层出不尽，惜无人为一一指出，良由常人难得之故。盖常人者无特别希奇古怪的宗旨，只有普通的常识，即是向来所谓人情物理，寻常对于一切事物就只公平的看去，所见故较为平正真切，但因此亦遂与大多数的意思相左，有时也有反被称为怪人的可能，如汉孔文举明李宏甫皆是，俞君正是倖而免耳。中国贤哲提倡中庸之道，现在想起来实在也很有道理，盖在中国最缺少的大约就是这个，一般文人学士差不多都有点异人之禀，喜欢高谈阔论，讲他自己所不知道的话，宁过无不及，此荞书之所以多也。如平常的人，有常识与趣味，知道凡不合情理的事既非真实，亦不美善，不肯附和，或更辞而辟之，则更大有益世道人心矣。俞理初可以算是这样一个伟大的常人了，不客气的驳正俗说，而又多以诙谐的态度出之，这最使我佩服，只可惜上下三百年此种人不可多得，深恐只手不能满也。

民国二十六年九月八日，在北平苦雨斋

（载一九三七年十月一日《中国文艺》第一期，署名知堂。收《秉烛后谈》。）

老年的书

谷崎润一郎的文章是我所喜欢读的，但这大抵只是随笔，小说除最近的《春琴抄》、《芦刈》、《武州公秘话》这几篇外也就没有多读。昭和八年(一九三三)出版的《青春物语》凡八章，是谷崎前半生的自叙传，后边附有一篇《艺谈》，把文艺与演艺相提并论，觉得很有意思。其一节云：

"我觉得自己的意见与现代的艺术观根本的不相容，对于一天一天向这边倾过去的自己略有点觉得可怕。我想这不是动脉硬化的一种证据么，实在也不能确信其不如此。但是转侧的一想，在现代的日本几乎全无大人所读的或是老人所读的文学。日本的政治家大抵被说为缺乏文艺的素养，暗于文坛的情势，但是这在文坛方面岂不是也有几分责任么。因为就是他们政治家也未必真是对于文艺冷淡，如犬养木堂翁可以不必说了，象滨口雄幸那样无趣味似的人，据说也爱诵《碧岩录》，若概前首相那些人则喜欢玩拙劣的汉诗，此外现居闲地的老政治家里面在读书三昧中度日的人一定也还不很少吧。不过他们所喜欢的多是汉文学，否则是日本的古典类，毫不及于现代的文学。读日本的现代文学，特别是读所谓纯文学的人，都是从十八九至三十前后的文学青年，极端的说来只是作家志望的人们而已。我看见评论家诸君的月评或文艺论使得报纸很热闹的时候，心里总是奇怪，到底除了我们同行以外的读者有几个人去读这些东西呢？在现在文坛占着高位的创作与评论，实在也单是我们同行中人做了互相读相批评，此外还有谁来注意？目前日本国内充满着不能得到地位感觉不平的青年，因此文学志愿者的人数势必很多，有些大报也原有登载那些作品的，但是无论如何，文坛这物事是完全以年青人为对手的特别世界，从自然主义的昔日以至现在，这种情形毫无变化。虽是应该对于政治组织社会状态特殊关心的普罗作家，一旦成为文士而加入文坛，被批评家的月评所收容。那么他们的读者也与纯文学的相差不远，限于狭小的范围内，能够广大的从天下的工人农人中获得爱读者的作家真是绝少。在日本的艺术里，这也只是文学才踉跄于这样局促的天地，演剧不必说了，就是绘画音乐也更有广泛的爱好者，这是大家所知觉的事情。只是大众文学虽为文坛的月评所疏外，却在社会各方面似乎更有广大的读者层，可是这些爱读者的大部分恐怕也都是三十岁内的男女吧。的确，大众文学里没有文学青年的臭味，又多立脚于日本的历史与传统，其中优秀的作品未始没有可以作为大人所读的文学之感，但是对于过了老境的人能给与以精神的粮食之文学说是能够从这里生出来，却又未能如此想。要之现时的文学是以年青人为对手的读物，便是在作者方面，他当初也就没有把四十岁以上的大人们算在他的计画中的。老实说，象我这样虽然也是在文坛的角落里占一席地的同行中人，可是看每月杂志即使别栏翻阅一下，创作栏大概总是不读，这是没有虚假的事实。盖无论在那一时代那一国土，爱好文学的多是青春期的人们，所以得他们来做读者实是文艺作家的本怀，那些老人们便随他去或者本来也不要紧，但是象我这样年纪将近五十了，想起自己所写的东西除年青人以外找不到人读，未始不感到寂寞。又或者把我自己放在读者方面来看，觉得古典之外别无堪读的东西，也总感觉在现代的文学里一定有什么缺陷存在。为什么呢？因为从青年期到老年期，时时在灯下翻看，求得慰安，当作一生的伴侣永不厌倦的书物，这才可以说是真的文学。人在修养时代固然也读书，到了老来得到闲月日，更是深深的想要有滋味的读物，这正是人情。那时候他们所想读的，是能够慰劳自己半生的辛苦，忘却老后的悔恨，或可以说是清算过去生涯，什么都就是这么样也好，世上的事情有苦有悲也都有意思，就如此给与一种安心与信仰的文学。我以前所云找出心的故乡来的文学，也就是指这个。”

我把这一篇小文章译录在这里，并不是全部都想引用，虽然在文学上中的情形原来相近，谷崎所说的话也颇有意思。我现在所想说的，只是看到在缺少给大人和老人读的书物这句话，很有同意，所以抄了过来，再加添一点意思上去。文学的世界总是青年的，然而世界不单只是文学，人生也不常是青年。我见文学青年成为大人，(此语作第二义解亦任便，)主持事务则其修养(或无修养)也与旧人相差无几，盖现时没有书给大人读，正与日本相同，而旧人所读过的书大抵亦不甚高明也。日本老人有爱诵《碧岩录》者，中国信佛的恐只慕净土念真言，非信徒又安肯读二氏之书乎。不佞数年前买《揞黑豆集》，虽觉得有趣而仍不懂，所以也不能算。据我妄测，中国旧人爱读的东西大概不外三类，即香艳，道学，报应，是也。其实香艳也有好诗文，只怕俗与丑；道学也是一种思想，但忌伪与矫；唯报应则无可取。我每想象中年老年的案头供奉《感应篇》、《明圣经》，消遣则《池上草堂劝戒近录》，笔墨最好的要算《坐花志果》了，这种情形能不令人短气？这里便与日本的事情不同，我觉得我们所需要的虽然也是找出心的故乡来的文学，却未必是给与安心与信仰的，而是通达人情物理，能使人增益智慧，涵养性情的一种文章。无论什么，谈了于人最有损的是不讲情理的东西。报应与道学以至香艳都不能免这个毛病。不佞无做圣贤或才子的野心，别方面不大注意，近来只找点笔记看，便感到这样的不满，我想这总比被麻醉损害了为好，虽然也已失了原来读书的乐趣。现在似乎未便以老年自居，但总之已过了中年，与青年人的兴趣有点不同了，要求别的好书看看也是应该，却极不容易。《诗经》特别是《国风》，陶诗读了也总是喜欢，但是，读书而非求之于千年前的古典不可，岂不少少觉得寂寞么？大约因为近代的时间短的缘故吧，找书真大难，现代则以二十世纪论亦只有三十七年耳。近日偶读牛空山《诗志》，见《豳风·东山》后有批语云：

"情绝之事与军人不相关，慰军人却最妙。虫鸟果蔬之事与情艳不相关，写情艳却最妙。凯旋劳军何等大关目，妙在一字不及公事。一篇悲喜离合都从室家男女生情。开端敦彼独宿，亦在车下，隐然动劳人久旷之感。后文妇叹于室，其新孔嘉，惓惓于此三致意焉。夫人情所不能已圣人弗禁，东征之士谁无父母，岂鲜兄弟，而夫妇情艳之私尤所缱切。此诗曲体人情，无隐不透，直从三军肺腑打撼一过，而温挚婉恻，感激动人，悦以使民，民忘其死，信非周公不能作也。"这几节话在牛空山只是读诗时感到的意思批在书眉上，可是说得极好，有情有理，一般儒生经师诗人及批评家都不能到这境地，是很难得的。我引这些话来做一个例，表示有这种见识情趣的可以有写书的资格了，只可惜他们不大肯写，而其更重要的事情是他们这种人实在也太少。供给青年看的文学书充足与否不佞未敢妄言，若所谓大人看的书则好的实在极少，除若干古典外几于无有，然则中年老年之缺少修养又正何足怪也。

我近来想读书，却深感觉好书之不易得，所以写这篇小文，盖全是站在读者方面立场也。若云你不行，我来做，则岂敢。昨日闻有披发狂夫长跪午门外自称来做皇帝，不佞虽或自大亦何至于此乎。

民国二十六年五月四日于北平

（收《秉烛后谈》。）

《輶轩语》

往时见张之洞著《輶轩语》，嫌其名太陈腐，不一披阅。丁丑旧上元日游厂甸，见湖北重刊本，以薄值买一册归读之，则平实而亦新创，不知其何不径称发落语，以免误人乎。《复堂日记》卷三庚辰年下有一条云，阅《輶轩语》，不必穷高极深，要为一字千金，可谓知言。六十年来世事变更。乃竟不见有更新的学术指南书，平易诚挚，足与抗衡者，念之增慨。张氏不喜言神灵果报，《阴骘文》《感应篇》文昌魁星诸事，即此一节，在读书人中亦已大不易得，其中鄙意者亦正以此，若其语学语文固不乏切理近情之言，抑又其次矣。近常有人称赞《阅微草堂笔记》，即贤者亦或不免，鄙意殊不以为然。纪氏文笔固颇干净，唯其假狐鬼说教，不足为训，反不如看所著《我法集》犹为无害。我称张香涛，意识下即有纪晓岚在，兹故连及之。二人皆京南人，均颇有见识，而有此不同，现今学子不妨一看《輶轩语》，《阅微草堂》则非知识未足之少年所宜读者也。

（载一九三九年三月三十一日《实报》，署名药堂。收《书房一角》。）

读《初潭集》

"久欲得《初潭集》，畏其价贵不敢出手。去冬书贾携一册来，少敝旧而价不出廿元，颇想留之。会玄同来谈，又有生客倏至，乃属玄同且坐苦雨斋北室，即前此听虾蟆跳处，今已铺席矣，可随意偃卧，亦良便利也。比客去，玄同手《初潭集》出曰，此书大佳，如不要勿即退还。——盖自欲得之也。未几全书送来，议打一折扣而购得之，尚未及示玄同，而玄同已殁矣。今日重翻此集，不禁想起往事，感慨系之，于今能与不佞赏识卓吾老子者尚有几人乎。廿八年二月四日夜，知堂记于北平。"

此是不佞题所藏《初潭集》的话，于今转眼将一年矣。今日取出书来看，不胜感慨。玄同遇虾蟆事在民国十三年，查旧日记七月廿五日条下云：

"阴，上午十一时玄同来谈，至晚十时去。"又八月二日条下云：

"下午雨。玄同来访，阻雨，晚留宿客房。"次晨见面时玄同云，夜间室内似有人步声，何耶。我深信必无此事，以为当是幻觉。及客去收拾房间，乃见有大虾蟆一只在床下，盖前此大雨时混入者也。尹默闻之笑曰，玄同大眼，故虾蟆来与晤对耳，遂翻《敬亭山》诗咏之曰，相看两不厌，虾蟆与玄同。昔日友朋戏笑之言，流传人间，衍为世说，或有传讹，实则只是如此耳。因题记语加以说明，念古人车过腹痛之感，盖有同情也。

玄同和我所谈的范围极广，除政治外几于无不在可谈之列，虽然他所专攻的音韵学我不能懂，敬而远之，称之曰未来派。关于思想的议论大抵多是一致，所不同者只是玄同更信任理想，所以也更是乐观的而已。但是我说中国思想界有三贤，即是汉王充，明李贽，清俞正燮，这个意见玄同甚是赞同。我们生于衰世，欲喜尚友古人，往往乱谈王仲任、李卓吾、俞理初如何如何，好像都是我们的友朋，想起来未免可笑，其实以思想倾向论，不无多少因缘，自然不妨托熟一点。三贤中唯李卓吾以思想得祸，其人似乎很激烈，实在却不尽然，据我看去他的思想倒是颇和平公正的，只是世间历来的意见太歪曲了，所以反而显得奇异，这就成为毁与祸的原因。思想的和平公正有什么凭据呢？这只是有常识罢了，说得更明白一点便是人情物理。懂得人情物理的人说出话来，无论表面上是什么陈旧或新奇，其内容是一样的实在，有如真金不怕火烧，颠扑不破，因为公正所以也就是和平。《礼运》云，饮食男女，人之大欲存焉。这是一句有常识的名言，多么诚实，平常，却又是多么大胆呀。假如这是某甲说的，说不定也会得祸，幸而出于《礼记》，读书人没有办法，故得幸免，不为顾亭林辈所痛骂耳。

我曾说看文人的思想不难，只须看他文中对妇女如何说法即可明了。《越缦堂日记补》辛集上咸丰十一年六月二十日条下记阅俞理初的《癸巳类稿》事，有云：

"俞君颇好为妇人出脱。其《节妇说》言，《礼》云一与之齐终身不改，男子亦不当再娶。《贞女说》言，后世女子不肯再受聘者谓之贞女，乃贤者未思之过。《妒非女人恶德论》言，夫买妾而妻不妒，是忍也，忍则家道坏矣。语皆偏谲，似谢夫人所谓出于周姥者，一笑。"李君是旧文人，其非薄本不足怪，但能看出此一特点，亦可谓颇有眼力矣。李卓吾的思想好处颇不少，其最明了的亦可在这里看出。《焚书》卷二《答以女人学道为见短书》中云：

"谓人有男女则可，谓见有男女可乎？谓见有长短则可，谓男子之见尽长，女人之见尽短，又岂可乎？"《初潭集》卷三列记李夫人、阮嗣宗邻家女、阮仲容姑家鲜卑婢诸事后，加案语云：

"李温陵曰，甚矣声色之迷人也，破国亡家，丧身失志，伤风败类，无不由此，可不慎欤。然汉武以雄才而拓地万馀里，魏武以英雄而割据有中原，又何尝不自声色中来也，嗣宗仲容流声后世，固以此耳。岂其所破败者自有所在，或在彼而未必在此欤。吾以是观之，若使夏不妹喜，吴不西施，亦必立而败亡也。周之共主，寄食东西，与贫乞何殊，一饭不能自给，又何声色之娱乎。固知成身之理，其道甚大，建业之由，英雄为本，彼琐琐者非持才妄作，果于诛戮，则不才无断，威福在下也。

此兴亡之所在也，不可不慎也。"此所言大有见识，非寻常翻案文章可比。又卷四《苦海诸媪》项下记蔡文姬、王昭君事，评云：

"蔡文姬、王昭君同是上流妇人，生世不幸，皆可悲也。"又记桓元子为其侄女宥庾玉台一门，曹孟德为文姬宥董祀，评云：

"婿故自急，二氏一律，桓公亲亲，曹公贤贤。呜呼，曹公于是为不可及矣。"书眉上有无名氏墨书曰：

"上数条卓吾皆以为贤，乃欲裂四维而灭天常耶。"其后别有一人书曰：

"卓吾毕竟不凡。"李卓吾此种见解盖纯是常识，与《藏书》中之称赞卓文君正是一样，但世俗狂惑闻之不免骇然，无名氏之批犹礼科给事中张问达之疏耳，其词虽严，唯实在只是一声呓喝，却无意义者也。天下第一大危险事乃是不肯说诳话，许多思想文字之狱皆从此出。本来附和俗论一声亦非大难事，而狷介者每不屑为，致蹈虎尾之危，可深慨也。二月中题《扪烛脞存》中曾云：

"卓吾老子有何奇，也只是这一点常识，又加以洁癖，乃更至于以此杀身矣。"但只有常识，虽然白眼看天下读书人，如不多说话，也可括囊无咎。此上又有洁癖，则如饭中有蝇子，必哇出之为快，斯为祸大矣。

《初潭集》三十卷，万历十六年卓吾初落发龙潭即纂此，故曰初潭，时年六十二岁。书分五部，曰夫妇父子兄弟师友君臣，又各分细目，抄集故事有如《世说》，间附以评论。中国读书人喜评史，往往深文周纳，不近人情，又或论文，则咬文嚼字，如吟味制艺。卓吾所评乃随意插嘴，多有妙趣，又务为解放，即偶有指摘，亦具情理，非漫然也。卷十一《儒教》下云：

"鲁季孙有丧，孔子往吊之，入门而左，从客也。主人

周作人卷

以玙璠收。孔子径庭而趋，历阶而上，曰，以宝玉收，譬之犹暴骸中原也。"评曰：

"太管闲事，非子言也。"又云：

"齐大饥，黔敖为食于路，以待饥者。有蒙袂辑屦，贸贸而来。曰，嗟，来食。曰，余唯不食嗟来之食，以至于斯也。从而谢之，不食而死。仲尼曰，其嗟也可去，其谢也可食。"评曰：

"道学可厌，非夫子语。"据《檀弓》所说，这里说话的是曾子，不知何以写作仲尼，但这两节所批总之都是不错的，他知道真的儒家通达人情物理，所言说必定平易近人，不涉于琐碎迂曲也。《焚书》卷三《童心说》中说得很妙，他以为经书中有些都只是圣人的迂阔门徒，懵懂弟子，记忆师说，有头无尾，得后遗前，随其所见，笔之于书。此语虽近游戏，却也颇有意思，格以儒家忠恕之义亦自不难辨别出来，如上文所举，虽只是卓吾一家的看法，可以作为一例也。近来介绍李卓吾者有四川吴虞，日本铃木虎雄，福建朱维之，广东容肇祖，其生平行事思想约略可知矣。《焚书》亦已有两三次活字翻印，惜多错误不便读，安得有好事者取原书并续书景印，又抄录遗文为一集，公之于世以便学者乎。

廿九年一月廿七日

（收《药堂杂文》。）

《宋琐语》

　　郝兰皋实在是一个难得的学者。他在乾嘉时代主要的地位是经师，但是他的学问里包含着一种风趣与见识，所以自成特殊的格调，理想的学者我想就该是那么样的吧？近日拿出《宋琐语》来读，这是一册辑录书，早一点的有周两塍的《南北史捃华》，再早是张石宗的《廿一史识馀》，虽然都还可以看得，也只是平平罢了，但郝君的便看点儿不同。小序云："沈休文之《宋书》华赡清妍，纤秾有体，往往读其书如亲见其人。于班范书陈寿志之外别开蹊径，抑亦近古史书之最良者也。"他赏识《宋书》的文章，很有道理，所录凡二十八类，标目立名，亦甚有风致，与《世说新语》所题差可比拟，馀人殆莫及也。本文后偶着评注，多可启发人意，读之唯恨其少。如《德音第一》述宋高祖将去三秦，父老诣门流涕陈诉事，注有云："三秦父老诣门之诉，情旨悲凉。颇似汉祖入关约法时，然武帝此举实非兴复旧京也，外示威棱，内图禅代，匆匆东归，而佛佛遂乘其后，青泥败衄，几至匹马只轮，义真独逃草中，仅以身免，而关中百二仍化为戎场矣。父老流涕，至今如闻其声云。"《藻鉴第二》记何长瑜在会稽郡教读，不见尊礼事，注云："按蔡谟授书皇子，仅免博士之称，长瑜教读惠连，乃贻下客之食，晋宋间人待先生已自俭薄乃尔，近日馆谷不丰，贻为口实，京师人遂入歌谣，良无怪已。"又《谈谐第二十四》引《武二王传》云：南郡王义宣生而舌短，涩于言论。注云："按舌短亦非生就，多是少小娇惯所为，《颜氏家训》谓邺州为水州，亦其类也。"凡此皆有意致，与本文相发明，涉笔成趣，又自别有意思。如舌短之注，看似寻常，却于此中可以见到多少常识与机智，正是大不易及。

　　（载一九四〇年八月十一日《庸报》，署名知堂。收《药堂语录》。）

《南园记》

　　奭良著《野棠轩摭言》卷三《言文》中有一则云："陆放翁为《南园记》《阅古泉记》，皆寓策励之意。今之人使为达官，作文不能尔也。韩败，台评及于放翁，不过以媚弥远耳，亦何足道，而后人往往讥之，虽曲园先生亦为是言（见《茶香室四钞》）。先生至为和平，持论向为公允，此盖涉笔及之，袁子才独不尔，信通人也。"前见陈作霖著《养和轩随笔》，有云："大抵苛刻之论皆自讲学家始，而于文人为尤甚，如斥陆放翁作《南园记》，亦其类也。"当时甚服其有见识，今奭氏所言则又有进，讲学家好为苛论，尚只是天资刻薄而已，若媚权臣，岂不更下数等耶。士大夫骂秦桧而又恶韩侂胄，已反覆得出奇矣，数百年之后还钻弥远，益不知是何意思，憩叟揭而出之，诚不愧为通人，或当更出随园之右也。古人云，殷鉴不远，在夏后之世，是为读史的正途。向来文人不能这样作，却喜欢妄下雌黄，说千百年前人的好坏，我想这怕不是书房里多做史论的缘故么？外国人做文章便不听说如此牵引史事，譬如英国克林威尔，法国那颇伦，总算史上有名，而且好坏都有可说的了，却并不那么常见，未必是西洋人的记忆力差，殆因未曾学做策论之故吧。无论看那一部史书，不要视为文料或课题，却当作自家的事看去，这其中便可以见到好些处令人悚然，是即所谓殷鉴，尔时虽不能惧思，也总无暇写厚于责人的史论矣。

　　（载一九四〇年八月十八日《庸报》，署名知堂。收《药堂语录》。）

《右台仙馆笔记》

《艺风堂文续集》卷二有《俞曲园先生行状》，末有云："古来小说，《燕丹子》传奇体也，《西京杂记》小说体也，至《太平广记》，以博采为宗旨，合两体为一帙，后人遂不能分。先生《右台笔记》，以晋人之清谈，写宋人之名理，劝善惩恶，使人观感于不自知，前之者《阅微草堂五种》，后之者《寄龛四志》，皆有功世道之文，非私逞才华者所可比也。"缪君不愧为目录学专家，又是《书目答问》的著者，故所说甚得要领，以纪晓岚孙彦清二家笔记与曲园相比，亦有识见，但其实铢两殊不能悉称，盖纪孙二君皆不免用心太过，即是希望有功于世道，坐此落入恶趣，成为宣传之书，惟以文笔尚简洁，聊可一读，差不至令人哕弃耳。

《右台仙馆笔记》十六卷，虽亦有志于劝戒，只是态度朴实，但直录所闻，尽多离奇荒陋，却并非成见，或故作寓言，自是高人一等，非碌碌馀子所可企及也。试以卷一为例，第一则记冯孝子，虽曰以表纯孝，庶几左氏之义，写的落落大方，有古孝子传之风。又何明达、王慕堂二则写市井细民之高义，可以愧士大夫，而了无因果的结局，近世说部中均极少见。若其记范婉如及扬州某甲女，痴儿怨女之情死，发乎情而不能止乎礼义，乃多有怨词，此则又是儒家之精神，为不佞所最崇敬者也。

潮州制柿饼人砍断虎尾，因而获虎，末曰："孔子曰，下士捉虎尾，然下士亦正未易为也。"应敏斋在钱塘江沙洲上见绿色巨人，末曰："《搜神记》载孔子厄于陈，弦歌于馆中，夜有一人，长九尺馀，皂衣高冠，咤声动左右，子路出与战，仆之于地，乃是大鳀鱼。君之所见，或亦此类乎。"此等处骤视似只是文人旧习，所谓考据癖耳，实则极有意思，轻妙与庄重相和，有滑稽之趣，能令卷中玄怪之空气忽见变易，有如清风一缕之入室，看似寻常，却是甚不易到也。卷首附刻《征求异闻启》并小诗二首，其一末联云：正似东坡老无事，听人说鬼便欣然。夫听说鬼之态度有如东坡，岂复有间然，而先生年老又似乐天与放翁，更无些子火气，则自愈见醇净矣。

（载一九四〇年十二月十七日《庸报》，署名知堂。收《药堂语录》。）

《樵隐集》

　　《樵隐集》五册，丹徒李遵义著，刻于民国癸亥，诗文杂著凡九种，殆因印书不多之故，市价奇昂，但一借阅，以个人偏好论之，则其中亦只《毛诗草名今释》，《鱼名今考》二种一册，差可取耳。《诗存》三卷中，山居杂事，岘南杂兴等绝句四十馀首，写农家风物，亦有佳句，作集序者称其书确为农家云云，诗中只此可为左证，其馀都浑不似矣。《诗存》中有《哀发吟》七解，词既荒恶，而宝爱辫发，有类失心，似竟不知辫之历史者，可谓异事。大抵前清遗老唯知模拟明末隐君子而不能辨别情事之殊异，《西江诗话》载黎祖功诗。我颈不屈如老鹤，我发已剪如秃鸢，固堪称强项有骨气，今乃曰，虎豹犬羊一齐鞟，髡奴吾民何罪恶，此岂复成语耶。文人弄笔，纰缪时亦难免，唯赖有益友为校订厘正之，今观诸序亦多梦梦，则自无望矣。古人云，士先器识，正非迂谈，但翻阅别集，深觉此事大难，结果只能反求诸己，唯读者有器识，乃可杂览，虽不希望拣金，披沙之能则不可缺者也。

　　吴街南《读书论世》卷十二金代一则云，"建炎初金人禁民间汉服，令髡发，不如式者杀之。真定太守李邈被执三年，使髡发，大骂，挝击其口，犹呱血噀之，遂遇害。前此北魏孝文用华服，契丹破晋，令华人法服，契丹人仍契丹服，自服通天冠绛纱袍，元入宋亦无改服之令，独金人不如式之令何严耶。"《读书论世》以是被禁毁，前后才二百年，街南之书几不可复见，后人乃盘辫而大言，亦宜也。

　　　　　　　　　　　　　　　　一九四二年十月五日作

　　　　　　　　　　　　　　　　　（收《书房一角》。）

致溥仪君书

溥仪先生：

听我的朋友胡适之君说，知道你是一位爱好文学的青年，并且在两年前"就说要取消帝号，不受优待费"，思想也是颇开通的。我有几句话早想奉告，但是其时你还是坐在宫城里下上谕，我又不知道写信给皇帝们是怎样写的，所以也就搁下；现在你已出宫了，我才能利用这半天的工夫写这一封信给你。

我先要跟着我的朋友钱玄同君给你道贺，贺你这回的出宫。这在你固然是偿了宿愿，很是愉快，在我们也一面满了革命的心愿，一面又消除了对于你个人的歉仄。你坐在宫城里，我们不但怕要留为复辟的种子，也觉得革命事业因此还未完成；就你个人而言，把一个青年老是监禁在城堡里，又觉得心里很是不安。张国焘君住在卫戍司令部的优待室里，陈独秀君住在警察厅的优待室里，章太炎先生被优待在钱粮胡同，每月有五百元的优待费，但是大家千辛万苦的营救，要放他们出来。为什么呢？因为人们所要者是身体与思想之自由，并非"优待"，——被优待即是失了自由了。你被圈禁在宫城里，连在马路上骑自行车的自由都没有，我们虽然不是直接负责，听了总很抱歉，现在你能够脱离这种羁绊生活，回到自由的天地里去，我们实在替你喜欢，而且自己也觉得心安了。

我很赞成钱君的意见，希望你补习一点功课，考入高中，毕业大学后再往外国留学。但我还有特别的意见，想对你说的，便是关于学问的种类的问题。据我的愚见，你最好是往欧洲去研究希腊文学。替别人定研究的学科是很危险的事，因为与本人的性质与志趣未必一定相合，但是我也别有一种理由，说出来可以当作参考。中国人近来大讲东方文化和西方文化，然而专门研究某一种文化的人终于没有，所以都说的不得要领。所谓西方文化究竟以那一国为标准，东方文化究竟是中国还是印度为主呢？现代的情状固然重要，但是重要的似乎在推究一点上去，找寻他的来源。我想中国的，印度的，以及欧洲之根源的希腊的文化，都应该有专人研究，综合他们的结果，再行比较，才有议论的可能。一切转手的引证全是不可凭信。研究东方文化者或者另有适当的人，至于希腊文化我想最好不如拜托足下了。文明本来是人生的必要的奢华，不是"自手至口"的人们所能造作的，我们必定要有碗够盛酒肉，才想到在碗上刻画几笔花，倘若终日在垃圾堆上拣煤粒，那有工夫去做这些事。希腊的又似乎是最贵族的文明，在现在的中国更不容易理解。中国穷人只顾拣煤核，阔人只顾搬钞票往外国银行里存放，知识阶级（当然不是全体）则奉了群众的牌位，预备作"应制"的诗文；实质上是可吃的便是宝物，名目上是平民的便是圣旨，此外都不值一看。这也正是难怪的，大家还饿鬼似的在吞咽糟糠，那里有工夫想到制造"嘉湖细点"，更不必说吃了不饱的茶食了。设法叫大家有饭吃诚然是亟应进行的事，一面关于茶食的研究也很要紧，因为我们的希望是大家不但有饭而且还有能赏鉴茶食的一日。想到这里，我便记起你来了，我想你至少该有了解那些精美的文明的可能，——因为曾做过皇帝。我决不是在说笑话。俗语云，"做了皇帝想成仙"，制造文明实在就是求仙的气分，不过所成者是地仙，所享者是尘世清福而已，这即是希腊的"神的人"的理想了。你正式的做了三年皇帝，又非正式做了十三年，到现在又愿意取消帝号，足见已饱厌南面的生活，尽有想成仙的资格，我劝告你去探检那地中海的仙岛，一定能够有很好的结果。我想你最好在英国或德国去留学，随后当然须往雅典一走，到了学成回国的时候，我们希望能够介绍你到北京大学来担任（或者还是创设）希腊文学的讲座。

　　末了我想申明一声，我当初是相信民族革命的人，换一句话即是主张排满的，但辛亥革命——尤其是今年取消帝号以后，对于满族的感情就很好了，而且有时还觉得满人比汉人更有好处，因为他较有大国民的态度，没有汉人中北方的家奴气与南方的西崽气。这是我个人的主观的话，我希望你不会打破我这个幻想罢。

民国十三年十一月三十日周作人

致溥仪君书

这封信才写好，阅报知溥仪君已出奔日本使馆了。我不知道他出奔的理由，但总觉得十分残念。他跟着英国人日本人这样的跑，结果于他没有什么好处，——只有明白的汉人(有辫子的不算)是满人和他的友人，可惜他不知道。希望他还有从那些人的手里得到自由的日子，这封信仍旧发表。在别一方面，他们是外国人，他们对于中国的幸灾乐祸是无怪的，我们何必空口同他们讲理呢？我们已经打破了大同的迷信，应该觉悟只有自己可靠，……所可惜者中国国民内太多外国人耳。

十二月一日添书

（载一九二四年十二月八日《语丝》第四期。收《谈虎集》。）

与友人论性道德书

雨村兄:

　　长久没有通信,实在因为太托熟了,况且彼此都是好事之徒,一个月里总有几篇文字在报纸上发表,看了也抵得过谈天,所以觉得别无写在八行书上之必要。但是也有几句话,关于《妇人杂志》的,早想对你说说,这大约是因为懒,拖延至今未曾下笔,今天又想到了,便写这一封信寄给你。

　　我如要称赞你,说你的《妇人杂志》办得好,即使是真话也总有后台喝采的嫌疑,那是我所不愿意说的,现在却是别的有点近于不满的意见,似乎不妨一说。你的恋爱至上的主张,我仿佛能够理解而且赞同,但是觉得你的《妇人杂志》办得不好——因为这种杂志不是登载那样思想的东西。《妇人杂志》我知道是营业性质的,营业与思想——而且又是恋爱,差的多么远!我们要淡思想,三五个人自费赔本地来发表是可以的,然而在营业性质的刊物上,何况又是 The Lady's Journal……那是期期以为不可。我们要知道,营业与真理,职务与主张,都是断乎不可混同,你却是太老实地"借别人的酒杯浇自己的块垒",虽不愧为忠实的妇女问题研究者,却不能算是一个好编辑员了。所以我现在想忠告你一声,请你留下那些"过激"的"不道德"的两性伦理主张予备登在自己的刊物上,另外重新依据营业精神去办公家的杂志,千万不要再谈为 Ladies and gentlemen 所不喜的恋爱;我想最好是多登什么做鸡蛋糕布丁杏仁茶之类的方法以及刺绣裁缝梳头束胸捷诀,——或者调查一点缠脚法以备日后需要时登载尤佳。《白话丛书》里的《女诫注释》此刻还可采取转录,将来读经潮流自北而南的时候自然应该改登《女儿经》了。这个时代之来一定不会很迟,未雨绸缪现在正是时候,不可错过。这种杂志青年男女爱读与否虽未敢预言,但一定很中那些有权威的老爷们的意,待多买几本留着给孙女们读,销路不愁不广。即使不说销路,跟着圣贤和大众走总是不会有过失的，纵或不能说有功于世道人心而得到褒扬。总之我希望你划清界限，把气力卖给别人，把心思自己留起，这是酬世锦囊里的一条妙计，如能应用，消灾纳福，效验有如《波罗密多心咒》。

　　然而我也不能赞成你太热心地发挥你的主张，即使是在自办的刊物上面。我实在可叹，是一个很缺少"热狂"的人，我的言论多少都有点游戏态度。我也喜戏弄一点过激的思想，拨草寻蛇地去向道学家寻事，但是如法国拉勃来 (Rabelais) 那样只是到"要被火烤了为止"，未必有殉道的决心。好像是小孩子踢球，觉得颇愉快的事，但本不期望踢出什么东西来，踢到倦了也就停止，并不预备一直踢到把腿都踢折，——踢折之后岂不还只是一个球么？我们发表些关于两性伦理的意见也只是自己要说，难道就希冀能够于最近的或最远的将来发生什么效力？耶稣，孔丘，释迦，梭格拉底的话，究竟于世间有多大影响，我不能确说，其结果恐不过自己这样说了觉得满足，后人读了觉得满足——或不满足，如是而已。我并非绝对不信进步之说，但不相信能够急速而且完全地进步；我觉得世界无论变到那个样子，争斗，杀伤，私通，离婚这件事总是不会绝迹的。我们的高远的理想境到底只是我们心中独自娱乐的影片，为了这种理想，我也愿出力，但是现在还不想拚命。我未尝不想志士似的高唱牺牲，劝你奋斗到底，但老实说我惭愧不是志士，不好以自己所不能的转劝别人，所以我所能够劝你的只是不要太热心，以致被道学家们所烤。最好是望见白炉子留心点，暂时不要走近前去，当然也不可就改入白炉子党，——白炉子的烟稍淡的时候仍旧继续做自己的工作，千万不要一下子就被"烤"得如翠鸟牌香烟。我也知道如有人肯拚出他的头皮，直向白炉子的口里钻，或者也可以把他掀翻；不过，我重复地说，自己还拚不出，不好意思坐在交椅里乱嚷，这一层要请你愿谅。

　　上礼拜六晚写到这里，夜中我们的小女儿忽患急病，整整地忙了三日，现在虽然医生声明危险已过，但还需要十分慎重的看护，所以我也还没有执笔的工夫，不过这封信总得寄出了，不能不结束一句。总之，我劝你少发在中国是尚早的性道德论，理由就是如上边所说，至于青年黄年之误会或利用那都是不成问题。这一层我不暇说了，只把陈仲甫先生一九二一年所说的话（《新青年》随感录——七）抄一部分在后面：

青年底误会

"教学者如扶醉人，扶得东来西又倒。"现代青年底误解，也和醉人一般。……你说婚姻要自由，他就专门把写情书寻异性朋友做日常重要的功课。……你说要脱离家庭压制，他就抛弃年老无依的母亲。你说要提倡社会主义共产主义，他就悍然以为大家朋友应该养活他。你说青年要有自尊底精神，他就目空一切，妄自尊大，不受善言了。……

你看，这有什么办法，除了不理它之外？不然你就是只讲做鸡蛋糕，恐怕他们也会误解了，吃鸡蛋糕吃成胃病呢！匆匆不能多写了，改日再谈。

十四年四月十七日，署名

（载一九二五年五月十一日《语丝》第二十六期，署名开明。收《雨天的书》《周作人书信》。）

与友人论性道德书

与友人论怀乡书

废然兄：

萧君文章里的当然只是理想化的江南。凡怀乡怀国的以及怀古，所怀者都无非空想中的情景，若讲事实一样没有什么可爱。在什么书中(《恋爱与心理分析》?)见过这样一节话，有某甲妻很凶悍，在她死后，某甲怀念几成疾，对人辄称道她的贤慧，因为他忘记了生前的妻的凶悍，只记住一点点好处，逐渐放大以至占据了心的全部。我们对于不在面前的事物不胜恋慕的时候，往往不免如此，似乎是不能深怪的，但这自然不能凭信为事实。

在我个人或者与大家稍有不同。照事实讲来，浙东是我的第一故乡，浙西足第二故乡，南京第三，东京第四，北京第五，但我并不一定爱浙江。在中国我觉得还是北京最为愉快，可以住居，除了那春夏的风尘稍可厌。以上五处之中常常令我怀念的倒是日本的东京以及九州关西一带的地方，因为在外国与现实社会较为隔离，容易保存美的印象，或者还有别的原因，现在若中国则自然之美辄为人事之丑恶所打破，至于连幻想也不易构成，所以在史迹上很负盛名的于越在我的心中只想到毛笋杨梅以及老酒，觉得可以享用，此外只有人民之鄙陋浅薄，天气之潮湿苦热等等，引起不快的追忆。我生长于海边的水乡，现在虽不能说对于水完全没有情愫，但也并不怎么恋慕，去对着什刹海的池塘发怔。绍兴的应天塔，南京的北极阁，都是我极熟的旧地，但回想起来也不能令我如何感动，反不如东京浅草的十二阶更有一种亲密之感，——前年大地震时倒坍了，很是可惜，犹如听到老朋友家失火的消息。雷峰塔的倒掉只觉得失了一件古物。我这种的感想或者也不大合理亦未可知，不过各人有独自经验，感情往往受其影响而生变化，实在是没法的事情。

在事实方面，你所说的努力用人力发展自然与人生之美，使它成为可爱的世界，是很对也是很要紧的。我们从理性上说应爱国，只是因为不把本国弄好我们个人也不得自由生存，所以这是利害上的不得不然，并非真是从感情上来的离了利害关系的爱。要使我们真心地爱这国或乡，须得先把它弄成可爱的东西才行。这一节所说的问题或者很有辩论的余地，（在现今爱国教盛行的时候，）我也不预备来攻打这个擂台，只是见了来信所说，姑且附述己见，表示赞同之意而已。

一九二五年五月七日

（载一九二五年五月十八日《语丝》第二十七期，署名周作人。收《雨天的书》《周作人书信》。）

代快邮

万羽兄：

这回爱国运动可以说是盛大极了，连你也挂了白文小章跑的那么远往那个地方去。我说"连你"，意思是说你平常比较的冷静，并不是说你非爱国专家，不配去干这宗大事，这一点要请你原谅。但是你到了那里，恐怕不大能够找出几个志士——自然，揭帖，讲演，劝捐，查货，敲破人家买去的洋灯罩（当然是因为仇货），这些都会有的，然而城内的士商代表一定还是那副脸嘴罢？他们不谈钱水，就谈稚老鹤老，或者仍旧拿头来比屁股，至于在三伏中还戴着尖顶纱秋，那还是可恶的末节了。在这种家伙队里，你能够得到什么结果？所以我怕你这回的努力至少有一半是白费的了。

我很惭愧自己对于这些运动的冷淡一点都不轻减。我不是历史家，也不是遗传学者，但我颇信丁文江先生所谓的谱牒学，对于中国国民性根本地有点怀疑：吕滂(G. Le Bon)的《民族发展之心理》及《群众心理》(据英日译本，前者只见日译) 于我都颇有影响，我不很相信群众或者也与这个有关。巴枯宁说，历史的唯一用处是教我们不要再这样，我以为读史的好处是在能豫料又要这样了；我相信历史上不曾有过的事中国此后也不会有，将来舞台上所演的还是那几出戏，不过换了脚色，衣服与看客。五四运动以来的民气作用，有些人诧为旷古奇闻，以为国家将兴之兆，其实也是古已有之，汉之党人，宋之太学生，明之东林，前例甚多，照现在情形看去与明季尤相似；门户倾轧，骄兵悍将，流寇，外敌，其结果——总之不是文艺复兴！孙中山未必是崇祯转生来报仇，我觉得现在各色人中倒有不少是几社复社，高杰左良玉，李自成吴三桂诸人的后身。阿尔文夫人看见她的儿子同他父亲一样地在那里同使女调笑，叫道"僵尸"！我们看了近来的情状怎能不发同样的恐怖与惊骇？佛教我是不懂的，但这"业"——种性之可怕，我也痛切地感到。即使说是自然的因果，用不着怎么诧异，灰心，然而也总不见得可以叹许，乐观：你对高山说希望中国会好起来，我不能赞同你，虽然也承认你的热诚与好意。

其实我何尝不希望中国会好起来？不过看不见好起来的征候，所以还不能希望罢了。好起来的征候第一是有勇气。古人云，"知耻近乎勇。"中国人现在就不知耻。我们大讲其国耻，但是限于"一致对外"，这便是卑鄙无耻的办法。三年前在某校讲演，关于国耻我有这样几句话：

"我想国耻是可以讲的，而且也是应该讲的。但是我这所谓国耻并不专指丧失什么国家权利的耻辱，乃是指一国国民丧失了他们做人的资格的羞耻。这样的耻辱才真是国耻。……

"中国女子的缠足，中国人之吸鸦片，买卖人口，都是真正的国耻，比被外国欺侮还要可耻。缠足，吸鸦片，买卖人口的中国人，即使用了俾士麦毛奇这些人才的力量，凭了强力解决了一切的国耻问题，收回了租界失地以至所谓藩属，这都不能算作光荣，中国人之没有做人的资格的羞耻依然存在。固然，缠足，吸鸦片，买卖人口的国民，无论如何崇拜强权，到底能否强起来，还是别一个问题。……"

这些意见我到现在还没有什么更改。我并不说不必反抗外敌，但觉得反抗自己更重要得多，因为不但这是更可耻的耻辱，而且自己不改悔也就决不能抵抗得过别人。所以中国如要好起来，第一应当觉醒，先知道自己没有做人的资格至于被人欺侮之可耻，再有勇气去看定自己的丑恶，痛加忏悔，改革传统的谬思想恶习惯，以求自立，这才有点希望的萌芽：总之中国人如没有自批巴掌的勇气，一切革新都是梦想，因为凡有革新皆从忏悔生的。我们不要中国人定期正式举行忏悔大会，对证古本地自怨自艾，号泣于旻天，我只希望大家伸出一只手来摸摸胸前脸上这许多疮毒和疙瘩。照此刻的样子，以守国粹夸国光为爱国，一切中国所有都是好的，一切中国所为都是对的，在这个期间，中国是不会改变的，不会改好，即使也不至于变得再坏。革命是不会有的，虽然可以有换朝代；赤化也不会有的，虽然可以有扰乱杀掠。可笑日本人称汉族是革命的国民，英国人说中国要赤化了，他们对于中国事情真是一点都不懂。

近来为了雪耻问题平伯和西谛大打其架，不知你觉得怎样？我的意思是与平伯相近。他所说的话有些和"敌报"相像，但这也不足为奇，萧伯讷罗素诸人的意见在英国看来何尝不是同华人一鼻孔出气呢？平伯现在固然难与萧罗诸公争名，但其自己谴责的精神我觉得是一样地可取的。

密思忒西替羌不久将往西藏去了，他天天等着你回来，急于将一件关系你的尊严的秘密奉告。现在我暗地里先通知了你，使你临时不至仓皇失措。其事如下：有一天我的小侄儿对我们臧否人物，他说，"那个报馆的小孩儿最可恶，他这样地（做手势介），'喂，小贝！小贝！'……"他自己虽只有三岁半，却把你认做同僚，你的蓄养多年的胡须在他眼睛里竟是没有，这种大胆真可佩服，虽然对于你未免有点失敬。——连日大雨，苦雨斋外筑起了泥堤，总算侥幸免于灌浸，那个夜半乱跳吓坏了疑古君的老虾蟆，又出来呱呱地大叫了，令我想起去年的事，那时你正坐在黄河船里哪。草草。

十四年七月二七日

（载一九二五年八月十日《语丝》第三十九期，署名觊明。收《谈虎集》。）

北沟沿通信

某某君：

一个月前你写信给我，说蔷薇社周年纪念要出特刊，叫我做一篇文章，我因为其间还有一个月的工夫，觉得总可以偷闲来写，所以也就答应了。但是，现在收稿的日子已到，我还是一个字都没有写，不得不赶紧写一封信给你，报告没有写的缘故，务必要请你原谅。

我的没有工夫作文，无论是预约的序文或寄稿，一半固然是忙，一半也因为是懒，虽然这实在可以说是精神的疲倦，乃是在变态政治社会下的一种病理，未必全由于个人之不振作。还有一层，则我对于妇女问题实在觉得没有什么话可说。我于妇女问题，与其说是颇有兴趣，或者还不如说很是关切，因为我的妻与女儿们就都是女子，而我因为是男子之故对于异性的事自然也感到牵引，虽然没有那样密切的关系。我不很赞同女子参政运动，我觉得这只在有些宪政国里可以号召，即使成就也没有多大意思，若在中国无非养成多少女政客女猪仔罢了。想来想去，妇女问题的实际只有两件事，即经济的解放与性的解放。然而此刻现在这个无从谈起，并不单是无从着手去做，简直是无可谈，谈了就难免得罪，何况我于经济事情了无所知，自然更不能开口，此我所以不克为《蔷薇》特刊作文之故也。

我近来读了两部书，觉得都很有意思，可以发人深省。他们的思想虽然很消极，却并不令我怎么悲观，因为本来不是乐天家，我的意见也是差不多的。其中的一部是法国吕滂 (G. Le Bon) 著《群众心理》，中国已有译本，虽然我未曾见，我所读的第一次是日文本，还在十七八年前，现在读的乃是英译本。无论人家怎样地骂他是反革命，但他所说的话都是真实，他把群众这偶像的面幕和衣服都揭去了，拿真相来给人看，这实在是很可感谢虽然是不常被感谢的工作。群众还是现在最时新的偶像，什么自己所要做的事都是应民众之要求，等于古时之奉天承运，就是真心做社会改造的人也无不有一种单纯的对于群众的信仰，仿佛以民众为理性与正义的权化，而所做的事业也就是必得神佑的十字军。这是多么谬误呀！我是不相信群众的，群众就只是暴君与顺民的平均罢了，然而因此儿以群众为根据的一切主义与运动我也就不能不否认，——这不必是反对，只是不能承认他是可能。妇女问题的解决似乎现在还不能不归在大的别问题里，而且这又不能脱了群众运动的范围，所以我实在有点茫然了，妇女之经济的解放是切要的，但是办法呢？方子是开了，药是怎么配呢？这好像是一个居士游心安养净土，深觉此种境界之可乐，乃独不信阿弥陀佛，不肯唱佛号以求往生，则亦终于成为一个乌托邦的空想家而已！但是，此外又实在是没有办法了。

还有一部书是维也纳妇科医学博士鲍耶尔 (B. A. Bauer) 所著的《妇女论》，是英国两个医生所译，声明是专卖给从事于医学及其他高等职业的人与心理学社会学的成年学生的，我不知道可以有那一类的资格，却承书店认我是一个 Sexologiste，也售给我一本，得以翻读一过。奥国与女性不知有什么甚深因缘，文人学士对于妇女总特别有些话说，这位鲍博士也不是例外，他的意见倒不受佛洛依特的影响，却是有点归依那位《性与性格》的著者华宁格耳的，这于妇女及妇女运动都是没有多大好意的。但是我读了却并没有什么不以为然，而且也颇以为然，虽然我自以为对于女性稍有理解，压根儿不是一个憎女家 (Misogyniste)。我固然不喜欢像古代教徒之说女人是恶魔，但尤不喜欢有些女性崇拜家，硬颂扬女人是圣母，这实在与老流氓之要求贞女有同样的可恶；我所赞同者是混和说，华宁格耳之主张女人中有母妇娼妇两类，比较地有点儿相近了。这里所当说明者，所谓娼妇类的女子，名称上略有语病，因为这只是指那些人，她的性的要求不是为种族的继续，乃专在个人的欲乐，与普通娼妓之以经济关系为主的全不相同。鲍耶尔以为女子的生活始终不脱性的范围，我想这是可以承认的，不必管他这有否损失女性的尊严。现代的大谬误是在一切以男子为标准，即妇女运动也逃不出这个圈子，故有女子以男性化为解放之现象，甚至关于性的事情也以男子观点为依据，赞扬女性之被动性，而以有些女子性心理上的事实为有失尊严，连女子自己也都不肯承认了。其实，女子的这种屈服于男性标准下的性生活之损害决不下于经济方面的束缚，假如鲍耶尔的话是真的，那么女子这方面即性的解放岂不更是重要了么？鲍耶尔的论调虽然颇似反女性的，但我想大抵是真实的，使我对于妇女问题更多了解一点，相信在文明世界里这性的解放实是必要，虽比经济的解放或者要更难也未可知：社会文化愈高，性道德愈宽大，性生活也愈健全，而人类关于这方面的意见却也最顽固不易变动，这种理想就又不免近于昼梦。

反女性的论调恐怕自从"天雨粟鬼夜哭"以来便已有之，而憎女家之产生则大约在盘古开天辟地以后不远罢。世人对于女性喜欢作种种非难毁谤，有的说得很无聊，有的写得还好，我在小时候见过《唐代丛书》里的一篇《黑心符》，觉得很不错，虽然三十年来没有再读，文意差不多都忘记了。我对于那些说女子的坏话的也都能谅解，知道他们有种种的缘由和经验，不是无病呻吟的，但我替她们也有一句辩解：你莫怪她们，这是宿世怨怼！我不是奉"《安士全书》人生观"的人，却相信一句话曰"远报则在儿孙"，《新女性》发刊的时候来征文，我曾想写一篇小文题曰"男子之果报"，说明这个意思，后来终于未曾做得。男子几千年来奴使妇女，使她在家庭社会受各种苛待，在当初或者觉得也颇快意，但到后来渐感到胜利之悲哀，从不平等待遇中养成的多少习性发露出来，身当其冲者不是别人，即是后世子孙，真是所谓天网恢恢疏而不漏，怪不得别人，只能怨自己。若讲补救之方，只在莫再种因，再加上百十年的光阴淘洗，自然会有转机，像普通那样地一味怨天尤人，全无是处。但是最后还有一件事，不能算在这笔账里，这就是宗教或道学家所指点的女性之狂荡。我们只随便引佛经里的一首偈，就是好例，原文见《观佛三昧海经》卷八：

　　若有诸男子　年皆十五六
　　盛壮多力势　数满恒河沙
　　持以供给女　不满须臾意

这就是视女人如恶魔，也令人想起华宁格耳的娼妇说来。我们要知道，人生有一点恶魔性，这才使生活有些意味，正如有一点神性之同样地重要。对于妇女的狂荡之攻击与圣洁之要求，结果都是老流氓 (Rouè) 的变态心理的表现，实在是很要不得的。华宁格尔在理论上假立理想的男女性 (FM)，但知道在事实上都是多少杂糅，没有纯粹的单个，故所说母妇娼妇二类也是一样地混和而不可化分，虽然因分量之差异可以有种种的形相。因为娼妇在现今是准资本主义原则卖淫获利的一种贱业，所以字面上似有侮辱意味，如换一句话，说女子有种族的继续与个人的欲乐这两种要求，有平均发展的，有偏于一方的，则不但语气很是平常，而且也还是极正当的事实了。从前的人硬把女子看作两面，或是礼拜，或是诅咒，现在才知道原只是一个，而且这是好的，现代与以前的知识道德之不同就只是这一点，而这一点却是极大的，在中国多数的民众 (包括军阀官僚学者绅士遗老道学家革命少年商人劳农诸色人等) 恐怕还认为非圣无法，不见得能够容许哩。古代希腊人曾这样说过，一个男子应当娶妻以传子孙，纳妾以得侍奉，友妓 (Hetaira 原语意为女友) 以求悦乐。这是宗法时代的一句不客气的话，不合于现代新道德的标准了，但男子对于女性的要求却最诚实地表示出来。义大利经济学家密乞耳思 (Robert Michels) 著《性的伦理》(英译在现代科学丛书中) 引有威尼思地方的谚语，云女子应有四种相，即是：

街上安详，(Matrona, in strada，)
寺内端庄，(Modestia in chiesa，)
家中勤勉，(Massaia in casa，)
□□颠狂。(e Mattona in letto.)

可见男子之永远的女性便只是圣母与淫女 (这个佛经的译语似乎比上文所用的娼妇较好一点，) 的合一，如据华宁格耳所说，女性原来就是如此，那么理想与事实本不相背，岂不就很好么？以我的孤陋寡闻，尚不知中国有何人说过 (上海张竞生博士只好除外不算，因为他所说缺

少清醒健全)，但外国学人的意见大抵不但是认而且还有点颂扬女性的狂荡之倾向，虽然也只是矫枉而不至于过直。古来的圣母教崇奉得太过了，结果是家庭里失却了热气，狭邪之巷转以繁盛；主妇以仪式名义之故力保其尊严，又或恃离异之不易，渐趋于乖戾，无复生人之乐趣，其以婚姻为生计，视性为敲门之砖，盖无不同，而别一部分的女子致意于性的技巧者又以此为生利之具，过与不及，其实都可以说殊属不成事体也。我最喜欢谈中庸主义，觉得在那里也正是适切，若能依了女子的本性使她平匀发展，不但既合天理，亦顺人情，而两性间的有些麻烦问题也可以省去了。不过这在现在也是空想罢了，我只希望注意妇女问题的少数青年，特别是女子，关于女性多作学术的研究，既得知识，也未始不能从中求得实际的受用，只是这须得求之于外国文书，中国的译著实在没有什么，何况这又容易以"有伤风化"而禁止呢？

我看了鲍耶尔的书，偶然想起这一番空话来，至于答应你的文章还是写不出，这些又不能做材料，所以只能说一声对不起，就此声明恕不做了。草草不一。

十一月六日，署名

（载一九二七年十二月一日《世界日报》，署名岂明。收《谈虎集》《知堂文集》和《周作人书信》。）

北沟沿通信

《周作人书信》序信

小峰兄：

　　承示拟编书信，此亦无不可，只是怕没有多大意思。此集内容大抵可分为两部分，一是书，二是信。书即是韩愈以来各文集中所录的那些东西，我说韩愈为的是要表示崇敬正宗，这种文体原是"古已有之"，不过汉魏六朝的如司马迁杨恽陶潜等作多是情文俱至，不像后代的徒有噪音而少实意也。宋人集外别列尺牍，书之性质乃更明了，大抵书乃是古文之一种，可以收入正集者，其用处在于说大话，以铿锵典雅之文词，讲正大堂皇的道理，而尺牍乃非古文，桐城义法作古文忌用尺牍语，可以证矣。尺牍即此所谓信，原是不拟发表的私书，文章也只是寥寥数句，或通情愫，或叙事实，而片言只语中反有足以窥见性情之处，此其特色也。但此种本领也只有东坡山谷才能完备，孙内简便已流于修饰，从这里变化下去，到秋水轩是很自然的了。大约自尺牍刊行以后，作者即未必预定将来石印，或者于无意中难免作意矜持，这样一来便失了天然之趣，也就损伤了尺牍的命根，不大能够生长得好了。风凉话讲了不少，自己到底怎么样呢？这集里所收的书共二十一篇，或者连这篇也可加在里边，那还是普通的书，我相信有些缺点都仍存在，因为预定要发表的，那便同别的发表的文章一样，写时总要矜持一点，结果是不必说而照例该说的话自然逐渐出来，于是假话公话多说一分，即是私话真话少说一分，其名曰书，其实却等于论了。但是，这有什么办法泥？我希望其中能够有三两篇稍微好一点，比较地少点客气，如《乌篷船》，那就很满足了。至于信这一部分，我并不以为比书更有价值，只是比书总更老实点，因为都是随便写的。集中所收共计七十七篇，篇幅很短，总计起来分量不多，可是收集很不容易。寄出的信每年不在少数，但是怎么找得回来，有谁保留这种旧信等人去找呢？幸而友人中有二三好事者还收藏着好些，便去借来选抄，大抵还不到十分之一，计给平伯的信三十五封，给启无的二十五封，废名承代选择，交来十八封，我又删去其一，计十七封。挑选的标准只取其少少有点感情有点事实，文句无大疵谬的便行，其办理公务，或雌黄人物者悉不录。挑选结果仅存此区区，而此区区者又如此无聊，复阅之后不禁叹息。没有办法。这原不是情书，不会有什么好看的。这又不是宣言书，别无什么新鲜话可讲。反正只是几封给朋友的信，现在不过附在这集里再给未知的朋友们看看罢了。虽说是附，在这里实在这信的一部分要算是顶好的了，别无好处，总写得比较地诚实点，希望少点丑态。兼好法师尝说人们活过了四十岁，便将忘记自己的老丑，想在人群中胡混，私欲益深，人情物理都不复了解。行年五十，不免为兼好所诃，只是深愿尚不忘记老丑，并不以老丑卖钱耳。但是人苦不自知，望兄将稿通读一过，予以棒喝，则幸甚矣。

民国二十二年四月十七日，作人白

（原题《书与尺牍——致李小峰》，载一九三三年六月五日《青年界》第三卷第四期。收《周作人书信》。）

若子的病

《北京孔德学校旬刊》第二期于四月十一日出板，载有两篇儿童作品，其中之一是我的小女儿写的。

《晚上的月亮》
周若子

晚上的月亮，很大又很明。我的两个弟弟说："我们把月亮请下来，叫月亮抱我们到天上去玩。月亮给我们东西，我们很高兴。我们拿到家里给母亲吃，母亲也一定高兴。"

但是这张旬刊从邮局寄到的时候，若子已正在垂死状态了。她的母亲望着摊在席上的报纸又看昏沉的病人，再也没有什么话可说，只叫我好好地收藏起来，——做一个将来决不再寓目的纪念品。我读了这篇小文，不禁忽然想起六岁时死亡的四弟椿寿，他于得急性肺炎的前两三天，也是固执地向着佣妇追问天上的情形，我自己知道这都是迷信，却不能禁止我脊梁上不发生冰冷的奇感。

十一日的夜中，她就发起热来，继之以大吐，恰巧小儿用的摄氏体温表给小波波（我的兄弟的小孩）摔破了，土步君正出着第二次种的牛痘，把华氏的一具拿去应用，我们房里没有体温表了，所以不能测量热度，到了黎明从间壁房中拿表来一量，乃是四十度三分！八时左右起了痉挛，妻抱住了她，只喊说，"阿玉惊了，阿玉惊了！"弟妇（即是妻的三妹）走到外边叫内弟起来，说"阿玉死了！"他惊起不觉坠落床下。这时候医生已到来了，诊察的结果说疑是"流行性脑脊髓膜炎"，虽然征候还未全具，总之是脑的故障，危险很大。十二时又复痉挛，这回脑的方面倒还有其次了，心脏中了霉菌的毒非常衰弱，以致血行不良，皮肤现出黑色，在臂上捺一下，凹下白色的痕好久还不回复。这一日里，院长山本博士，助手蒲君，看护妇永井君白君，前后都到，山本先生自来四次，永井君留住我家，帮助看病。第一天在混乱中过去了，次日病人虽不见变坏，可是一昼夜以来每两小时一回的樟脑注射毫不见效，心脏还是衰弱，虽然热度已减至三八至九度之间。这天下午因为病人想吃可可糖，我赶往哈达门去买，路上时时为不祥的幻想所侵袭，直到回家看见毫无动静这才略略放心。第三天是火曜日，勉强往学校去，下午三点半正要上课，听说家里有电话来叫，赶紧又告假回家，幸而这回只是梦呓，并未发生什么变化。夜中十二时山本先生诊后，始宣言性命可以无虑。十二日以来，经了两次的食盐注射，三十次以上的樟脑注射，身上拥着大小七个的冰囊，在七十二小时之末总算已离开了死之国土，这真是万幸的事了。

山本先生后来告诉川岛君说，那日曜日他以为一定不行的了。大约是第二天，永井君也走到弟妇的房里躲着下泪，她也觉得这小朋友怕要为了什么而辞去这个家庭了。但是这病人竟从万死中逃得一生，不知是那里来的力量。医呢，药呢，她自己或别的不可知之力呢？但我知道，如没有医药及大家的救护，她总是早已不存了。我若是一种宗派的信徒，我的感谢便有所归，而且当初的惊怖或者也可减少，但是我不能如此，我对于未知之力有时或感着惊异，却还没有致感谢的那么深密的接触。我现在所想致感谢者在人而不在自然，我很感谢山本先生与永井君的热心的帮助，虽然我也还不曾忘记四年前给我医治肋膜炎的劳苦。川岛斐君二君每日殷勤的访问，也是应该致谢的。

整整地睡了一星期，脑部已经渐好，可以移动，遂于十九日午前搬往医院，她的母亲和"姊姊"陪伴着，因为心脏尚须疗治，住在院里较为便利，省得医生早晚两次赶来诊察。现在温度复原，脉搏亦渐恢复，她卧在我曾经住过两个月的病室的床上，只靠着一个冰枕，胸前放着一个小冰囊，伸出两只手来，在那里唱歌。妻同我商量，若子的兄姊十岁的时候，都花过十来块钱，分给用人并吃点东西当作纪念，去年因为筹不出这笔款，所以没有这样办，这回病好之后，须得设法来补做并以祝贺病愈。她听懂了这会话的意思，便反对说，"这样办不好。倘若今年

若子的病

做了十岁,那么明年岂不还是十一岁么?"我们听了不禁破颜一笑。唉,这个小小的情景,我们在一星期前那里敢梦想到呢?

紧张透了的心一时殊不容易松放开来。今日已是若子病后的第十一日,下午因为稍觉头痛告假在家,在院子里散步,这才见到白的紫的丁香都已盛开,山桃烂熳得开始憔悴了,东边路旁爱罗先珂君回俄国前手植作为纪念的一株杏花已经零落净尽,只剩有好些绿蒂隐藏嫩叶的底下。春天过去了,在我们彷徨惊恐的几天里,北京这好像敷衍人似地短促的春光早已偷偷地走过去了。这或者未免可惜,我们今年竟没有好好地看一番桃杏花。但是花明年会开的,春天明年也会再来的,不妨等明年再看;我们今年幸而能够留住了别个一去将不复来的春光,我们也就够满足了。

今天我自己居然能够写出这篇东西来,可见我的凌乱的头脑也略略静定了,这也是一件高兴的事。

十四年四月二十二日雨夜

(载一九二五年五月四日《语丝》第二十五期,署名开明。收《雨天的书》。)

若子的死

　　若子生于中华民国四年十月二十三日午后十时，以民国十八年十一月二十日午前二时死亡，年十五岁。

　　十六日若子自学校归，晚呕吐腹痛，自知是盲肠，而医生误诊为胃病，次日复诊始认为盲肠炎，十八日送往德国医院割治，已并发腹膜炎，遂以不起。用手术后痛苦少已，而热度不减，十九日午后益觉烦躁，至晚忽啼曰"我要死了"，继以昏呓，注射樟脑油，旋清醒如常，迭呼兄姊弟妹名，悉为招来，唯兄丰一留学东京不得相见，其友人亦有至者，若子一一招呼，唯痛恨医生不置，常以两腕力抱母颈低语曰，"姆妈，我不要死。"然而终于死了。吁，可伤已。

　　若子遗体于二十六日移放西直门外广通寺内，拟于明春在西郊购地安葬。

　　我自己是早已过了不惑的人，我的妻是世奉禅宗之教者，也当可减少甚深的迷妄，但是睹物思人，人情所难免，况临终时神志清明，一切青动，历在心头，偶一念及，如触肿伤，有时深觉不可思议，如此常情，不堪回首，诚不知当时之何以能担负过去也。如今才过七日，想执笔记若子的死之前后，乃属不可能的事，或者意是永久不可能的事亦未可知；我以前曾写《若子的病》，今日乃不得不来写《若子的死》，而这又总写不出，此篇其终有目无文乎。只记若子生卒年月以为纪念云尔。十一月二十六日送殡回来之夜，岂明附记。

　　《雨天的书》中所载照像系五年前物，今拟撤去，改用若子今年所留遗影，此系八月十七日在北平所照，盖死前三个月也。又记。

　　关于医生的误诊我实在不愿多说，因为想起若子的死状不免伤心，山本大夫也是素识，不想为此就破了脸。但是山本大夫实在太没有人的情，没有医生的道德了。十六日请他看，说是胃病，到了半夜腹又剧痛，病人自知痛处是在盲肠，打电话给山本医院，好久总打不通，我的妻雇了汽车，亲自去接，山本大夫仍说是胃病，不肯来诊，只叫用怀炉去温，幸而家里没有怀炉的煤，未及照办，否则溃烂得更速了。次晚他才说真是盲肠炎，笑说，"这倒给太太猜着了。"却还是优闲地说等明天取血液检查了再看，十八日上午取了血液，到下午三时才回电话，说这病并非恶性，用药也可治愈，唯如割治则一劳永逸，可以除根。妻愿意割治，山本大夫便命往德国医院去，说日华同仁医院割治者无一生还，万不可去。当日五时左右在德国医院经胡 (Koch) 大夫用手术，盲肠却已溃穿，成了腹膜炎，（根据胡大夫的死亡证书所说，）过了一天遂即死去了。本来盲肠炎不是什么疑难之症，凡是开业医生，当无不立能诊断，况病人自知是盲肠，不知山本大夫何以不肯虚心诊察，坚称胃病，此不可解者一。次日既知系盲肠炎，何以不命立即割治，尚须取血检查，至第三日盲肠已穿，又何以称并非恶性，药治可愈，此不可解者二。即云庸医误诊，事所常有，不足深责，但山本大夫错误于前，又欺骗于后，其居心有不可想者，山本大夫自知误诊杀人，又恐为日本医界所知，故特造谣言，令勿往日华同仁医院，以为进德国医院则事无人知，可以掩藏。家人平常对于同仁医院之外科素有信仰，小儿丰一尤佩服饭岛院长之技术，唯以信托主治医故，勉往他处，虽或病已迟误，即往同仁亦未必有救，唯事后追思，不无遗恨，丰一来信，问"为什么不在同仁医院，往德国医院去？"亦令我无从回答。山本大夫思保存一已之名誉，置病人生命于不顾，且不惜污蔑本国医院以自利，医生道德已无复存矣。及若子临终时山本大夫到场，则又讳言腹膜炎，云系败血症，或系手术时不慎所致，且又对我的妻声言，"病人本不至如此，当系本院医生之责，现在等候医生到来，将与谈判。"乃又图贾祸于德医，种种欺瞒行为，殊非文明国民之所宜有。医生败德至此，真可谓言语道断也夫。

　　我认识山本大夫已有七八年，初不料其庸劣如此。去年石评梅女士去世，世论嚣然，我曾为之奔走调解，今冬山本大夫从德国回北平，又颇表欢迎，今乃如此相待，即在路人犹且不可，况多年相识耶！若子死后，不一存问，未及七日，即遣人向死者索欠，临终到场且作价二十五元，此岂复有丝毫人情乎！我不喜欢仇友反复，为世人所窃笑，唯如山本大夫所为，觉得无可再容忍，不得不一吐为快耳。若子垂死，痛恨山本大夫不置，尝挽母颈耳语曰，"不要山本来，他又要瞧坏了，"又曰，"我如病好了，一定要用枪把山本打死。"每念此言，不禁泣下，我写至此，真欲搁笔不能再下。呜呼哀哉。父母之情，非身历者不知其甘苦。妻在死儿之侧对山本大夫曰，"先生无子女，故不能知我怎样的苦痛。"山本大夫亦默然俯首不能答也。

十二月一日再记

　　（载一九二九年十二月四日《华北日报副刊》第二一八号，署名周作人。）

若子的死

唁　辞

　　昨日傍晚，妻得到孔德学校的陶先生的电话，只是一句话，说"齐可死了——。"齐可是那边的十年级学生，听说因患胆石症(?)往协和医院乞治，后来因为待遇不亲切，改进德国医院，于昨日施行手术，遂不复醒。她既是校中高年级生，又天性豪爽而亲切，我家的三个小孩初上学校，都很受她的照管，好像是大姊一样，这回突然死别，孩子们虽然惊骇，却还不能了解失却他们老朋友的悲哀，但是妻因为时常往校也和她很熟，昨天闻信后为茫然久之，一夜都睡不着觉，这实在是无怪的。

　　死总是很可悲的事，特别是青年男女的死，虽然死的悲痛不属于死者而在于生人。照常识看来，死是还了自然的债，与生产同样地严肃而平凡，我们对于死者所应表示的是一种敬意，犹如我们对于走到标竿下的竞走者，无论他是第一着，或中途跌过几交而最后走到。在中国现在这样状况之下，"死之赞美者"(Peisithanatos)的话未必全无意义，那么"年华虽短而忧患亦少"也可以说是好事，即使尚未能及未见日光者的幸福。然而在死者纵使真是安乐，在生人总是悲痛。我们哀悼死者，并不一定是在体察他灭亡之悲哀，实在多是引动追怀，痛切地发生今昔存殁之感。无论怎样地相信神灭，或是厌世，这种感伤恐终不易摆脱。日本诗人小林一茶在《俺的春天》里记他的女儿聪女之死，有这几句：

　　"……她遂于六月二十一日与蕣华同谢此世。母亲抱着死儿的脸，荷荷的大哭，这也是难怪的了。到了此刻，虽然明知逝水不归，落花不再返枝，但无论怎样达观，终于难以断念的，正是这恩爱的羁绊。[诗以志哀，]?

　　露水的世呀，
　　虽然是露水的世，
　　虽然是这样。"
　　虽然是露水的世，然而自有露水的世的回忆，所以仍多哀感。美㦯林克在《青鸟》上有一句平庸的警句曰"死者生存在活人的记忆上"。齐女士在世十九年，在家庭学校亲族友朋之间，当然留下许多不可磨灭的印象，随在足以引起悲哀，我们体念这些人的心情，实在不胜同情，虽然别无劝慰的话可说。死本是无善恶的，但是它加害于生人者却非浅鲜，也就不能不说它是恶的了。

我不知道人有没有灵魂，而且恐怕以后也永不会知道，但我对于希冀死后生活之心情觉得很能了解。人在死后倘尚有灵魂的存在如生前一般，虽然推想起来也不免有些困难不易解决，但因此不特可以消除灭亡之恐怖，即所谓恩爱的羁绊电可得到适当的安慰。人有什么不能满足的愿意，辄无意地投影于仪式或神话之上，正如表示在梦中一样。传说上李夫人杨贵妃的故事，民俗上童男女死后被召为天帝使者的信仰，都是无聊之极思，却也是真的人情之美的表现：我们知道这是迷信，但我确信这样虚幻的迷信里也自有其美与善的分子存在。这于死者的家人亲友是怎样好的一种慰藉，倘若他们相信——只要能够相信，百岁之后，或者在梦中夜里，仍得与已死的亲爱者相聚，相见！然而，可惜我们不相应地受到了科学的灌洗，既失却先人的可祝福的愚蒙，又没有养成画廊派哲人 (stoics) 的超绝的坚忍，其结果是恰如牙根里露出的神经，因了冷风热气随时益增其痛楚。对于幻灭的现代人之遭逢不幸，我们于此更不得不特别表示同情之意。

我们小女儿若子生病的时候，齐女士很惦念她；现在若子已经好起来，还没有到学校去和老朋友一见面，她自己却已不见了。日后若子回忆起来时，也当永远是一件遗恨的事罢。

十四年五月二十六日夜

（收《雨天的书》《泽泻集》。）

关于三月十八日的死者

一

我是极缺少热狂的人，但同时也颇缺少冷静，这大约因为神经衰弱的缘故，一遇见什么刺激，便心思纷乱，不能思索更不必说要写东西了。三月十八日下午我往燕大上课，到了第四院时知道因外交请愿停课，正想回家，就碰见许家鹏君受了伤逃回来，听他报告执政府卫兵枪击民众的情形，自此以后，每天从记载谈话中听到的悲惨事实逐日增加，堆积在心上再也摆脱不开，简直什么事都不能做。到了现在已是残杀后的第五日，大家切责段祺瑞贾德耀，期望国民军的话都已说尽，且已觉得都是无用的了，这倒使我能够把心思收束一下，认定这五十多个被害的人都是白死，交涉结果一定要比沪案坏得多，这在所谓国家主义流行的时代或者是当然的，所以我可以把彻底查办这句梦话抛开，单独关于这回遭难的死者说几句感想到的话。——在首都大残杀的后五日，能够说这样平心静气的话了，可见我的冷静也还有一点哩。

二

我们对于死者的感想第一件自然是哀悼。对于无论什么死者我们都应当如此，何况是无辜被戕的青年男女，有的还是我们所教过的学生。我的哀感普通是从这三点出来，熟识与否还在其外，即一是死者之惨苦与恐怖，二是未完成的生活之破坏，三是遗族之哀痛与损失。这回的死者在这三点上都可以说是极量的，所以我们哀悼之意也特别重于平常的吊唁。第二件则是惋惜。凡青年夭折无不是可惜的，不过这回特别的可惜，因为病死还是天行而现在的戕害乃是人功。人功的毁坏青春并不一定是最可叹惜，只要是主者自己愿意抛弃，而且去用以求得更大的东西，无论是恋爱或是自由。我前几天在《茶话·心中》里说，"中国人似未知生命之重，故不知如何善舍其生命，而又随时随地被夺其生命而无所爱惜。"这回的数十青年以有用可贵的生命不自主地被毁于无聊的请愿里，这是我所觉得太可惜的事。我常常独自心里这样痴想，"倘若他们不死……"我实在几次感到对于奇迹的希望与要求，但是不幸在这个明亮的世界里我们早知道奇迹是不会出来的了。——我真深切地感得不能相信奇迹的不幸来了。

<h2 style="text-align:center">三</h2>

这回执政府的大残杀，不幸女师大的学生有两个当场被害。一位杨女士的尸首是在医院里，所以就搬回了；刘和珍女士是在执政府门口往外逃走的时候被卫兵从后面用枪打死的，所以尸首是在执政府，而执政府不知怎地把这二三十个亲手打死的死体当作宝贝，轻易不肯给人拿去，女师大的职教员用了九牛二虎之力，到十九晚才算好容易运回校里，安放在大礼堂中。第二天上午十时棺敛，我也去一看；真真万幸我没有见到伤痕或血衣，我只见用衾包裹好了的两个人，只余脸上用一层薄纱蒙着，隐约可以望见面貌，似乎都很安闲而庄严地沉睡着。刘女士是我这大半年来从宗帽胡同时代起所教的学生，所以很是面善，杨女士我是不认识的，但我见了她们两位并排睡着，不禁觉得十分可哀，好像是看见我的妹子，——不，我的妹子如活着已是四十岁了，好像是我的现在的两个女儿的姊姊死了似的，虽然她们没有真的姊姊。当封棺的时候，在女同学出声哭泣之中，我陡然觉得空气非常沉重，使大家呼吸有点困难，我见职教员中有须发斑白的人此时也有老泪要流下来，虽然他的下颔骨乱动地想忍他住也不可能了。……

这是我昨天在《京副》发表的文章中之一节，但是关于刘杨二君的事我不想再写了，所以抄了这篇"刊文"。

四

二十五日女师大开追悼会，我胡乱做了一副挽联送去，文曰，

> 死了倒也罢了，若不想到二位有老母倚闾，亲朋盼信。
> 活着又怎么着，无非多经几番的枪声惊耳，弹雨淋头。

殉难者全体追悼会是在二十三日，我在傍晚才知道，也做了一联：

> 赤化赤化，有些学界名流和新闻记者还在那里诬陷。
> 白死白死，所谓革命政府与帝国主义原是一样东西。

惭愧我总是"文字之国"的国民，只会以文字来记念死者。

民国十五年三月十八日之后五日

（载一九二六年三月二十九日《语丝》第七十二期，署名岂明。收《泽泻集》。）

关于失恋

　　王品青君是阴历八月三十日在河南死去的，到现在差不多就要百日了，春蕾社诸君要替他出一个特刊，叫我也来写几句。我与品青虽是熟识，在孔德学校上课时常常看见，暇时又常同小峰来苦雨斋闲谈，夜深回去没有车雇，往往徒步走到北河沿，但是他没有对我谈过他的身世，所以关于这一面我不很知道，只听说他在北京有恋爱关系而已。他的死据我推想是由于他的肺病，在夏天又有过一回神经错乱，从病院的楼上投下来，有些人说这是他的失恋的结果，或者是真的也未可知，至于是不是直接的死因我可不能断定了。品青是我们朋友中颇有文学的天分的人，这样很年青地死去，是很可惜也很可哀的，这与他的失不失恋本无关系，但是我现在却就想离开了追悼问题而谈谈他的失恋。

　　品青平日大约因为看我是有须类的人，所以不免有点歧视，不大当面讲他自己的事情，但是写信的时候也有时略略提及。我在信堆里找出品青今年给我的信，一共只有八封，第一封是用"隋高子玉造象碑格"笺所写，文曰：

　　"这几日我悲哀极了，急于想寻个躲避悲哀的地方，曾记有一天在苦雨斋同桌而食的有一个朋友是京师第一监狱的管理员，先生可以托他设法开个特例把我当作犯人一样收进去度一度那清素的无情的生活么？不然，我就要被柔情缠死了呵！品青，一月二十八日夜十二时。"

　　我看了这封信有点摸不着头脑，不知所说的是凶是吉，当时就写了一点回复他，此刻也记不起是怎么说的了。不久品青就患盲肠炎，进医院去，接着又是肺病，到四月初才出来寄住在东皇城根友人的家里。他给我的第二封信便是出医院后所写，日期是四月五日，共三张，第二张云：

　　"这几日我竟能起来走动了，真是我的意料所不及。然到底像小孩学步，不甚自然。得闲肯来寓一看，亦趣事也。

　　"在床上，我的世界只有床帐以内，以及与床帐相对的一间窗户。头一次下地，才明白了我的床的位置，对于我的书箱书架，书架上的几本普通的破书，都仿佛很生疏，还得从新认识一下。第二回到院里晒太阳，明白了我的房的位置，依旧是西厢，这院落从前我没有到过，自然又得认识认识。就这种情形看来，如生命之主不再太给我过不去，则于桃花落时总该能去重新认识凤皇砖和满带雨气的苦雨斋小横幅了吧？那时在孔德教员室重新共吃瓦块鱼自然不成问题。"

这时候他很是乐观，虽然末尾有这样一节话，文曰：

"这信刚写完，接到四月一日的《语丝》，读第十六节的《闲话拾遗》，颇觉畅快。再谈。"

所谓《闲话拾遗》十六是我译的一首希腊小诗，是无名氏所作，戏题曰《恋爱偈》，译文如下：

> 不恋爱为难，
> 恋爱亦复难；
> 一切中最难，
> 是为能失恋。

四月二十日左右我去看他一回，觉得没有什么，精神兴致都还好，二十二日给我信说，托交民卫生试验所去验痰，云有结核菌，所以"又有点悲哀"，然而似乎不很利害。信中说：

"肺病本是富贵人家的病，却害到我这又贫又不贵的人的身上。肺病又是才子的病，而我却又不像□□诸君常要把它写出来。真是病也倒楣，我也倒楣。

"今天无意中把上头这一片话说给□□，她深深刺了我一下，说我的脾气我的行为简直是一个公子，何必取笑才子们呢？我接着说，公子如今落魄了，听说不久就要去作和尚去哩。再谈。"

四月三十日给我的第六封信还是很平静的，还讲到维持《语丝》的办法，可是五月初的三封信（五日两封，八日一封）忽然变了样，疑心友人们（并非女友）对他不好，大发脾气。五日信的起首批注道，"到底我是小孩子，别人对我只是表面，我全不曾理会。"八日信末云，"人格学问，由他们骂去吧，品青现在恭恭敬敬地等着承受。"这时候大约神经已有点错乱，以后不久就听说他发狂了，这封信也就成为我所见的绝笔。那时我在《世界日报》附刊上发表一篇小文，论曼殊与百助女史的关系，品青见了说我在骂他，百助就是指他，我怕他更要引起误会，所以一直没有去看他过。

品青的死的原因我说是肺病，至于发狂的原因呢，我不能知道。据他的信里看来，他的失恋似乎是有的罢。倘若他真为失恋而发了狂，那么我们只能对他表示同情，此外没有什么说法。有人要说这全是别人的不好，本来也无所不可，但我以为这一半是品青的性格的悲剧，实在是无可如何的。我很同意于某女士的批评，友人"某君"也常是这样说，品青是一个公子的性格，在戏曲小说上公子固然常是先落难而后成功，但是事实上却是总要失败的。公子的缺点可以用圣人的一句话包括起来，就是"既不能令，又不受命。"在旧式的婚姻制度里这原不成什么问题，然而现代中国所讲的恋爱虽还幼稚到底带有几分自由性的，于是便不免有点不妥；我想恋爱好像是大风，要当得她住只有学那橡树（并不如伊索所说就会折断）或是芦苇，此外没有法子。譬如有一对情人，一个是希望正式地成立家庭，一个却只想浪漫地维持他们的关系，如不在适当期间有一方面改变思想，迁就那一方而，我想这恋爱的前途便有障碍，难免不发生变化了。品青的优柔寡断使他在朋友中觉得和善可亲，但在恋爱上恐怕是失败之原，我们朋友中之□□大抵情形与品青相似，他却有决断，所以他的问题就安然解决了。本来得恋失恋都是极平常的事，在本人当然觉得这是可喜或是可悲，因失恋的悲剧而入于颓废或转成超脱也都是可以的．但这与旁人可以说是无关，与社会自然更是无涉，别无大惊小怪之必要；不过这种悲剧如发生在我们的朋友中间，而且终以发狂与死，我们自不禁要谈论叹息，提起他失恋的事来，却非为他声冤，也不是加以非难，只是对于死者表示同情与悼惜罢了。至于这事件的详细以及曲直我不想讨论，第一是我不很知道内情，第二因为恋爱是私人的事情，我们不必干涉，旧社会那种萨满教的风化的迷信我是极反对的；我所要说的只在关于品青的失恋略述我的感想，充作纪念他的一篇文字而已。——但是，照我上边的主张看来，或者我写这篇小文也是不应当的；是的，这个错我也应该承认。

民国十六年十二月二十七日，于北京

（载一九二八年一月十四日《语丝》第四卷第五期，署名岂明。收《永日集》。）

志摩纪念

　　面前书桌上放着九册新旧的书，这都是志摩的创作，有诗，文，小说，戏剧，——有些是旧有的，有些给小孩们拿去看丢了，重新买来的，《猛虎集》是全新的，衬页上写了这几行字："志摩飞往南京的前一天，在景山东大街遇见，他说还没有送你《猛虎集》，今天从志摩的追悼会出来，在景山书社买得此书。"

　　志摩死了，现在展对遗书，就只感到古人的人琴俱亡这一句话，别的没有什么可说。志摩死了，这样精妙的文章再也没有人能做了，但是，这几册书遗留在世间，志摩在文学上的功绩也仍长久存在。中国新诗已有十五六年的历史，可是大家都不大努力，更缺少锲而不舍地继续努力的人，在这中间志摩要算是唯一的忠实同志，他前后苦心地创办诗刊，助成新诗的生长，这个劳绩是很可纪念的，他自己又孜孜矻矻地从事于创作，自《志摩的诗》以至《猛虎集》，进步很是显然，便是像我这样外行也觉得这是显然。散文方面志摩的成就也并不小，据我个人的愚见，中国散文中现有几派，适之仲甫一派的文章清新明白，长于说理讲学，好像西瓜之有口皆甜，平伯废名一派涩如青果，志摩可以与冰心女士归在一派，仿佛是鸭儿梨的样子，流丽轻脆，在白话的基本上加入古文方言欧化种种成分，使引车卖浆之徒的话进而为一种富有表现力的文章，这就是单从文体变迁上讲也是很大的一个供献了。志摩的诗，文，以及小说戏剧在新文学上的位置与价值，将来自有公正的文学史家会来精查公布，我这里只是笼统地回顾一下，觉得他半生的成绩已经很够不朽，而在这壮年，尤其是在这艺术地"复活"的时期中途凋丧，更是中国文学的一大损失了。

　　但是，我们对于志摩之死所更觉得可惜的是人的损失。文学的损失是公的，公摊了时个人所受到的只是一份，人的损失却是私的，就是分担也总是人数不会太多而分量也就较重了。照交情来讲，我与志摩不算顶深，过从不密切，所以留在记忆上想起来时可以引动悲酸的情感材料也不很多，但却使如此我对于志摩的人的悼惜也并不少。的确如适之所说，志摩这人很可爱，他有他的主张，有他的派路，或者也许有他的小毛病，但是他的态度和说话总是和蔼真率，令人觉得可亲近，凡是见过志摩几面的人，差不多都受到这种感化，引起一种好感，就是有些小毛病小缺点也好像脸上某处的一颗小黑痣，也是造成好感的一小小部分，只令人微笑点头，并没有嫌憎之感。有人戏称志摩为诗哲，或者笑他的戴印度帽，实在这些戏弄里都仍含有好意的成分，有如老同窗要举发从前吃戒尺的逸事，就是有派别的作家加以攻击，我相信这所以招致如此怨恨者也只是志摩的阶级之故，而决不是他的个人。适之又说志摩是诚实的理想主义者，这个我也同意，而且觉得志摩因此更是可尊了。这个年头儿，别的什么都有，只是诚实却早已找不到，便是爪哇国里恐怕也不会有了罢，志摩却还保守着他天真烂漫的诚实，可以说是世所希有的奇人了。我们平常看书看杂志报章，第一感到不舒服的是那伟大的说诳，上自国家大事，下至社会琐闻，不是恬然地颠倒黑白，便是无诚意地弄笔头，其实大家也各自知道是怎么一回事，自己未必相信，也未必望别人相信，只觉得非这样地说不可，知识阶级的人挑着一副担子，前面是一筐子马克思，后面一口袋尼采，也是数见不鲜的事，在这时候有一两个人能够诚实不欺地在言行上表现出来，无论这是那一种主张，总是很值得我们尊重的了。关于志摩的私德，适之有代为辩明的地方，我觉得这并不成什么问题。为爱惜私人名誉起见，辩明也可以说是朋友的义务，若是从艺术方面看去这似乎无关重要。诗人文人这些人，虽然与专做好吃的包子的厨子，雕好看的石像的匠人，略有不同，但总之小德逾闲与否于其艺术没有多少关系，这是我想可以明言的。不过这也有例外，例如是文以载道派的艺术家，以教训指导我们大众自任。以先知哲人自任的，我们在同样谦恭地接受他的艺术以前，先要切实地检察他的生活，若是言行不符，那便是假先知，须得谨防上他的当。现今中国的先知有几个禁得起这种检察的呢，这我可不得而知了。这或者是我个人的偏见亦未可知，但截至现在我还没有找到觉得更对的意见，所以对于志摩的事也就只得仍是这样地看下去了。

　　志摩死后已是二十几天了，我早想写小文纪念他，可是这从那里去着笔呢？我相信写得出的文章大抵都是可有可无的，真的深切的感情只有声音，颜色，姿势，或者可以表出十分之一二，到了言语便有点儿可疑，何况又到了文字。文章的理想境我想应该是禅，是个不立文字，以心传心的境界，有如世尊拈花，迦叶微笑，或者一声"且道"，如棒敲头，夯地一下顿然明了，才是正理，此外都不是路。我们回想自己最深密的经验，如恋爱和死生之至欢极悲，自己以外只有天知道，何曾能够于金石竹帛上留下一丝痕迹，即使呻吟作苦，勉强写下一联半节，也只是普通的哀辞和定情诗之流，那里道得出一分苦甘，只看汗牛充栋的集子里多是这样物事，可知除圣人天才之外谁都难逃此难。我只能写可有可无的文章，而纪念亡友又不是可以用这种文章来敷衍的，而纪念刊的收稿期限又迫切了，不得已还只得写，结果还只能写出一篇可有可无的文章，这使我不得不重又叹息。这篇小文的次序和内容差不多是套适之在追悼会所发表的演辞的，不过我的话说得很是素朴粗笨，想起志摩平素是爱说老实话的，那么我这种老实的说法或者是志摩的最好纪念亦未可知，至于别的一无足取也就没有什么关系了。

民国二十年十二月十三日，于北平

　　（载一九三二年三月《新月》第四卷第一期，署名周作人。收《看云集》。）

半农纪念

七月十五日夜我们到东京，次日定居本乡菊坂町。二十日我同妻出去，在大森等处跑了一天，傍晚回寓，却见梁宗岱先生和陈女士已在那里相候。谈次陈女士说在南京看见报载刘半农先生去世的消息，我们听了觉得不相信，徐耀辰先生在座也说这恐怕是别一个刘复吧，但陈女士说报上记的不是刘复而是刘半农，又说北京大学给他照料治丧，可见这是不会错的了。我们将离开北平的时候，知道半农往绥远方面旅行去了，前后相去不过十日，却又听说他病死了已有七天了。世事虽然本来是不可测的，但这实在来得太突然，只觉得出于意外，惘然若失而外，别无什么话可说。

半农和我是十多年的老朋友，这回半农的死对于我是一个老友的丧失，我所感到的也是朋友的哀感，这很难得用笔墨记录下来。朋友的交情可以深厚，而这种悲哀总是淡泊而平定的，与夫妇子女间沉挚激越者不同，然而这两者却是同样地难以文字表示得恰好。假如我同半农要疏一点，那么我就容易说话，当作一个学者或文人去看，随意说一番都不要紧。很熟的朋友却只作一整个的人看，所知道的又太多了，要想分析想挑选了说极难着手，而且褒贬稍差一点分量，心里完全明了，就觉得不诚实，比不说还要不好。荏苒四个多月过去了，除了七月二十四日写了一封信给半农的长女小蕙女士外，什么文章都没有写，虽然有三四处定期刊物叫我做纪念的文章，都谢绝了，因为实在写不出。九月十四日，半农死后整两个月，在北京大学举行追悼会，不得不送一副挽联，我也只得写这样平凡的几句话去：

　　十七年尔汝旧交，追忆还从卯字号。
　　廿余日驰驱大漠，归来竟作丁令威。

　　这是很空虚的话，只是仪式上所需的一种装饰的表示而已。学校决定要我充当致辞者之一，我也不好拒绝，但是我仍是明白我的不胜任，我只能说说临时想出来的半农的两种好处。其一是半农的真。他不装假，肯说话，不投机，不怕骂，一方面却是天真烂漫，对什么人都无恶意。其二是半农的杂学。他的专门是语音学。但他的兴趣很广博，文学美术他都喜欢，做诗，写字，照相，搜书，讲文法，谈音乐。有人或者嫌他杂，我觉得这正是好处，方面广，理解多，于处世和治学都有用，不过在思想统一的时代自然有点不合式。我所能说者也就是极平凡的这寥寥几句。

　　前日阅《人间世》第十六期，看见半农遗稿《双凤凰专斋小品文》之五十四，读了很有所感。其题目曰《记砚兄之称》，文云：

　　"余与知堂老人每以砚兄相称，不知者或以为儿时同窗友也。其实余二人相识，余已二十七，岂明已三十二三。时余穿鱼皮鞋，犹存上海少年滑头气，岂明则蓄浓髯，戴大绒帽，披马夫式大衣，俨然一俄国英雄也。越十年，红胡入关主政，北新封，《语丝》停，李丹忧捕，余与岂明同避菜厂胡同一友人家。小厢三楹，中为膳食所，左为寝室，席地而卧，右为书室，室仅一桌，桌仅一砚。寝，食，相对枯坐而外，低头共砚写文而已，砚兄之称自此始。居停主人不许多友来视，能来者余妻岂明妻而外，仅有徐耀辰兄传递外间消息，日或三四至也。时为民国十六年，以十月二十四日去，越一星期归，今日思之，亦如梦中矣。"

　　这文章写得颇好，文章里边存着作者的性格，读了如见半农其人。民国六年春间我来北京，在《新青年》中初见到半农的文章，那时他还在南方，留下一种很深的印象，这是几篇《灵霞馆笔记》，觉得有清新的生气，这在别人笔下是没有的。现在读这遗文，恍然记及十七年前的事，清新的生气仍在，虽然再加上一点苍老与着实了。但是时光过得真快，鱼皮鞋子的故事在今日活着的人里只有我和玄同还知道吧，而菜厂胡同一节说起来也有车过腹痛之感了。前年冬天半农同我谈到蒙难纪念，问这是那一天，我查旧日记，恰巧民国十六年中有几个月不曾写，于是查对《语丝》末期出板月日等等，查出这是在十月二十四，半农就说下回我们要大举请客来作纪念，我当然赞成他的提议。去年十月不知道怎么一混大家都忘记了，今年夏天半农在电话里还说起，去年可惜又忘记了，今年一定要举行。然而半农在七月十四日就死了，计算到十月二十四恰是一百天。

> 昔时笔祸同蒙难，菜厂幽居亦可怜。
> 算到今年逢百日，寒泉一盏荐君前。

这是我所作的打油诗，九月中只写了两首，所以在追悼会上不曾用，今见半农此文，便拿来题在后面。所云菜厂在北河沿之东，是土肥原的旧居，居停主人即土肥原的后任某少佐也，秋天在东京本想去访问一下，告诉他半农的消息，后来听说他在长崎，没有能见到。

还有一首打油诗，是拟近来很时髦的浏阳体的，结果自然是仍旧拟不像，其辞曰：

> 漫云一死恩仇泯，海上微闻有笑声。
> 空向刀山长作揖，阿旁牛首太狰狞。

半农从前写过一篇《作揖主义》，反招了许多人的咒骂。我看他实在并不想侵犯别人，但是人家总喜欢骂他，仿佛在他死后还有人骂。本来骂人没有什么要紧，何况又是死人，无论骂人或颂扬人，里边所表示出来的反正都是自己。我们为了交谊的关系，有时感到不平，实在是一种旧的惯性，倒还是看了自己反省要紧。譬如我现在来写纪念半农的文章，固然并不想骂他，就是空虚地说上好些好话，于半农了无损益，只是自己出乖露丑。所以我今日只能说这些闲话，说的还是自己，至多是与半农的关系罢了，至于目的虽然仍是纪念半农。半农是我的老朋友之一，我很悼惜他的死。在有些不会赶时髦结识新相好的人，老朋友的丧失实在是最可悼惜的事。

民国二十三年十一月三十日，于北平苦茶庵记

（载一九三四年十二月二十日《人间世》第十八期，署名知堂。收《苦茶随笔》。）

故国立北京大学教授刘君墓志

君姓刘，名复，号半农，江苏江阴人。生于清光绪十七年辛卯四月二十日，以中华民国二十三年七月十四日卒于北平，年四十四。夫人朱惠，生子女三人；育厚，育伦，育敦。

君少时曾奔走革命，已而卖文为活。民国六年被聘为国立北京大学预科教授。九年，教育部派赴欧洲留学，凡六年。十四年，应巴黎大学考试，受法国国家文学博士学位。返北京大学，任中国文学系教授，兼研究所国学门导师。二十年为文学院研究教授。兼研究院文史部主任。二十三年六月至绥远调查方音，染回归热，返北平，遂卒。二十四年五月，葬于北平西郊香山之玉皇顶。

君状貌英特，头大，眼有芒角，生气勃勃，至中年不少衰。性果毅，耐劳苦。专治语音学，多所发明；又爱好文学美术，以馀力照相，写字，作诗文，皆精妙。与人交游，和易可亲，喜谈谐，老友或戏谑为笑；及今思之，如君之人已不可再得。呜呼，古人伤逝之意，其在兹乎！

将葬，夫人命友人绍兴周作人撰墓志，如皋魏建功书石，鄞马冲篆盖。作人，建功，冲，于谊不能辞，故志而书之。

（载一九三五年《国学季刊》第四卷第四号。）

隅卿纪念

隅卿去世于今倏忽三个月了。当时我就想写一篇小文章纪念他，一直没有能写，现在虽然也还是写不出，但是觉得似乎不能再迟下去了。日前遇见叔平，知道隅卿已于上月在宁波安厝，那么他的体魄便已永久与北平隔绝，真有去者日以疏之惧。陶渊明《拟挽歌辞》云：

> 向来相送人，各自还其家。
> 亲戚或余悲，他人亦已歌。

何其言之旷达而悲哀耶。恐隅卿亦有此感，我故急急地想写出了此文也。

我与隅卿相识大约在民国十年左右，但直到十四年我担任了孔德学校中学部的两班功课，我们才时常相见。当时系与玄同尹默包办国文功课，我任作文读书，曾经给学生讲过一部《孟子》，《颜氏家训》和几卷《东坡尺牍》。隅卿则是总务长的地位，整天坐在他的办公室里，又正在替孔德图书馆买书，周围堆满了旧书头本，常在和书贾交涉谈判。我们下课后便跑去闲谈，虽然知道很妨害他的办公，可是也总不能改，除我与玄同以外还有王品青君，其时他也在教书，随后又添上了建功耀辰，聚在一起常常谈上大半天。闲谈不够，还要大吃，有时也叫厨房开饭，平常大抵往外边去要，最普通的是森隆，一亚一，后来又有玉华台。民十七以后移在宗人府办公，有一天夏秋之交的晚上，我们几个人在屋外高台上喝啤酒汽水谈天一直到夜深，说起来大家都还不能忘记，但是光阴荏苒，一年一年地过去，不但如此盛会于今不可复得，就是那时候大家的勇气与希望也已消灭殆尽了。

隅卿多年办孔德学校，费了许多的心，也吃了许多的苦。隅卿是不是老同盟会我不曾问过他，但看他含有多量革命的热血，这有一半盖是对于国民党解放运动的响应，却有一大半或由于对北洋派专制政治的反抗。我们在一起的几年里，看见隅卿好几期的活动，在"执政"治下有三一八时期与直鲁军时期的悲苦与屈辱，军警露刃迫胁他退出宗人府，不久连北河沿的校舍也几被没收，到了"大元帅"治下好像是疗疮已经肿透离出毒不远了，所以减少沉闷而发生期待，觉得黑暗还是压不死人的。奉军退出北京的那几天他又是多么兴奋，亲自跑出西直门外去看姗姗迟来的山西军，学校门外的青天白日旗恐怕也是北京城里最早的一张吧。光明到来了，他回到宗人府去办起学校来，我们也可以去闲谈了几年。可是北平的情形愈弄愈不行，隅卿于二十年秋休假往南方，接着就是九一八事件，通州密云成了边塞，二十二年冬他回北平来专管孔德图书馆，那时复古的浊气又已弥漫国中，到了二十四年春他也就与世长辞了。孔德学校的教育方针向来是比较地解放的向前的，在现今的风潮中似乎最难于适应，这是一个难问题，不过隅卿早死了一年，不及见他亲手苦心经营的学校里学生要从新男女分了班去读经做古文，使他比在章士钊刘哲时代更为难过，那也可以说是不幸中之大幸了罢。

隅卿的专门研究是明清的小说戏曲，此外又搜集四明的明末文献。末了的这件事是受了清末的民族革命运动的影响，大抵现今的中年人都有过这种经验，不过表现略有不同，如七先生写到清乾隆帝必称曰弘历亦是其一。因为这些小说戏曲从来是不登大雅之堂的，所以隅卿自称曰不登大雅文库，后来得到一部二十回本的《平妖传》，又称平妖堂主人，尝复刻书中插画为笺纸，大如册页，分得一匣，珍惜不敢用，又别有一种画笺，似刻成未印，今不可得矣。居南方时得话本二册，题曰《雨窗集》《欹枕集》，审定为清平山堂同型之本，旧藏天一阁者也，因影印行世，请兼士书额云雨窗欹枕室，友人或戏称之为雨窗先生。隅卿用功甚勤，所为札记及考订甚多，平素过于谦退不肯发表，尝考冯梦龙事迹著作甚详备，又抄集遗文成一卷，屡劝其付印亦未允。吾乡朱君得冯梦龙编《山歌》十卷，为《童痴二弄》之一种，以抄本见示令写小序，我草草写了一篇，并嘱隅卿一考证之，隅卿应诺，假抄本去影写一过，且加丹黄，及亦未及写成，惜哉。龙子犹殆亦命薄如纸不亚于袁中郎，竟不得隅卿为作佳传以一发其幽光耶。

隅卿行九，故尝题其札记曰《劳久笔记》。马府上的诸位弟兄我都相识，二先生幼渔是国学讲习会的同学，民国元年我在浙江教育司的楼上"卧治"的时候他也在那里做视学，认识最早，四先生叔平，五先生季明，七先生太玄居士，也都很熟，隅卿因为孔德学校的关系，见面的机会所以更特别的多。但是隅卿无论怎样地熟习，相见还是很客气地叫启明先生，这我当初听了觉得有点局促，后来听他叫玄同似乎有时也是如此，就渐渐习惯了，这可以见他性情上拘谨的一方面，与喜谈谐的另一方面是同样地很有意思的。今年一月我听朋友说，隅卿因怕血压高现在戒肉食了，我笑说道，他是老九，这还早呢。但是不到一个月光景，他真死了，二月十七日蓝少铿先生在东兴楼请吃午饭，在那里遇见隅卿幼渔，下午就一同去看厂甸，我得了一册木板的《尵书》，此外还有些黄虎痴的《湖南风物志》与王西庄的《练川杂咏》等，傍晚便在来薰阁书店作别。听说那天晚上同了来薰阁主人陈君去看戏，第二天是阴历上元，他还出去看街上的灯，一直兴致很好，到了十九日下午往北京大学去上小说史的课，以脑出血卒。当天夜里我得到王淑周先生的电话，同丰一雇了汽车到协和医院去看，已经来不及了。次日大殓时又去一看，二十一日在上官菜园观音院接三，送去一副挽联，只有十四个字：

> 月夜看灯才一梦，
> 雨窗欹枕更何人。

中年以后丧朋友是很可悲的事，有如古书，少一部就少一部，此意惜难得恰好地达出，挽联亦只能写得像一副挽联就算了。

二十四年五月十五日，在北平

（载一九三五年五月十九日《大公报》，署名知堂。收《苦茶随笔》。）

隅卿纪念

关于鲁迅

　　《阿Q正传》发表以后，我写过一篇小文章，略加以说明，登在那时的《晨报副镌》上。后来《阿Q正传》与《狂人日记》等一并编成一册，即是《呐喊》，出在新潮社丛书里，其时傅孟真罗志希诸君均已出国留学去了，《新潮》交给我编辑，这丛书的编辑也就用了我的名义。出版以后大被成仿吾所挖苦，说这本小说集既然是他兄弟编的，一定好的了不得。——原文不及查考，大意总是如此。于是我恍然大悟，原来关于此书的编辑或评论我是应当回避的。这是我所得的第一个教训。不久在中国文坛上又起了《阿Q正传》是否反动的问题。恕我记性不好，不大能记得谁是怎么说的了，但是当初决定《正传》是落伍的反动的文学的，随后又改口说这是中国普罗文学的正宗者往往有之。这一笔"阿Q的旧账"至今我还是看不懂，本来不懂也没有什么要紧，不过这切实的给我一个教训，就是使我明白这件事的复杂性，最好还是不必过问。于是我就不再过问，就是那一篇小文章也不收到文集里去，以免为无论那边的批评家所援引，多些些小是非。现在鲁迅死了，一方面固然也可以如传闻乡试封门时所祝，正是"有恩报恩有怨报怨"的时候，一方面也可以说，要骂的捧的或利用的都已失了对象，或者没有什么争论了亦未可知。这时候我想来说几句话，似乎可以不成问题，而且未必是无意义的事，因为鲁迅的学问与艺术的来源有些都非外人所能知，今本人已死，舍弟那时年幼亦未闻知，我所知道已为海内孤本，深信值得录存，事虽细微而不虚诞，世之识者当有取焉。这里所说限于有个人独到之见独创之才的少数事业，若其他言行已有人云亦云的毁或誉者概置不论，不但仍以避免论争，盖亦本非上述趣意中所摄者也。

　　鲁迅本名周樟寿，生于清光绪辛巳八月初三日。祖父介孚公在北京做京官，得家书报告生孙，其时适有张——之洞还是之万呢？来访，因为命名曰张，或以为与灶君同生日，故借灶君之姓为名，盖非也。书名定为樟寿，虽然清道房同派下群从谱名为寿某，祖父或忘记或置不理均不可知，乃以寿字属下，又定字曰豫山，后以读音与雨伞相近，请于祖父改为豫才。戊戌春间往南京考学堂，始改名树人，字如故，义亦可相通也。留学东京时，刘申叔为河南同乡办杂志曰《河南》，孙竹丹来为拉稿，豫才为写几篇论文，署名一曰迅行，一曰令飞，至民七在《新青年》上发表《狂人日记》，于迅上冠鲁姓，遂成今名。写随感录署名唐俟，唐者"功不唐捐"之唐，意云空等候也。《阿Q正传》特署巴人，已忘其意义。

鲁迅在学问艺术上的工作可以分为两部，甲为搜集辑录校勘研究，乙为创作。今略举于下：

甲部

一、《会稽郡故书杂集》。

二、谢承《后汉书》(未刊)。

三、《古小说钩沉》(未刊)。

四、《小说旧闻钞》。

五、《唐宋传奇集》。

六、《中国小说史》。

七、《嵇康集》(未刊)。

八、《岭表录异》(未刊)。

九、汉画石刻(未完成)。

乙部

一、小说：《呐喊》、《彷徨》。

二、散文：《朝华夕拾》等。

这些工作的成就有大小，但无不有其独得之处，而其起因亦往往很是久远，其治学与创作的态度与别人颇多不同，我以为这是最可注意的事。豫才从小就喜欢书画，——这并不是书家画师的墨宝，乃是普通的一册一册的线装书与画谱。最初买不起书，只好借了绣像小说来看。光绪癸巳祖父因事下狱，一家分散，我和豫才被寄存在大舅父家里，住在皇甫庄，是范啸风的隔壁，后来搬往小皋步，即秦秋渔的娱园的厢房。

这大约还是在皇甫庄的时候，豫才向表兄借来一册《荡寇志》的绣像，买了些叫作吴公纸的一种毛太纸来，一张张的影描，订成一大本，随后仿佛记得以一二百文钱的代价卖给书房里的同窗了。回家以后还影写了好些画谱，还记得有一次在堂前廊下影描马镜江的《诗中画》，或是王冶梅的《三十六赏心乐事》，描了一半暂时他往，祖母看了好玩，就去画了几笔，却画坏了，豫才扯去另画，祖母有点怅然。后来压岁钱等等略有积蓄，于是开始买书，不再借抄了。顶早买到的大约是两册石印本冈元凤所著的《毛诗品物图考》，这书最初也是在皇甫庄见到，非常歆羡，在大街的书店买来一部，偶然有点纸破或墨污，总不能满意，便拿去掉换，至再至三，直到伙计烦厌了，戏弄说，这比姊姊的面孔还白呢，何必掉换，乃愤然出来，不再去买书。这书店大约不是墨润堂，却是邻近的奎照楼吧。这回换来的书好像又有什么毛病，记得还减价以一角小洋卖给同窗，再贴补一角去另买了一部。画谱方面那时的石印本大抵陆续都买了，《芥子园画传》自不必说，可是却也不曾自己学了画。此外陈淏子的《花镜》恐怕是买来的第一部书，是用了二百文钱从一个同窗的本家那里得来的。家中原有几箱藏书，却多是经史及举业的正经书，也有些小说如《聊斋志异》、《夜谈随录》，以至《三国演义》、《绿野仙踪》等，其余想看的须得自己来买添，我记得这里边有《酉阳杂俎》、《容斋随笔》、《辍耕录》，《池北偶谈》、《六朝事迹类编》、《二酉堂丛书》、《金石存》、《徐霞客游记》等。新年出城拜岁，来回总要一整天，船中枯坐无聊，只好看书消遣，那时放在"帽盒"中带了去的大抵是《游记》或《金石存》——后者自然是石印本，前者乃是图书集成局的扁体字的。《唐代丛书》买不起，托人去转借来看过一遍，我很佩服那里的一篇《黑心符》，钞了《平泉草木记》，豫才则抄了三卷《茶经》和《五木经》。好容易凑了块把钱，买来一部小丛书，共二十四册，现在头本已缺无可查考，但据每册上特请一位族叔题的字，或者名为"艺苑捃华"吧，当时很是珍重耽读，说来也很可怜，这原来乃是书估从《龙威秘书》中随意抽取，杂凑而成的一碗"拼拢坳羹"而已。这些事情都很琐屑，可是影响却颇不小，它就"奠定"了半生学问事业的倾向，在趣味上到了晚年也还留下好些明了的痕迹。

戊戌往南京，由水师改入陆师附设的路矿学堂，至辛丑毕业派往日本留学，此三年中专习科学，对于旧籍不甚注意，但所作随笔及诗文盖亦不少，在我的旧日记中略有录存。如戊戌年作《戛剑生杂记》四则云：

"行人于斜日将堕之时，暝色逼人，四顾满目非故乡之人，细聆满耳皆异乡之语，一念及家乡万里，老亲弱弟必时时相语，谓今当至某处矣，此时真觉柔肠欲断，涕不可抑。故予有句云，日暮客愁集，烟深人语喧，皆所身历，非托诸空言也。"

"生鲈鱼与新粳米炊熟，鱼须斫小方块，去骨，加秋油，谓之鲈鱼饭。味甚鲜美，名极雅饬，可入林洪《山家清供》。"

"夷人呼茶为梯，闽语也。闽人始贩茶至夷，故夷人效其语也。"

"试烧酒法，以缸一只猛注酒于中，视其上面浮花，顷刻迸散净尽者为活酒，味佳，花浮水面不动者为死酒，味减。"又《莳花杂志》二则云：

"晚香玉本名土秘螺斯，出塞外，叶阔似吉祥草，花生穗间，每穗四五球，每球四五朵，色白，至夜尤香，形如喇叭，长寸余，瓣五六七不等，都中最盛。昔圣祖仁皇帝因其名俗，改赐今名。"

"里低母斯，苔类也，取其汁为水，可染蓝色纸，遇酸水则变为红，遇碱水又复为蓝。其色变换不定，西人每以之试验化学。"诗则有庚子年作《莲蓬人》七律，《庚子送灶即事》五绝，各一首，又庚子除夕所作祭书神文一首，今不具录。辛丑东游后曾寄数诗，均分别录入旧日记中，大约可有十首，此刻也不及查阅了。

在东京的这几年是鲁迅翻译及写作小说之修养时期,详细须得另说,这里为免得文章线索凌乱，姑且从略。鲁迅于庚戌（一九一〇年）归国,在杭州两级师范绍兴第五中学及师范等校教课或办事，民元以后任教育部金事，至十四年去职，这是他的工作中心时期，其间又可分为两段落，以《新青年》为界。上期重在辑录研究，下期重在创作，可是精神还是一贯，用旧话来说可云不求闻达。鲁迅向来勤苦做事，为他人所不能及，在南京的时候手抄汉译赖耶尔 (C. Lyell) 的《地学浅说》(案即是

Principles of Geology) 两大册，图解精密，其他教本称是，但因为我不感到兴趣，所以都忘记是什么书了。归国后他就开始钞书，在这几年中不知共有若干种，只是记得的就有《穆天子传》、《南方草木状》、《北户录》、《桂海虞衡志》，程瑶田的《释虫小记》，郝懿行的《燕子春秋》、《蜂衙小记》与《记海错》，还有从《说郛》抄出的多种。其次是辑书。清代辑录古逸书的很不少，鲁迅所最受影响的还是张介侯的二酉堂吧，如《凉州记》，段颍阴铿的集，都是乡邦文献的辑集也。(老实说，我很喜欢张君所著书，不但是因为辑古逸书收存乡邦文献，刻书字体也很可喜，近求得其所刻《蜀典》，书并不珍贵，却是我所深爱。)他一面翻古书抄唐以前小说逸文，一面又抄唐以前的越中史地书。这方面的成绩第一是一部《会稽郡故书杂集》，其中有谢承《会稽先贤传》，虞预《会稽典录》，钟离岫《会稽后贤传记》，贺氏《会稽先贤像赞》，朱育《会稽土地记》，贺循《会稽记》，孔灵符《会稽记》，夏侯曾先《会稽地志》，凡八种，各有小引，卷首有叙，题曰太岁在阏逢摄提格(民国三年甲寅)九月既望记，乙卯二月刊成，木刻一册。叙中有云：

"幼时尝见武威张澍所辑书，于凉土文献撰集甚众，笃恭乡里，尚此之谓，而会稽故籍零落，至今未闻后贤为之纲纪，乃创就所见书传剌取遗篇，累为一帙。"又云：

"书中贤俊之名，言行之迹，风土之美，多有方志所遗，舍此更不可见，用遗邦人，庶几供其景行，不忘于故。"这里辑书的缘起与意思都说的很清楚，但是另外有一点值得注意的，叙文署名"会稽周作人记"，向来算是我的撰述，这是什么缘故呢？查书的时候我也曾帮过一点忙，不过这原是豫才的发意，其一切编排考订，写小引叙文，都是他所做的，起草以至誊清大约有三四遍，也全是自己抄写，到了付刊时却不愿出名，说写你的名字吧，这样便照办了，一直拖了二十余年，现在觉得应该说明了，因为这一件小事我以为很有点意义。这就是证明他做事全不为名誉，只是由于自己的爱好。这是求学问弄艺术的最高的态度，认得鲁迅的人平常所不大能够知道的。其所辑录的古小说逸文也已完成，定名为《古小说钩沉》，当初也想用我的名字刊行，可是没有刻板的资财，托书店出板也不成功，至今还是搁着。此外又有一部谢承《后汉书》，因为谢伟平是山阴人的缘故，特为辑集，可惜分量太多，所以未能与《故书杂集》同时刊板，这从笃恭乡里的见地说来也是一件遗憾的事。豫才因为古小说逸文的搜集，后来能够有《小说史》的著作，说起缘由来很有意思。豫才对于古小说虽然已有十几年的用力，（其动机当然还在小时候所读的书里，）但因为不喜夸示，平常很少有人知道。那时我在北京大学中国文学系做"票友"，马幼渔君正当主任，有一年叫我讲两小时的小说史，我冒失的答应了回来，同豫才说起，或者由他去教更为方便，他说去试试也好，于是我去找幼渔换了别的什么功课，请豫才教小说史，后来把讲义印了出来，即是那一部书。其后研究小说史的渐多，如胡适之马隅卿郑西谛孙子书诸君，各有收获，有后来居上之概，但那些似只在后半部，即宋以来的章回小说部分，若是唐以前古逸小说的稽考恐怕还没有更详尽的著作，这与《古小说钩沉》的工作正是极有关系的。对于画的爱好使他后来喜欢翻印外国的板画，编选北平的诗笺，为世人所称，但是他半生精力所聚的汉石刻画像终于未能编印出来，或者也还没有编好吧。

　　末了我们略谈鲁迅创作方面的情形。他写小说其实并不始于《狂人日记》，辛亥冬天在家里的时候曾经写过一篇，以东邻的富翁为"模特儿"，写革命的前夜的事，性质不明的革命军将要进城，富翁与清客闲汉商议迎降，颇富于讽刺的色彩。这篇文章未有题名，过了两三年由我加了一个题目与署名，寄给《小说月报》，那时还是小册，系恽铁樵编辑，承其覆信大加称赏，登在卷首，可是这年月与题名都完全忘记了，要查民初的几册旧日记才可知道。第二次写小说是众所共知的《新青年》时代，所用笔名是鲁迅，在《晨报副镌》为孙伏园每星期日写《阿Q正传》则又署名巴人，所写随感录大抵署名唐俟，我也有一两篇是用这个署名的，都登在《新青年》上，近来看见有人为鲁迅编一本集子，里边所收就有一篇是我写的，后来又有人选入什么读本内，觉得有点可笑。当时世间颇疑巴人是蒲伯英，鲁迅则终于无从推测，教育部中有时纷纷议论，毁誉不一，鲁迅就在旁边，茫然相对，是很有"幽默"趣味的事。他为什么这样做的呢？并不如别人所说，因为言论激烈所以匿名，实在只如上文所说不求闻达，但求自由的想或写，不要学者文人的名，自然也更不为利，《新青年》是无报酬的，《晨报副刊》多不过一字一二厘罢了。以这种态度治学问或做创作，这才能够有独到之见，独创之才，有自己的成就，不问工作大小都有价值，与制艺异也。鲁迅写小说散文又有一特点，为别人所不能及者，即对于中国民族的深刻的观察。大约现代文人中对于中国民族抱着那样一片黑暗的悲观的难得有第二个人吧。豫才从小喜欢"杂览"，读野史最多，受影响亦最大，——譬如读过《曲洧旧闻》里的《因子巷》一则，谁会再忘记，会不与《一个小人物的忏悔》所记的事情同样的留下很深的印象呢？在书本里得来的知识上面，又加上亲自从社会里得来的经验，结果便造成一种只有苦痛与黑暗的人生观，让他无条件（除艺术的感觉外）的发现出来，就是那些作品。从这一点说来，《阿Q正传》正是他的代表作，但其被普罗批评家所（曾）痛骂也正是应该的。这是寄悲愤绝望于幽默，在从前那篇小文里我曾说用的是显克微支夏目漱石的手法，著者当时看了我的草稿也加以承认的，正如《炭画》一般里边没有一点光与空气，到处是愚与恶，而愚与恶又复厉害到可笑的程度。有些牧歌式的小话都非佳作，《药》里稍露出一点的情热，这是对于死者的，而死者又已是做了"药"了，此外就再也没有东西可以寄托希望与感情。不被礼教吃了肉去就难免被做成"药渣"，这是鲁迅对于世间的恐怖，在作品上常表现出来，事实上也是如此。讲到这里我的话似乎可以停止了，因为我只想略讲鲁迅的学问艺术上的工作的始基，这有些事情是人家所不能知道的，至于其他问题能谈的人很多，还不如等他们来谈罢。

廿五年十月廿四日，北平

（载一九三六年十一月十六日《宇宙风》第二十九期，署名知堂。收《瓜豆集》。）

关于鲁迅之二

　　我为《宇宙风》写了一篇关于鲁迅的学问的小文之后便拟暂时不再写这类文章,所以有些北平天津东京的新闻杂志社的嘱托都一律谢绝了,因为我觉得多写有点近乎投机学时髦,虽然我所有的资料都是事实,并不是普通《宦乡要则》里的那些祝文祭文。说是事实,似乎有价值却也没价值,因为这多是平淡无奇的,不是奇迹,不足以满足观众的欲望。一个人的平淡无奇的事实本是传记中的最好资料,但惟一的条件是要大家把他当做"人"去看,不是当做"神",——即是偶像或傀儡,这才有点用处,若是神则所需要者自然别有神话与其神学在也。乃宇宙风社来信,叫我再写一篇,略说豫才在东京时的文学的修养,算作前文的补遗,因为我在那里边曾经提及,却没有叙述。这也成为一种理由,所以补写了这篇小文,姑且当作一点添头也罢。

　　豫才的求学时期可以分作三个段落,即自光绪戊戌(一八九八)至辛丑(一九〇一)在南京为前期,自辛丑至丙午(一九〇六)在东京及仙台为中期,自丙午至己酉(一九〇九)又在东京为后期。这里我所要说的只是后期,因为如他的自述所说,从仙台回到东京以后他才决定要弄文学。但是在这以前他也未尝不喜欢文学,不过只是赏玩而非攻究,且对于文学也还未脱去旧的观念。在南京的时候豫才就注意严几道的译书,自《天演论》以至《法意》,都陆续购读。其次是林琴南,自《茶花女遗事》出后,随出随买,我记得最后的一部是在东京神田的中国书林所买的《黑太子南征录》,一总大约有二三十种罢。其时"冷血"的文章正很时新,他所译述的《仙女缘》,《白云塔》我至今还约略记得,还有一篇嚣俄(Victor, Hugo)的侦探谈似的短篇小说,叫作什么尤皮的,写得很有意思,苏曼殊又同陈独秀在《国民日日新闻》上译登《惨世界》,于是一时嚣俄成为我们的爱读书,搜来些英日文译本来看。末了是梁任公所编刊的《新小说》。《清议报》与《新民丛报》的确都读过也很受影响,但是《新小说》的影响总是只有更大不会更小。梁任公的《论小说与群治之关系》当初读了的确很有影响,虽然对于小说的性质与种类后来意见稍稍改变，大抵由科学或政治的小说渐转到更纯粹的文艺作品上去了。不过这只是不看重文学之直接的教训作用，本意还没有什么变更，即仍主张以文学来感化社会，振兴民族精神，用后来的熟语来说，可以说是属于为人生的艺术这一派的。丙午年夏天豫才在仙台的医学专门学校退了学，回家去结婚，其时我在江南水师学堂，前一年的冬天到北京练兵处考取留学日本，在校里闲住半年，这才决定被派去学习土木工程，秋初回家一转，同豫才到东京去。豫才再到东京的目的他自己已经在一篇文章中说过，不必重述，简单的一句话就是欲救中国须从文学始。他的第一步的运动是办杂志。那时留学生办的杂志并不少，但是没有一种是讲文学的，所以发心想要创办，名字定为《新生》，——这是否是借用但丁的，有点记不清楚了，但多少总有关系。其时留学界的空气是偏重实用，什九学法政，其次是理工，对于文学都很轻视，《新生》的消息传出去时大家颇以为奇，有人开玩笑说这不会是学台所取的进学新生么。又有人（仿佛记得是胡仁源）对豫才说，你弄文学做甚，有什么用处？答云，学文科的人知道学理工也有用处，这便是好处。客乃默然。看这种情形，《新生》的不能办得好原是当然的。《新生》的撰述人共有几个我不大记得了，确实的人数里有一位许季黻（寿裳），听说还有袁文薮，但他往西洋去后就没有通信。结果这杂志没有能办成，我曾根据安特路朗（Andrew Lang）的几种书写了半篇《日月星之神话》，稿今已散失，杂志的原稿纸却还有好些存在。

办杂志不成功，第二步的计画是来译书。翻译比较通俗的书卖钱是别一件事，赔钱介绍文学又是一件事，这所说的自然是属于后者。结果经营了好久，总算印出了两册《域外小说集》。第一册上有一篇序言，是豫才的手笔，说明宗旨云：

"《域外小说集》为书，词致朴讷，不足方近世名人译本，特收录至审慎，移译亦期弗失文情。异域文术新宗，由此始入华土。使有士卓特，不为常俗所囿，必将犁然有当于心，按邦国时期，籀读其心声，以相度神思之所在。则此虽大海之微沤与，而性解思维，实寓于此。中国译界，亦由是无迟莫之感矣。己酉正月十五日。"过了十一个年头，民国九年春天上海群益书社愿意重印，加了一篇新序，用我出名，也是豫才所写的，头几节是叙述当初的情形的，可以抄在这里：

"我们在日本留学的时候，有一种茫漠的希望，以为文艺是可以转移性情，改造社会的。因为这意见，便自然而然的想到介绍外国新文学这一件事。但做这事业，一要学问，二要同志，三要工夫，四要资本，五要读者。第五样逆料不得，上四样在我们却几乎全无。于是又自然而然的只能小本经营，姑且尝试，这结果便是译印《域外小说集》。

"当初的计画，是筹办了连印两册的资本，待到卖回本钱，再印第三第四，以至第多少册的。如此继续下去，积少成多，也可以约略介绍了各国名家的著作了。于是准备清楚，在一九〇九年二月，印出第一册，到六月间，又印出了第二册。寄售的地方，是上海和东京。

"半年过去了，先在就近的东京寄售处结了账。计第一册卖去了二十一本，第二册是二十本，以后可再也没有人买了。那第一册何以多卖一本呢？就因为有一位极熟的友人，怕寄售处不遵定价，额外需索，所以亲去试验一回，果然划一不二，就放了心，第二本不再试验了。但由此看来，足见那二十位读者，是有出必看，没有一人中止的，我们至今很感谢。

"至于上海，是至今还没有详细知道。听说也不过卖出了二十册上下，以后再没有人买了。于是第三册只好停版，已成的书便都堆在上海寄售处堆货的屋子里。过了四五年，这寄售处不幸失了火，我们的书和纸板都连同化成灰烬。我们这过去的梦幻似的无用的劳力，在中国也就完全消灭了。"这里可以附注几句。《域外小说集》第一册印了一千本，第二册只有五百本。印刷费是蒋抑卮（鸿林）代付的，那时蒋君来东京医治耳疾，听见译书的计画甚为赞成，愿意帮忙，上海寄售处也即是他的一家绸缎庄。那个去试验买书的则是许季黻也。

《域外小说集》两册中共收英美法各一人一篇，俄四人七篇，波兰一人三篇，波思尼亚一人二篇，芬兰一人一篇。从这上边可以看出一点特性来，即一是偏重斯拉夫系统，一是偏重被压迫民族也。其中有俄国的安特来夫（Leonid Andrejev）作二篇，伽尔洵（V. Garshin）作一篇，系豫才根据德文本所译。豫才不知何故深好安特来夫，我所能懂而喜欢者只有短篇《齿痛》（Ben Tobit），《七个绞死的人》与《大时代的小人物的忏悔》二书耳。那时日本翻译俄国文学尚不甚发达，比较的绍介得早且亦稍多的要算屠介涅夫，我们也用心搜求他的作品，但只是珍重，别无翻译的意思。每月初各种杂志出板，我们便忙着寻找，如有一篇关于俄文学的绍介或翻译，一定要去买来，把这篇拆出保存，至于波兰自然更好，不过除了《你往何处去》、《火与剑》之外不会有人讲到的，所以没有什么希望。此外再查英德文书目，设法购求古怪国度的作品，大抵以俄，波兰，捷克，塞尔比亚，勃耳伽利亚，波思尼亚，芬兰，匈加利，罗马尼亚，新希腊为主，其次是丹麦瑙威瑞典荷兰等，西班牙义大利便不大注意了。那时日本大谈自然主义，这也觉得是很有意思的事，但是所买的法国著作大约也只是莆罗贝尔，莫泊三，左拉诸大师的二三卷，与诗人波特莱耳，威耳伦的一二小册子而已。上边所说偏僻的作品英译很少，德译较多，又多收入勒克阑等丛刊中，价廉易得，常开单托相模屋书店向丸善定购，书单一大张而算账起来没有多少钱，书店的不惮烦肯帮忙也是很可感的，相模屋主人小泽死于肺病，于今却已有廿年了。德文杂志中不少这种译文，可是价太贵，只能于旧书摊上求之，也得了许多，其中有名叫什么 Aus Fremden Zungen(记不清楚是否如此) 的一种，内容最好，曾有一篇批评荷兰凡蔼覃的文章，豫才的读《小约翰》与翻译的意思实在是起因于此的。

　　这许多作家中间，豫才所最喜欢的是安特来夫，或者这与爱李长吉有点关系罢，虽然也不能确说。此外有伽尔洵，其《四日》一篇已译登《域外小说集》中，又有《红花》则与莱耳孟托夫 (M. Lermontov) 的《当代英雄》，契诃夫 (A. Tchekhov) 的《决斗》，均未及译，又甚喜科洛连珂 (V. Korolenko)，后来只由我译其《玛加耳的梦》一篇而已。高尔基虽已有名，《母亲》也有各种译本了，但豫才不甚注意，他所最受影响的却是果戈里 (N. Gogol)，《死灵魂》还居第二位，第一重要的还是短篇小说《狂人日记》、《两个伊凡尼支打架》，喜剧《巡按》等。波兰作家最重要的是显克微支 (H. Sienkiewicz)，《乐人扬珂》等三篇我都译出登在小说集内，其杰作《炭画》后亦译出，又《得胜的巴耳得克》未译至今以为憾事。用幽默的笔法写阴惨的事迹，这是果戈里与显克微支二人得意的事，《阿 Q 正传》的成功其原因亦在于此，此盖为不懂幽默而乱骂乱捧的人所不及知者也。(《正传》第一章的那样缠夹亦有理由，盖意在讽刺历史癖与考据癖，但此本无甚恶意，与《故事新编》中的《治水》有异。) 捷克有纳卢陀 (Neruda) 扶尔赫列支奇 (Vrchlicki)，亦为豫才所喜，又芬兰乞食诗人丕佛林多 (Päivärinta) 所作小说集亦所爱读不释者，均未翻译。匈加利则有诗人裴彖飞 (Petöfi Sandor)，死于革命之战，豫才为《河南》杂志作《摩罗诗力说》，表章摆伦等人的"撒但派"，而以裴彖飞为之继，甚致赞美，其德译诗集一卷，又小说曰《绞手之绳》，从旧书摊得来时已破旧，豫才甚珍重之。对于日本文学当时殊不注意，森鸥外，上田敏，长谷川二叶亭诸人，差不多只重其批评或译文，唯夏目漱石作俳谐小说《我是猫》有名，豫才俟其印本出即陆续买读，又热心读其每日在《朝日新闻》上所载的《虞美人草》，至于岛崎藤村等的作品则始终未曾过问，自然主义盛行时亦只取田山花袋的《棉被》，佐藤红绿的《鸭》一读，似不甚感兴味。豫才后日所作小说虽与漱石作风不似，但其嘲讽中轻妙的笔致实颇受漱石的影响，而其深刻沉重处乃自果戈里与显克微支来也。豫才于拉丁民族的艺术似无兴会，德国则只取尼采一人，《札拉图斯忒拉如果说》常在案头，曾将序说一篇译出登杂志上，这大约是《新潮》吧。尼采之进化论的伦理观我也觉得很有意思，但是我不喜欢演剧式的东西，那种格调与文章就不大合我的胃口，所以我的一册英译本也搁在书箱里多年没有拿出来了。

豫才在医学校的时候学的是德文，所以后来就专学德文，在东京的独逸语学协会的学校听讲。丁未年 (一九〇七) 同了几个友人共学俄文，有季巿，陈子英 (濬，因徐锡麟案避难来东京)，陶望潮 (铸，后以字行曰冶公)，汪公权(刘申叔的亲属？后以侦探嫌疑被同盟会人暗杀于上海)，共六人，教师名扎特夫人 (Maria Konde)，居于神田，盖以革命逃至日本者。未几子英先退，独自从师学，望潮因将往长崎从俄人学造炸药亦去，四人暂时支撑，卒因财力不继而散。戊申年 (一九〇八) 从太炎先生讲学，来者有季巿，钱均甫 (家治)，朱遏先 (希祖)，钱德潜 (夏，今改名玄同)，朱逢仙 (宗莱)，龚未生 (宝铨)，共八人，每星期日至小石川的民报社，听讲《说文解字》。丙丁之际我们翻译小说，还多用林氏的笔调，这时候就有点不满意，即严氏的文章也嫌他有八股气了。以后写文多喜用本字古义，《域外小说集》中大都如此，斯谛普虐克 (Stepniak) 的《一文钱》(这篇小品我至今还是很喜欢) 曾登在《民报》上，请太炎先生看过，改定好些地方，至民九重印，因恐印刷为难，始将这些古字再改为通用的字。这虽似一件小事，但影响却并不细小，如写鸟字下面必只两点，见槑字必觉得讨嫌，即其一例，此所谓文字上的一种洁癖，与复古全无关系，且正以有此洁癖乃能知复古之无谓，盖一般复古之徒皆不通，本不配谈，若穿深衣写篆字的复古，虽是高明而亦因此乃不可能也。

豫才那时的思想我想差不多可以民族主义包括之，如所介绍的文学亦以被压迫的民族为主，俄则取其反抗压制也。但他始终不曾加入同盟会，虽然时常出入民报社，所与往来者多是同盟会的人。他也没有入光复会。当时陶焕卿（成章）也亡命来东京，因为同乡的关系常来谈天，未生大抵同来。焕卿正在连络江浙会党，计画起义，太炎先生每戏呼为焕强盗或焕皇帝，来寓时大抵谈某地不久可以"动"，否则讲春秋时外交或战争情形，口讲指画，历历如在目前。尝避日本警吏注意，携文件一部分来寓属代收藏，有洋抄本一，系会党的联合会章，记有一条云，凡犯规者以刀劈之。又有空白票布，红布上盖印，又一枚红缎者，云是"龙头"。焕卿尝笑语曰，填给一张正龙头的票布何如？数月后焕卿移居，乃复来取去。以浙东人的关系，豫才似乎应该是光复会中人了。然而又不然。这是什么缘故呢？我不知道。我所记述的都重在事实，并不在意义，这里也只是报告这么一件事实罢了。

这篇补遗里所记是丙午至己酉这四五年间的事，在鲁迅一生中属于早年，且也是一个很短的时期，我所要说的本来就只是这一点，所以就此打住了。我尝说过，豫才早年的事情大约我要算知道得顶多，晚年的是在上海的我的兄弟懂得顶清楚，所以关于晚年的事我一句话都没有说过，即不知为不知也，早年也且只谈这一部分，差不多全是平淡无奇的事。假如可取，可取当在于此，但或者无可取也就在于此乎。

廿五年十一月七日，在北平

附记

为行文便利起见，除特别表示敬礼者外，人名一律称姓字，不别加敬称。

（载一九三六年十二月一日《宇宙风》第三十期，署名知堂。收《瓜豆集》。）

记太炎先生学梵文事

太炎先生去世已经有半年了。早想写一篇纪念的文章，一直没有写成，现在就要改岁，觉得不能再缓了。我从太炎先生听讲《说文解字》，只想懂点文字的训诂，在写文章时可以少为达雅，对于先生的学问实在未能窥知多少，此刻要写也就感到困难，觉得在这方面没有开口的资格。现在只就个人所知道的关于太炎先生学梵文的事略述一二，以为纪念。

民国前四年戊申（一九〇八），太炎先生在东京讲学，因了龚未生（宝铨）的介绍，特别于每星期日在民报社内为我们几个人开了一班，听讲的有许季黻（寿裳），钱均甫（家治），朱蓬仙（宗莱），朱逖先（希祖），钱中季（夏，今改名玄同），龚未生，先兄豫才（树人），和我共八人。大约还在开讲之前几时，未生来访，拿了两册书，一是德人德意生（Deussen）的《吠檀多哲学论》英译本，卷首有太炎先生手书邬波尼沙陀五字，一是日文的印度宗教史略，著者名字已忘。未生说先生想叫人翻译邬波尼沙陀（Upanishad），问我怎么样。我觉得这事情太难，只答说待看了再定。我看德意生这部论却实在不好懂，因为对于哲学宗教了无研究，单照文字读去觉得茫然不得要领。于是便跑到丸善，买了"东办圣书"中的第一册来，即是几种邬波尼沙陀的本文，系麦克斯穆勒（Max Müller，《太炎文录》中称马格斯牟拉）博士的英译，虽然也不大容易懂，不过究系原本，说的更素朴简洁，比德国学者的文章似乎要好办一点。下回我就顺便告诉太炎先生，说那本《吠檀多哲学论》很不好译，不如就来译邬波尼沙陀本文，先生亦欣然赞成。这里所说泛神论似的道理虽然我也不甚懂得，但常常看见一句什么"彼即是你"的要言，觉得这所谓奥义书仿佛也颇有趣，曾经用心查考过几章，想拿去口译，请太炎先生笔述，却终于迁延不曾实现，很是可惜。一方面太炎先生自己又想来学梵文，我早听见说，但一时找不到人教。——日本佛教徒中有通梵文的，太炎先生不喜欢他们，有人来求写字，曾录《孟子》逢蒙学射于羿这一节予之。苏子谷也学过梵文，太炎先生给他写《梵文典序》，不知怎么又不要他教。东京有些印度学生，但没有佛教徒，梵文也未必懂。因此这件事也就阁了好久。有一天，忽然得到太炎先生的一封信。这大约也是未生带来的，信面系用篆文所写，本文云：

"豫哉、启明兄鉴。数日未晤。梵师密史逻已来，择于十六日上午十时开课，此间人数无多，二君望临期来赴。此半月学费弟已垫出，无庸急急也。手肃，即颂撰祉。麟顿首。十四。"其时为民国前三年己酉（一九〇九）春夏之间，却不记得是那一月了。到了十六那一天上午，我走到"智度寺"去一看，教师也即到来了，学生就只有太炎先生和我两个人。教师开始在洋纸上画出字母来，再教发音，我们都一个个照样描下来，一面念着，可是字形难记，音也难学，字数又多，简直有点弄不清楚。到十二点钟，停止讲授了，教师另在纸上写了一行梵字，用英语说明道，我替他拼名字？对太炎先生看着，念道：披遏耳羌。太炎先生和我都听了茫然。教师再说明道：他的名字，披遏耳羌。我这才省悟，便辩解说，他的名字是章炳麟，不是批遏耳羌 (P. L. Chang)。可是教师似乎听惯了英文的那拼法，总以为那是对的，说不清楚，只能就此了事。这梵文班大约我只去了两次，因为觉得太难，恐不能学成，所以就早中止了。我所知道的太炎先生学梵文的事情本只是这一点，但是在别的地方还得到少许文献的证据。杨仁山（文会）的《等不等观杂录》卷八中有《代余同伯答日本末底书》二通，第一通前附有来书。案末底梵语，义曰慧，系太炎先生学佛后的别号，其致宋平子书亦曾署是名，故此来书即是先生手笔也。其文云：

"顷有印度婆罗门师，欲至中土传吠檀多哲学，其人名苏葓奢婆弱，以中土未传吠檀多派，而摩诃衍那之书彼土亦半被回教摧残，故恳恳以交输智识为念。某等详婆罗门正宗之教本为大乘先声，中间或相攻伐，近则佛教与婆罗门教渐已合为一家，得此扶掖，圣教当为一振，又令大乘经论得返梵方，诚万世之幸也。先生有意护持，望以善来之音相接，并为洒扫精庐，作东道主，幸甚幸甚。末底近已请得一梵文师，名密尸逻，印度人非人人皆知梵文，在此者三十余人，独密尸逻一人知之，以其近留日本，且以大义相许，故每月只索四十银圆，若由印度聘请来此者，则岁须二三千金矣。末底初约十人往习，顷竟不果，月支薪水四十圆非一人所能任，贵处年少沙门甚众，亦必有白衣喜学者，如能告仁山居士设法资遣数人到此学习，相与支持此局，则幸甚。"杨仁山代作余同伯的答书乃云：

"来书呈之仁师，师复于公曰：佛法自东汉入支那，历六朝而至唐宋，精微奥妙之义阐发无遗，深知如来在世转婆罗门而入佛教，不容丝毫假借。今当末法之时，而以婆罗门与佛教合为一家，是混乱正法而渐入于灭亡，吾不忍闻也。桑榆晚景，一刻千金，不于此时而体究无上妙理，遑及异途问津乎。至于派人东渡学习梵文，美则美矣，其如经费何。此时祇桓精舍勉强支持，暑假以后下期学费未卜从何处飞来，唯冀龙天护佑，檀信施资，方免枯竭之虞耳。在校僧徒程度太浅，英语不能接谈，学佛亦未见道，迟之二三年或有出洋资格也。仁师之言如此。"此两信虽无年月，从暑假以后的话看来可知是在己酉夏天。第二书不附"来书"，兹从略。太炎先生以朴学大师兼治佛法，又以依自不依他为标准。故推重法相与禅宗，而净土秘密二宗独所不取，此即与普通信徒大异，宜其与杨仁山言格格不相入。且先生不但承认佛教出于婆罗门正宗（杨仁山答夏穗卿书便竭力否认此事），又欲翻读吠檀多奥义书，中年以后发心学习梵天语，不辞以外道为师，此种博大精进的精神，实为凡人所不能及，足为后学之模范者也。我于太炎先生的学问与思想未能知其百一，但此伟大的气象得以懂得一点，即此一点却已使我获益匪浅矣。

民国二十五年十二月二十日在北平记

（载一九三七年一月三十日《越风》第二卷第一期,署名周作人。收《秉烛谈》。）

玄同纪念

　　玄同于一月十七日去世，于今百日矣。此百日中，不晓得有过多少次，摊纸执笔，想要写一篇小文给他作纪念，但是每次总是沉吟一回，又复中止。我觉得这无从下笔。第一，因为我认识玄同很久，从光绪戊申在民报社相见以来，至今已是三十二年，这其间的事情实在太多了，要挑选一点来讲，极是困难。——要写只好写长篇，想到就写，将来再整理，但这是长期的工作，现在我还没有这余裕。第二，因为我自己暂时不想说话。《东山谈苑》记倪元镇为张士信所窘辱，绝口不言，或问之，元镇曰，一说便俗。这件事我向来是很佩服，在现今无论关于公私的事有所声说，都不免于俗，虽是讲玄同也总要说到我自己，不是我所愿意的事。所以有好几回拿起笔来，结果还是放下。但是，现在又决心来写，只以玄同最后的十几天为限，不多讲别的事，至于说话人本来是我，好歹没有法子，那也只好不管了。

　　廿八年一月三日，玄同的大世兄秉雄来访，带来玄同的一封信，其文曰：

　　"知翁：元日之晚，召诒垒息来告，谓兄忽遇狙，但幸无恙，骇异之至，竟夕不宁。昨至丘道，悉铿诒炳扬诸公均已次第奉访，兄仍从容坐谈，稍慰。晚，铁公来详谈，更为明了。唯无公情形，迄未知悉，但祝其日趋平复也。事出意外，且闻前日奔波甚剧，想日来必感疲乏，愿多休息，且本平日宁静乐天之胸襟加意排解摄卫！弟自己是一个浮躁不安的人，乃以此语奉劝，岂不不自量而可笑，然实由衷之言，非劝慰泛语也。旬日以来，雪冻路滑，弟懔履冰之戒，只好家居，惮于出门，丘道亦只去过两三次，且迁道黄城根，因怕走柏油路也。故尚须迟日拜访，但时向奉访者探询尊况。顷雄将走访，故草此纸。籀阉白。廿八，一，三。"

　　这里需要说明的只有几个名词。丘道即是孔德学校的代称，玄同在那里有两间房子，安放书籍兼住宿，近两年觉得身体不好，住在家里，但每日总还去那边，有时坐上小小半日，籀闇是其晚年别号之一。去年冬天曾以一纸寄示，上钤好些印文，都是新刻的，有肆籀，觚叟，籀庵居士，逸谷老人，忆菰翁等。这大都是从疑古二字变化来，如逸谷只取其同音，但有些也兼含意义，如觚籀本同一字，此处用为小学家的表征，菰乃是吴兴地名，此则有敬乡之意存焉。玄同又自号鲍山邝叟，据说鲍山亦在吴兴，与金盖山相近，先代坟墓皆在其地云。曾托张樾丞刻印，八月六日有信见告云：

"日以三孔子赠张老丞，蒙他见赐邝叟二字，书体似颇不恶，盖颇像《百衲本廿四史》第一种宋黄善夫本《史记》也。唯看上一字，似应云，象人高踞床阑干之颠，岂不异欤！老兄评之以为何如？"此信原本无标点，印文用六朝字体，邝字左下部分稍右移居画下之中，故云然，此盖即鲍山邝叟之省文也。

十日下午玄同来访，在苦雨斋西屋坐谈，未几又有客至，玄同遂避入邻室，旋从旁门走出自去。至十六收来信，系十五日付邮者，其文曰：

"起孟道兄：今日上午十一时得手示，即至丘道交与四老爷，而祖公即于十二时电四公，于是下午他们（四与安）和它们（《九通》）共计坐了四辆洋车将这书点交给祖公了。此事总算告一段落矣。日前拜访，未尽欲言，即挟《文选》而走。此《文选》疑是唐人所写，如不然，则此君橅唐可谓工夫甚深矣。……（案此处略去五句三十五字。）研究院式的作品固觉无意思，但鄙意老兄近数年来之作风颇觉可爱，即所谓'文抄'是也。'儿童……'（不记得那天你说的底下两个字了，故以虚线号表之）也太狭（此字不妥），我以为'似尚宜'用'社会风俗'等类的字面（但此四字更不妥，而可以意会，盖即数年来大作那类性质的文章，——愈说愈说不明白了），先生其有意乎？……（案，此处略去七句六十九字。）旬日之内尚拟拜访面罄，但窗外风声呼呼，明日似又将雪矣，泥滑滑泥，行不得也哥哥，则或将延期矣。无公病状如何？有起色否？甚念！弟师黄再拜。廿八，一，十四，灯下。"

这封信的封面上写鲍缄，署名师黄则是小时候的名字，黄即是黄山谷。所云《九通》，是李守常先生的遗书，其后人窘迫求售，我与玄同给他们设法卖去，四祖诸公都是帮忙搬运过付的人。这件事说起来话长，又有许多感慨，总之在这时候告一段落，是很好的事。信中略去两节，觉得很是可惜，因为这里讲到我和他自己的关于生计的私事，虽然极有价值有意思，却亦就不能发表。只有关于《文选》，或者须稍有说明。这是一个长卷，系影印古写本的一卷《文选》，有友人以此见赠，十日玄同来时便又转送给他了。

我接到这信后即发了一封回信去，但是玄同就没有看到。十七日晚得钱太太电话，云玄同于下午六时得病，现在德国医院。九时顷我往医院去看，在门内廊下去遇见稻孙少铿令扬炳华诸君，知道情形已是绝望，再看病人形势刻刻危迫，看护妇之仓皇与医师之紧张，又引起十年前若子死时的情景，乃于九点三刻左右出院径归，至次晨打电话问少铿，则玄同于十时半顷已长逝矣。我因行动不能自由，十九日大殓以及二十三日出殡时均不克参与，只于二十一日同内人到钱宅一致吊奠，并送去挽联一副，系我自己所写，其词曰：

戏语竟成真，何日得见道山记。
同游今散尽，无人共话小川町。

这挽对上本撰有小注，临时却没有写上去。上联注云："前屡传君归道山，曾戏语之曰，道山何在，无人能说，君既曾游，大可作记以示来者。君殁之前二日有信来，覆信中又复提及，唯寄到时君已不及见矣。"下联注云："余识君在戊申岁，其时尚号德潜，共从太炎先生听讲《说文解字》，每星期日集新小川町民报社。同学中龚宝铨朱宗莱家树人均先殁，朱希祖许寿裳现在川陕，留北平者唯余与玄同而已。每来谈常及尔时出入民报社之人物，窃有开天遗事之感。今并此绝响矣。"挽联共作四副，此系最后之一，取其尚不离题，若太深切便病晦或偏，不能用也。

关于玄同的思想与性情有所论述，这不是容易的事，现在亦还没有心情来做这种难工作，我只简单的一说在听到凶信后所得的感想。我觉得这是一个大损失。玄同的文章与言论平常看去似乎颇是偏激，其实他是平正通达不过的人。近几年和他商量孔德学校的事情，他总是最能得要领，理解其中的曲折，寻出一条解决的途径，他常诙谐的称为贴水膏药，但在我实在觉得是极难得的一种品格，平时不觉得，到了不在之后方才感觉可惜，却是来不及了，这是真的可惜。老朋友中间玄同和我见面时候最多，讲话也极不拘束而且多游戏，但他实在是我的畏友。浮泛的劝诫与嘲讽虽然用意不同，一样的没有什么用处。玄同平常不务苛求，有所忠告必以谅察为本，务为受者利益计，亦不泛泛徒为高论，我最觉得可感，虽或未能悉用而重违其意，恒自警惕，总期勿太使他失望也。今玄同往矣，恐遂无复有能规诫我者。这里我只是少讲私人的关系，深愧不能对于故人的品格学问有所表扬，但是我于此破了二年来不说话的戒，写下这一篇小文章，在我未始不是一个大的决意，姑以是为故友纪念可也。

民国廿八年四月廿八日

（载一九三九年六月十六日《宇宙风》(2 刊) 第八期，署名知堂。原题《最后的十七日——钱玄同先生纪念》。收入(《药味集》时改题。)

记蔡孑民先生的事

　　蔡孑民先生原籍绍兴山阴，住府城内笔飞坊，吾家则属会稽之东陶坊，东西相距颇远，但两家向有世谊，小时候曾见家中有蔡先生的朱卷，文甚难懂，详细已不能记得。光绪辛丑至丙午我在江南水师学堂，这其间大约是癸卯罢，蔡先生回绍兴去办劝学所，有同学前辈封君传命，叫我回乡帮忙，因为不想休学，正在踌躇，这时候蔡先生也已辞职，盖其时劝学所(或者叫作学务公所亦未可知)的所长月薪三十元，在乡间是最肥缺，早已有人设法来抢了去了。以后十二年倏忽过去，民国五年冬天蔡先生由欧洲回国，到故乡来，大家欢迎他，在花巷布业会馆讲演，我也去听，那时我在第五中学教书兼管教育会事，蔡先生来会一次，我往笔飞衡拜访，都不曾会见。不久蔡先生往北京，任北京大学校长之职，六年春天写信见招，我于四月抵京，蔡先生来绍兴会馆见访，这才是初次的见面。当初他叫我担任希腊罗马及欧洲文学史，古英文，但见面之后说只有美学需人，别的功课中途不能开设，此外教点预科国文吧，这些都非我所能胜任，本想回家，却又不好意思，当时国史馆刚由北京大学接收，改为国史编纂处，蔡先生就派我为编纂员之一，与沈兼士先生二人分管英日文的资料，这样我算进了北京大学了。

　　民国六年八月我改任北京大学文科教授仍暂兼了编纂员一年，自此以后至二十六年，我一直在北京大学任职。民六至民八，北京大学文理科都在景山东街，我们上课余暇常顺便至校长室，与蔡先生谈天，民八以后文科移在汉花园，虽然相距亦只一箭之遥，非是特别有事情就不多去了。还有一层，五四运动前后文化教育界的空气很是不稳，校外有《公言报》一派日日攻击，校内也有响应，黄季刚谩骂章氏旧同门曲学阿世，后来友人都戏称蔡先生为"世"，往校长室为阿世去云。我那时在国文学系与新青年社都是票友资格，也就站开一点，不常去谈闲天，可是我觉得对于蔡先生的了解也还相当的可靠。民六的夏天，北京闹过公民团，接着是督军团，张勋作他们的首领，率领辫子兵入京，我去访蔡先生，这时已是六月末，我问他行止如何，蔡先生答说，只要不复辟，我是不走的。查旧日记，这是六月廿六日事，阅四日而复辟事起。这虽似一件小事，但是我很记得清楚，至今不忘，觉得他这种态度甚可佩服，蔡先生貌很谦和，办学主张古今中外兼容并包，可是其精神却又强毅，认定他所要做的事非至最后不肯放手，其不可及处即在于此，此外尽多有美德，但在我看来最可佩服的总要算是这锲而不舍的态度了。

蔡先生曾历任教育部，北京大学，大学院，研究院等事，其事业成就彰彰在人耳目间，毋庸细说，若撮举大纲，当可以中正一语该之，亦可称之曰唯理主义。其一，蔡先生主张思想自由，不可定于一尊，故在民元废止祭孔，其实他自己非是反对孔子者，若论其思想，倒是真正之儒家也。其二，主张学术平等，废止以外国语讲书，改用国语国文，同时又设立英法德俄日各文学系，俾得多了解各国文化。其三，主张男女平等，大学开放，使女生得入学。以上诸事，论者所见不同，本亦无妨，以我所见则悉合于事理，若在现今社会有所扞格，未克尽实行，此乃是别一问题，与是非盖无关者也。蔡先生的教育文化上的施为既多以思想主张为本，因此我以为他一生的价值亦着重在思想，至少当较所施为更重。蔡先生的思想有人戏称之为古今中外派，或以为近于折中，实则无宁解释兼容并包，可知其并非是偏激一流，我故以为是真正儒家，其与前人不同者，只是收容近世的西欧学问，使儒家本有的常识更益增强，持此以判断事物，以合理为止，故即可目为唯理主义也。《蔡孑民先生言行录》二册，成于民国八九年顷，距今已有二十年，但仍为最好的结集，如诸公肯细心一读，当信吾言不谬。在这以前有《中国伦理学史》一卷，还是民国前用蔡振名义所著，近年商务印书馆又收入"中国文化丛书"中，虽是三十余年前的小册子，至今却还没有比他更好的书，这最足以表现他的态度，我想正是他最重要的功绩。说到最近则是民国二十三年，在《安徽丛书》第三集《俞理初年谱》中有他的一篇跋文，也值得注意，其时蔡先生盖是六十八岁矣。起头便云：

"余自十余岁时，得俞先生之《癸巳类稿》及《存稿》而深好之，历五十年而好之如故。"文中分认识人权与认识时代两项，列举俞氏思想公平通达处，而于主张男女平等尤为注重，此与《伦理学史》所说正是一致，可知非是偶然。我最爱重汉王仲任明李卓吾清俞理初这三位，尝称为中国思想界不灭之三灯，曾以语亡友玄同，颇表赞可，蔡先生在其书中盖亦有同意也。王仲任提示宗旨曰疾虚妄，李卓吾与俞理初亦是一路，其特色是有常识，唯理而复有情，其实即是儒家的精髓，惜一般多已枯竭，遂以偶有为奇怪耳。王君自昔不为正人君子所齿，李君乃至以笔舌之祸杀身，俞君幸而隐没不彰，至今始为人表而出之，若蔡先生自己因人多知其名者，遂不免有时被骂，世俗声影之谈盖亦是当然，唯不佞对于知不知略有自信，亦自当称心而言，原不期待听者之必以我为是也。

我与蔡先生平常不大通问，故手头别无什么遗迹可以借用，只有民国廿三年春间承其寄示和我茶字韵打油诗三首，其二是和自寿诗，均从略，一首题云《新年用知堂老人自寿韵》，别有风趣，今录于下方：

新年儿女便当家，不让沙弥袈了裟。(原注，吾乡小孩子留发一圈而剃其中边者，谓之沙弥。《癸巳存稿》三，《精其神》一条引经了筵阵了亡等语，谓此自一种文理。)鬼脸遮颜徒吓狗，龙灯画足似添蛇。六么轮掷思赢豆，(吾乡小孩子选炒蚕豆六枚，于一面去壳少许，谓之黄，其完好一面谓之黑，二人以上轮掷之，黄多者赢，亦仍以豆为筹马。)数语蝉联号绩麻。(以成语首字与其他末字相同者联句，如甲说"大学之道"，乙接说"道不远人"，丙接说"人之初"等，谓之绩麻。)乐事追怀非苦话，容吾一样吃甜茶。(吾乡有"吃甜茶讲苦话"语。)署名则仍是蔡元培，并不用别号。此于游戏之中自有谨厚之气，我前谈《春在堂杂文》时也说及此点，都是一种特色。蔡先生此时已年近古稀，而记叙新年儿戏情形，细加注解，犹有童心，我的年纪要差二十岁，却还没有记得那样清楚，读之但有怅惘，即在极小处前辈亦自不可及也。

报载蔡先生于三月五日以脑溢血卒于九龙，因写此小文以为纪念。

廿九年三月六日

(载一九四〇年四月一日《中国文艺》第二卷第二期，署名知堂。收《药味集》。)

先母事略

　　先母鲁氏，讳瑞，为外祖父咸丰辛亥科举人户部主事鲁晴轩公希曾之三女。生于咸丰七年丁巳十一月十九日。光绪六年归于我先君伯宜公。生子四：樟寿、櫆寿、松寿、椿寿；女一：瑞姑，幼殇。先君为会稽县学生员，屡应乡试不中式，以酒自遣；久之遂病咯血，继患水肿，卧病三年。先母竭力调护，形神为之销损。终不起，于光绪丙申九月去世。先君读儒书，而感念时艰，思欲有所作为，乃卒不得志。日者尝评之曰：性高于天，命薄如纸。居间尝言：吾有子四人，当遣其出海外求学，一往西洋，一往东洋耳。先母闻而识之。及先君殁。家计益穷，先母乃遣樟寿往南京，易名树人，考入江南陆师学堂附设矿路学堂。时人尚迷恋科举，多以改途为非，相率阻止，先母弗听焉。戊戌冬，四弟椿寿以急性肺炎卒，年六岁。先母痛之甚，令画师追写其像，悬之室中，今存作人处。庚子变后一年，辛丑，令櫆寿往考江南水师学堂，易名作人，入管轮班。丙午，奉派往日本留学。时树人亦已先在，至庚戌、辛亥，相继归国。盖自丁酉至辛亥十馀年中，树人、作人均游学在外，在南京时尚得乘年假时一归省，及往东京，则六年内未曾一归，先母唯与松寿即建人居守老屋。民国建立，树人供职南京教育部，旋移往北京。六年，作人被聘为北京大学教授。八年冬，先母遂率家人北迁，定居北京，以至于今。先母性弘毅，有定识。待人宽厚，见有急难，恒不惜自损以济人，以是为戚邻所称。平时唯以读书自遣，古今说部，无所不读。又喜阅报章，定大小新闻数种读之，见所记多单调虚似，辄致愤慨。关心时事安危，时与儿辈谈论，深以不能再见太平为恨。近年目力稍减，不便读报纸细字，乃辍读，改而编织。尝卧疾而两病，今年二月因肺炎转而为心脏衰弱，势甚危殆。以笹间医师之力，始转危为安。作人当赴首都，见先母饭食如常，乃禀命出发。及半月后，自南京返，则肺炎复发。据医师言病本不剧，而年老气虚，虑不能胜。先母见作人归，即曰："这回与汝永别了。"复述两次。作人深讶其语之不祥，而不图其竟实现于五日之内也。时为四月十八日酉时，乃遂长逝，享寿八十七岁。临终之日，神志清明，不诉苦痛，不见秽恶，渐以入灭，如就安眠，世所谓得往生者非耶。作人不能为文，猝遭大故，心绪纷乱，但就记忆所及，略记数行。凡为人子者，皆欲不死其亲。作人之力何能及此，但得当世仁人，读其文而哀其心，则作人之愿不虚矣。次男周作人泣述。

一九四三年四月作

（载一九四三年五月十五日《同声》月刊第三卷第三号，署名周作人。）

前门遇马队记

中华民国八年六月五日下午三时后，我从北池子往南走，想出前门买点什物。走到宗人府夹道，看见行人非常的多，我就觉得有点古怪。到了警察厅前面，两旁的步道都挤满了，马路中间立站许多军警。再往前看，见有几队穿长衫的少年，每队里有一张国旗，站在街心，周围也都是军警。我还想上前，就被几个兵拦住。人家提起兵来，便觉得害怕。但我想兵和我同是一样的中国人，有什么可怕呢？那几位兵士果然很和气，说请你不要再上前去。我对他说，"那班人都是我们中国的公民，又没有拿着武器，我走过去有什么危险呢？"他说，"你别要见怪，我们也是没法，请你略候一候，就可以过去了。"我听了也便安心站着，却不料忽听得一声怪叫，说道什么"往北走！"后面就是一阵铁蹄声，我仿佛见我的右肩旁边，撞到了一个黄的马头。那时大家发了慌，一齐向北直奔。后面还听得一阵马蹄声和怪叫。等到觉得危险已过，立定看时，已经在"履中"两个字的牌楼底下了。我定一定神，再计算出前门的方法，不知如何是好，须得向那里走才免得被马队冲散。于是便去请教那站岗的警察，他很和善的指导我，教我从天安门往南走，穿过中华门，可以安全出去。我谢了他，便照他指导的走去，果然毫无危险。我在甬道上走着，一面想着，照我今天遇到的情形，那兵警都待我很好，确是本国人的样子，只有那一队马煞是可怕。那马是无知的畜生，他自然直冲过来，不知道什么是共和，什么是法律。但我仿佛记得那马上似乎也骑着人，当然是个兵士或警察了。那些人虽然骑在马上，也应该还有自己的思想和主意，何至任凭马匹来践踏我们自己的人呢？我当时理应不要逃走，该去和马上的"人"说话，谅他也一定很和善，懂得道理，能够保护我们。我很懊悔没有这样做，被马吓慌了，只顾逃命，把我衣袋里的十几个铜元都掉了。想到这里，不觉已经到了天安门外第三十九个帐篷的面前，要再回过去和他们说，也来不及了。晚上坐在家里，回想下午的事，似乎又气又喜。气的是自己没用，不和骑马的人说话；喜的是侥幸没有被马踏坏，也是一件幸事。于是提起笔来，写这一篇，做个纪念。从前中国文人遇到一番危险，事后往往做一篇"思痛记"或"虎口余生记"之类。我这一回虽然算不得什么了不得的大事，但在我却是初次。我从前在外国走路，也不曾受过兵警的呵叱驱逐，至于性命交关的追赶，更是没有遇着。如今在本国的首都，却吃了这一大惊吓，真是"出人意表之外"，所以不免大惊小怪，写了这许多话。可是我决不悔此一行，因为这一回所得的教训与觉悟比所受的侮辱更大。

（载一九一九年六月八日《每周评论》第二十五期，署名仲密。收《谈虎集》上册。）

访日本新村记

今年四月中，我因自己的事，渡到日本，当初本想顺路一看日向 (Huga) 的新村 (Atarashiki Mura)，但匆促之间竟不曾去。在东京只住了十几天，便回北京，连极便当的上野 (Ueno) 尚且没有到，不必说费事的远处了。七月中又作第二次的"东游"，才挪出半个月工夫，在新村本部住了四日，又访了几处支部，不但实见一切情形，并且略得体验正当的人的生活幸福，实是我平生极大的喜悦，所以写这一篇，当作纪念。

七月二日从北京趁早车出发，下午到塘沽，趁邮船会社的小汽船，上了大汽船，于六时出帆。四日大雾，在朝鲜海面停了一天，因此六日早上才到门司 (Moji)，便乘火车往吉松 (Yoshimatsu)。当日从基隆来的汽船也正到港，所以火车非常杂沓，行李房的门口，有几个肥大波罗蜜，在众人脚下乱滚，也不知谁掉的，这一个印象，已很可见当日情形了。从门司至吉松，约二百英里，大半是山林，风景非常美妙。八代 (Yatsuhiro) 至人吉 (Hitoyoshi) 这三十英里间，真是"千峰竞秀、万壑争流"；白石 (Shiroishi) 与一胜地 (Isshochi) 两处，尤其佳胜。火车沿着溪流，团团回转，左右两边车窗，交互受着日光，又不知经过若干隧道，令人将窗户开闭不迭。下望谷间，茅舍点点，几个半裸体的小儿，看火车过去，指手画脚的乱叫。明知道生活的实际上，一定十分辛苦，但对此景色，总不免引起一种因袭的感情的诗思，仿佛离开尘俗了，据实说在别一义上，他们的生活，或真比我们更真实更幸福，也未可知。但这话又与卢梭所说的自然生活，略有不同；我所羡慕的便在良心的平安，这是我们营非生产的生活的人所不能得的。过人吉十二英里到矢岳 (Yadake)，据地图指示，是海拔四千尺。再走十英里，便到吉松，已是七时半，暂寓驿前的田中旅馆。这旅馆虽然简陋，却还舒服，到屋后洗过浴，去了发上粒粒的煤烟，顿觉通身轻快，将连日行旅的困倦也都忘了。

吉松是鹿儿岛 (Kagoshima) 县下的一个小站，在重山之中，极其僻静；因为鹿儿岛线与营崎 (Miyazaki) 线两路在此换车，所以上下的人，也颇不少。但市面很小。我想买一件现成浴衣，问过几家，都说没有，而且也没有专门布店，只在稍大的杂货店头放着几匹布类罢了。鹿儿岛方言原极难懂，在火车或旅馆里，虽然通用东京语，本地人却仍用方言；向商店买物，须用心问过一两遍，才能明白他说有或没有，或多少钱。杂货店的女人见顾客用东京话，却不很懂她的语言，便如乡下人遇见城里人一般，颇有忸怩之色。其实只要有一种国语通用，以便交通，此外方言也各有特具的美，尽可听他自由发展，形式的统一主义，已成过去的迷梦，现在更无议论的价值了。将来因时势的需要，可以在国语上更加一种人类通用的世界语，此外种种国语方言，都任其自然，才是正当办法；而且不仅言语如此。许多事情也应该如此的。

七日早晨忽晴忽雨，颇不能决定行止，但昨日在博多 (Hakata) 驿已经发电通知新村，约了日期，所以很难耽搁，便于九时半离吉松，下午二时到福岛町 (Fukushimamachi) 计七十八英里。从此地买票乘公共马车往高锅 (Takanabe) 计程日本三里余，合中国约二十里，足足走了两时间。到此已是日向国，属宫崎县，在九州东南部，一面临海，一面是山林，马车在这中间，沿着县道前进。我到这未知的土地，却如曾经认识一般，发生一种愉悦的感情。因为我们都是"地之子"，所以无论何处，只要是平和美丽的土地，便都有些认识。到了高锅，天又下雨了，我站在马车行门口的棚下，正想换车往高城 (Takajo)，忽见一个劳动服装的人近前问道："你可是北京来的周君么？"我答道："是，"他便说："我是新村的兄弟们差来接你的。"旁边一个敝衣少年，也前来握手说："我是横井。"这就是横井国三郎 (K. Yokoi) 君，那一个是斋藤德三郎 (T. Saito) 君。我自从进了日向已经很兴奋，此时更觉感动欣喜，不知怎么说才好，似乎平日梦想的世界，已经到来，这两人便是首先来通告的。现在虽然仍在旧世界居住，但即此部分的奇迹，已能够使我信念更加坚固，相信将来必有全体成功的一日。我们常感着同胞之爱，却多未感到同类之爱；这同类之爱的理论，在我虽也常常想到，至于经验，却是初次。新村的空气中，便只充满这爱，所以令人融醉，几于忘返，这真可谓不奇的奇迹了。

斋藤横井两君同我在高锅雇了一辆马车，向高城出发，将横井君所乘的脚踏车，缚在马车右边。原来在博多发出的至急电报，经过二十四时间才到村里，大家急忙出来；横井君先乘脚踏车到福岛町驿时，火车早到，马车也出发了，于是重回高锅，恰好遇着。我们的车去高锅不远，又见武者小路实笃 (S. Mushakoji) 先生同松本长十郎 (C. Matsumoto) 福永友治 (T. Fukunaga) 两君来接，便同坐了马车，直到高城，计程二里余，(约中国十二三里，) 先在深水旅馆暂息。这旅馆主人深水桑一 (K. Fukamidzu) 是一个五十多岁的老人，本业薪炭，兼营旅宿；当时新村的人在日向寻求土地，曾在此耽搁月余，他听这计划，很表同情，所以对于新村往来的人，都怀厚意，极肯招待。我们闲谈一会，吃过饭，横井君到屋后的大溪里去捕鱼，一总捕到十尾鳅鱼，一匹虾，非常高兴，便将木条编成的凉帽除下，当作鱼笼，用绳扎了口。六时半一齐出发，各拿灯笼一盏，因为高城至新村所在的石河内 (Ishikauchi) 村，计程三里，(中国十八里强，) 须盘过一座岭，平常总费三时间，到村时不免暗了。雨后的山路，经马蹄践踏，已有几处极难行走，幸而上山的路上甚险峻，六个人谈笑着，也还不觉困难；只是雨又下了，草帽边上点点的滴下水来，洋服大半濡湿，松本君的单小衫更早湿透了。八时顷盘过山顶，天色也渐渐昏黑，在路旁一家小店里暂息，喝了几杯汽水与泉水，点起蜡烛，重复上路。可是灯笼被雨打湿，纸都酥化了，斋藤君的烛盘，中途脱落，武者先生的竹丝与纸分离，不能提了，只好用两手捧着走，我的当初还好，后来也是如此。其先大家还笑说，这许多灯笼，很像提灯行列；现在却只剩一半，连照路都不够了。下山的路，本有一条远绕的坦道，因为时候已迟，决计从小路走。这路既甚峻急，许多处又非道路，只是山水流过的地方，加以雨后，愈加荦确难行，脚力又已疲乏，连跌带走，竭力前进，终于先后相失。前面的一队，有时站住，高声叫喊，招呼我们。山下"村"里的人，望见火光，听到呼声，也大声叫道 oi! 这些声音的主人，我当时无一认识，但闻山上山下的呼声，很使我增加勇气，能自支持。将到山脚，"村"里的人多在暗中来迎，匆促中不辨是谁，只记得拿伞来的是武者小路房子 (Fusako) 夫人，给我被上外套的似是川岛传吉 (D. Kawashima) 君罢了。到石河内时，已经九时半，便住武者先生家中；借了衣服，换去湿衣，在楼上聚谈。这屋本是武者先生夫妇和养女喜久子 (Kikuko)，松本君和春子 (Haruko) 夫人，杉本千枝子 (Sugimoto Chieko) 君五人同住。当时从"村"里来会的，还有荻原中 (W. Hagiwara) 弓野

征矢太 (S. Kiuno) 松本和郎 (K. Matsumoto) 诸君。大家喝茶闲话，吃小馒头和我从北京带去的葡萄干，转瞬已是十二时，才各散去。这一日身体很疲劳，精神却极舒服，所以睡得非常安稳，一觉醒来，间壁田家的妇女，已都戴上圆笠，将要出坂工作去了。

八日上午，只在楼上借 Van Gogh 和 Cézonne 的画集看，午饭后，同武者先生往"村"里去。出门向左走去，又右折，循着田塍一直到河边。这河名叫小丸川 (Komarugawa)，曲曲折折的流着，水势颇急，有几处水石相搏，变成很险的滩。新村所在，本是旧城的遗址，所以本地人就称作城 (Jō)，仿佛一个半岛，川水如蹄铁形，三面围住，只有中间一带水流稍缓，可以过渡。河面不过四五丈宽，然而很深，水色青黑，用竹篙点去，不能到底。过河循山脚上去，便是中城，村的住屋就在此，右手是马厩猪圈，左手下面还有一所住屋，尚未竣工。我们先在屋里暂坐，遇见的人，除前日见过的以外，又有佐后屋 (Sagoya) 土肥 (Doi) 辻 (Tsuji) 河田 (Kawada) 宫下町子 (Miyashita Machiko) 今西京子 (Imanishi Keiko) 诸君。这屋本是近村田家的旧草舍，买来改造的，总共十张席大的三间，作为公共住室，别有厨房与图书馆两间；女人因新筑未成，都暂住在马厩的楼上。这屋的前面，有一条新造大路，直到水边，以便洗濯淘汲。再向右走，是一片沙滩，有名的 Rodin 岩便在这里，水浅时徒涉可到，现在却浸在水中，宛然一只虾蟆，真可称天然的雕刻。从屋后拾级而上，到了上城，都是旱田，种些豆麦玉蜀黍茄子甘薯之类; 右手有一座旧茅蓬，是斋藤君住宿兼用功的所在。看过一遍，复回石河内，翻阅 Goya 的画，有关于那颇仑时法西战争和斗牛的两卷，很是惊心动魄，对于人的运命，不禁引起种种感想，失了心的平和。晚间川岛荻原诸君又从村里来，在楼上闲谈，至十二时散去。

新村的土地，总共约八千五百坪，（中国四十五亩地余），住在村里的人，这时共十九人，别有几人，因为省亲或养病，暂时出去了。畜牧一面，有母马一匹，山羊三头，猪两只，狗两只，一叫 Michi，一叫 Bebi，(baby) 是一种牛犬；此外还有家鸡数种。那狗都很可爱，第二次见我，已经熟识，一齐扑来，将我的浴衣弄得都是泥污了。就是那两只猪，也很知人意，见人近前，即从栅间拱出嘴来讨食吃，我们虽然还未能断绝肉食，但看了他，也就不忍杀他吃他的肉了。现在村中的出产，只有鸡卵，却仍然不够供给，须向石河内田家添买；当初每个一钱五厘，后来逐渐涨价，已到四钱，这一半固然是物价增加的影响，但大半也因为本地人的误解，以为他们是有钱人，聊以种田当作娱乐，不妨多赚几文的。此地风俗本好，不必说新村，便是石河内村，已经"夜不闭户"，甚可称叹；只有因袭的偏见，却终不能免，更无怪那些官吏和批评家了。石河内区长也有几分田地在下城，新村想要收买，区长说非照时价加倍不可，其实他钱也够多了，何必更斤斤较量，无非借此刁难罢了。耶稣说富人要进天国，比骆驼钻过针孔还难，这话确有道理，可惜他们依然没有悟。

新村的农作物，虽然略有出产，还不够自用，只能作副食物的补助。预计再过三五年，土地更加扩充，农事也更有经验，可以希望自活，成为独立的生活；这几年中，却须仗外边的寄赠，才能支持。每人每月米麦费六圆，（约中国银三元半，）副食物一圆，零用一圆，加上一切别的杂费，全部预算每月金二百五十圆。这项经常费，有各地新村支部的寄赠金，大略出入可以相抵；至于土地建筑农具等临时费，便须待特捐及武者先生著作的收入等款项了。我在村时，听说武者先生的我孙子(Abiko)新筑住屋，将要卖去，虽然也觉可惜，但这款项能有更好的用途，也没有什么遗憾。新村本部更在日向(详细地名是日向国儿汤郡木城局区内)，其余东京大阪京都以至福冈北海道各地，都有支部，协力为新村谋发达。会员分两种，凡愿入村协力工作，依本会精神而生活者，为第一种会员；真心赞成本会精神，而因事情未能实行此种生活者，为第二种会员。第一种会员的义务权利，一律平等，共同劳动；平时衣食住及病时医药等费，均由公共负担。第二种会员除为会务尽力之外，应每月捐金五十钱以上，"以忏除自己的生活不正当的恶"。这是现行会则的大要。照目下情形看来，这第一新村经济上勉强可以支持，世间的同情也颇不少；只是千百年来的旧制度旧思想，深入人心，一时改不过来，所以一般的冷淡与误解，也未能免。但我深信这新村的精神决无错误，即使万一失败，其过并不在这理想的不充实，却在人间理性的不成熟。"要来的事，总是要来"，不过豫备不同，结果也就大异。新村的人，要将从来非用暴力不能做到的事；用平和方法得来，在一般人看来，似乎未免太如意了。可是他们的苦心也正在此；中国人生活的不正当，或者也只是同别国仿佛，未必更甚，但看社会情形与历史事迹，危险极大：暴力绝对不可利用，所以我对于新村运动，为中国的一部分人类计，更是全心赞成。

九日上午，横井君来访，并将自作的诗《自然》及《小儿》二章见赠。他的话多很对，但以中国为最自然最自在的国，却未免过誉。午前同武者先生松本君等渡河至中城，刚有熊本 (Kumamoto) 的第五高等学校学生五人来访新村，便同吃了饭。饭是纯麦，初吃倒也甘美；副食物是味哙 (Miso 一种豆制的酱) 煮昆布一碗，煮豆一碟。食毕，大家都去做事，各随自己的力量，并无一定限制，但没有人肯偷懒不做的。新村的生活，一面是极自由，一面却又极严格。村人的言动作息，都自负责任，并无规程条律，只要与别人无碍，便可一切自由；但良心自发的制裁，要比法律严重百倍，所以人人独立，却又在同一轨道上走，制成协同的生活。日常劳动，既不是为个人的利益，也不是将劳力卖钱，替别人做事，只是当作对于自己和人类的一种义务做去：所以做工时候，并无私利的计画与豫期，也没有厌倦。他的单纯的目的，只在做工，便在这做工上，得到一种满足与愉乐。我想工厂的工人，劳作十几小时之后，出门回家，想必也有一种愉快，但这种心情，无异监禁期满的囚人得出狱门光景，万分可怜。义务劳动，乃是自己的生活的一部分；这劳动遂行的愉快，可以比生理需要的满足，但这要求又以爱与理性为本，超越本能以上，——也不与人性冲突，——所以身体虽然劳苦，却能得良心的慰安。这精神上的愉快，实非经验者不能知道的。新村的人，真多幸福！我愿世人也能够分享这幸福！

当日他们多赴上城工作，我也随同前往。种过小麦的地，已经种下许多甘薯；未种的还有三分之二，各人脱去外衣，单留衬衫及短裤布袜，各自开掘。我和第五高等的学生，也学掘地，但觉得锄头很重，尽力掘去，吃土仍然不深，不到半时间，腰已痛了，右掌上又起了两个水泡，只得放下，到豆田拔草。恰好松本君拿了一篮甘薯苗走来，叫我帮着种植。先将薯苗切成六七寸长，横放地上，用手掘土埋好，只留萌芽二寸余露地面。这事很容易，十余人从三时到六时，或掘或种，将所剩空地全已种满，都到下城 Rodin 岩边，洗了手脸，坐在石上，看 Bebi 钻下水去拣起石子来。我也在水滨拾了两颗石子，一个绿色，一个灰色，中间夹着一条白线；后来到高城时，又在山中拾得一颗层叠花纹的，现在都藏在我的提包里，纪念我这次日向的快游。回到中城在草地上同吃了麦饭，回到寓所，虽然很困倦，但精神却极愉快，觉得三十余年来未曾经过充实的生活，只有半日才算能超越世间善恶，略识"人的生活"的幸福，真是一件极大的喜悦。还有一种理想，平时多被人笑为梦想，不能实现，就经验上说，却并非"不可能"，这就是人类同胞的思想。我们平常专讲自利，又抱着谬见，以为非损人不能利己，遇见别人，——别姓别县别省的人，都是如此，别国的人更无论了，——若不是心中图谋如何损害他，便猜忌怨恨，防自己被损。所以彼此都"剑拔弩张"，互相疾视。倘能明白人类共同存在的道理，独乐与孤立是人间最大的不幸，以同类的互助，与异类争存，（我常想如能联合人类知力，抵抗霉菌的侵略，实在比什么几国联盟几国协约，尤为合理，尤为重要），才是正当的办法，并耕合作，苦乐相共，无论那一处的人，即此便是邻人，便是兄弟。武者先生曾说："无论何处，国家与国家，纵使交情不好，人与人的交情，仍然可以好的，我们当为'人'的缘故，互相扶助而作事。"（《新村》第二年七月号）这话甚为有理，并非不可能的空想。我在村中，虽然已没有"敝国贵邦"的应酬，但终被当作客人，加以优待，这也就是歧视；若到田间工作，便觉如在故乡园中掘地种花，他们也认我为村中一个工人，更无区别。这种浑融的感情，要非实验不能知道；虽然还没有达到"汝即我"的境地，但因这经验，略得证明这理想的可能与实现的幸福，那又是我的极大喜悦与光荣了。

　　我当初的计画。本拟十日出村，因为脚力未复，只得展缓一日，而且入村以来，精神很觉愉快，颇想多留几日，倘没有非早到东京不可的事，大约连十一日也未必出村了。武者先生本要我在村中种树一株，当作纪念，约定明日去种；到了晚间，忽然大风大雨，次日也没有住，终于不能实行。武者先生便拿一卷白布，教我写几个字，以代种树；我的书法的位置，在学校时是倒数第二。后来也没有临帖，决不配写横幅单条的，但现在当作纪念，也就可以不论了。村里的一张是，"子曰，仁远乎哉。我欲仁，斯仁至矣。"武者先生的一张是，"子曰，内省不疚，夫何忧何惧？"这两节的文句，都是武者先生选定的；他本教我写爱读的诗，我虽然偶看陶诗，却记不起稍成片段的了，武者先生现在正研究耶稣和孔子，有《论语》在手头，便选了这两节。房子夫人的一块绫上写了我

访日本新村记

的《北风》一首诗，又将这诗的和译为松本君写了一张。村里的川岛荻原诸君，冒雨走来，在楼上闲话；到下午雨更大了，小丸川的水势增涨，过渡很难，他们便赶紧回村去了。晚间同松本君商定路程，他本要回家一走，因我适值也往东京，便约定同行，由他介绍，顺路访问各地的新村支部，预定大阪 (Osaka) 京都 (Kioto) 滨松 (Hamamatsu) 东京 (Tokio) 四处；照路线所经，还有福冈 (Fukuoka) 神户 (Kobe) 横滨 (Yokohama) 三处，因为时间不足，只好作罢了。

　　十一日仍旧下雨，上午八时，同松本君出发，各着单衣布袜，背了提包；我的洋服和皮鞋，别装一包，武者先生替我背了。房子夫人春子夫人喜久子千枝子二君，也同行，送至高城。村里的诸君，因为川水暴涨，过来不得；我们走上山坡，望见那虾蟆形的 Rodin 岩已经全没水中，只露出一点嘴尖了。山上的人与村中的人，彼此呼应，一如日前到村时情景，但时间既然局促，山路又远，我们不得不离远了挥手送别的村人，赶快走路。竭力攀上山岭，路稍平易，但雨后积水很多，几处竟深到一尺，泥泞的地方，更不必说了。十一时到高城，在深水旅馆暂息，却见昨日动身的佐后屋君也还未走，听说高城高锅间与高锅福岛町间的木桥都被山水冲失了桥柱，交通隔绝了；所以我们没法，也只得在高城暂住，从楼上望去，高城的桥便在右手，缺了一堵柱脚，桥从中间折断，幸而中途抵住，所以行人还能往来，只是要乘马车，必须过桥。十二日早晨松本君往问马车行的人，才知道高锅福岛町间的桥并未冲坏，于是决计出发。我同松本佐后屋二君，雇了一台马车，武者先生千枝子君也同乘了，到了高锅，才是十时半。在店里吃过加非果物，到街上闲走，心想买几本书籍，当作火车中的消遣，但村中书店只有一家，也拣不出什么好书，缩印本夏目漱石 (K. Natsume) 的《哥儿》 (Botchan) 之类，要算最上品了。七月号的《我等》 (Warera) 却已寄到，其中有武者先生的剧本《新浦岛的梦》 (shin Urashima no yume) 一篇，便买取一册，在宫崎线车中看完，是说明新村的理想的，与《改造》 (Kaize) 中的一篇《异样的草稿》 (Henna Genko) 反对战争的小说，都是很有价值的文学。十二时别了武者先生诸人，换坐马车，下午二时到福岛町驿。四时火车出发，九时至吉松换车，夜三时到大牟田 (Omuda)，佐后屋君别去。

　　十三日晨到门司，过渡至下关 (Shimonoseki)，乘急行车，晚十一时到大阪，茶谷半次郎 (H. Chatani) 君到车站来迎，便在其家寄宿。十四日上午开发 (Kaihatsu) 福岛 (Fukushima) 奥村 (Okumura) 诸君来访。下午往京都，茶谷君同行，至内藤 (Naito) 君家，见村田 (Murata) 喜多川 (Kitakawa) 小岛 (Kojima) 诸君，晚饭后同游丸山 (Maruyama) 公园。京都地方虽然也很繁盛，但别有一种闲静之趣，与东京不同，觉得甚可人意；东京的日比谷 (Hibiya)，固然像暴发户花园，上野虽稍好，但比丸山便不如了。回寓之后，东京的永见 (Nagami) 君也来了。十二时半离京都，茶谷君也回大阪，将富田 (Tomida) 氏译的 Whitman 诗集《草之叶》(Leaves of Grass) 第一卷见赠。十五日上午七时到滨松，住竹村启介 (K. Takemura) 君外家，见河采 (Kawakatsu) 君。晚十时出发，十六日晨六时半抵东京驿，长岛丰太郎 (T.Nagajima) 佐佐木秀光 (H. Sasaki) 今田谨吾 (K. Imada) 诸君来迎，在休息室稍坐，约定下午六时在支部相聚。我先到巢鸭 (Sugamo) 寓居，傍晚乘电车至神田太和町 (Kanda Yamatocho) 访新村的东京支部，到者除上列诸人以外，有木村 (Kimura) 西岛 (Nishijima) 宫阪 (Miyazaka) 平田 (Hirata) 新良 (Nera) 诸君共十二人，九时散归。统计十日间，将新村本部与几处支部历访一遍，虽然很草草，或者也可以略得大概。Bahaullah 说，“一切和合的根本，在于相知”，这话真实不虚。新村的理想，本极充满优美，令人自然向往，但如更到这地方，见这住民，即不十分考察，也能自觉的互相了解，这不但本怀好意的人群如此，即使在种种意义的敌对间，倘能互相知识，知道同是住在各地的人类的一部分，各有人间的好处与短处，也未尝不可谅解，省去许多无谓的罪恶与灾祸。我此次旅行，虽不能说有什么所得，但思想上因此稍稍扫除了阴暗的影，对于自己的理想，增加若干勇气，都是所受的利益，应该感谢的。所以在个人方面，已很满足，写这一篇，以为纪念。但自愧表现力不充足，或不能将我的印象完全传达，这都是我的责任，不可因此误解了新村的真相。

一九一九年七月三十日在东京巢鸭村记

（载一九一九年十月三十日《新潮》第二卷第一号，署名周作人。收《艺术与生活》。）

西山小品

一 一个乡民的死

我住着的房屋后面，广阔的院子中间，有一座罗汉堂。他的左边略低的地方是寺里的厨房，因为此外还有好几个别的厨房，所以特别称他作大厨房。从这里穿过，出了板门，便可以走出山上。浅的溪坑底里的一点泉水，沿着寺流下来，经过板门的前面。溪上架着一座板桥。桥边有两三棵大树，成了凉棚，便是正午也很凉快，马夫和乡民们常常坐在这树下的石头上，谈天休息着。我也朝晚常去散步。适值小学校的暑假，丰一到山里来，住了两礼拜，我们大抵同去，到溪坑底里去捡圆的小石头，或者立在桥上，看着溪水的流动。马夫的许多驴马中间，也有带着小驴的母驴，丰一最爱去看那小小的可爱而且又有点呆相的很长的脸。

大厨房里一总有多少人，我不甚了然。只是从那里出入的时候，在有一匹马转磨的房间的一角里，坐在大木箱的旁边，用脚踏着一枝棒，使箱内扑扑作响的一个男人，却常常见到。丰一教我道，那是寺里养那两匹马的人，现在是在那里把马所磨的麦的皮和粉分做两处呢。他大约时常独自去看寺里的马，所以和那男人很熟习，有时候还叫他，问他各种的小孩子气的话。

这是旧历的中元那一天。给我做饭的人走来对我这样说，大厨房里有一个病人很沉重了。一个月以前还没有什么，时时看见他出去买东西。旧历六月底说有点不好，到十多里外的青龙桥地方，找中医去看病。但是没有效验，这两三天倒在床上，已经起不来了。今天在寺里作工的木匠把旧板拼合起来，给他做棺材。这病好像是肺病。在他床边的一座现已不用了的旧灶里，吐了许多的痰，满灶都是苍蝇。他说了又劝告我，往山上去须得走过那间房的旁边，所以现在不如暂时不去的好。

我听了略有点不舒服。便到大殿前面去散步，觉得并没有想上山去的意思，至今也还没有去过。

这天晚上寺里有焰口施食。方丈和别的两个和尚念咒，方丈的徒弟敲钟鼓。我也想去一看，但又觉得麻烦，终于中止了，早早的上床睡了。半夜里忽然醒过来，听见什么地方有铙钹的声音，心里想道，现在正是送鬼，那么施食也将完了罢，以后随即睡着了。

早饭吃了之后，做饭的人又来通知，那个人终于在清早死掉了。他又附加一句道，"他好像是等着棺材的做成呢。"

怎样的一个人呢？或者我曾经见过也未可知，但是现在不能知道了。

他是个独身，似乎没有什么亲戚。由寺里给他收拾了，便在上午在山门外马路旁的田里葬了完事。

在各种的店里，留下了好些的欠账。面店里便有一元余，油酱店一处大约将近四元。店里的人听见他死了，立刻从账簿上把这一页撕下烧了，而且又拿了纸钱来，烧给死人。木匠的头儿买了五角钱的纸钱烧了。住在山门外低的小屋里的老婆子们，也有拿了一点点的纸钱来吊他的。我听了这话，像平常一样的，说这是迷信，笑着将它抹杀的勇气，也没有了。

一九二一年八月三十日作

二　卖汽水的人

我的间壁有一个卖汽水的人。在般若堂院子里左边的一角，有两间房屋，一间作为我的厨房，里边的一间便是那卖汽水的人住着。

一到夏天，来游西山的人很多，汽水也生意很好。从汽水厂用一块钱一打去贩来，很贵的卖给客人。倘若有点认识，或是善于还价的人，一瓶两角钱也就够了，否则要卖三四角不等。礼拜日游客多的时候，可以卖到十五六元，一天里差不多有十元的利益。这个卖汽水的掌柜本来是一个开着煤铺的泥水匠，有一天到寺里来做工，忽然想到在这里来卖汽水，生意一定不错，于是开张起来。自己因为店务及工作很忙碌，所以用了一个伙计替他看守，他不过偶然过来巡阅一回罢了。伙计本是没有工钱的，火食和必要的零用，由掌柜供给。

我到此地来了以后，伙计也换了好几个了，近来在这里的是一个姓秦的二十岁上下的少年，体格很好，微黑的圆脸，略略觉得有点狡狯，但也有天真烂漫的地方。

卖汽水的地方是在塔下，普通称作塔院。寺的后边的广场当中，筑起一座几十丈高的方台，上面又竖着五枝石塔，所谓塔院便是这高台的上边。从我的住房到塔院底下，也须走过五六十级的台阶，但是分作四五段，所以还可以上去，至于塔院的台阶总有二百多级，而且很峻急，看了也要目眩，心想这一定是不行罢，没有一回想到要上去过。塔院下面有许多大树，很是凉快，时常同了丰一，到那里看石碑，随便散步。

有一天，正在碑亭外走着，秦也从底下上来了。一只长圆形的柳条篮套在左腕上，右手拿着一串连着枝叶的樱桃似的果实。见了丰一，他突然伸出那只手，大声说道，"这个送你。"丰一跳着走去，也大声问道：

"这是什么？"

"郁李。"

"那里拿来的？"

"你不用管。你拿去好了。"他说着，在狡狯似的脸上现出亲和的微笑，将果实交给丰一了。他嘴里动着，好像正吃着这果实。我们拣了一颗红的吃了，有李子的气味，却是很酸。丰一还想问他什么话，秦已经跳到台阶底下，说着"一二三"，便两三级当作一步，走了上去，不久就进了塔院第一个的石的穹门，随即不见了。

这已经是半月以前的事情了。丰一因为学校将要开始，也回到家里去了。

昨天的上午，掌柜的侄子飘然的来了。他突然对秦说，要收店了，叫他明天早上回去。这事情太鹘突，大家都觉得奇怪，后来仔细一打听，才知道因为掌柜知道了秦的作弊，派他的侄子来查办的。三四角钱卖掉的汽水，都登了两角的账，余下的都没收了存放在一个和尚那里，这件事情不知道有谁用了电话告诉了掌柜了。侄子来了之后，不知道又在那里打听了许多话，说秦买怎样的好东西吃，半个月里吸了几盒的香烟，于是证据确凿，终于决定把他赶走了。

秦自然不愿意出去，非常的颓唐，说了许多辩解，但是没有效。到了今天早上，平常起的很早的秦还是睡着，侄子把他叫醒，他说是头痛，不肯起来。然而这也是无益的了，不到三十分钟的工夫，秦悄然的出了般若堂去了。

我正在有那大的黑铜的弥勒菩萨坐着的门外散步。秦从我的前面走过，肩上搭着被囊，一边的手里提了盛着一点点的日用品的那一只柳条篮。从对面来的一个寺里的佃户见了他问道：

"那里去呢？"

"回北京去！"他用了高兴的声音回答，故意的想隐藏过他的忧郁的心情。

我觉得非常的寂寥。那时在塔院下所见的浮着亲和的微笑的狡狯似的面貌，不觉又清清楚楚的再现在我的心眼的前面了。我立住了，暂时望着他彳亍的走下那长的石阶去的寂寞的后影。

八月三十日在西山碧云寺

附录

这两篇小品是今年秋天在西山时所作，寄给几个日本的朋友所办的杂志《生长的星之群》，登在一卷九号上，现在又译成中国语，发表一回。虽然是我自己的著作，但是此刻重写，实在只是译的气分，不是作的气分。中间隔了一段时光，本人的心情已经前后不同，再也不能唤回那时的情调了。所以我一句一句的写，只是从别一张纸上誊录过来，并不是从心中沸涌而出，而且选字造句等等翻译上的困难也一样的围困着我。这一层虽然不能当作文章拙劣的辩解，或者却可以当作他的说明。

一九二一年十二月十五日附记

（初以日文写成，载《生长的星之群》第一卷第九号；后自译为中文，载一九二二年二月十日《小说月报》第十三卷第二号，署名周作人。收《过去的生命》。）

乌篷船

子荣君：

接到手书，知道你要到我的故乡去，叫我给你一点什么指导。老实说，我的故乡，真正觉得可怀恋的地方，并不是那里；但是因为在那里生长，住过十多年，究竟知道一点情形，所以写这一封信告诉你。

我所要告诉你的，并不是那里的风土人情，那是写不尽的，但是你到那里一看也就会明白的，不必啰唆地多讲。我要说的是一种很有趣的东西，这便是船。你在家乡平常总坐人力车，电车，或是汽车，但在我的故乡那里这些都没有，除了在城内或山上是用轿子以外，普通代步都是用船。船有两种，普通坐的都是"乌篷船"，白篷的大抵作航船用，坐夜航船到西陵去也有特别的风趣，但是你总不便坐，所以我也就可以不说了。乌篷船大的为"四明瓦"（Sy-menngoa），小的为脚划船（划读如 uoa）亦称小船。但是最适用的还是在这中间的"三道"，亦即三明瓦。篷是半圆形的，用竹片编成，中夹竹箬，上涂黑油；在两扇"定篷"之间放着一扇遮阳，也是半圆的，木作格子，嵌着一片片的小鱼鳞，径约一寸，颇有点透明，略似玻璃而坚韧耐用，这就称为明瓦。三明瓦者，谓其中舱有两道，后舱有一道明瓦也。船尾用橹，大抵两支，船首有竹篙，用以定船。船头着眉目，状如老虎，但似在微笑，颇滑稽而不可怕，唯白篷船则无之。三道船篷之高大约可以使你直立，舱宽可以放下一顶方桌，四个人坐着打麻将，——这个恐怕你也已学会了罢？小船则真是一叶扁舟，你坐在船底席上，篷顶离你的头有两三寸，你的两手可以搁在左右的舷上，还把手都露出在外边。在这种船里仿佛是在水面上坐，靠近田岸去时泥土便和你的眼鼻接近，而且遇着风浪，或是坐得少不小心，就会船底朝天，发生危险，但是也颇有趣味，是水乡的一种特色。不过你总可以不必去坐，最好还是坐那三道船罢。

你如坐船出去，可是不能像坐电车的那样性急，立刻盼望走到。倘若出城，走三四十里路，（我们那里的里程是很短，一里才及英哩三分之一，）来回总要预备一天。你坐在船上，应该是游山的态度，看看四周物色，随处可见的山，岸旁的乌桕，河边的红蓼和白苹，渔舍，各式各样的桥，困倦的时候睡在舱中拿出随笔来看，或者冲一碗清茶喝喝。偏门外的鉴湖一带，贺家池，壶觞左近，我都是喜欢的，或者往娄公埠骑驴去游兰亭，（但我劝你还是步行，骑驴或者于你不很相宜，）到得暮色苍然的时候进城上都挂着薜荔的东门来，倒是颇有趣味的事。倘若路上不平静，你往杭州去时可于下午开船，黄昏时候的景色正最好看，只可惜这一带地方的名字我都忘记了。夜间睡在舱中，听水声橹声，来往船只的招呼声，以及乡间的犬吠鸡鸣，也都很有意思。雇一只船到乡下去看庙戏，可以了解中国旧戏的真趣味，而且在船上行动自如，要看就看，要睡就睡，要喝酒就喝酒，我觉得也可以算是理想的行乐法。只可惜讲维新以来这些演剧与迎会都已禁止，中产阶级的低能人别在"布业会馆"等处建起"海式"的戏场来，请大家买票看上海的猫儿戏。这些地方你千万不要去。——你到我那故乡，恐怕没有一个人认得，我又因为在教书不能陪你去玩，坐夜船，谈闲天，实在抱歉而且惆怅。川岛君夫妇现在偢山下，本来可以给你绍介，但是你到那里的时候他们恐怕已经离开故乡了。初寒，善自珍重，不尽。

十五年十一月十八日夜，于北京

（载一九二六年十一月二十七日《语丝》第一〇七期,署名岂明。收《泽泻集》。）

乌篷船

在女子学院被囚记

四月十九日下午三时我到国立北平大学女子学院（前文理分院）上课，到三点四十五分时分忽然听见楼下一片叫打声，同学们都惊慌起来，说法学院学生打进来了。我夹起书包（书包外面还有一本新从邮局取出来的 Lawall 的《四千年药学史》，）到楼下来一看，只见满院都是法学院学生，两张大白旗（后来看见上书"国立北京法政大学"）进来之后又拿往大门外去插，一群男生扭打着一个校警，另外有一个本院女生上去打钟，也被一群男生所打。大约在这时候，校内电话线被剪断，大门也已关闭了，另外有一个法学院学生在门的东偏架了梯子，爬在墙上瞭望，干江湖上所谓"把风"的勾当。我见课已上不成，便预备出校去，走到门口，被几个法学院男生挡住，说不准出去。我问为什么，他们答说没有什么不什么，总之是不准走。我对他们说，我同诸君辩论，要求放出，乃是看得起诸君的缘故，因为诸君是法学院的学生，是懂法律的。他们愈聚愈多，总有三四十人左右，都嚷说不准走，乱推乱拉，说你不用多说废话，我们不同你讲什么法，说什么理。我听了倒安了心，对他们说道，那么我就不走，既然你们声明是不讲法不讲理的，我就是被拘被打，也决不说第二句话。于是我便从这班法学院学生丛中挤了出来，退回院内。

我坐在院子里东北方面的铁栅边上，心里纳闷，推求法学院学生不准我出去的缘故。在我凡庸迟钝的脑子里，费了二三十分钟的思索，才得到一线光明：我将关门，剪电话，"把风"这几件事连起来想，觉得这很有普通抢劫时的神气，因此推想法学院学生拘禁我们，为的是怕我们出去到区上去报案。是的，这倒也是情有可原的，假如一面把风，剪电话，一面又放事主方面的人出去，这岂不是天下第一等笨汉的行为么？

但是他们的"战略"似乎不久又改变了。大约法学院学生在打进女子学院来之后，已在平津卫戍总司令部，北平警备司令部，北平市公安局都备了案，不必再怕人去告诉，于是我们教员由事主一变而为证人，其义务是在于签名证明法学院学生之打进来得非常文明了，被拘禁的教员就我所认识，连我在内就有十一人，其中有一位唐太太，因家有婴孩须得喂奶，到了五时半还不能出去，很是着急，便去找法学院学生要求放出。他们答说，留你们在这里，是要你们会同大学办公处人员签字证明我们文明接收，故须等办公处有人来共同证明后才得出去。我真诧异，我有什么能够证明，除了我自己同了十位同事被拘禁这一件事以外？自然，法学院男生打校警，打女子学院学生，也是我这两只眼睛所看见，——喔，几乎忘记，还有一个法学院男生被打，这我也可以证明，因为我是在场亲见的。我亲见有一个身穿马褂，头戴瓜皮小帽，左手挟一大堆讲义之类的法学院男生，嘴里咕噜的，向关着的大门走去，许多法学院男生追去，叫骂喊打，结果是那一个人陷入重围，见西边一个拳头落在瓜皮帽的上头，东边一只手落在瓜皮帽的旁边，未几乃见此君已无瓜皮帽在头上，仍穿马褂挟讲义，飞奔地逃往办公的楼下，后面追着许多人，走近台阶而马褂已为一人所扯住，遂蜂拥入北边的楼下，截至我被放免为止，不复见此君的踪影。后来阅报知系法学院三年级生，因事自相冲突，"几至动武"云。我在这里可以负责声明，"几至"二字绝对错误，事实是大动其武，我系亲见，愿为证明，即签名，盖印，或再画押，加盖指纹，均可，如必要时须举手宣誓，亦无不可也。

且说法学院学生不准唐太太出去，不久却又有人来说，如有特别事故，亦可放出，但必须在证明书上签名，否则不准。唐太太不肯签名，该事遂又停顿。随后法学院学生又来劝谕我们，如肯签字即可出去，据我所知，沈士远先生和我都接到这种劝谕，但是我们也不答应。法学院学生很生了气，大声说他们不愿出去便让他们在这里，连笑带骂，不过这都不足计较，无须详记。那时已是六时，大风忽起，灰土飞扬，天气骤冷，我们立在院中西偏树下，直至六时半以后始得法学院学生命令放免，最初说只许单身出去，车仍扣留，过了好久才准洋车同去，但这只以教员为限，至于职员仍一律拘禁不放。其时一同出来者为沈士远、陈逵、俞平伯、沈步洲、杨伯琴、胡濬济、王仁辅和我一共八人，此外尚有唐赵丽莲郝高梓二女士及溥侗君当时未见，或者出来较迟一步，女子学院全体学生则均鹄立东边讲堂外廊下，我临走时所见情形如此。

我回家时已是七点半左右。我这回在女子学院被法学院学生所拘禁，历时两点多钟之久，在我并不十分觉得诧异，恐慌，或是愤慨。我在北京住了十三年，所经的危险已不止一次，这回至少已经要算是第五次，差不多有点习惯了。第一次是民国六年张勋复辟，在内城大放枪炮，我颇恐慌，第二次民国八年六三事件，我在警察厅前几乎被马队所踏死，我很愤慨，在《前门遇马队记》中大发牢骚，有马是无知畜生，但马上还有人，不知为甚这样胡为之语。以后遇见章士钊、林素园两回的驱逐，我简直看惯了，刘哲林修竹时代我便学了乖，做了隐逸，和京师大学的学生殊途同归地服从了，得免了好些危险。现在在国立北平大学法学院学生手里吃了亏，算来是第五次了，还值得什么大惊小怪？我于法学院学生毫无责难的意思。他们在门口对我声明是不讲法不讲理的，这岂不是比郑重道歉还要切实，此外我还能要求什么呢？但是对于学校当局，却不能就这样轻轻地放过，结果由我与陈沈俞三君致函北平大学副校长质问有无办法，能否保障教员以后不被拘禁，不过我知道这也只是这边的一种表示罢了，当局理不理又谁能知道，就是覆也还不是一句空话么？

打开天窗说亮话，这回我的被囚实在是咎由自取，不大能怪别人。诚如大名鼎鼎的毛校长所说，法学院学生要打进女子学院去，报上早已发表，难道你们不知道么？是的，知道原是知道的，而且报上也不止登过一二回了，但是说来惭愧，我虽有世故老人之称，（但章士钊又称我是胆智俱全，未知孰是，）实在有许多地方还是太老实，换一句话就是太蠢笨。我听说法学院学生要打进来，而还要到女子学院去上课，以致自投罗网，这就因为是我太老实，错信托了教育与法律。当初我也踌躇，有点不大敢去，怕被打在里边，可是转侧一想，真可笑，怕甚么？法学院学生不是大学生而又是学法律的么？怕他们真会打进来，这简直是侮辱他们！即使是房客不付租金，房东要收回住屋，也只好请法院派法警去勒令迁让，房东自己断不能率领子侄加雇棒手直打进去的，这在我们不懂法律的人也还知道，何况他们现学法律，将来要做法官的法学院学生，那里会做出这样勾当来呢？即使退一百步说，他们说不一定真会打进来，但是在北平不是还有维持治安保护人民的军警当局么？不要说现今是在暗地戒严，即在平时，如有人被私人拘禁或是被打了，军警当局必定出来干涉，决不会坐视不救的。那么，去上课有什么危险，谁要怕是谁自己糊涂。我根据了这样的妄想，贸贸然往女子学院上课，结果是怎样？法学院学生声明不讲法不讲理，这在第一点上证明我是愚蠢，但我还有第二点的希望。我看法学院学生忙于剪电话，忙于"把风"，觉得似乎下文该有官兵浩浩荡荡地奔来，为我们解围，因此还是乐观。然而不然。我们侥天之幸已经放出，而一日二日以至多少日，军警当局听说是不管。不能管呢，不肯管呢，为什么不，这些问题都非我所能知，总之这已十足证明我在第二点上同样的是愚蠢了。愚蠢，愚蠢，三个愚蠢，其自投罗网而被拘禁也岂不宜哉。虽然，拘禁固是我的愚蠢之惩罚，但亦可为我的愚蠢之药剂。我得了这个经验，明白地知道我自己的愚蠢，以后当努力廓清我心中种种虚伪的妄想，纠正对于教育与法律的迷信，清楚地认识中国人这东西的真相，这是颇有意义，很值得做的一件事，一点儿代价算不得什么。我在这里便引了《前门过马队记》的末句作结：

"可是我决不悔此一行，因为这一回所得的教训与觉悟比所受的侮辱更大。"

附记

近一两年头脑迟钝，做不出文章，这回因了这个激刺，忽有想写之意，希望引起兴趣，能够继续写去，所以我对于此文颇有一种眷念与爱好。文中所记全系事实，并无一句是文章上的虚饰话，恐读者误会，特并声明。

中华民国十八年四月二十四日，于北平

（载一九二九年四月二十六日《华北日报》，署名岂明。收《永日集》。）

在女子学院被囚记

保定定县之游

保定育德中学来叫我同俞平伯先生去讲演，我考虑了一番之后，觉得讲演虽然甚是惶恐，但保定定县却很想去一看，所以踌躇了几天就答应了。十一月二日早晨同平伯从东站趁火车出发，午后二时四十分抵保定，育德校长郝先生，学监臧先生，和燕大旧同学赵巨源先生都在车站相候，便一同到了学校。下午我们五个人出去游览，到过曹锟废园莲花池等各处，想去看紫河套却已没有时间了，在怡园吃了饭，便回到学校住在待楼上。三日晨平伯起来很早，去看了学生早操，饭后训育主任李先生来引导我们参观全校，设备一切都极完善。十时，我同平伯去讲演，至十二时毕，所说的无非是落伍的旧话，不必细表。下午三时十分由保定站坐火车南行，五时十分到定县，伏园来接，到他的寓里寄宿。

四日上午大约九点钟光景，我同平伯伏园出发下乡。先到牛村，访村长吴雨农先生，听他说明生计改进情形并农村概况，引导参观之后，再到陈村，访住在那里办教育事务的张含清先生。因为时候已不早了，先在张先生家里吃过饭，请他解释正在应用的导生制的新教学法，随后再去参观传习处游戏场托儿所等处。看看日色已西，匆忙作别，回到寓所已是五时三十分了。这一天坐了两个骡子拉的大车，来回一共化了八个钟头，可是还不觉得困倦，路上颠簸震动不能说没有，因为路是有轨道的，所以还不怎么厉害。北大的老同学老向来谈，一同吃晚饭，同往平民教育促进会与文艺部诸君茶话，又大说其落伍话，散会回寓已经很不早了。

五日上午跟了伏园四处乱走。先到保健院访院长陈先生，承他费了好些贵重的时间告诉我们许多重要的事实。其次去看中山靖王的坟，差不多算是替刘先生去扫了他的祖墓，伏园给我们照了一个相，平伯立着靠了墓碑，我坐在碑脚下，仿佛是在发思古之幽情的神气，只可惜这碑是乾隆年间官立的，俗而不古。末了我们去看农场，本来想关于赖杭鸡波支猪的事情多打听一点，可是午后就要赶火车回北平，不能多逗留了，只能匆匆步了一转，回寓吃饭去了。下午一时四十分火车开行，到七时四十五分就回到北平正阳门了。我们这回旅行虽然不过整整四天，所见所闻却是实在得益不少，而且运气也特别好，我们回来的第二天就刮大风，在旅行中真是天朗气清，什么事都没有，此牛村之行所以甚可纪念也。

平民教育促进会在定县的工作，已经有许多人说过了，现在可不复赘。我对于经济政治种种都是外行，平教会的成绩如何我不能下判断，但是这回我看了一下之后对于平教会很有一种敬意，觉得它有一绝大特色，以我所知在任何别的机关都难发见的，这便是它的认识的清楚。平教会认识它的对象是什么。这似乎是极平常极容易，可是不然。平教会认清它的工作的对象是农民，不是那一方面的空想中的愚鲁或是英勇的人物，乃是眼前生活着行动着的农村的住民。他们想要，也是目下迫切地需要的是什么东西，目下不必要也是他们所并不想要的又是什么东西。平教会的特色，亦是普天下所不能及的了不得处，即是知道清楚这些事情而动手去做。我听村长们的说话，凡是生计改进方面的事，如谷类的选种，可以每亩多收，不易受病，又赖杭鸡生蛋，数目多，分量大，波支猪长肉多而速，他们都确实的感到实益，其次是合作社，保健所，平民学校等。这都是平教会所做的切实的事，也是农民所需要或所能接受，所以于人民生活上多少有些利益，平教会也多少得到信用。不唱高调，不谈空论，讲什么道德纲常，对饭还吃不饱的人去说仁义，这是平教会消极方面的一大特色，与积极方面的注重生计同样地值得佩服。古人说过，衣食足而后知礼义。凡是真理必浅近平易，然而难实行，其实并不难，只是不知为甚总是不行罢了，于是能实行一步者便五百年难遇一人，现在平教会知道而且能为农民谋衣食，真真是为世希有也。平教会近来兼管县政，在我外行却觉得这是一累，新县长新修了城楼，这是一种时新的建设，不过由我说来这只足以供我们游人的瞻仰，于本县人民生活盖无什么大关系乎。

我上文说普天下不能及，这原是《水浒传》中"普天下服侍看官"的那普天下，看官不要看得太实在，以为我说得太夸张了。其实中国地大物博，与平教会有同样认识的当然不会没有，我说的话原是以我的孤陋寡闻为限。我根据我的见闻，深觉得认识清楚实在是天下一件大难事，一大奇事，教育家政治家也多还不能知道其对象为何物，可以证矣。夫教育的对象当然是儿童了，学龄是有规定的，那么在什么学校的是什么年龄的儿童本不难知，而什么年龄的儿童其生理心理上是什么情形又应该如何对付也都有书可查，那么事情似乎很是简单的了。然而不然。山西会考高小学生，国文题是"明耻教战论"。算来高小毕业生该是十三四岁，做得出这题目么？我从前投考江南水师的时候，国文题是"云从龙风从虎论"，这与上边的倒是一对，一个《易经》，一个《左传》，不过那时考的新生总都有十七八岁，而且也还是光绪辛丑年的故事呀。又听说苏州举行什么礼仪作法考查会，七十几个小学生在烈日中站上两个钟头，晕倒了五十多个，据近时上海报载如此。当局者大约以为小学生的头是铁的吧？这种例很多，也可以不必多引了，至于政治今且慢谈，但举出北平近来的一件事，为了整饬市容的缘故，路边不准摆摊，有些小贩便只好钻到高梁桥下去了，关于这事闲人先生知道得很清楚。游览的外宾意见如何我不知道，在我们市民看去则有摊并不怎么野蛮，无摊也不见得就怎么文明，而在多数的平民有靠这摊为生的却难以生存了。但是为政者似乎对于这一点全未曾考虑到。昔人称范文正公作宰相只是近人情，仁者人也，近人情即与仁相去不远矣，而智实又是仁的初步，不知道人情物理岂能近人情哉。现今所最欠缺者盖即是此点，不智故不仁也。

其次，我们看了一下农村的情形，得到极大的一个益处，便是觉悟中国现在有许多事都还无从做起，许多好话空想都是白说，都是迷信。定县在河北不是很苦的县分，我们不过走了几个村庄，这也都是较好的，我们所得到的印象却只是农民生活的寒苦。我们与村人谈村里出产什么东西，原知道北方人天天吃面食的概念是不很可靠的了，所以不谈这问题，平伯乃问村里所出的小米自己够吃么？岂知这问亦是何不食肉糜之类，据回答说村人是不大吃小米的，除有客人或什么事情之外，平常只以红薯白菜为食。关于卫生状态据保健院长说，县内共有二百零几村，现在统计一切医生，连巫医种种在内，凡自称治病者都算作医生，人数也还不够分配。又说定县村中遇有生产，多由老年妇女帮忙收拾，事后也无报酬，至今没有职业的产婆，即欲养成亦不容易，因不能成为职业也。又听主管教育的张先生说，现在农村里推行教育，第一困难而没法解决的是时间问题。假如学校是有了，学费什么都不要，教科书和用品一律发给，办法十分周到，似乎教育应该发达了，然而他们还是不来，因为他们没有来上学的时间。农民的家庭组织是很经济的，家中老老小小都有工作，分担维持生活的一部分，六岁的小孩要去捉棉花，四岁的也得要看管两岁的弟妹，若是一个人离开了他的本位，一家的生活便会发生动摇。所以要他们来上学，单是免费还没有用，除非能够每月给多少津贴，才可以希望他们把生利的人放出来读书。我对于农村问题完全是门外汉，见闻记录或亦难免有误，而且这些情形并非定县所特有，在别处大约很多，有些地方还有加倍寒苦者，这些道理也都承认，但是即使如此，即使定县的农民生活在中国要算是还好的，我的结论还是一样，或者更加确信，即是中国现在有许多事都无从说起。我是相信衣食足而后知礼义的说法的，所以照现在情形，衣食住药都不满足，仁义道德便是空谈，此外许多大事业，如打倒帝国主义，抗日，民族复兴，理工救国，义务教育等等，也都一样的空虚，没有基础，无可下手。我想假如这些事不单是由渎书人嚷嚷了事，是要以民众为基础的，那么对于他们的生活似乎不可不注意一点，现在还可以把上边的空话暂时收起，先让他有点休息的时间，把衣食住药稍稍改进，随后再谈道德讲建设不迟。《论语·子张第十九》云："子夏曰，君子信而后劳其民，未信则以为厉己也。"《孟子·梁惠王上》云："今也制民之产，仰不足以事父母，俯不足以畜妻子，乐岁终身苦，凶年不免于死亡，此惟救死而恐不赡，奚暇治礼义哉。"我个人的意见虽然落伍，对于农村等问题虽然是不懂，但是我所说的话却是全合于圣经贤传的，这在现今崇圣尊经的时代或者尚非逆耳之言而倒是苦口之药乎。

二十三年十二月

（收《苦茶随笔》。）

保定定县之游

苏州的回忆

　　说是回忆，仿佛是与苏州有很深的关系，至少也总住过十年以上的样子，可是事实上却并不然。民国七八年间坐火车走过苏州，共有四次，都不曾下车，所看见的只是车站内的情形而已。去年四月因事往南京，始得顺便至苏州一游，也只有两天的停留，没有走到多少地方，所以见闻很是有限。当时江苏日报社有郭梦鸥先生以外几位陪着我们走，在那两天的报上随时都有很好的报道，后来郭先生又有一篇文章，登在第三期的《风雨谈》上，此外实在觉得更没有什么可以纪录的了。但是，从北京远迢迢地往苏州走一趟，现在也不是容易事，其时又承本地各位先生恳切招待，别转头来走开之后，再不打一声招呼，似乎也有点对不起。现在事已隔年，印象与感想都渐就着落，虽然比较地简单化了，却也可以稍得要领，记一点出来，聊以表示对于苏州的恭敬之意，至于旅人的话，谬误难免，这是要请大家见恕的了。

　　我旅行过的地方很少，有些只根据书上的图像，总之我看见各地方的市街与房屋，常引起一个联想，觉得东方的世界是整个的。譬如中国，日本，朝鲜，琉球，各地方的家屋，单就照片上看也罢，便会确凿地感到这里是整个的东亚。我们再看乌鲁木齐，宁古塔，昆明各地方，又同样的感觉这里的中国也是整个的。可是在这整个之中别有其微妙的变化与推移，看起来亦是很有趣味的事。以前我从北京回绍兴去，浦口下车渡过长江，就的确觉得已经到了南边，及车抵苏州站，看见月台上车厢里的人物声色，便又仿佛已入故乡境内，虽然实在还有五六百里的距离。现在通称江浙，有如古时所谓吴越或吴会，本来就是一家，杜荀鹤有几首诗说得很好，其一《送人游吴》云：

　　君到姑苏见，人家尽枕河。古宫闲地少，水港小桥多。夜市卖菱藕，春船载绮罗。遥知未眠月，乡思在渔歌。又一首《送友游吴越》云：

　　去越从吴过，吴疆与越连。有园多种橘，无水不生莲。夜市桥边火，春风寺外船。此中偏重客，君去必经年。诗固然做的好，所写事情也正确实，能写出两地相同的情景。我到苏州第一感觉的也是这一点，其实即是证实我原有的漠然的印象罢了。我们下车后，就被招待游灵岩去，先到木渎在石家饭店吃过中饭。从车站到灵岩，第二天又出城到虎丘，这都是路上风景好，比目的地还有意思，正与游兰亭的人是同一经验。我特别感觉有趣味的，乃是在木渎下了汽车，走过两条街往石家饭店去时，看见那里的小河，小船，石桥，两岸枕河的人家，觉得和绍兴一样，这是江南的寻常景色，在我江东的人看了也同样的亲近，恍如身在故乡了。又在小街上见到一爿糕店，这在家乡极是平常，但北方绝无这些糕类，好些年前曾在《卖糖》这一篇小文中附带说及，很表现出一种乡愁来，现在却忽然遇见，怎能不感到喜悦呢。只可惜匆匆走过，未及细看这柜台上蒸笼里所放着的是什么糕点，自然更不能够买了来尝了。不过就只是这样看一眼走过了，也已很是愉快，后来不久在城里几处地方，虽然不是这店里所做，好的糕饼也吃到好些，可以算是满意了。

第二天往马医科巷，据说这地名本来是蚂蚁窠巷，后来转化，并不真是有过马医牛医住在那里，去拜访俞曲园先生的春在堂。南方式的厅堂结构原与北方不同，我在曲园前面的堂屋里徘徊良久之后，再往南去看俞先生著书的两间小屋，那时所见这些过廊，侧门，天井种种，都恍忽是曾经见过似的，又流连了一会儿。我对同行的友人说，平伯有这样好的老屋在此，何必留滞北方，我回去应当劝他南归才对。说的虽是半玩半笑的话，我的意思却是完全诚实的，只是没有为平伯打算罢了，那所大房子就是不加修理，只说点灯，装电灯固然了不得，石油没有，植物油又太贵，都无办法，故即欲为点一盏读书灯计，亦自只好仍旧蛰居于北京之古槐书屋矣。我又去拜谒章太炎先生墓，这是在锦帆路章宅的后园里，情形如郭先生文中所记，兹不重述。章宅现由省政府宣传处明处长借住，我们进去稍坐，是一座洋式的楼房，后边讲学的地方云为外国人所占用，尚未能收回，因此我们也不能进去一看，殊属遗憾。俞章两先生是清末民初的国学大师，却都别有一种特色，俞先生以经师而留心轻文学，为新文学运动之先河，章先生以儒家而兼治佛学，倡导革命，又承先启后，对于中国之学术与政治的改革至有影响，但是在晚年却又不约而同的定住苏州，这可以说是非偶然的偶然，我觉得这里很有意义，也很有意思。俞章两先生是浙西人，对于吴地很有情分，也可以算是一小部分的理由，但其重要的原因还当别有所在。由我看去，南京、上海、杭州，均各有其价值与历史，唯若欲求多有文化的空气与环境者，大约无过苏州了吧。两先生的意思或者看重这一点，也未可定。现在南京有中央大学，杭州也有浙江大学了，我以为在苏州应当有一个江苏大学，顺应其环境与空气，特别向人文科学方面发展，完成两先生之弘业大愿，为东南文化确立其根基，此亦正是丧乱中之一切要事也。

在苏州的两个早晨过得很好，都有好东西吃，虽然这说的似乎有点俗，但是事实如此，而且谈起苏州，假如不讲到这一点，我想终不免是一个罅漏。若问好东西是什么，其实我是乡下粗人，只知道是糕饼点心，到口便吞，并不曾细问种种的名号。我只记得乱吃得很不少，当初《江苏日报》或是郭先生的大文里仿佛有着记录。我常这样想，一国的历史与文化传得久远了，在生活上总会留下一点痕迹，或是华丽，或是清淡，却无不是精炼的，这并不想要夸耀什么，却是自然应有的表现。我初来北京的时候，因为没有什么好点心，曾经发过牢骚，并非真是这样贪吃，实在也只为觉得他太寒伧，枉做了五百年首都，连一些细点心都做不出，未免丢人罢了。我们第一早晨在吴苑，次日在新亚，所吃的点心都很好，是我在北京所不曾见过的，后来又托朋友在采芝斋买些干点心，预备带回去给小孩辈吃，物事不必珍贵，但也很是精炼的，这尽够使我满意而且佩服，即此亦可见苏州生活文化之一斑了。这里我特别感觉有趣味的，乃是吴苑茶社所见的情形。茶食精洁，布置简易，没有洋派气味，固已很好，而吃茶的人那么多，有的像是祖母老太太，带领家人妇子，围着方桌，悠悠的享用，看了很有意思。性急的人要说，在战时这种态度行么？我想，此刻现在，这里的人这么做是并没有什么错。大抵中国人多受孟子思想的影响，他的态度不会得一时急变，若是因战时而面粉白糖渐渐不见了，被迫得没有点心吃，出于被动的事那是可能的。总之在苏州，至少是那时候，见了物资充裕，生活安适，由我们看惯了北方困穷的情形的人看去，实在是值得称赞与羡慕。我在苏州感觉得不很适意的也有一件事，这便是住处。据说苏州旅馆绝不容易找，我们承公家的斡旋得能在乐乡饭店住下，已经大可感谢了，可是老实说，实在不大高明。设备如何都没有关系，就只苦于太热闹，那时我听见打牌声，幸而并不在贴夹壁，更幸而没有拉胡琴唱曲的，否则次日往虎丘去时马车也将坐不稳了。就是像沧浪亭的旧房子也好，打扫几间，让不爱热闹的人可以借住，一面也省得去占忙的房间，妨碍人家的娱乐，倒正是一举两得的事吧。

在苏州只住了两天，离开苏州已将一年了，但是有些事情还清楚的记得，现在写出来几项以为纪念，希望将来还有机缘再去，或者长住些时光，对于吴语文学的发源地更加以观察与认识也。

民国甲申三月八日

（载一九四四年四月《杂志》第十三卷第一期及五月《艺文杂志》第二卷第五期，署名知堂。收《苦口甘口》。）

我的杂学

一

小时候读《儒林外史》，后来多还记得，特别是关于批评马二先生的话。第四十九回高翰林说：

"若是不知道揣摩，就是圣人也是不中的。那马先生讲了半生，讲的都是些不中的举业。"又第十八回举人卫体善卫先生说：

"他终日讲的是杂学。听见他杂览到是好的，于文章的理法他全然不知，一味乱闹，好墨卷也被他批坏了。"这里所谓文章是说八股文。杂学是普通诗文，马二先生的事情本来与我水米无干，但是我看了总有所感，仿佛觉得这正是说着我似的。我平常没有一种专门的职业，就只喜欢涉猎闲书，这岂不便是道地的杂学，而且又是不中的举业，大概这一点是无可疑的。我自己所写的东西好坏自知，可是听到世间的是非褒贬，往往不尽相符，有针小棒大之感，觉得有点奇怪，到后来却也明白了。人家不满意，本是极当然的，因为讲的是不中的举业，不知道揣摩，虽圣人也没有用，何况我辈凡人。至于说好的，自然要感谢，其实也何尝真有什么长处，至多是不大说诳，以及多本于常识而已。假如这常识可以算是长处，那么这正是杂览应有的结果，也是当然的事，我们断章取义的借用卫先生的话来说，所谓杂览到是好的也。这里我想把自己的杂学简要的记录一点下来，并不是什么敝帚自珍，实在也只当作一种读书的回想云尔。民国甲申四月末日。

二

日本旧书店的招牌上多写着和汉洋书籍云云，这固然是店铺里所有的货色，大抵读书人所看的也不出这范围，所以可以说是很能概括的了。现在也就仿照这个意思，从汉文讲起头来。我开始学汉文，还是在甲午以前，距今已是五十余年，其时读书盖专为应科举的准备，终日念四书五经以备作八股文，中午习字，傍晚对课以备作试帖诗而已。鲁迅在辛亥曾戏作小说，假定篇名曰《怀旧》，其中略述书房情状，先生讲《论语》志于学章，教属对，题曰红花，对青桐不协，先生代对曰绿草，又曰，红平声，花平声，绿入声，草上声，则教以辨四声也。此种事情本甚寻常，唯及今提及，已少有知者，故亦不失为值得记录的好资料。我的运气是，在书房里这种书没有读透。我记得在十一岁时还在读"上中"，即是《中庸》的上半卷，后来陆续将经书勉强读毕，八股文凑得起三四百字，可是考不上一个秀才，成绩可想而知。语云，祸兮福所倚。举业文没有弄成功，但我因此认得了好些汉字，慢慢的能够看书，能够写文章，就是说把汉文却是读通了。汉文读通极是普通，或者可以说在中国人正是当然的事，不过这如从举业文中转过身来，他会附随着两种臭味，一是道学家气，一是八大家气，这都是我所不大喜欢的。本来道学这东西没有什么不好，但发现在人间便是道学家，往往假多真少，世间早有定评，我也多所见闻，自然无甚好感。家中旧有一部浙江官书局刻方东树的《汉学商兑》，读了很是不愉快，虽然并不因此被激到汉学里去，对于宋学却起了反感，觉得这么度量褊窄，性情苛刻，就是真道学也有何可贵，倒还是不去学他好。还有一层，我总觉得清朝之讲宋学，是与科举有密切关系的，读书人标榜道学作为求富贵的手段，与跪拜颂扬等等形式不同而作用则一。这些恐怕都是个人的偏见也未可知，总之这样使我脱离了一头羁绊，于后来对于好些事情的思索上有不少的好处。八大家的古文在我感觉也是八股文的长亲，其所以为世人所珍重的最大理由我想即在于此。我没有在书房学过念古文，所以摇头朗诵像唱戏似的那种本领我是不会的，最初只自看《古文析义》，事隔多年几乎全都忘了，近日拿出安越堂平氏校本《古本观止》来看，明了的感觉唐以后文之不行，这样说虽有似明七子的口气，但是事实无可如何。韩柳的文章至少在选本里所收的，都是些《宦乡要则》里的资料，士子做策论，官幕办章奏书启，是很有用的，以文学论不知道好处在那里。念起来声调好，那是实在的事，但是我想这正是属于八股文一类的证据吧。读前六卷的所谓周秦文以至汉文，总是华实兼具，态度也安详沉着，没有那种奔竞躁进气，此盖为科举制度时代所特有，韩柳文勃兴于唐，盛行至于今日，即以此故，此又一段落也。不佞因为书房教育受得不充分，所以这一关也逃过了，至今想起来还觉得很侥幸，假如我学了八大家文来讲道学，那是道地的正统了，这篇谈杂学的小文也就无从写起了。

三

我学国文的经验，在十八九年前曾经写了一篇小文，约略说过。中有云，经可以算读得也不少了，虽然也不能算多，但是我总不会写，也看不懂书，至于礼教的精义尤其茫然，干脆一句话，以前所读的书于我无甚益处，后来的能够略写文字，及养成一种道德观念，乃是全从别的方面来的。关于道德思想将来再说，现在只说读书，即是看了纸上的文字懂得所表现的意思，这种本领是怎么学来的呢。简单的说，这是从小说看来的。大概在十三至十五岁，读了不少的小说，好的坏的都有，这样便学会了看书。由《镜花缘》、《儒林外史》、《西游记》、《水浒传》等渐至《三国演义》，转到《聊斋志异》，这是从白话转入文言的径路。教我懂文言，并略知文言的趣味者，实在是这《聊斋》，并非什么经书或是《古文析义》之流。《聊斋志异》之后，自然是那些《夜谈随录》、《淞隐漫录》等的假聊斋，一变而转入《阅微草堂笔记》，这样，旧派文言小说的两派都已经入门，便自然而然的跑到《唐代丛书》里边去了。这种经验大约也颇普通，嘉庆时人郑守庭的《燕窗闲话》中也有相似的记录，其一节云，“予少时读书易于解悟，乃自旁门入。忆十岁随祖母祝寿于西乡顾宅，阴雨兼旬，几上有《列国志》一部，翻阅之，解仅数语，阅三四本后解者渐多，复从头翻阅，解者大半。归家后即借说部之易解者阅之，解有八九。除夕侍祖母守岁，竟夕阅《封神传》半部，《三国志》半部，所有细评无暇详览也。后读《左传》，其事迹已知，但于字句有不明者，讲说时尽心谛听，由是阅他书益易解矣。”不过我自己的经历不但使我了解文义，而且还指引我读书的方向，所以关系也就更大了。《唐代丛书》因为板子都欠佳，至今未曾买好一部，我对于他却颇有好感，里边有几种书还是记得，我的杂览可以说是从那里起头的。小时候看见过的书，虽本是偶然的事，往往留下很深的印象，发生很大的影响。《尔雅音图》、《毛诗品物图考》、《毛诗草木疏》、《花镜》、《笃素堂外集》,《金石存》,《剡录》,这些书大抵并非精本,有的还是石印,但是至今记得,后来都搜得收存,兴味也仍存在。说是幼年的书全有如此力量么,也并不见得,可知这里原是也有别择的。《聊斋》与《阅微草堂》是引导我读古文的书,可是后来对于前者我不喜欢他的词章,对于后者讨嫌他的义理,大有得鱼忘筌之意。《唐代丛书》是杂学入门的课本,现在却亦不能举出若干心喜的书名,或者上边所说《尔雅音图》各书可以充数,这本不在丛书中,但如说是以从《唐代丛书》养成的读书兴味,在丛书之外别择出来的中意的书,这说法也是可以的吧。这个非正宗的别择法一直维持下来,成为我搜书看书的准则。这大要有八类。一是关于《诗经》、《论语》之类。二是小学书,即《说文》、《尔雅》、《方言》之类。三是文化史料类,非志书的地志,特别是关于岁时风土物产者,如《梦忆》、《清嘉录》,又关于乱事如《思痛记》,关于倡优如《板桥杂记》等。四是年谱日记游记家训尺牍类,最著的例如《彦页氏家训》、《入蜀记》等。五是博物书类,即《农书》、《本草》、《诗疏》、《尔雅》各本亦与此有关系。六是笔记类,范围甚广,子部杂家大部分在内。七是佛经之一部,特别是旧译《譬喻》、《因缘》、《本生》各经,大小乘戒律,代表的语录。八是乡贤著作。我以前常说看闲书代纸烟,这是一句半真半假的话,我说闲书,是对于新旧各式的八股文而言,世间尊重八股是正经文章,那么我这些当然是闲书罢了,我顺应世人这样客气的说,其实在我看来原都是很重要极严肃的东西。重复的说一句,我的读书是非正统的。因此常为世人所嫌憎,但是自己相信其所以有意义处亦在于此。

四

古典文学中我很喜欢《诗经》,但老实说也只以《国风》为主,《小雅》但有一部分耳。说诗不一定固守《小序》或《集传》,平常适用的好本子却难得,有早印的扫叶山庄陈氏本《诗毛氏传疏》,觉得很可喜,时常拿出来翻看。陶渊明诗向来喜欢,文不多而均极佳,安化陶氏本最便用,虽然两种刊板都欠精善。此外的诗,以及词曲,也常翻读,但是我知道不懂得诗,所以不大敢多看,多说。骈文也颇爱好,虽然能否比

我的杂学

诗多懂得原是疑问，阅孙隘庵的《六朝丽指》却很多同感，仍不敢贪多，《六朝文絜》及黎氏笺注常备在座右而已。伍绍棠跋《南北朝文钞》云，南北朝人所著书多以骈俪行之，亦均质雅可诵。此语真实，唯诸书中我所喜者为《洛阳伽蓝记》、《颜氏家训》，此他虽皆是篇章之珠泽，文采之邓林，如《文心雕龙》与《水经注》，终苦其太专门，不宜于闲看也。以上就唐以前书举几个例，表明个人的偏好，大抵于文字之外看重所表现的气象与性情，自从韩愈文起八代之衰以后，便没有这种文字，加以科举的影响，后来即使有佳作，也总是质地薄，分量轻，显得是病后的体质了。至于思想方面，我所受的影响又是别有来源的。笼统的说一句，我自己承认是属于儒家思想的，不过这儒家的名称是我所自定，内容的解说恐怕与一般的意见很有些不同的地方。我想中国人的思想是重在适当的做人，在儒家讲仁与中庸正与之相同，用这名称似无不合，其实这正因为孔子是中国人，所以如此，并不是孔子设教传道，中国人乃始变为儒教徒也。儒家最重的是仁，但是智与勇二者也很重要，特别是在后世儒生成为道士化，禅和子化，差役化，思想混乱的时候，须要智以辨别，勇以决断，才能截断众流，站立得住。这一种人在中国却不易找到，因为这与君师的正统思想往往不合，立于很不利的地位，虽然对于国家与民族的前途有极大的价值。上下古今自汉至于清代，我找到了三个人，这便是王充，李贽，俞正燮，是也。王仲任的疾虚妄的精神，最显著的表现在《论衡》上，其实别的两人也是一样，李卓吾在《焚书》与《初潭集》，俞理初在《癸巳类稿》《存稿》上所表示的正是同一的精神。他们未尝不知道多说真话的危险，只因通达物理人情，对于世间许多事情的错误不实看得太清楚，忍不住要说，结果是不讨好，却也不在乎，这种爱真理的态度是最可宝贵，学术思想的前进就靠此力量，只可惜在中国历史上不大多见耳。我尝称他们为中国思想界之三盏灯火，虽然很是辽远微弱，在后人却是贵重的引路的标识。太史公曰，高山仰止，景行行止，虽不能至，然心向往之。对于这几位先贤我也正是如此，学是学不到，但疾虚妄，重情理，总作为我们的理想，随时注意，不敢不勉。古今笔记所见不少，披沙拣金，千不得一，不足言劳，但苦寂寞。民国以来号称思想革命，而实亦殊少成绩，所知者唯蔡孑民钱玄同二先生可当其选，但多未著之笔墨，清言既绝，亦复无可征考，所可痛惜也。

五

我学外国文，一直很迟，所以没有能够学好，大抵只可看看书而已。光绪辛丑进江南水师学堂当学生，才开始学英文，其时年已十八，至丙辰被派往日本留学，不得不再学日本文，则又在五年后矣。我们学英文的目的为的是读一般理化及机器书籍，所用课本最初是《华英初阶》以至《进阶》，参考书是考贝纸印的《华英字典》，其幼稚可想，此外西文还有什么可看的书全不知道，许多前辈同学毕业后把这几本旧书抛弃净尽，虽然英语不离嘴边，再也不一看横行的书本，正是不足怪的事。我的运气是同时爱看新小说，因了林氏译本知道外国有司各得哈葛德这些人，其所著书新奇可喜，后来到东京又见西书易得，起手买一点来看，从这里得到了不少的益处。不过我所读的却并不是英文学，只是借了这文字的媒介杂乱的读些书，其一部分是欧洲弱小民族的文学。当时日本有长谷川二叶亭与升曙梦专译俄国作品，马场孤蝶多介绍大陆文学，我们特别感到兴趣，一面又因《民报》在东京发刊，中国革命运动正在发达，我们也受了民族思想的影响，对于所谓被损害与侮辱的国民的文学更比强国的表示尊重与亲近。这里边，波兰，芬兰，匈加利，新希腊等最是重要，俄国其时也正在反抗专制，虽非弱小而亦被列入。那时影响至今尚有留存的，即是我的对于几个作家的爱好，俄国的果戈理与伽尔洵，波兰的显克威支，虽然有时可以十年不读，但心里还是永不忘记，陀思妥也夫斯奇也极是佩服，可是有点敬畏，向来不敢轻易翻动，也就较为疏远了。摩斐耳的《斯拉夫文学小史》，克罗巴金的《俄国文学史》，勃兰特思的《波兰印象记》，赖息的《匈加利文学史论》，这些都是四五十年前的旧书，于我却是很有情分，回想当日读书的感激历历如昨日，给予我的好处亦终未亡失。只可惜我未曾充分利用，小说前后译出三十几篇，收在两种短篇集内，史传批评则多止读过独自怡悦耳。但是这也总之不是徒劳的事，民国六年来到北京大学，被命讲授欧洲文学史，就把这些拿来做底子，而这以后七八年间的教书，督促我反复的查考文学史料，这又给我做了一种训练。我最初只是关于古希腊与十九世纪欧洲文学的一部分有点知识，后来因为要教书编讲义，其他部分须得设法补充，所以起头这两年虽然只担任六小时功课，却真是日不暇给，查书写稿之外几乎没别的事情可做，可是结果并不满意，讲义印出了一本，十九世纪这一本终于不曾付印，这门功课在几年之后也停止了。凡文学史都不好讲，何况是欧洲的，那几年我知道自误误人的确不浅，早早中止还是好的，至于我自己实在却仍得着好处，盖因此勉强读过多少书本，获得一般文学史的常识，至今还是有用，有如教练兵操，本意在上阵，后虽不用，而此种操练所余留的对于体质与精神的影响则固长存在，有时亦觉得颇可感谢者也。

六

从西文书中得来的知识，此外还有希腊神话。说也奇怪，我在学校里学过几年希腊文，近来翻译亚坡罗陀洛思的神话集，觉得这是自己的主要工作之一，可是最初之认识与理解希腊神话却是全从英文的著书来的。我到东京的那年，买得该莱的《英文学中之古典神话》，随后又得到安特路朗的两本《神话仪式与宗教》，这样便使我与神话发生了关系。当初听说要懂西洋文学须得知道一点希腊神话，所以去找一两种参考书来看，后来对于神话本身有了兴趣，便又去别方面寻找，于是在神话集这面有了亚坡罗陀洛思的原典，福克斯与洛士各人的专著，论考方面有哈理孙女士的《希腊神话论》以及宗教各书，安特路朗的则是神话之人类学派的解说，我又从这里引起对于文化人类学的趣味来的。世间都说古希腊有美的神话，这自然是事实，只须一读就会知道，但是其所以如此又自有其理由，这说起来更有意义。古代埃及与印度也有特殊的神话，其神道多是鸟头牛首，或者是三头六臂，形状可怕，事迹亦多怪异，始终没有脱出宗教的区域，与艺术有一层的间隔。希腊的神话起源本亦相同，而逐渐转变，因为如哈理孙女士所说，希腊民族不是受祭司支配而是受诗人支配的，结果便由他们把那些都修造成为美的影象了。"这是希腊的美术家与诗人的职务，来洗除宗教中的恐怖分子，这是我们对于希腊的神话作者的最大的负债。"我们中国人虽然以前对于希腊不曾负有这项债务，现在却该奋发去分一点过来，因为这种希腊精神即使不能起死回生，也有返老还童的力量，在欧洲文化史上显然可见，对于现今的中国，因了多年的专制与科举的重压，人心里充满着丑恶与恐怖而日就萎靡，这种一阵清风似的被除力是不可少，也是大有益的。我从哈理孙女士的著书得悉希腊神话的意义，实为大幸，只恨未能尽力绍介，亚坡罗陀洛思的书本文译毕，注释恐有三倍的多，至今未曾续写，此外还该有一册通俗的故事，自己不能写，翻译更是不易。劳斯博士于一九三四年著有《希腊的神与英雄与人》，他本来是古典学者，文章写得很有风趣，在一八九七年译过《新希腊小说集》，序文名曰《在希腊诸岛》，对于古旧的民间习俗颇有理解，可以算是最适任的作者了，但是我不知怎的觉得这总是基督教国人写的书，特别是在通俗的为儿童用的，这与专门书不同，未免有点不相宜，未能决心去译他，只好且放下。我并不一定以希腊的多神教为好，却总以为他的改教可惜，假如希腊能像中国日本那样，保存旧有的宗教道德，随时必要的加进些新分子，有如佛教基督教之在东方，调和的发展下去，岂不更有意思。不过已经过去的事是没有办法了，照现在的事情来说，在本国还留下些生活的传统，劫余的学问艺文在外国甚被宝重，一直研究传播下来，总是很好的了。我们想要讨教，不得不由基督教国去转手，想来未免有点别扭，但是为希腊与中国再一计量，现在得能如此也已经是可幸的事了。

七

安特路朗是个多方面的学者文人，他的著书很多，我只有其中的文学史及评论类，古典翻译介绍类，童话儿歌研究类，最重要的是神话学类，此外也有些杂文，但是如《垂钓漫录》以及诗集却终于未曾收罗。这里边于我影响最多的是神话学类中之《习俗与神话》、《神话仪式与宗教》这两部书，因为我由此知道神话的正当解释，传说与童话的研究也于是有了门路了。十九世纪中间欧洲学者以言语之病解释神话，可是这里有个疑问，假如亚里安族神话起源由于亚利安族言语之病，那么这是很奇怪的，为什么在非亚里安族言语通行的地方也会有相像的神话存在呢。在语言系统不同的民族里都有类似的神话传说，说这神话的起源都由于言语的传讹，这在事实上是不可能的。言语学派的方法既不能解释神话里的荒唐不合理的事件，人类学派乃代之而兴，以类似的心理状态发生类似的行为为解说，大抵可以得到合理的解决。这最初称之曰民俗学的方法，在《习俗与神话》中曾有说明，其方法是，如在一国见有显是荒唐怪异的习俗，要去找到别一国，在那里也有类似的习俗，但是在那里不特并不荒唐怪异，却正与那人民的礼仪思想相合。对于古希腊神话也是用同样的方法，取别民族类似的故事来做比较，以现在尚有存留的信仰推测古时已经遗忘的意思，大旨可以明了，盖古希腊人与今时某种土人其心理状态有类似之处，即由此可得到类似的神话传说之意义也。《神话仪式与宗教》第三章以下论野蛮人的心理状态，约举其特点有五，即一万物同等，均有生命与知识，二信法术，三信鬼魂，四好奇，五轻信。根据这里的解说，我们已不难了解神话传说以及童话的意思，但这只是入门，使我更知道得详细一点的，还靠了别的两种书，即是哈忒兰的《童话之科学》与麦扣洛克的《小说之童年》。《童话之科学》第二章论野蛮人思想，差不多大意相同，全书分五目九章详细叙说，《小说之童年》副题即云"民间故事与原始思想之研究"，分四类十四目，更为详尽，虽出板于一九〇五年，却还是此类书中之白眉，夷亚斯莱在二十年后著《童话之民俗学》，亦仍不能超出其范围也。神话与传说童话元出一本，随时转化，其一是宗教的，其二则是史地类，其三属于艺文，性质稍有不同，而其解释还是一样，所以能读神话而遂通童话，正是极自然的事。麦扣洛克称其书曰《小说之童年》，即以民间故事为初民之小说，犹之朗氏谓说明的神话是野蛮人的科学，说的很有道理。我们看这些故事，未免因了考据癖要考察其意义，但同时也当作艺术品看待，得到好些悦乐。这样我就又去搜寻各种童话，不过这里的目的还是偏重在后者，虽然知道野蛮民族的也有价值，所收的却多是欧亚诸国，自然也以少见为贵，如土耳其，哥萨克，俄国等。法国贝洛耳，德国格林兄弟所编的故事集，是权威的著作，我所有的又都有安特路朗的长篇引论，很是有用，但为友人借看，带到南边去了，现尚无法索还也。

八

我因了安特路朗的人类学派的解说，不但懂得了神话及其同类的故事，而且也知道了文化人类学，这又称为社会人类学，虽然本身是一种专门的学问，可是这方面的一点知识于读书人很是有益，我觉得也是颇有趣味的东西。在英国的祖师是泰勒与拉薄克，所著《原始文明》与《文明之起源》都是有权威的书。泰勒又有《人类学》，也是一册很好入门书，虽是一八八一年的初板，近时却还在翻印，中国广学会曾经译出，我于光绪丙午在上海买到一部，不知何故改名为《进化论》，又是用有光纸印的，未免可惜，后来恐怕也早绝板了。但是于我最有影响的还是那《金枝》的有名的著者蒱来若博士。社会人类学是专研究礼教习俗这一类的学问，据他说研究有两方面，其一是野蛮人的风俗思想，其二是文明国的民俗，盖现代文明国的民俗大都即是古代蛮风之遗留，也即是现今野蛮风俗的变相，因为大多数的文明衣冠的人物在心里还依旧是个野蛮。因此这比神话学用处更大，他所讲的包括神话在内，却更是广大，有些我们平常最不可解的神圣或猥亵的事项，经么一说明，神秘的面幕倏尔落下，我们懂得了时不禁微笑，这是同情的理解，可是威严的压迫也就解消了。这于我们是很好很有益的，虽然于假道学的传统未免要有点不利，但是此种学问在以伪善著称的西国发达，未见有何窒碍，所以在我们中庸的国民中间，能够多被接受本来是极应该的吧。蒱来若的著作除《金枝》这一流的大部著书五部之外，还有若干种的单册及杂文集，他虽非文人而文章写得很好，这颇像安特路朗，对于我们非专门家而想读他的书的人是很大的一个便利。他有一册《普须该的工作》，是四篇讲义专讲迷信的，觉得很有意思，后来改名曰《魔鬼的辩护》，日本已有译本在岩波文库中，仍用他的原名，又其《金枝》节本亦已分册译出。蒱来若夫人所编《金枝上的叶子》又是一册启蒙读本，读来可喜又复有益，我在《夜读抄》中写过一篇介绍，却终未能翻译，这于今也已是十年前事了。此外还有一位原籍芬兰而寄居英国的威思忒玛克教授，他的大著《道德观念起源发达史》两册，于我影响也很深。蒱来若在《金枝》第二分序言中曾说明各民族的道德与法律均常在变动，不必说异地异族，就是同地同族的人，今昔异时，其道德观念与行为亦遂不同。威思忒玛克的书便是阐明这道德的流动的专著，使我们确实明了的知道了道德的真相，虽然因此不免打碎了些五色玻璃似的假道学的摆设，但是为生与生生而有的道德的本义则如一块水晶，总是明澈的看得清楚了。我写文章往往牵引到道德上去，这些书的影响可以说是原因之一部分，虽然其基本部分还是中国的与我自己的。威思忒玛克的专门巨著还有一部《人类婚姻史》，我所有的只是一册小史，又六便士丛书中有一种曰《结婚》，只是八十页的小册子，却很得要领。同丛书中也有哈理孙女士的一册《希腊岁马神话》，大抵即根据《希腊神话论》所改写者也。

九

我对于人类学稍有一点兴味,这原因并不是为学,大抵只是为人,而这人的事情也原是以文化之起源与发达为主。但是人在自然中的地位,如严几道古雅的译语所云化中人位,我们也是很想知道的,那么这条路略一拐弯便又一直引到进化论与生物学那边去了。关于生物学我完全只是乱翻书的程度,说得好一点也就是涉猎,据自己估价不过是受普通教育过的学生应有的知识,此外加上多少从杂览来的零碎资料而已。但是我对于这一方面的爱好,说起来原因很远,并非单纯的为了化中人位的问题而引起的。我在上文提及,以前也写过几篇文章讲到,我所喜欢的旧书中有一部分是关于自然名物的,如《毛诗草木疏》及《广要》、《毛诗品物图考》、《尔雅音图》及郝氏《义疏》,汪曰桢《湖雅》、《本草纲目》、《野菜谱》、《花镜》、《百廿虫吟》等。照时代来说,除《毛诗》、《尔雅》诸图外最早看见的是《花镜》,距今已将五十年了,爱好之心却始终未变,在康熙原刊之外还买了一部日本翻本,至今也仍时时拿出来看。看《花镜》的趣味,既不为的种花,亦不足为作文的参考,在现今说与人听,是不容易领解,更不必说同感的了。因为最初有这种兴趣,后来所以牵连开去,应用在思想问题上面,否则即使为得要了解化中人位,生物学知识很是重要,却也觉得麻烦,懒得去动手了吧。外国方面认得怀德的博物学的通信集最早,就是世间熟知的所谓《色耳彭的自然史》,此书初次出版还在清乾隆五十四年,至今重印不绝,成为英国古典中唯一的一册博物书。但是近代的书自然更能供给我们新的知识,于目下的问题也更有关系,这里可以举出汤木孙与法勃耳二人来,因为他们于学问之外都能写得很好的文章,这于外行的读者是颇有益处的。汤木孙的英文书收了几种,法勃耳的《昆虫记》只有全集日译三种,英译分类本七八册而已。我在民国八年写过一篇《祖先崇拜》,其中曾云,我不信世上有一部经典,可以千百年来当人类的教训的,只有记载生物的生活现象的比阿洛支,才可供我们参考,定人类行为的标准。这也可以翻过来说,经典之可以作教训者,因其合于物理人情,即是由生物学通过之人生哲学,故可贵也。我们听法勃耳讲昆虫的本能之奇异,不禁感到惊奇,但亦由此可知焦理堂言生与生生之理,圣人不易，而人道最高的仁亦即从此出。再读汤木孙谈落叶的文章，每片树叶在将落之前，必先将所有糖分叶绿等贵重成分退还给树身，落在地上又经蚯蚓运入土中，化成植物性壤土，以供后代之用，在这自然的经济里可以看出别的意义，这便是树叶的忠荩，假如你要谈教训的话。《论语》里有小子何莫学夫诗一章，我很是喜欢，现在倒过来说，多识于鸟兽草木之名，可以兴，可以观，可以群，可以怨，迩之事父，远之事君。觉得也有新的意义，而且与事理也相合，不过事君或当读作尽力国事而已。说到这里话似乎有点硬化了，其实这只是推到极端去说，若是平常我也还只是当闲书看，派克洛夫忒所著的《动物之求婚》与《动物之幼年》二书，我也觉得很有意思，虽然并不一定要去寻求什么教训。

十

　　民国十六年春间我在一篇小文中曾说，我所想知道一点的都是关于野蛮人的事，一是古野蛮，二是小野蛮，三是文明的野蛮。一与三是属于文化人类学的，上文约略说及，这其二所谓小野蛮乃是儿童，因为照进化论讲来，人类的个体发生原来和系统发生的程序相同，胚胎时代经过生物进化的历程，儿童时代又经过文明发达的历程，所以幼稚这一段落正是人生之蛮荒时期，我们对于儿童学的有些兴趣这问题，差不多可以说是从人类学连续下来的。自然大人对于小儿本有天然的情爱，有时很是痛切，日本文中有儿烦恼一语，最有意味，《庄子》又说圣王用心，嘉孺子而哀妇人，可知无问高下人同此心，不过于这主观的慈爱之上又加以客观的了解，因而成立儿童学这一部门，乃是极后起的事，已在十九世纪的后半了。我在东京的时候得到高岛平三郎编《歌咏儿童的文学》及所著《儿童研究》，才对于这方面感到兴趣，其时儿童学在日本也刚开始发达，斯丹莱贺耳博士在西洋为斯学之祖师，所以后来参考的书多是英文的，塞来的《儿童时期之研究》虽已是古旧的书，我却很是珍重，至今还时常想起。以前的人对于儿童多不能正当理解，不是将他当作小形的成人，期望他少年老成，便将他看作不完全的小人，说小孩懂得什么，一笔抹杀，不去理他。现在才知道儿童在生理心理上虽然和大人有点不同，但他仍是完全的个人，有他自己内外两面的生活。这是我们从儿童学所得来的一点常识，假如要说救救孩子大概都应以此为出发点的，自己惭愧于经济政治等无甚知识，正如讲到妇女问题时一样，未敢多说，这里与我有关系的还只是儿童教育里一部分，即是童话与儿歌。在二十多年前我写过一篇《儿童的文学》，引用外国学者的主张，说儿童应该读文学的作品，不可单读那些商人们编撰的读本，念完了读书虽然认识了字，却不会读书，因为没有读书的趣味。幼小的儿童不能懂名人的诗文，可以读童话，唱儿歌，此即是儿童的文学。正如在《小说之童年》中所说，传说故事是文化幼稚时期的小说，为古人所喜欢，为现时野蛮民族与乡下人所喜欢，因此也为小孩们所喜欢，是他们共通的文学，这是确实无疑的了。这样话又说了回来，回到当初所说的小野蛮的问题上面，本来是我所想要知道的事情，觉得去费点心稍为查考也是值得的。我在这里至多也只把小朋友比做红印度人，记得在贺耳派的论文中，有人说小孩害怕毛茸茸的东西和大眼睛，这是因为森林生活时恐怖之遗留，似乎说的新鲜可喜，又有人说，小孩爱弄水乃是水栖生活的遗习，却不知道究竟如何了。茀洛伊特的心理分析应用于儿童心理，颇有成就，曾读瑞士波都安所著书，有些地方觉得很有意义，说明希腊肿足王的神话最为确实，盖此神话向称难解，如依人类学派的方法亦未能解释清楚者也。

十一

性的心理，这于我益处很大，我平时提及总是不惜表示感谢的。从前在论《自己的文章》一文中曾云：

"我的道德观恐怕还当说是儒家的，但左右的道与法两家也都有点参合在内，外边又加了些现代科学常识，如生物学人类学以及性的心理，而这末一点在我更为重要。古人有面壁悟道的，或是看蛇斗蛙跳懂得写字的道理，我却从妖精打架上想出道德来，恐不免为傻大姐所窃笔吧。"本来中国的思想在这方面是健全的，如《礼记》上说，饮食男女，人之人大欠存焉。又《庄子》设为尧舜问答，嘉孺子而哀妇人，为圣王之所用心，气象很是博大。但是后来文人堕落，渐益不成话说，我曾武断的评定，只要看他关于女人或佛教的意见，如通顺无疵，才可以算作甄别及格，可是这是多么不容易呀。近四百年中也有过李贽王文禄俞正燮诸人，能说几句合于情理的话，却终不能为社会所容认，俞君生于近世，运气较好，不大挨骂，李越缦只嘲笑他说，颇好为妇人出脱，语皆偏谲，似谢夫人所谓出于周姥者。这种出于周姥似的意见实在却极是难得，荣启期生为男子身，但自以为幸耳，若能知哀妇人而为之代言，则已得圣王之心传，其贤当不下于周公矣。我辈生在现代的民国，得以自由接受性心理的新知识，好像是拿来一节新树枝接在原有思想的老干上去，希望能够使他强化，自然发达起来，这个前途辽远一时未可预知，但于我个人总是觉得颇受其益的。这主要的著作当然是蔼理斯的《性的心理研究》。此书第一册在一八九八年出板，至一九一〇年出第六册，算是全书完成了，一九二八年续刊第七册，仿佛是补遗的性质。一九三三年即民国二十二年，蔼理斯又刊行了一册简本《性的心理》，为现代思想的新方面丛书之一，其时著者盖已是七十四岁了。我学了英文，既不读莎士比亚，不见得有什么用处，但是可以读蔼理斯的原著，这时候我才觉得，当时在南京那几年洋文讲堂的功课可以算是并不白费了。性的心理给予我们许多事实与理论，这在别的性学大家如福勒耳，勃洛赫，鲍耶尔，凡特威耳特诸人的书里也可以得到，可是那从明净的观照出来的意见与论断，却不是别处所有，我所特别心服者就在于此。从前在《夜读抄》中曾经举例，叙说蔼理斯的意见，以为性欲的事情有些无论怎么异常以至可厌恶，都无责难或干涉的必要，除了两种情形以外，一是关系医学，一是关系法律的。这就是说，假如这异常的行为要损害他自己的健康，那么他需要医药或精神治疗的处置，其次假如这要损及对方的健康或权利，那么法律就应加以干涉。这种意见我觉得极有道理，既不保守，也不急进，据我看来还是很有点合于中庸的吧。说到中庸，那么这颇与中国接近，我真相信如中国保持本有之思想的健全性，则对于此类意思理解自至容易，就是我们现在也正还托这庇荫，希望思想不至于太乌烟瘴气化也。

十二

蔼理斯的思想我说他是中庸，这并非无稽，大抵可以说得过去，因为西洋也本有中庸思想，即在希腊，不过中庸称为有节，原意云康健心，反面为过度，原意云狂恣。蔼理斯的文章里多有这种表示，如《论圣芳济》中云，有人以禁欲或耽溺为其生活之唯一目的者，其人将在尚未生活之前早已死了。又云，生活之艺术，其方法只在于微妙地混和取与舍二者而已。《性的心理》第六册末尾有一篇跋文，最后的两节云：

"我很明白有许多人对于我的评论意见不大能够接受，特别是在末册里所表示的。有些人将以我的意见为太保守，有些人以为太偏激。世上总常有人很热心的想攀住过去，也常有人热心的想攫得他们所想像的未来。但是明智的人站在二者之间，能同情于他们，却知道我们是永远在于过渡时代。在无论何时，现在只是一个交点，为过去与未来相遇之处，我们对于二者都不能有何怨怼。不能有世界而无传统，亦不能有生命而无活动。正如赫拉克莱多思在现代哲学的初期所说，我们不能在同一川流中入浴二次，虽然如我们在今日所知，川流仍是不息的回流着。没有一刻无新的晨光在地上，也没有一刻不见日没。最好是闲静的招呼那熹微的晨光，不必忙乱的奔上前去，也不要对于落日忘记感谢那曾为晨光之垂死的光明。

"在道德的世界上，我们自己是那光明使者，那宇宙的历程即实现在我们身上。在一个短时间内，如我们愿意，我们可以用了光明去照我们路程的周围的黑暗。正如在古代火把竞走——这在路克勒丢思看来似是一切生活的象征——里一样，我们手持火把，沿着道路奔向前去。不久就会有人从后面来，追上我们。我们所有的技巧便在怎样的将那光明固定的炬火递在他手内，那时我们自己就隐没到黑暗里去。"这两节话我顶喜欢，觉得是一种很好的人生观，现代丛书本的《新精神》卷首，即以此为题词，我时常引用，这回也是第三次了。蔼理斯的专门是医生，可是他又是思想家，此外又是文学批评家，在这方面也使我们不能忘记他的绩业。他于三十岁时刊行《新精神》，中间又有《断言》一集，《从卢梭到普鲁斯忒》出版时年已七十六，皆是文学思想论集，前后四十余年而精神如一，其中如论惠忒曼，加沙诺伐，圣芳济，《尼可拉先生》的著者勒帖夫诸文，独具见识，都不是在别人的书中所能见到的东西。我曾说，精密的研究或者也有人能做，但是那样宽广的眼光，深厚的思想，实在是极不易再得。事实上当然是因为有了这种精神，所以做得那性心理研究的工作，但我们也希望可以从性心理养成一点好的精神，虽然未免有点我田引水，却是诚意的愿望。由这里出发去着手于中国妇女问题，正是极好也极难的事，我们小乘的人无此力量，只能守开卷有益之训，暂以读书而明理为目的而已。

十三

　　关于医学我所有的只是平人的普通常识，但是对于医学史却是很有兴趣。医学史现有英文本八册，觉得胜家博士的最好，日本文三册，富士川著《日本医学史》是一部巨著，但是纲要似更为适用，便于阅览。医疗或是生物的本能，如犬猫之自舐其创是也，但其发展为活人之术，无论是用法术或方剂，总之是人类文化之一特色，虽然与梃刃同是发明，而意义迥殊，中国称蚩尤作五兵，而神农尝药辨性，为人皇，可以见矣。医学史上所记便多是这些仁人之用心，不过大小稍有不同，我翻阅二家小史，对于法国巴斯德与日本杉田玄白的事迹，常不禁感叹，我想假如人类要找一点足以自夸的文明证据，大约只可求之于这方面罢。我在《旧书回想记》里这样说过，已是四五年前的事，近日看伊略忒斯密士的《世界之初》，说创始耕种灌溉的人成为最初的王，在他死后便被尊崇为最初的神，还附有五千多年前的埃及石刻画，表示古圣王在开掘沟渠，又感觉很有意味。案神农氏在中国正是极好的例，他教民稼穑，又发明医药，农固应为神，古语云，不为良相，便为良医，可知医之尊，良相云者即是讳言王耳。我常想到巴斯德从啤酒的研究知道了霉菌的传染，这影响于人类福利者有多么大，单就外科伤科产科来说，因了消毒的施行，一年中要救助多少人命，以功德论，恐怕十九世纪的帝王将相中没有人可以及得他来。有一个时期我真想涉猎到霉菌学史去，因为受到相当大的感激，觉得这与人生及人道有极大的关系，可是终于怕看不懂，所以没有决心这样做。但是这回却又伸展到反对方面去，对于妖术史发生了不少的关心。据茂来女士著《西欧的巫教》等书说，所谓妖术即是古代土著宗教之遗留，大抵与古希腊的地母祭相近，只是被后来基督教所压倒，变成秘密结社，被目为撒旦之徒，痛加剿除，这就是中世有名的神圣审问，至十七世纪末才渐停止。这巫教的说明论理是属于文化人类学的，本来可以不必分别，不过我的注意不是在他本身，却在于被审问追迹这一段落，所以这里名称也就正称之曰妖术。那些念佛宿山的老太婆们原来未必有什么政见，一旦捉去拷问，供得荒唐颠倒，结果坐实她们会得骑扫帚飞行，和宗旨不正的学究同付火刑，真是冤枉的事。我记得中国杨恽以来的文字狱与孔融以来的思想狱，时感恐惧，因此对于西洋的神圣审问也感觉关切，而审问史关系神学问题为多，鄙性少信未能甚解，故转而截取妖术的一部分，了解较为容易。我的读书本来是很杂乱的，别的方面或者也还可以料得到，至于妖术恐怕说来有点鹘突，亦未可知，但在我却是很正经的一件事，也颇费心收罗资料，如散茂士的四大著，即是《妖术史》与《妖术地理》、《僵尸》、《人狼》，均是寒斋的珍本也。

十四

我的杂览从日本方面得来的也并不少。这大抵是关于日本的事情，至少也以日本为背景，这就是说很有点地方的色彩，与西洋的只是学问关系的稍有不同。有如民俗学本发源于西欧，涉猎神话传说研究与文化人类学的时候，便碰见好些交叉的处所，现在却又来提起日本的乡土研究，并不单因为二者学风稍殊之故，乃是别有理由的。《乡土研究》刊行的初期，如南方熊楠那些论文，古今内外的引证，本是旧民俗学的一路，柳田国男氏的主张逐渐确立，成为国民生活之史的研究，名称亦归结于民间传承。我们对于日本感觉兴味，想要了解他的事情，在文学艺术方面摸索很久之后，觉得事倍功半，必须着手于国民感情生活，才有入处，我以为宗教最是重要，急切不能直入。则先注意于其上下四旁，民间传承正是绝好的一条路径。我常觉得中国人民的感情与思想集中于鬼，日本则集中于神，故欲了解中国须得研究礼俗，了解日本须得研究宗教。柳田氏著书极富，虽然关于宗教者不多，但如《日本之祭事》一书，给我很多的益处，此外诸书亦均多可作参证。当《远野物语》出版的时候，我正寄寓在本乡，跑到发行所去要了一册，共总刊行三百五十部，我所有的是第二九一号。因为书面上略有墨痕，想要另换一本，书店的人说这是编号的，只能顺序出售，这件小事至今还记得清楚。这与《石神问答》都是明治庚戌年出版，在《乡土研究》创刊前三年，是柳田氏最早的著作，以前只有一册《后狩祠记》，终于没有能够搜得。对于乡土研究的学问我始终是外行，知道不到多少，但是柳田氏的学识与文章我很是钦佩，从他的许多著书里得到不少的利益与悦乐。与这同样情形的还有日本的民艺运动与柳宗悦氏。柳氏本系《白桦》同人，最初所写的多是关于宗教的文章，大部分收集在《宗教与其本质》一册书内。我本来不大懂宗教的，但柳氏诸文大抵读过，这不但因为意思诚实，文章朴茂，实在也由于所讲的是神秘道即神秘主义，合中世纪基督教与佛道各分子而贯通之，所以虽然是槛外也觉得不无兴味。柳氏又著有《朝鲜与其艺术》一书，其后有集名曰《信与美》，则辑收关于宗教与艺术的论文之合集也。民艺运动约开始于二十年前，在《什器之美》论集与柳氏著《工艺之道》中意思说得最明白，大概与摩理斯的拉飞耳前派主张相似，求美于日常用具，集团的工艺之中，其虔敬的态度前后一致，信与美一语洵足以包括柳氏学问与事业之全貌矣。民艺博物馆于数年前成立，惜未及一观，但得见图录等，已足令人神怡。柳氏著《初期大津绘》，浅井巧著《朝鲜之食案》，为民艺丛书之一，浅井氏又有《朝鲜陶器名汇》，均为寒斋所珍藏之书。又柳氏近著《和纸之美》，中附样本二十二种，阅之使人对于佳纸增贪惜之念。寿岳文章调查手漉纸工业，得其数种著书，近刊行其《纸漉村旅日记》，则附有样本百三十四，照相百九十九，可谓大观矣。式场隆三郎为精神病院长，而经管民艺博物馆与《民艺月刊》，著书数种，最近得其大板随笔《民艺与生活》之私家板，只印百部，和纸印刷，有芹泽銈介作插画百五十，以染绘法作成后制板，再一着色，觉得比本文更耐看。中国的道学家听之恐要说是玩物丧志，唯在鄙人则固唯有感激也。

十五

我平常有点喜欢地理类的杂地志这一流的书，假如是我比较的住过好久的地方，自然特别注意，例如绍兴，北京，东京虽是外国，也算是其一。对于东京与明治时代我仿佛颇有情分，因此略想知道他的人情物色，延长一点便进到江户与德川幕府时代，不过上边的战国时代未免稍远，那也就够不到了。最能谈讲维新前后的事情的要推三田村鸢鱼，但是我更喜欢马场孤蝶的《明治之东京》，只可惜他写的不很多。看图画自然更有意思，最有艺术及学问的意味的有户冢正幸即东东亭主人所编的《江户之今昔》，福原信三编的《武藏野风物》。前者有图板百零八枚，大抵为旧东京府下今昔史迹，其中又收有民间用具六十余点，则兼涉及民艺，后者为日本写真会会员所合作，以摄取渐将亡失之武藏野及乡土之风物为课题，共收得照相千点以上，就中选择编印成集，共一四四枚，有柳田氏序。描写武藏野一带者，国木田独步德富芦花以后人很不少，我觉得最有意思的却是永井荷风的《日和下驮》，曾经读过好几遍，翻看这些写真集时又总不禁想起书里的话来。再往前去这种资料当然是德川时代的浮世绘，小岛乌水的浮世绘与风景画已有专书，广重有《东海道五十三次》，北斋有《富岳三十六景》等，几乎世界闻名，我们看看复刻本也就够有趣味，因为这不但画出风景，又是特殊的彩色木板画，与中国的很不相同。但是浮世绘的重要特色不在风景，乃是在于市井风俗，这一面也是我们所要看的。背景是市井，人物却多是女人，除了一部分画优伶面貌的以外，而女人又多以妓女为主，因此讲起浮世绘便总容易牵连到吉原游廓，事实上这二者确有极密切的关系。画面很是富丽，色彩也很艳美，可是这里边常有一抹暗影，或者可以说是东洋色，读中国的艺与文，以至于道也总有此感，在这画上自然也更明了。永井荷风著《江户艺术论》第一章中曾云：

"我反省自己是什么呢？我非威耳哈伦似的比利时人而是日本人也，生来就和他们的运命及境遇迥异的东洋人也。恋爱的至情不必说了，凡对于异性之性欲的感觉悉视为最大的罪恶，我辈即奉戴此法制者也。承受胜不过啼哭的小孩和地主的教训之人类也，知道说话则唇寒的国民也。使威耳哈伦感奋的那滴着鲜血的肥羊肉与芳醇的葡萄酒与强壮的妇女之绘画，都于我有什么用呢。呜呼，我爱浮世绘。苦海十年为亲卖身的游女的绘姿使我泣。凭倚竹窗茫然看着流水的艺妓的姿态使我喜。卖宵夜面的纸灯寂寞地停留着的河边的夜景使我醉。雨夜啼月的杜鹃，阵雨中散落的秋天树叶，落花飘风的钟声，途中日暮的山路的雪，凡是无常，无告，无望的，使人无端嗟叹此世只是一梦的，这样的一切东西，于我都是可亲，于我都是可怀。"这一节话我引用过恐怕不止三次了。我们因为是外国人，感想未必完全与永井氏相同，但一样有的是东洋人的悲哀，所以于当作风俗画看之外，也常引起怅然之感，古人闻清歌而唤奈何，岂亦是此意耶。

十六

浮世绘如称为风俗画，那么川柳或者可以称为风俗诗吧。说也奇怪，讲浮世绘的人后来很是不少了，但是我最初认识浮世绘乃是由于宫武外骨的杂志《此花》，也因了他而引起对于川柳的兴趣来的。外骨是明治大正时代著述界的一位奇人，发刊过许多定期或单行本，而多与官僚政治及假道学相抵触，被禁至三十余次之多。其刊物皆铅字和纸，木刻插图，涉及的范围颇广，其中如《笔祸史》、《私刑类纂》、《赌博史》、《猥亵风俗史》等，《笑的女人》一名《卖春妇异名集》、《川柳语汇》，都很别致，也甚有意义。《此花》是专门与其说研究不如说介绍浮世绘的月刊，继续出了两年，又编刻了好些画集，其后同样的介绍川柳，杂志名曰《变态知识》，若前出《语汇》乃是入门之书，后来也还没有更好的出现。川柳是只用十七字音做成的讽刺诗，上者体察物理人情，直写出来，令人看了破颜一笑，有时或者还感到淡淡的哀愁，此所谓有情滑稽，最是高品，其次找出人生的缺陷，如绣花针噗哧的一下，叫声好痛，却也不至于刺出血来。这种诗读了很有意思，不过正与笑话相像，以人情风俗为材料，要理解他非先知道这些不可，不是很容易的事。川柳的名家以及史家选家都不济事，还是考证家要紧，特别是关于前时代的古句，这与江户生活的研究是不可分离的。这方面有西原柳雨，给我们写了些参考书，大正丙辰年与佐佐醒雪共著的《川柳吉原志》出得最早，十年后改出补订本，此外还有几种类书，只可惜《川柳风俗志》出了上卷，没有能做得完全。我在东京只有一回同了妻和亲戚家的夫妇到吉原去看过夜樱，但是关于那里的习俗事情却知道得不少，这便都是从西原及其他书本上得来的。这些知识本来也很有用，在江户的平民文学里所谓花魁是常在的，不知道她也总得远远的认识才行。即如民间娱乐的落语，最初是几句话可以说了的笑话，后来渐渐拉长，明治以来在寄席即杂耍场所演的，大约要花上十来分钟了吧，他的材料固不限定，却也是说游里者为多。森鸥外在一篇小说中曾叙述说落语的情形云："第二个说话人交替着出来，先谦逊道，人是换了却也换不出好处来。又作破题云，官客们的消遣就是玩玩窑姐儿。随后接着讲工人带了一个不知世故的男子到吉原去玩的故事。这实在可以说是吉原入门的讲义。"语虽诙谐，却亦是实情，正如中国笑话原亦有腐流殊禀等门类，而终以属于闺风世讳者为多，唯因无特定游里，故不显著耳。江户文学中有滑稽本，也为我所喜欢，一九的《东海道中膝栗毛》，三马的《浮世风吕》与《浮世床》可为代表，这是一种滑稽小说，为中国所未有。前者借了两个旅人写他们路上的遭遇，重在特殊的事件，或者还不很难，后者写澡堂理发铺里往来的客人的言动，把寻常人的平凡事写出来，都变成一场小喜剧，觉得更有意思。中国在文学与生活上都缺少滑稽分子，不是健康的征候，或者这是伪道学所种下的病根欤。

十七

我不懂戏剧，但是也常涉猎戏剧史。正如我翻阅希腊悲剧的起源与发展的史料，得到好些知识，看了日本戏曲发达的径路也很感兴趣，这方面有两个人的书于我很有益处，这是佐佐醒雪与高野斑山。高野讲演剧的书更后出，但是我最受影响的还是佐佐的一册《近世国文学史》。佐佐氏于明治二十二年戊戌刊行《鹑衣评释》，庚子刊行近松评释《天之网岛》，辛亥出《国文学史》，那时我正在东京，即得一读，其中有两章略述歌舞伎与净琉璃二者发达之迹，很是简单明了，至今未尽忘记。也有的俳文集《鹑衣》固所喜欢，近松的世话净琉璃也想知道。这评释就成为顶好的入门书，事实上我好好的细读过的也只是这册《天之网岛》，读后一直留下很深的印象。这类曲本大都以情死为题材，日本称曰心中，《泽泻集》中曾有一文论之。在《怀东京》中说过，俗曲里礼赞恋爱与死，处处显出人情与义理的冲突，偶然听唱义太夫，便会遇见纸治，这就是《天之网岛》的俗名，因为里边的主人公是纸店的治兵卫与妓女小春。日本的平民艺术仿佛善于用优美的形式包藏深切的悲苦，这似是与中国很不同的一点。佐佐又著有《俗曲评释》，自江户长呗以至端呗共五册，皆是抒情的歌曲，与叙事的有殊，乃与民谣相连接。高野编刊《俚谣集拾遗》时号斑山，后乃用本名辰之，其专门事业在于歌谣，著有《日本歌谣史》，编辑《歌谣集成》共十二册，皆是大部巨著。此外有汤朝竹山人，关于小呗亦多著述，寒斋所收有十五种，虽差少书卷气，但亦可谓勤劳矣。民国十年时曾译出俗歌六十首，大都是写游女荡妇之哀怨者，如木下杢太郎所云，耽想那卑俗的但是充满眼泪的江户平民艺术以为乐，此情三十年来盖如一日，今日重读仍多所感触。歌谣中有一部分为儿童歌，别有天真烂漫之趣，至为可喜，唯较好的总集尚不多见，案头只有村尾节三编的一册童谣，尚是大正己未年刊也。与童谣相关连者别有玩具，也是我所喜欢的，但是我并未搜集实物，虽然遇见时也买几个，所以平常翻看的也还是图录以及年代与地方的纪录。在这方面最努力的是有阪与太郎，近二十年中刊行好些图录，所著有《日本玩具史前后编》、《乡土玩具大成》与《乡土玩具展望》，只可惜《大成》出了一卷，《展望》下卷也还未出版。所刊书中有一册《江都二色》，每页画玩具二种，题谐诗一首咏之，木刻着色，原本刊于安永癸巳，即清乾隆三十八年。我曾感叹说，那时在中国正是大开四库馆，删改皇侃《论语疏》，日本却是江户平民文学的烂熟期，浮世绘与狂歌发达到极顶，乃迸发而成此一卷玩具图咏，至可珍重。现代画家以玩具画著名者亦不少，画集率用木刻或玻璃板，稍有搜集，如清水晴风之《垂髫之友》，川崎巨泉之《玩具画谱》，各十集，西泽笛亩之《雏十种》等。西泽自号比那舍主人，亦作玩具杂画，以雏与人形为其专门，因故赤间君的介绍，曾得其寄赠大著《日本人形集成》及《人形大类聚》，深以为感。又得到菅野新一编藏《王东之木孩儿》，木板画十二枚，解说一册，菊枫会编《古计志加加美》，则为菅野氏所寄赠，均是讲日本东北地方的一种木制人形的。《古计志加加美》改写汉字为《小芥子鉴》，以玻璃板列举工人百八十四名所作木偶三百三十余枚，可谓大观。此木偶名为小芥子，而实则长五寸至一尺，旋圆棒为身，上着头，画为垂发小女，着简单彩色，质朴可喜，一称为木孩儿。菅野氏著系非卖品，《加加美》则只刊行三百部，故皆可纪念也。三年前承在北京之国府氏以古计志二躯见赠，曾写谐诗报之云，芥子人形亦妙哉，出身应自埴轮来，小孙望见嘻嘻笑，何处娃娃似棒槌。依照《江都二色》的例，以狂诗题玩具，似亦未为不周当，只是草草恐不能相称为愧耳。

十八

我的杂学如上边所记，有大部分是从外国得来的，以英文与日本文为媒介，这里分析起来，大抵从西洋来的属于知的方面，从日本来的属于情的方面为多，对于我却是一样的有益处。我学英文当初为的是须得读学堂的教本，本来是敲门砖，后来离开了江南水师，便没有什么用了，姑且算作中学常识之一部分，有时利用了来看点书，得些现代的知识也好，也还是砖的作用，终于未曾走到英文学门里去，这个我不怎么懊悔，因为自己的力量只有这一点，要想入门是不够的。日本文比英文更不曾好好的学过，老实说除了丙午丁未之际，在骏河台的留学生会馆里，跟了菊池勉先生听过半年课之外，便是懒惰的时候居多，只因住在东京的关系，耳濡目染的慢慢的记得，其来源大抵是家庭的说话，看小说看报，听说书与笑话，没有讲堂的严格的训练，但是后面有社会的背景，所以还似乎比较容易学习。这样学了来的言语，有如一颗草花，即使是石竹花也罢，是有根的盆栽，与插瓶的大朵大理菊不同，其用处也就不大一样。我看日本文的书，并不专是为得通过了这文字去抓住其中的知识，乃是因为对于此事物感觉有点兴趣，连文字来赏味，有时这文字亦为其佳味之一分子，不很可以分离，虽然我们对于外国语想这样辨别，有点近于妄也不容易，但这总也是事实。我的关于日本的杂览既多以情趣为本，自然态度与求知识稍有殊异，文字或者仍是敲门的一块砖，不过对于砖也会得看看花纹式样，不见得用了立即扔在一旁。我深感到日本文之不好译，这未必是客观的事实，只是由我个人的经验，或者因为比较英文多少知道一分的缘故，往往觉得字义与语气在微细之处很难两面合得恰好。大概可以当作一个证明。明治大正时代的日本文学，曾读过些小说与随笔，至今还有好些作品仍是喜欢，有时也拿出来看，如以杂志名代表派别，大抵有《保登登岐须》、《昴》、《三田文学》、《新思潮》、《白桦》诸种，其中作家多可佩服，今亦不复列举，因生存者尚多，暂且谨慎。此外的外国语，还曾学过古希腊文与世界语。我最初学习希腊文，目的在于改译《新约》至少也是四福音书为古文，与佛经庶可相比，及至回国以后却又觉得那官话译本已经够好了，用不着重译，计画于是归于停顿。过了好些年之后，才把海罗达思的拟曲译出，附加几篇牧歌，在上海出版，可惜版式不佳，细字长行大页，很不成样子。极想翻译欧利比台斯的悲剧《忒洛亚的女人们》，踌躇未敢下手，于民国廿六七年间译亚坡罗陀洛斯的神话集，本文幸已完成，写注释才成两章，搁笔的次日即是廿八年的元日，工作一顿挫就延到现今，未能续写下去，但是这总是极有意义的事，还想设法把他做完。世界语是我自修得来的，原是一册用英文讲解的书，我在暑假中卧读消遣，一连两年没有读完，均归无用，至第三年乃决心把这五十课一气学习完毕，以后借了字典的帮助渐渐的看起书来。那时世界语原书很不易得，只知道在巴黎有书店发行，恰巧蔡孑民先生行遁欧洲，便写信去托他代买，大概寄来了有七八种，其中有《世界语文选》与《波兰小说选集》至今还收藏着，民国十年在西山养病的时候，曾从这里边译出几篇波兰的短篇小说，可以作为那时困学的纪念。世界语的理想是很好的，至于能否实现则未可知，反正事情之成败与理想之好坏是不一定有什么关系的。我对于世界语的批评是这太以欧语为基本，不过这如替柴孟和甫设想也是无可如何的，其缺点只是在没有学过一点欧语的中国人还是不大容易学会而已。我的杂学原来不足为法，有老友曾批评说是横通，但是我想劝现代的青年朋友，有机会多学点外国文，我相信这当是有益无损的。俗语云，开一头门，多一些风。这本来是劝人谨慎的话，但是借了来说，学一种外国语有如多开一面门窗，可以放进风日，也可以眺望景色，别的不说，总也是很有意思的事吧。

十九

我的杂学里边最普通的一部分，大概要算是佛经了吧。但是在这里正如在汉文方面一样，也不是正宗的，这样便与许多读佛经的人走的不是一条路了。四十年前在南京时，曾经叩过杨仁山居士之门，承蒙传谕可修净土，虽然我读了《阿弥陀经》各种译本，觉得安养乐土的描写很有意思，又对于先到净土再行修道的本意，仿佛是希求住在租界里好用功一样，也很能了解，可是没有兴趣这样去做。禅宗的语录看了很有趣，实在还是不懂，至于参证的本意，如书上所记俗僧问溪水深浅，被从桥上推入水中，也能了解而且很是佩服，然而自己还没有跳下去的意思，单看语录有似意存稗贩，未免惭愧，所以这一类书虽是买了些，都搁在书架上。佛教的高深的学理那一方面，看去都是属于心理学玄学范围的，读了未必能懂，因此法相宗等均未敢问津。这样计算起来，几条大道都不走，就进不到佛教里去，我只是把佛经当作书来看，而且这汉文的书，所得的自然也只在文章及思想这两点上而已。《四十二章经》与《佛遗教经》仿佛子书文笔，就是儒者也多喜称道，两晋六朝的译本多有文情俱胜者，什法师最有名，那种骈散合用的文体当然因新的需要的兴起，但能恰好的利用旧文字的能力去表出新意思，实在是很有意义的一种成就。这固然是翻译史上的一段光辉，可是在国文学史上意义也很不小，六朝之散文著作与佛经很有一种因缘，交互的作用，值得有人来加以疏通证明，于汉文学的前途也有极大的关系。十多年前我在北京大学讲过几年六朝散文，后来想添讲佛经这一部分，由学校规定名称曰佛典文学，课程纲要已经拟好送去了，七月发生了卢沟桥之变，事遂中止。课程纲要稿尚存在，重录于此：

"六朝时佛经翻译极盛，文亦多佳胜。汉末译文模仿诸子，别无多大新意思，唐代又以求信故，质胜于文。唯六朝所译能运用当时文词，加以变化，于普通骈散文外造出一种新体制，其影响于后来文章者亦非浅鲜。今拟选取数种，少少讲读，注意于译经之文学的价值，亦并可作古代翻译文学看也。"至于从这面看出来的思想，当然是佛教精神，不过如上文说过，这不是甚深义谛，实在但是印度古圣贤对于人生特别是近于人世法的一种广大厚重的态度，根本与儒家相通而更为彻底，这大概因为他有那中国所缺少的宗教性。我在二十岁前后读《大乘起信论》无有所得，但是见了《菩萨投身饲饿虎经》，这里边的美而伟大的精神与文章至今还时时记起，使我感到感激，我想大禹与墨子也可以说具有这种精神，只是在中国这情热还只以对人间为限耳。又《布施度无极经》云：

"众生扰扰，其苦无量，吾当为地。为旱作润，为湿作筏。饥食渴浆，寒衣热凉。为病作医，为冥作光。若在浊世颠到之时，吾当于中作佛，度彼众生矣。"这一节话我也很是喜欢，本来就只是众生无边誓愿度的意思，却说得那么好，说理与美和合在一起，是很难得之作。经论之外我还读过好些戒律，有大乘的也有小乘的，虽然原来小乘律注明在家人勿看，我未能遵守，违了戒看戒律，这也是颇有意思的事。我读《梵网经》菩萨戒本及其他，很受感动，特别是贤首戒疏，是我所最喜读的书。尝举食肉戒中语，一切众生肉不得食，夫食肉者断大慈悲佛性种子，一切众生见而舍去，是故一切菩萨不得食一切众生肉，食肉得无量罪。加以说明云，我读《旧约·利未记》，再看大小乘律，觉得其中所说的话要合理得多，而上边食肉戒的措辞我尤为喜欢，实在明智通达，古今莫及。又盗戒下注疏云：

"善见云，盗空中鸟，左翅至右翅，尾至颠，上下亦尔，俱得重罪。

准此戒，纵无主，鸟身自为主，盗皆重也。"鸟身自为主，这句话的精神何等博大深厚，我曾屡次致其赞叹之意，贤首是中国僧人，此亦是足强人意的事。我不敢妄劝青年人看佛书，若是三十岁以上，国文有根柢，常识具足的人，适宜的阅读，当能得些好处，此则鄙人可以明白回答者也。

二十

　　我写这篇文章本来全是出于偶然。从《儒林外史》里看到杂览杂学的名称，觉得很好玩，起手写了那首小引，随后又加添三节，作为第一分，在杂志上发表了。可是自己没有什么兴趣，不想再写下去了，然而既已发表，被催着要续稿，又不好不写，勉强执笔，有如秀才应岁考似的，把肚里所有的几百字凑起来缴卷，也就可以应付过去了罢。这真是成了鸡肋，弃之并不可惜，食之无味那是毫无问题的。这些杂乱的事情，要怎样安排得有次序，叙述得详略适中，固然不大容易，而且写的时候没有兴趣。所以更写不好，更是枯燥，草率。我最怕这成为自画自赞。骂犹自可，赞不得当乃尤不好过，何况自赞乎。因为竭力想避免这个，所以有些地方觉得写的不免太简略，这也是无可如何的事，但或者比多话还好一点亦未可知。总结起来看过一遍，把我杂览的大概简略的说了，还没有什么自己夸赞的地方，要说句好话，只能批八个字云，国文粗通，常识略具而已。我从古今中外各方面都受到各样影响，分析起来，大旨如上边说过，在知与情两面分别承受西洋与日本的影响为多，意的方面则纯是中国的，不但未受外来感化而发生变动，还一直以此为标准，去酌量容纳异国的影响。这个我向来称之曰儒家精神，虽然似乎有点笼统，与汉以后尤其是宋以后的儒教显有不同，但为得表示中国人所有的以生之意志为根本的那种人生观，利用这个名称殆无不可。我想神农大禹的传说就从这里发生，积极方面有墨子与商韩两路，消极方面有庄杨一路，孔孟站在中间，想要适宜的进行，这平凡而难实现的理想我觉得很有意思，以前屡次自号儒家者即由于此。佛教以异域宗教而能于中国思想上占很大的势力，固然自有其许多原因，如好谈玄的时代与道书同尊，讲理学的时候给儒生作参考，但是其大乘的思想之入世的精神与儒家相似，而且更为深彻，这原因恐怕要算是最大的吧。这个主意既是确定的，外边加上去的东西自然就只在附属的地位，使他更强化与高深化，却未必能变化其方向。我自己觉得便是这么一个顽固的人，我的杂学的大部分实在都是我随身的附属品，有如手表眼镜及草帽，或是吃下去的滋养品如牛奶糖之类，有这些帮助使我更舒服与健全，却并不曾把我变成高鼻深目以至有牛的气味。我也知道偏爱儒家中庸是由于癖好，这里又缺少一点热与动，也承认是美中不足。儒家不曾说"怎么办"，像犹太人和斯拉夫人那样，便是证据。我看各民族古圣的画像也觉得很有意味，犹太的眼向着上是在祈祷，印度的伸手待接引众生，中国则常是叉手或拱着手。我说儒家总是从大禹讲起，即因为他实行道义之事功化，是实现儒家理想的人。近来我曾说，中国现今紧要的事有两件，一是伦理之自然化，二是道义之事功化。前者是根据现代人类的知识调整中国固有的思想，后者是实践自己所有的理想适应中国现在的需要，都是必要的事。此即是我杂学之归结点，以前种种说话，无论怎么的直说曲说，正说反说，归根结底的意见还只在此，就只是表现得不充足，恐怕读者一时抓不住要领，所以在这里赘说一句。我平常不喜欢拉长了面孔说，这回无端写了两万多字，正经也就枯燥，仿佛招供似的文章，自己觉得不但不满而且也无谓。这样一个思想径路的简略地图，我想只足供给要攻击我的人，知悉我的据点所在，用作进攻的参考与准备，若是对于我的友人这大概是没有什么用处的。写到这里，我忽然想到，这篇文章的题目应该题作《愚人的自白》才好，只可惜前文已经发表，来不及再改正了。

民国三十三年，七月五日

（第一至第十二节载一九四四年五月一日、五月二十一日、五月二十八日、六月四日、六月十一日、六月十八日、六月二十五日、七月二日、七月九日、七月十六日和七月二十六日《华北新报》；全文载于一九四四年六月一日《古今》第四十八期、七月一日《古今》第五十期、七月十六日《古今》第五十一期、八月一日《古今》第五十二期、九月十六日《古今》第五十五期，均署名知堂。收《苦口甘口》。）

两个鬼的文章

　　鄙人读书于今五十年，学写文章亦四十年矣，累计起来已有九十年，而学业无成，可为叹息。但是不论成败，经验总是事实，可以说是功不唐捐的，有如买旧墨买石章，花了好些冤钱，不曾得到什么好东西，可是这双眼睛磨炼出来一点功夫，能够辨别好坏了，因为他知道花钱买了些次货，即此便是证据。我以数十年的光阴用在书卷笔墨上面，结果只得到这一个觉悟，自己的文章写不好，古人的思想可取的也不多。这明明是一个失败，但这失败是很值得的，比起古今来自以为成功的人，总是差胜一筹了。陆放翁《冬夜对书卷有感》诗中有句云：

　　万卷虽多当具眼，一言惟恕可铭膺。这话说得很好，可是两句话须是分开来说，恕字终身可行，是属于处世接物的事，若是读书既当具眼，就万不能再客气，固然不可故意苛刻，总之要有自信，看了贵人和花子同样不眨眼的态度。以前读《论语》，多少还徇俗论，特别看重他，近来觉得这态度不诚实，就改正了，黄式三的《论语后案》我以为颇好，但仔细阅过之后，我想这也是诸子之一，与老庄佛经都有可取处，若要作为现代国民的经训缺漏甚多，虽然原是儒家思想的重要史料。看古人的言论，有如披沙拣金，并不是全无所得，却是非常苦劳，而且略不当心，便要上当，不但认鱼目为明珠，见笑大方，或者误食蟛蜞，有中毒之危险。我以多年的苦辛，于此颇有所见，古人云，只可自怡悦，不堪持赠君，今则持赠固难得解人，中国事情想来很多懊恼，因此亦不见得可怡悦，只是生为中国人，关于中国的思想文章总该知道个大概，现在既能以自力略为辨别，不落前人的窠臼，未始不是可喜的事也。

　　我所写的文章都是小篇，所以篇数颇多，至于自己觉得满意的实在也没有，所以文章是自己的好，这句成语在我并不一定是确实的。人家看来不知道是如何？这似乎有两种说法。其一是说我所写的都是谈吃茶喝酒的小品文，是不革命的，要不得。其二又说可惜少写谈吃茶喝酒的文章，却爱讲那些顾亭林所谓国家治乱之原，生民根本之计，与文学离得太远。这两派对我的看法迥异，可是看重我的闲适的小文，在这一点上是意见相同的。我的确写了些闲适文章，但同时也写正经文章，而这正经文章里面更多的含有我的思想和意见，在自己更觉得有意义。甲派的朋友认定闲适文章做目标，至于别的文章一概不提，乙派则正相反，他明白看出这两类文章，却是赏识闲适的在正经文章之上。因为各人的爱好不同，原亦言之成理，我不好有什么异议，但这一点说明似乎必要。我写闲适文章，确是吃茶喝酒似的，正经文章则仿佛是馒头或大米饭。在好些年前我做了一篇小文，说我的心中有两个鬼，一个是流氓鬼，一个是绅士鬼。这如说得好一点，也可以说叛徒与隐士，但也不必那么说，所以只说流氓与绅士就好了。我从民国八年在《每周评论》上写《祖先崇拜》和《思想革命》两篇文章以来，意见一直没有什么改变，所主张的是革除三纲主义的伦理以及附属的旧礼教旧气节旧风化等等，这种态度当然不能为旧社会的士大夫所容，所以只可自承是流氓的。《谈虎集》上下两册中所收自《祖先崇拜》起，以至《永日集》的《闭户读书论》止，前后整十年间乱说的真不少，那时北京正在混乱黑暗时期，现在想起来，居然容得这些东西印出来，当局的宽大也总是难得的了。但是杂文的名誉虽然好，整天骂人虽然可以出气，久了也会厌足，而且我不主张反攻的，一件事来回的指摘论难，这种细巧工作非我所堪，所以天性不能改变，而兴趣则有转移，有时想写点闲适的所谓小品，聊以消遣，这便是绅士鬼出头来的时候了。话虽如此，这样的两个段落也并不分得清，有时是综错间隔的，在个人固然有此不同的嗜好，在工作上也可以说是调剂作用，所以要指定哪个时期专写闲适或正经文章，实在是不可能的事。去年写过一篇《灯下读书论》，与十七年所写的《闭户读书论》相比，时间相隔十有六年，却是同样的正经文章，而在这中间写了不少零碎文字，性质很不一律，正是一个好例。民国十四年《雨天的书序》中说：

"我平素最讨厌的是道学家，岂知这正因为自己是一个道德家的缘故，我想破坏他们的伪道德不道德的道德，其实却同时非意识地想建设起自己所信的新的道德来。"三十三年《苦口甘口序》中又云：

"我一直不相信自己能写好文章，如或偶有可取，那么所可取者也当在于思想而不是文章。总之我是不会做所谓纯文学的，我写文章总是有所为，于是不免于积极，这个毛病大约有点近于吸大烟的瘾，虽力想戒除而甚不容易，但想戒的心也常有存在的。"这也可以算作一例，其间则相差有二十个年头了。我未尝不知道谦虚是美德，也曾努力想学，但又相信过谦也就是不诚实，所以有时不敢不直说，特别是自己觉得知之为知之的时候，虽然仿佛似乎不谦虚也是没有法子。自从《新青年》《每周评论》及《语丝》以来，不断的有所写作，我自信这于中国不是没意义的事，当时有陈独秀钱玄同鲁迅诸人也都尽力于这个方向，现今他们已经去世了，新起来的自当有人，不过我孤陋寡闻不曾知道。做这种工作并不是图什么名与利，世评的好坏全不足计较，只要他认识得真，就好。我自己相信，我的反礼教思想是集合中外新旧思想而成的东西，是自己诚实的表现，也是对于本国真心的报谢，有如道士或狐所修炼得来的内丹，心想献出来，人家收受与否那是另一问题，总之在我是最贵重的贡献了。至于闲适的小品我未尝不写，却不是我主要的工作，如上文说过，只是为消遣或调剂之用，偶尔涉笔而已。外国的作品，如英吉利法兰西的随笔，日本的俳文，以及中国的题跋笔记，平素也稍涉猎，很是爱好，不但爱诵，也想学了做，可是自己知道性情才力都不及，写不出这种文字，只有偶然撰作一二篇，使得思路笔调变换一下，有如饭后喝一杯浓普洱茶之类而已。这种文章材料难找，调理不易。其实材料原是遍地皆是，牛溲马勃只要使用得好，无不是极妙文料，这里便有作者的才情问题，实做起来没有空说这样容易了。我的学问根柢是儒家的，后来又加上些佛教的影响，平常的理想是中庸，布施度忍辱度的意思也频喜欢，但是自己所信毕竟是神灭论与民为贵论，这便与诗趣相远，与先哲疾虚妄的精神合在一起，对于古来道德学问的传说发生怀疑，这样虽然对于名物很有兴趣，也总是赏鉴里混有批判，几篇《草木虫鱼》有的便是这种毛病，有的心想避免而生了别的毛病，即是平板单调。那种平淡而有情味的小品文我是向来仰慕，至今爱读，也是极想仿做的，可是如上文所述实力不够，一直未能写出一篇满意的东西来。以此与正经文章相比，那些文章也是同样写不好，但是原来不以文章为重，多少总已说得出我的思想来了，在我自己可以聊自满足的了。乙派以为闲适的文章更好，希望我多做，未免错认门面，有如云南火腿店带卖普洱茶，他便要求他专开茶栈，虽然原出好意，无奈栈房里没有这许多货色，摆设不起来，此种实情与苦衷亦期望友人予以谅解者也。以店而论，我这店是两个鬼品开的，而其股份与生意的分配究竟绅士鬼还只居其小部分，所以结果如此，亦正是为事实所限，无可如何也。

我不承认是文士，因为既不能写纯文学的文章，又最厌恶士流，即所谓清流名流者是也。中国的士大夫的遗传性是言行不一致，所作的事是做八股、吸鸦片、玩小脚、争权夺利，却是满口的礼教气节，如大花脸说白，不再怕脸红，振古如斯，于今为烈。人生到此，吾辈真以摆脱士籍，降于堕贫为荣幸矣。我又深自欣幸的是凡所言必由衷，非是自己真实相信以为当然的事理不敢说，而且说了的话也有些努力实行，这个我自己觉得是值得自夸的。其实这样的做也只是人之常道，有如人不学狗叫或去咬干矢橛，算不得什么奇事，然而在现今却不得不当作奇事说，这样算来我的自夸也就很是可怜的了。我平常自己知道思想知识极是平凡，精神也还健全，不至于发疯打人或自大称王，可是近来仔细省察，乃觉得谦逊与自信同时并进，难道真将成为自大狂了么？假如这样下去，我很忧虑会使得我堕落。俗语云，无鸟村里蝙蝠称王。蝙蝠本何足道，可哀的是无鸟村耳，而蝙蝠乃幸或不幸而生于如是村，悲哉悲哉，蝙蝠如竟代燕雀而处于村之堂屋，则诚为蝙蝠与村的最大不幸矣。

民国三十四年十一月十六日

（收《过去的工作》。）

周作人年表

1885年　1岁，1月16日，出生于浙江省绍兴城内东昌坊口周家，名櫆寿，字星杓。父亲周伯宜，母亲鲁瑞。本年，长兄樟寿（周树人、鲁迅）4岁。

1888年　4岁，本年，妹端姑生，因患天花夭折。弟松寿（周建人）生。

1893年　9岁，2月，曾祖母病逝，祖父从北京回绍兴奔丧。上半年，跟一位同族的叔辈读书。7月，弟椿寿生。秋后，祖父因科场舞弊，被捕入狱。与鲁迅一起被送往亲戚家避难。

1895年　11岁，年初，开始在三味书屋从寿洙邻先生读书。秋，父亲病重。

1896年　12岁，10月，父亲病逝，年37岁。

1897年　13岁，2月，去杭州陪侍坐牢的祖父；在祖父指导下读书。

1898年　14岁，2月18日，开始记日记，至逝世很少中断。本年，鲁迅赴南京，进江南水师学堂学习。6月，从杭州回绍兴，为县考做准备。年底，与从南京回乡的鲁迅一同参加县考。四弟椿寿夭折。

1899年　15岁，继续在三味书屋读书。参加院考，未中。

1901年　17岁，4月，到杭州接祖父出狱回绍兴。9月18日，离开绍兴到南京，入江南水师学堂，进管轮班，改名周作人。

1902年　18岁，3月，鲁迅赴日本留学。

1904年　20岁，在《女子世界》上发表文章。

1905年　21岁，所译小说《侠女奴》、《玉虫缘》等，被杂志或书局采用。年底，到北京应练兵处考试，准备赴日本留学。

1906 年　22 岁，留学考试及格，因近视不能学习海军，改学土木建筑。由两江督练公所派往日本。夏秋之间，鲁迅奉母命回国完婚，与鲁迅一同到日本东京，居于东京本乡汤岛伏见馆。

1907 年　23 岁，从伏见馆迁居本乡东竹町中越馆。学习俄文，未成。本年，翻译小说《红星佚史》（与鲁迅合译）、《劲草》等。与鲁迅等一起创办《新生》杂志，因缺少资本，未成。本年，进法政大学预科学习日文、历史等科目。

1908 年　24 岁，夏，在民报社听章太炎讲文字学，同学有钱玄同、许寿裳、龚未生、朱希祖、鲁迅等。秋，进立教大学，学习古希腊文。

1909 年　25 岁，3 月，得到一位同乡商人的资助，与鲁迅合译的《域外小说集》第一集出版。本年 7 月出版第二集。3 月 18 日，与日本女子羽太信子结婚。5 月，与章太炎一起学习梵文，两堂课而止。8 月，因经济状况拮据，鲁迅结束留学生活回国。

1911 年　27 岁，9 月，结束 6 年日本留学生活，携妻子返回绍兴。在家闲居、读书近一年，发表时评多篇。

1912 年　28 岁，5 月，长子丰丸出生，后改名丰一。6 月，赴杭州，任浙江省军政府教育司本省视学职，不久因病辞职，返回绍兴。作《童话研究》等。

1913 年　29 岁，3、4 月间，被选举为绍兴县教育会会长。任浙江省第五中学英文教员。参加学术研究团体叒社，为名誉会员。9 月，主编《绍兴县教育会月刊》，发表很多著译文字。年底，发表《丹麦诗人安兑尔然（安徒生）传》。

1914 年　30 岁，7 月，长女静子出生。年底，校阅鲁迅编辑的《会稽郡故书杂集》，次年出版，署名周作人。

1915 年 31 岁，年初，整理所收集绍兴儿歌。10 月，次女若子出生。

1916 年 32 岁，1 月，修订《周氏宗谱列传》。12 月，与鲁迅、周建人为母亲六十寿辰设宴并请戏班庆贺。

1917 年 33 岁，经鲁迅介绍，到北京大学任教。4 月初到北京，与鲁迅同住绍兴会馆。初拟教授希腊文学史和古英文。4 月 5 日，蔡元培来访，告以学校规定，学期中不能添加新课，拟请改任预科国文教员。4 月 10 日，去北大，访蔡元培校长，坚辞预科国文课。4 月中旬，得蔡元培信，邀暂任北大国史编纂处编纂员，月薪 130 元。接受。7 月，张勋复辟，与鲁迅一起避难。8 月，钱玄同常到会馆访问。9 月，被北京大学聘为文科教授，兼国史编纂处编纂员，月薪 240 元。

1918 年 34 岁，开始为《新青年》撰稿。1 月，参加北京大学进德会。2 月 15 日，在《新青年》上发表用白话翻译的《古诗今译》，是他第一篇白话作品。5 月 15 日，在《新青年》上发表译作《贞操论》，引起极大反响。10 月，由北京大学授课讲义整理而成的《欧洲文学史》，由商务印书馆出版。11 月，与同人商议创办《每周评论》。12 月，发表《人的文学》，提倡个人主义的人间本位主义。被称为"关于改革文学内容的一篇最重要的宣言"。

1919 年 35 岁，1 月，作新诗《小河》等。2 月，辞去编纂员兼职，被北京大学派任为国语统一筹备会会员。3 月，发表《思想革命》等文章，为文学革命理论建设做出重要贡献。3 月，在《新青年》上发表《日本的新村》，介绍新村运动。4 月，携妻子儿女赴日本东京探亲。5 月，得知五四运动爆发，匆匆离开日本回国。6 月 3 日，慰问被捕学生。7 月，赴日本东京接妻及子女回国。其间访问武者小路实笃，并到九州石河内村参观新村，作《访日本新村记》。8 月回到北京。11 月，全家与鲁迅迁居八道湾 11 号。12 月，母亲、朱安和周建人全家到京，住进八道湾。
年底，与国语统一筹备会同事合署《请颁行新式标点符号议案》
呈教育部。

1920 年　36 岁，年初，参与发起组织工读互助团。3 月，北京新村支
部成立，支部地址即周宅。4 月 7 日，湖南青年毛泽东来访。
8 月，所译短篇小说集《点滴》出版。11 月 28 日，作《文
学研究会宣言》，为文学研究会的发起人之一。12 月，参加
北京大学歌谣研究会。本月，患肋膜炎。

1921 年　37 岁，病中仍坚持写作。3 月底，病情加重，住院治疗。6 月，
到香山碧云寺养病。作《山居杂诗》、《山中杂信》等，并
发表多篇译作。9 月，返回八道湾。

1922 年　38 岁，年初，在《晨报副刊》上开设"自己的园地"专栏。
2 月，发表《文艺上的宽容》，认为宽容是文艺发达的必要
条件。2 月，受聘于北京大学的俄国盲诗人爱罗先珂住进八
道湾，日常生活由周家照顾，到各处演讲由周作人担任向导
和翻译。3 月 19 日，发表《〈阿 Q 正传〉》，高度评价作
品的思想性和艺术性。3 月 26 日，发表《〈沉沦〉》，对郁
达夫的创作给予肯定。3 月底，与钱玄同、沈兼士、沈士远、
马裕藻等共同署名，在《晨报》上发表《主张信教自由宣言》，
与陈独秀等就宗教自由问题展开论战。5 月，与鲁迅、周建
人合译的《现代小说译丛》由上海商务印书馆出版，署周作
人译。8 月，参与发起组织妇女问题研究会。12 月，为北京
大学《歌谣周刊》撰写发刊词。本年，担任《文艺季刊》、
《国学季刊》编委。

1923 年　39 岁，5 月 10 日，与鲁迅、周建人共饮，孙伏园在座，这是
三兄弟的最后一次聚饮。后不久，建人即到上海工作，大家
庭开始分散。7 月 14 日，鲁迅在日记中记："是夜始改在自

室吃饭，自具一肴，此可记也。"兄弟之间产生矛盾。7月18日，写绝交信，次日亲自送给鲁迅，其中有"以后请不要再到后边院子里来"等语。8月2日，鲁迅夫妇迁出八道湾11号。9月，《自己的园地》出版。

1924年　40岁，5月底，赴济南讲学，6月初返京。6月11日，与回八道湾取物品的鲁迅发生冲突。11月，参与发起《语丝》周刊，拟发刊词。实际为该刊主编。年底，发表给出宫的清朝末代皇帝的信，劝其到外国留学，研究希腊文学。

1925年　41岁，2月，发表《抱犊谷通信》和《十字街头的塔》。4月，发表《与友人论性道德书》。5月21日，参加女师大学生自治会召集的校务维持讨论会。同月，在《关于北京女子师范大学风潮宣言》上签名，支持学生。9月，中日教育会成立，被选为会长。12月，开始与章士钊论战。12月，《雨天的书》由北新书局出版。本年，任北京大学东方文学系筹备主任、教授。在孔德学校兼作文读书课。

1926年　42岁，1月，开始与陈源（西滢）论战。3月18日，发生政府枪杀请愿学生惨案。19日，作《为三月十八日国务院残杀事件忠告国民军》；22日，作《关于三月十八日的死者》。3月25日，参加在"三一八"惨案中牺牲的女师大学生刘和珍、杨德群追悼大会。8月，发表《"谢本师"》，批评章太炎。12月，发表演讲《希腊闲话》，赞扬古希腊文明。

1927年　43岁，4月，李大钊被捕，随后被杀害。参与掩护其子女，后送往日本留学。9月，《泽泻集》由上海北新书局出版。10月，《语丝》周刊被迫停刊，移交上海北新书局接办。外出避难。12月，《谈龙集》出版。

1928年　44岁，1月，发表演讲《文学的贵族性》。《谈虎集》由上海北新书局出版。6月，作《妇女问题与东方文明》，指出，青年必须打破东方文明观念。9月，发表《历史》，说："我读了中国历史，对于中国民族和我自己失了九成以上的信仰与希望。"

1929 年 45 岁，3 月，发表《娼妇礼赞》。5 月，《永日集》由北新书局出版。8 月，审读《清史稿》。11 月 20 日，次女若子病逝。26 日作《若子的死》。11 月，诗集《过去的生命》由上海北新书局出版。12 月，在《世界日报》发表致北平市卫生局呈文，要求取消山本医师开业许可证，并在头版连续两天刊登"山本大夫误诊杀人"广告。山本大夫系为若子诊病的日本医生。

1930 年 46 岁，3 月，发表《中年》。5 月，《骆驼草》周刊创刊，为主要撰稿人。发表《论八股文》。11 月底，到保定河北大学讲演。

1931 年 47 岁，2 月，《艺术与生活》由上海群益出版社出版。7 月，作《〈枣〉和〈桥〉的序》，称扬废名的小说。8 月，辞去燕京大学女子文理学院等校兼职，专任北京大学研究教授。10 月 27 日，在北京大学学生会抗日救国会作《关于征兵》的演讲。12 月，徐志摩遇难，参加追悼会并作《志摩纪念》。

1932 年 48 岁，2 月 25 日，开始在辅仁大学作《中国新文学的源流》的学术讲演，连讲 8 次，邓恭三记录。记录稿经周作人校阅，本年 9 月由北平人文书局出版。

1933 年 49 岁，上半年，帮助联系李大钊文集出版事，未成。7 月，《周作人书信》由上海青光书局出版。10 月，《苦茶庵笑话选》由上海北新书局出版。12 月初，到天津讲演。

1934 年 50 岁，1 月，为五十生辰设家宴五席待客，作诗两首，以"五十诞辰自咏诗稿"为题发表在《现代》杂志，后又以"五秩自寿诗"为题刊于 4 月 5 日《人间世》创刊号，得到多位文坛名人唱和，因此招来许多批评。4月，被聘为《人间世》半月刊特约撰稿人。7月11日，携妻羽太信子赴日本探亲，至9月2日回到北京。在日本接受记者采访，介绍中国文艺动态，对一些作家、作品做了评价。9月，《夜读抄》由上海北新书局出版。10月，参加刘半农追悼会。11月初，到保定讲演。

1935年 51岁，年初，开始编选《中国新文学大系·散文一集》。2月，发表《阿Q的旧账》，对革命文学家攻击鲁迅事发表意见。3月，发表《岳飞与秦桧》，对教育部查禁"诋岳飞而推崇秦桧"的《自修使用白话本国史》（吕思勉著）发表看法。4月，发表《关于英雄崇拜》，认为关羽、岳飞、文天祥、史可法等都不是可崇拜的人选。5月，发表《日本管窥》，随后又发表多篇谈日本社会文化的文章。10月，《苦茶随笔》由上海北新书局出版。

1936年 52岁，2月，《苦竹杂记》由上海良友图书公司出版。7月，作《老人的胡闹》，影射鲁迅加入左翼文艺阵营是"投机趋时"。9月，作《自己的文章》，说自己的"文章底下的焦躁总要露出头来"，"平淡，这是我所最缺少的，闲适亦只是我的一个理想而已"。10月19日，鲁迅逝世。接受记者采访，说："鲁迅的思想最近有点转到虚无主义上去了，对一切事，仿佛都很悲观。"并说鲁迅个性很强、多疑。其文学上的长处在于整理方面。10月24日，作《关于鲁迅》，不久，又作《关于鲁迅之二》。10月，《风雨谈》由上海北新书局出版。

1937年 53岁，2月，作《明朝之亡》。春，列名于《鲁迅全集》编辑委员会，并参加《鲁迅年谱》起草工作，负责民元以前部分。5月，列名于《文学杂志》编辑委员会。6月，作《日本管窥之四》，说："日本文化可谈，而日本国民性终于是谜似的不可懂。"声明就此结束管窥。8月，北大教授留平者日少。

致陶亢德信，说"舍间人多，又实无地可避；故只苦住，且看将来情形再说耳"。后又多次致信陶亢德，强调家累甚重，无法南迁，并请其转告关心他的人，"勿视留北诸人为李陵，却当作苏武看为宜"。8月30日，郭沫若发表《国难声中怀知堂》。11月29日，在孟心史家参加北京大学留平教授会议。北大决定，周作人等四人留平，每月发津贴费50元，嘱保护北大校产。12月，与中华教育文化基金董事会编译委员会商定，每月交译稿二万字，可得200元稿费。但不久该委员会南移，不再约稿。

1938 年 54 岁，2月9日，出席日本《大阪每日新闻》社召开的"更生中国文化建设座谈会"。消息见报后，震惊文坛。5月5日，武汉中华全国文艺界抗敌协会通电全国文化界，声讨周作人的附逆行为。5月6日，武汉《新华日报》发表短评《文化界驱逐周作人》。5月14日，《抗战文艺》第4期发表茅盾等18位作家署名的《致周作人的一封公开信》。5月20日，被燕京大学聘为客座教授，月薪100元。7月10日，叶公超受中央研究院和西南联大委派敦促周作人到昆明。以"在北平如果每月有200元就可以维持生活，不必南行"辞谢。8月6日，辞北京女子师范大学教书事，并嘱友人勿加入东亚文化协会。后多次辞北京师范学院、北京大学等校聘书，辞东亚文化协会的邀宴。

1939 年 55 岁，1月1日，遇刺，弹为毛衣纽扣所阻，仅伤皮肤。一学生在座受重伤，车夫一死一伤。系抗日志士所为。1月12日，收到伪北大聘书，邀其担任图书馆馆长，接受。1月，好友钱玄同病故。4月，作《最后的十七日——钱玄同先生纪念》。9月3日，赴东亚文化协会文学分部会议。

1940 年 56 岁，2月，《秉烛谈》由上海北新书局出版。3月，审阅小学国文教科书。3月27日，作《汉文学的传统》。11月8日，伪教育总署督办汤尔和病死，参加治丧委员会。12月19日，正式被汪伪国民政府任命为华北政务委员会委员，并指定为常务委员，兼教育总署督办。

1941年 57岁，1月，正式就督办职。同月，被聘为伪华北文艺协会顾问。3月24日，侄儿丰三以手枪自杀，原因不明，可能与其伯父担任伪职有关。4月，率伪东亚文化协会评议员代表团启程访日。4月16日，赴汤岛圣堂参拜。两次慰问在侵华战争中受伤的日军官兵并赠款。10月，兼任伪东亚文化协议会会长。11月中旬，以伪职赴徐州视察第三次治安强化运动实施情况及教育工作情形。

1942年 58岁，4月，兼任伪北京图书馆馆长。4月20日，以伪职赴涿县、保定等地视察第四次治安强化运动推进实施情况。4月26日，作《汪精卫先生庚戌蒙难实录序》。5月2日，随汪精卫赴长春庆祝伪满洲帝国成立十周年。5月8日，谒见伪满洲国皇帝溥仪。5月11日，到南京，在伪中央大学讲演。9月13日，被选为伪华北作家协会评议会主席。11月18日，作《中国的思想问题》。11月下旬，以伪职到井陉、彰德视察第五次治安强化运动及教育工作情况。12月8日，参加伪中华民国新民会青少年团中央统监部成立大会，任副总监，着日军军服检阅青少年团分列式。

1943年 59岁，2月4日，伪华北政务委员会改组，全体共署辞呈，但只有周作人被批准辞职。3月，任《艺文杂志》社社长。4月1日，被任命为伪华北政务委员会委员。4月5日，应汪精卫之邀，赴南京、苏州等地讲学、游览，至17日返北京。4月9日，在伪南京政府宣传部与中日文化协会举行的欢迎座谈会上，谈中国的文化思想问题。4月22日，母亲鲁瑞在北平去世，享年 87 岁。12 月，被任命为华北综合调查研究所副理事长。

1944 年 60 岁，1 月，《药堂杂文》由北京新民印书馆出版。3 月，确知在第二次东亚文学者大会上片冈铁兵所说"反动的老作家"是指自己。查证弟子沈启无参与其事，于 15 日在《中华日报》上发表《破门声明》，将沈逐出师门，后又于 20 日致函日本文学报国会，并与片冈铁兵来往信函辩论。7 月，陆续发表《我的杂学》，自述学术经历。11 月，《苦口甘口》由上海太平书局出版。

1945 年 61 岁，2 月，华北政务委员会改组，继续担任华北政务委员会委员。7 月 12 日，作《饼斋的尺牍》，不久又作《曲庵的尺牍》、《实庵的尺牍》等，怀念钱玄同、刘半农、陈独秀等。8 月 15 日，日本无条件投降，中国抗日战争胜利。8 月 30 日，作《凡人的信仰》，随后几个月里，陆续作《过去的工作》、《道义的事功化》等，为自己的思想行为辩解。12 月 6 日，被国民政府逮捕。押于北平炮局胡同监狱。

1946 年 62 岁，5 月 27 日，被解送至南京，关押于老虎桥监狱。6 月，开始在狱中重译《希腊的神与英雄与人》等作品。7 月，接受第一次公开审判，有律师王龙担任辩护。8 月，接受第二次公开审判。9 月，接受第三次公开审判。11 月 16 日，被首都高等法院以"共同通谋敌国、图谋反抗本国"罪，判处有期徒刑 14 年，褫夺公权 10 年，全部财产除酌留家属必需生活费外没收。不服原判，声请复判。

1947 年 63 岁，在狱中作《儿童杂事诗》等。12 月 19 日，国民党最高法院撤销原判，仍以原罪名改判有期徒刑 10 年，褫夺公权 10 年，全部财产除酌留家属必需生活费外没收。

1949 年 65 岁，1 月 26 日，被保释出老虎桥监狱。1 月 28 日，到上海，住尤炳圻家。7月4日，致函周恩来，为自己作说明和辩解，希望得到共产党最高领导的谅解。8月14日，回到北京，住在太朴寺街，10月18日回八道湾。11月，开始为上海《亦报》写文章。

1950年　66岁，2月，旧历春节，废名、江绍原等来贺年。11月，译作《希腊的神与英雄》由上海文化生活出版社出版。

1951年　67岁，2月，致函毛泽东，致函周扬，希图改善处境。人民文学出版社以预支稿酬方式每月预支给200元固定稿酬。

1953年　69岁，12月，北京市人民法院判决，被褫夺政治权利。

1954年　70岁，4月，《鲁迅小说中的人物》由上海出版公司出版。8月，译作《希腊女诗人萨波》由上海出版公司出版。随后几年，陆续有多种著作和译作出版。

1956年　72岁，9月，与王古鲁、钱稻孙赴西安参观访问。年底，应邀参观鲁迅博物馆。

1958年　74岁，4月，申请恢复选举权，被西四区人民法院告知申请未获批准。5月20日，在致香港曹聚仁信中，对纪念鲁迅的热潮颇致反感，说鲁迅"死后随人摆布，说是纪念其实有些实是戏弄"。

1960年　76岁，1月16日，人民文学出版社同意每月预支给稿费400元。但到1964年9月，仍减为200元，至1966年1月，完全取消。12月10日，应曹聚仁之约，开始写《药堂谈往》（即《知堂回想录》），至1962年11月29日完稿。

1962年　78岁，年初，以日记一部分售与鲁迅博物馆。4月8日，夫人羽太信子病逝于北大医院，享年76岁。6月18日，开始翻译古希腊作家路喀阿诺斯对话集，至1965年3月15日脱稿。生前未得出版，直到1991年9月由人民文学出版社出版。

1964 年　80 岁，3 月，作《八十自寿诗》。

1965 年　81 岁，4 月，写遗嘱定本，云"人死声消迹灭最是理想"，"余一生文字无足称道，唯暮年所译希腊对话是五十年来的心愿"。

1966 年　82 岁，6 月，被诊断患有前列腺肿瘤。8 月，被红卫兵拉到院中用皮鞭、棍子抽打，并被赶进一间小棚子里睡觉。

1967 年　83 岁，5 月 6 日，逝世，年 83 岁。

编后记

一

辽宁人民出版社计划出版"苦雨斋文丛"，约我编一本周作人文选，说原定编者因为另有紧要事务，不能完成这项工作，而出版计划已经排好，时间很紧迫了。不得已，急忙开手来做。周作人的文字，我是读过一些的。十多年前，我为北京出版社的"现代书话丛书"编选一本《周作人书话》，五年前参与编纂了(《回望周作人》丛书(8 卷，河南大学出版社)。但如今，坊间周作人著作的各种版本，自编文集、类编文集、编年文集，还有篇幅大小不等的选本，琳琅满目。我却又来编一种周作人的文选，新意何在？

周作人著作的结集，篇帙最大的是《周作人文类编》(10 卷，湖南文艺出版社 1996 年版)，差不多是全集的规模。此编按文章内容分类，如谈外国(《希腊的余光》)、谈草木虫鱼(《人与虫》)、谈女性和性等问题(《上下身》)、谈读书(《夜读的境界》，等等。这种分类的好处是可以集中了解周作人在某一方面的意见，一册在手，线索分明，作者反复申说，观点相当透彻。用做教学研究的参考资料，是颇为便利的。这种分类的选本，规模较小的还有不少，例如，有将周作人论妇女的文章编集的，有文艺批评编集的，此外有关民俗的，有关儿童问题的，等等，不胜枚举。当然，以内容分类，也有问题，有不少文章，内容涉及面广，实在难以分类，表面上谈的是草木虫鱼，实际上是在借题发挥，说到男女，说到人生哲学，或者说到社会斗争。

而从文体角度分类编纂，在周作人著作版本中尚不多见。

文体分类具有很悠久的传统。昭明太子的《文选》且不说，周作人这一代人的最近的前辈即桐城派的代表作家，从文体切入揣摩古文，有很多讲究。姚鼐的《古文辞类纂》，以义理、词章、考据为号召，为学子提供了研习文章的范本。桐城派的"中兴名臣"曾国藩师承姚氏，编纂《经史百家杂钞》，尊经崇史，强调致用。虽然对姚鼐的分类有所增删，但"论次微有异同，大体不甚相远"。《杂钞》把文章分为三门(著述门、告语门、记载门)十一类(论著、词赋、序跋、诏令、奏议、书牍、哀祭、传志、叙记、典志、杂记)。今天的文章，与桐城派标举的古文相比，虽有文白之别，但就文体而言，却难以摆脱与古文的承传关系。

文章要"为时"、"为事"而做，就是要有用于世。周作人在文学革命运动中虽然力诋桐城派，但从根本上说，他也必须用某一体式的文章来批评桐城派，无论他写得多么高妙。他的批评主要是在思想方面，是所谓"文以载道"。因为痛恨那个"道"而恨及载道的"文"，给人的印象是他是不同意"载道"的。其实不然。周作人的文章，表面上给人平淡闲适的印象，但他自己并不同意，经常辩解，甚至说："看自己的文章，假如这里边有一点好处，我想只可以说在于未能平淡闲适处，即其文章多是道德的。"批判旧道德，宣扬新道德，都是在载道。

文学革命后，正所谓"绚烂之极，归于平淡"，周作人越来越重视文学传统。

他将现代散文同中国古代的散文传统接轨。他认为，新文学中散文最成功的原因，是现代散文在新文学中受外国的影响最少。新散文与其说是文学革命的，还不如说是文艺复兴的产物。"只有杂文在过去很有根柢，其发达特别容易点，虽然英法的随笔文学至今还未有充分的介绍，可以知道现今散文之兴盛其原因大半是内在的，有如草木的根在土里，外边只要有日光雨水的刺激，就自然生长起来了。"他又说："现代的散文好像是一条湮没在沙土下的河水，多少年后又在下流被掘了出来，这是一条古河，却又是新的。"这是周作人在文化上做的一件大工程，考古学家似的发现并挖掘出在地底下流淌着的一条河，将下游的新文学同埋在地下的明末公安派、竟陵派文学疏通连接起来。当然，历史在前进，下游毕竟更为宽阔了："新散文比公安派文学进一程，为什么呢？这便因为现在所受的外来影响是唯物的科学思想，他能够使中国固有的儒道思想切实地淘炼一番，……以科学常识为本，加上明净的感情与清澈的理智，调和成功一种人生观。"所多的仍是"道"而已！

更进一步，他对我们上面提到的分类编文的两位桐城派代表，也有了一定的认同感，甚至说新文学的开端也有桐城派的功劳。两相比较，周作人更看重曾国藩，说他把经书当作文学看，思想开通。再往后，"到吴汝纶、严复、林纾诸人起来，一方面介绍西洋文学，一方面介绍科学思想，于是经曾国藩放大范围后的桐城派，慢慢便与新要兴起的文学接近起来了。后来参加新文学运动的，如胡适之、陈独秀、梁任公诸人，都受过他们的影响很大，所以我们可以说，今次新文学运动的开端，实际还是桐城派中的人物引起来的"。

"言他人之志即是载道，载自己之道也是言志。"周作人终于修正了"载道"、"言志"的二元对立说，把新文学的"文脉"同十年前、百年前乃至千年前的中国文学传统连接起来。他在大学里讲六朝文，讲佛经翻译文学，又大张旗鼓地编选印行公安派、竟陵派的文集，都是在向传统取法。有一个时期，他还大力提倡研究八股文，以至灯谜、对联、诗钟之类体现中国语文固有特点的体裁——虽然其中仍不乏批判意识。

二

1936 年 5 月，鲁迅答美国记者斯诺问。当问及中国新文学运动以来最优秀的杂文（也就是散文）家是谁的问题时，鲁迅列出的名单是：周作人、林语堂、周树人（鲁迅）、陈独秀、梁启超。把自己排在第三，自是谦虚。但也不全是谦虚，因为并没有把自己排在最后。他把自己排在老前辈梁启超之前，而把资历比自己浅的周作人排在第一，透露出周作人文章在他心目中的价值。二十世纪六十年代，周作人从海外朋友寄来的有关材料中看到过胡适对他的评价。有一篇纪念胡适的文章中这样说："胡先生对周作人的偏爱，是著名的。他曾不止一次的跟我说：'到现在还值得一看的，只有周作人的东西了！'他在晚年尽量搜集周作人的东西。"这与他 1922 年在《五十年来中国之文学》中说的话相同：周作人的小品文取得的成功，"打破了美文不能用白话的迷信"。周作人一生的大部分时间花在研究和实践散文艺术，对做文章，按他自己的说法："是知道一点儿好处的"，至少能知道怎么才是不好。他晚年在百无聊赖中，翻看自己以前的著作，还在日记里说"不恶"——当然后面赶紧谦虚一下：年老自夸，殊可笑。

他的文章究竟怎么好，如何自然，简单，如何在平淡中见腴润，这里不能详说。他一生不懈地探讨做文章的艺术，或者说，他重视文章写作时"做"与"不做"之间的微妙关系，总是有意识地在文章与作者、文章与现实的关系中找到平衡。简单地说，就是"得体"。常常造访苦雨斋的废名在一篇文章中讲，他同俞平伯两个人曾经谈论周作人的学问文章。平伯以思索的神气说道："中国历史上曾有像他这样气分的人没有？"两个人都找不出来。最后，废名得出这样的判断："知堂先生是一个唯物论者，知堂先生是一个躬行君子。我们从知堂先生可以学得一些道理，日常生活之间我们却学不到他的那个艺术的态度。"他用"合礼"二字来说明这个态度，与一般人常怀的抒情的态度加以区别。做人做事做文，以"合礼"和"得体"为理想的境界。这是几位常到苦雨斋的年轻人从周作人身上体会到的，正是周作人一直在追求的。

周作人身边并没有一个紧密的文学团体，那反而不符合他的人生理念。而且，做文章各本性情，自抒胸臆，非结帮拉派所能成就。当然，同声相应，同气相求，也是文界常见的现象。常到苦雨斋的这几位作家，在散文写作上，认同周作人的文学观念，佩服周作人的学问文章，都追求文章之美，各言其志，而讨厌所谓的"大的高的正的"。以"苦雨斋"为号召出版文丛，按我的理解，大概是出于这层意思。但如果用师徒关系来描述他们，或者把他们称为什么"派"，怕不妥当。周作人是把他们当作朋友看待的。例如，对于废名的才情文章，周作人就不止是欣赏，而在这之上加添了钦佩。他说："我的朋友中间有些人不比我老而文章已近乎道，……废名君即其一。"废名文章有涩味，饶玄想，独辟蹊径，时至常人所不能至。周作人为废名作品写序，可能是他所有序言中最用力的，而读起来又是那么轻松委婉，似在谈心，似有羡慕，又似在商量讨教。废名所走的那条幽深之路，他自己未必能走，也未必敢走。在编选《中国新文学大系·散文一集》时，周作人特意从废名的小说中选取若干篇章，并说明道："废名所作本来是小说，但是我看这可以当小品散文读，不，不但是可以，或者这样更觉得有意味亦未可知。"抗日战争期间，因为久不得废名消息，他写了《怀废名》一文，大有人才难得、知己难再得之感。

周作人评价俞平伯为新散文的代表，说俞的文章是最有文学味的一种散文，也屡致赞美。江绍原是民俗学者，述学体使他不得不收敛文采。他们都听过周作人的课，各有造诣。沈启无在文学史上并不显眼，作为周作人的弟子，他曾热烈地为乃师的文学主张呐喊鼓吹。而他自己的创作成绩之薄弱，恐怕是太依附、太拘泥的缘故，所谓"学我者病"。因此，更可以看出，文章之事，无一定成法，只是各言其志，各自得体而已。

三

周作人在文体方面有自觉的意识。他生前自编的《苦雨斋序跋文》、《周作人书信》等，就以文体分类。关于序跋的写作，他早年所写《美文》中说道："中国古文里的序记与说等，也可以说是美文的一类。但在现代的国语文学里，还不曾见有这类文章，治新文学的人为什么不去试试呢？"他一生为自己、为他人写序不少，集起来大约也有四五十万字之谱，因此很知道个中甘苦。古代对这种文体的定义是："他人之著作序述其意"，本集则不分自他，放在一起。自序其书，无论怎么说都能有点儿牵涉。而他人著作，涉及面广，周作人无论怎样精通"杂学"，也难以应付纷至沓来的求序者。"人之患在好为人序"，这是一件容易吃力不讨好的工作。我当初读周作人的序跋集，每每见他一开篇就大讲为哪位作者写序，作者与自己的关系，序该怎么写，自己却写不好，拖延了很久这才硬着头皮勉强开笔，等等一类的话，直看得有些厌烦了。现在想来，这是在费力思量应该怎么写这个大问题，也就是怎么写才得体的问题。自己熟悉的题目是一种说法，自己不熟悉的又是一种说法，与对象的熟稔程度决定所用的语气，顾忌很多，讲究很多，如走钢丝，要竭力保持平衡。本集所选的为几位散文作者所做序言很值得一看，是他谈文章甘苦的心得。例如，在《莫须有先生传》序中，把文章比作水和风，议论宏畅而微妙，其实就是在讲自己的文章做法和对好文章的理想。

周作人对书信文体尝试颇勤，他有些文章就假借书信体。例如有名的《乌篷船》。古代文体划分：诏令是"上告下"，奏议是"下告上"，而书牍则是"同辈相告"。这里选的《致溥仪君书》，照古代的文体要求，该写作"上皇帝书"，须归入"章奏"类。现代社会讲民主，"臣诚惶诚恐，死罪死罪"之类的话就没有了用场，章奏一体至少从名目上消失了。从这里也可看出，文体随时而变，不可拘泥。如果更严格一点，"书"和"信"(尺牍)也有区别。本集所选《周作人书信·序信》本身也以书信体写成，其中说道："书乃是古文之一种，可以收入正集者，其用处在于说大话。……尺牍即所谓信，原是不拟发表的私书。……"限于篇幅，这里所选大多还是前者。但因为周作人在文体上的努力——也就是用自己的性情融合文体，言自己之志——所以，他的"书"也努力包含"信"的性质。但正如他说的，像《乌篷船》那样"少客气"的篇什，终是难造之境。要看更自然有趣的文字，还得去读他的"尺牍"。废名竟是从这些文字中开悟到周作人学问文章的奥妙："我们常不免是抒情的，知堂先生总是合礼，这个态度在以前我尚不懂得。十年以来，他写给我辈的信札，从未有一句教训的调子，未有一句情热的话，后来将今日偶然所保存者再拿起来一看，字里行间，温良恭俭，我是一旦豁然贯通之，其乐等于所学也。在事过情迁之后，私人信札有如此耐观者，此非先生之大德乎。"

纪念文字，古人称为"哀祭"。周作人是现代人，故本集所收《半农纪念》、《玄同纪念》，是不必写成《祭半农文》、《哀玄同》的。纪念文深受一般读者喜爱，但却很不好写，既不能吹捧也不能讳饰。需相知甚深，而态度又公正平允，才能写得好。因此，纪念文对"得体"、"合礼"的要求更高。本集所收周作人纪念鲁迅（兄长）、若子（女儿）、刘半农和钱玄同（挚友）、徐志摩（一般朋友）的文章，都是这方面的代表作。他的长处是能够控制感情，做到本事实力避虚夸，抒情感不露狂态。相交越深，文情越隐曲平淡。周作人注重的是生活的常态，追求的是简单和天然，而不是戏剧化的场景。《半农纪念》后面跟随的一篇墓志铭，是周作人少有的拟古文笔。选在这里的用意，一者可以看出他同刘半农的亲密关系，二者可以知道周作人对这种古来盛行的文体训练有素。其实，不加这个墓志铭，读者也早已明白了这个选本是在尝试把中国古今文脉连接起来。

周作人在文体方面不但自觉，而且具有创新意识。书话，在古代是序跋之属，形态多样，到了现代更形自由。书话书评之类，如果把握不好，容易写成审判词一样的正经严肃的文字。周作人读书教书写作为业，书话书评文字很多。坊间流行多种集子，有的篇幅颇大。本集只选十来篇，只能算是尝鼎一脔。值得一提的是，这种新体，在周作人笔下，走过一个不断向传统回归的过程。他努力做到既要简古得法，又充分蕴涵自己的性情和见识。有时简单到只抄一段古书，加上自己的意见，也就是所谓"点评"，乃李卓吾、金圣叹一路。这看似简单，实际上需要学识和敏锐的判断力，既需要典雅，更需要清峻，博观圆照，方能下一断语。时人和后人常有不理解其好处者，颇多讥刺之言。读者仁智自得，不可强求。

周作人一向反对所谓大的高的正的（也就是空的），因此在论说方面，少有长篇大论。只是到了后期，为了表白心迹，著有《中国的思想问题》、

编后记

《道义之事功化》等。他更多地追求将抒情论说结合起来，造成一种"美文"，从微小之处下笔，以切身事物说理，避免雄辩滔滔，不操教训腔调，不武断自是，不强加于人。因此他的文章崇尚简洁，少剑拔弩张之态，尤其是中年以后。他自己感到满意的《关于活埋》、《赋得猫》、《无生老母的消息》等文，材料丰富，情意充盈，委婉体贴，读者从中得到的不仅仅是某种道理，还有道理以外的情感陶冶。

杂记一类，是周作人文章很与古文相合的地方。周作人自谦"杂学"，终生喜欢野史笔记，自己自然也就做得很多，草木虫鱼，民情风俗，写得意趣盎然。这里挑选若干篇，借窥其杂学之一斑。

本集所收记叙文限于作者记述本人所历之事。需要说明的是，书信体的《乌篷船》，所记非本人某一次实际游历，而是假借书信体给朋友的旅行指南。因为所写是故乡，本人曾经亲历，是毫无疑问的。因此就从书信类移置记叙类了。又，《记太炎先生学梵文事》，本集收入纪念文类，但却以记事为主，而所记之事，他本人也参与其中。如果作者狂妄些，竟可以改题为《记与太炎先生同学梵文事》。其实记叙他人事迹，最好的作品也终有自己在内。读周作人的文章，会有一个强烈的感觉，不管他写什么题材，都总有他自己的影子。而在本集之末，又选编两篇他自述学问文章的来龙去脉的文字，竟有点类似古代著作的"后序"了。

四

总之，以文体来分类选编周作人的文章，本集做了个尝试。恰当与否，请读者明断。所分类别，实在难以涵盖周作人文章的全部。例如，单看篇名，有些文章的似是讲说名物，然而其中却有品评人物，有论道说理。例如《再谈油炸鬼》，乃继《谈油炸鬼》而来，本来介绍一种普通食品，但却加以引申，谈到历史上"和"与"战"的问题，兼及对秦桧的评价问题。

　　选本毕竟只是选本，以偏概全是它的痼疾；而因为照顾分类，又难免遗漏佳作，掺入平庸。后一项，编者自不能辞其咎。

　　分类阅读这些文章，目的是要体会周作人如何以清醒的文体意识表达自己的思想感情，追求得体和妥帖。我们虽然强调了他对中国传统文脉的接续，但更要强调他如何适应变化，善于取法，在各种文体之间运用自如，从而把散文的功能扩展到一个极大的空间。文体变化无端，文采浓淡适宜，微妙存乎一心。读者自会在篇章字句中细寻肌理，得其调和融会之精神，从而淡忘了本集的强分类别，就好像古人说的"得鱼忘筌"、"登岸舍筏"似的。

黄乔生